LOS CRÍMENES DE
LA COBRA

OBÓN

LOS CRÍMENES DE LA COBRA

EDICIONES B

México · Barcelona · Bogotá · Buenos Aires · Caracas
Madrid · Montevideo · Miami · Santiago de Chile

Los crímenes de La Cobra

Primera edición, septiembre 2015

D.R. © 2015, Ramón Obón

D.R. © 2015, Ediciones B México, S.A. de C.V.
Bradley 52, Anzures DF-11590, MÉXICO
www.edicionesb.mx
editorial@edicionesb.com

ISBN 978 - 607 - 480 - 873 - 5

Impreso en México | *Printed in Mexico*

A mis hermanas, siempre.

Prólogo

En algún lugar en la sierra al sur de México.
14:00 horas

La enorme víbora de cascabel abandonó los matojos amarillentos y reptó serpenteante para cruzar al otro lado de la brecha, huyendo de los quemantes rayos del sol que caían a plomo sobre el piso agrietado y polvoriento, bajo un cielo ausente de nubes.

Violentamente las cuatro camionetas negras de vidrios polarizados irrumpieron en un rugido de máquinas, rompiendo el pesado silencio. Cerraba la marcha una pick up con hombres montados en la caja, aferrando decididos las ametralladoras o los AK 47, mientras atisbaban recelosos y alertas el entorno. Todos tenían el mismo corte; delgados, de piel tostada, entejanados, con botas vaqueras remachadas con puntas de plata y cubiertos los ojos con los lentes Ray-Ban que les daba esa uniformidad escalofriante, identificados por las gentes de por ahí, —entre los que les admiraban, los que les temían o los que deseaban ser como ellos, sobre todo los escuincles con las barrigas llenas de parásitos y de hambre— como sicarios de profesión.

RR ocupaba el segundo de los vehículos, una poderosa camioneta de ocho cilindros, con doble tracción y blindaje nivel 4. Iba en el asiento de atrás, entre dos hombres corpulentos y fuertemente armados. Eran gente de costa. Lo intuía aunque no hablaban. Percibía el tufo agrio del sudor que impregnaba sus cuerpos. Y sentía el humor de la adrenalina a flor de piel. No sabía bien a bien si aquellos olores y aquellos humores, se confundían con los suyos propios, sumándose a ellos, a querer o no, el de su propio miedo.

Había perdido la noción del tiempo, desde que fuera levantado…

¿En dónde fue aquello y hacía cuánto tiempo que ocurriera? Le parecía un sueño atormentado y angustiante. Más bien, una pesadilla de la que no lograba despertar.

Estaba confuso y mareado. A ciegas con la cabeza metida en aquella funda negra que apestaba a rancia humanidad. El cuello le dolía, producto de la tremenda tensión de… ¿horas ya? Y también las manos, atadas fuertemente en las muñecas con delgados listones de plástico rígido, lacerándole la piel, cortándole la circulación.

¿Qué era lo que había pasado? ¿Cómo estaba ahora metido en este lío? ¿Todo se debía acaso a una serie de acciones concatenadas que ahora, al parecer, invariablemente le conducían hacia la muerte?

«Y lo peor de todo —pensó—. En que no había escapatoria posible».

RR apretó los dientes. Se tensó la mandíbula. A querer o no, el terror lo recorrió como una mano helada. No tuvo plena conciencia de si su cuerpo se sacudió por un temblor que desesperadamente quiso controlar o si fue por otra razón. Sintió el polvo que pese a las ventanas cerradas, en alguna forma se colaba hacia el interior. Su cuerpo se sacudía ante los tumbos del camino, por el que a más de ciento veinte kilómetros por hora la potente camioneta, avanzaba por el agreste camino de la sierra desolada y lejana con toda la fuerza de su motor V.8 de casi seiscientos caballos de potencia.

¿Hacia dónde iba? ¿Por qué aquellos hombres silenciosos y brutales que le capturaran con la eficiencia y celeridad de un comando bien entrenado, no le habían matado aún? ¿A quién obedecían? ¿Cuál era la consigna?

En la mente turbada de RR, por más que lo intentara, no podía captar con racionalidad las respuestas, ni organizar bien a bien sus ideas. ¿Quién, cómo y por qué?, eran las interrogantes. Y de ellas tal vez en la segunda se abrigaba una sospecha, o la respuesta misma…

«¿Sería por eso?»

¿Y si así fuera, qué conexión existía con esos sicarios que le mantenían secuestrado y que posiblemente tenían relación con el narcotráfico o con el crimen organizado, con todo aquel misterio en el que había estado metido? Pensó desesperadamente. Y también llegó a la conjetura de que tal vez estaba equivocado; que se encontraba ahí, bajo aquellas circunstancias, asado de calor, totalmente desconcertado y con el miedo trasminando todos sus poros, por algún otro motivo que por ahora desconocía. ¿Llegaría a descubrirlo? Posiblemente sí, cuando aquel interminable viaje concluyera y enfrentara por fin su destino ante quién o quiénes habían ordenado su captura, acabando con su zozobra e incertidumbre.

¿Para qué?

Para saber. Todo se limitaba a eso. Información. Y él, RR, la tenía en muchos aspectos. Su profesión así lo demandaba. Trató de concentrarse y pensar en aquellos casos en que lo que descubriera o estuviera investigando podría estar afectando intereses ocultos y poderosos. Sí. Había algunos de ellos. Pero, ¿ese conocimiento que tenía, sería tanto o tan importante, como para pagarlo con su vida? ¿O todo había sido producto de la maldita casualidad en donde espacio y tiempo lo situaron en un momento y lugar equivocados, para ser uno más de aquellos que en el país eran levantados al azar para luego solicitar un rescate?

Lo ignoraba. Aunque instintivamente desechaba esa posibilidad.

Le escocía la garganta. Tenía una sed incontenible y abrasadora, que se agudizaba con el sabor salobre de su propio sudor que le resbalaba por la cara, mojándole los labios resecos, para escurrirse hacia su cuello y unirse al que producían sus axilas para mojarle prácticamente toda la ajada camisa.

Inútil hablar con aquella gente. Ni una palabra. Pocas se habían cruzado con él desde que lo levantaran. Más bien órdenes, cortantes, escupidas a través de dientes apretados; en tonos ominosos, amenazantes. Y todo para que no se moviera; para que no ofreciera resistencia o tratara de cometer la estupidez de intentar escapar.

Cuando de cabeza fue metido al vehículo, con una violencia precisa y quedó de bruces con la cara contra el piso; inmovilizada la cabeza por una pesada mano en su cráneo mientras una voz, la única que escuchara en toda esa pesadilla, le advirtió con un seco ¡quieto!, que se quedara así, inmóvil, apoyando la palabra con el amartillado de una .45 cuya fría boca del cañón se apoyó contra su sien.

Y luego aquella inyección, cuya aguja se clavó bruscamente en su cuello, para hacerle perder el sentido…

¿Por cuánto tiempo?

* * *

Unos zopilotes que devoraban la carroña de un perro muerto, a mitad del camino, levantaron el vuelo asustados, cuando los vehículos cruzaron a toda velocidad, dejando una asfixiante estela de polvo. Uno de los sujetos trepado con los de las ametralladoras en el cajón de la pick up que iba a la retaguardia, disparó mandando una ráfaga de su cuerno de chivo contra las aves de rapiña, alcanzando a una y estallándole el pecho, en un turbión de carne desgarrada, sangre y plumas.

RR escuchó el disparo por encima del rugido de las máquinas. Y también la abrupta y grosera carcajada. Alguien aquí dentro mascó una frase molesta:

—¡Pinche loco! —pero nadie más hizo comentarios.

En el silencio, en aquel vehículo que formaba parte de esa caravana que se internaba en la sierra rumbo a un lugar aparentemente desconocido, RR presagiaba que el final de ese viaje alucinante, podía ser su propia muerte. Apostaba ahora, con fatalismo y resignada derrota, a la inminencia de ese macabro destino, fuere cual fuere el motivo por el que le llevaban. Pensaba, con un sabor amargo y seco en la boca, que como muchos otros en los últimos años violentos del país, su cuerpo iría a dar a una fosa clandestina tal vez con varios más, para que algún día alguien aleatoriamente escarbara descubriéndolo horrorizado entre muchos otros cuerpos putrefactos, y se le impusiera la etiqueta de «desconocido». Un muerto más, anónimo y destrozado producto de una lucha absurda, despiadada y sanguinaria entre quiénes fueran. Malos, buenos, narcos, federales o el ejército. ¿Qué importaba un cadáver más cuando ya se sumaban miles? ¿Y los culpables? ¡Humo! Perdidos entre el anonimato, la incapacidad y el contubernio. Criminales y autoridades parecían ser lo mismo. Una macabra simbiosis. Una misma figura reflejada en el espejo. Ambos de la misma manera, comprados por el dinero y el poder. Impunes los dos.

¿Este sería ahora su final destino? ¿Alguien preguntaría por él? ¿Sus alumnos en la cátedra de doctorado en el Instituto de Investigaciones Penales? ¿O entre los pocos amigos que contaba con los dedos de la mano, entre ellos el abogado Olavarría, que tal vez intentara infructuosamente dar con su paradero, para toparse con los muros del «no sé»; «no lo hemos visto»; «quién sabe dónde está» o «dónde se fue», para finalmente abandonar la búsqueda con hastío, rabia e impotencia luego de agotar esfuerzos recurriendo a todas las autoridades posibles que tal vez, por tratarse del prominente abogado que era, le dijeran, mintiendo con una seriedad y aires de preocupación que sólo era una máscara para ocultar el «no hacer nada y dejar que el tiempo pase hasta que las aguas se calmen», que pondrían todo su empeño en encontrarlo. Y todo eso podía darse por alguien que como él era conocido. Pero ¿cuántos cientos, miles de gente común y corriente que a diario era desaparecida o masacrada, serían objeto de interés por las autoridades?

«Sí», concluyó con cansancio en medio de aquellos hombres hoscos y brutales que le habían secuestrado, sin duda asesinos por consigna, llevándole a un lugar que ignoraba, a través de esa sierra lejos de todo. Pasara lo que pasara, a fin de cuentas…

Sólo acabaría siendo un cadáver más.

PRIMERA PARTE

Unas semanas antes…

CAPÍTULO I

La nota

En algún lugar de la costa nayarita, México.
Sobre el medio día...

«Hallazgo inusual en un cenote». Así se cabeceaba la nota aparecida en uno de los periódicos de mayor circulación en México, que ocupaba apenas una columna dentro de la sección dedicada a los Estados, y captó la atención de Verónica Guízar, la hermosa morena que tomaba un tardío desayuno a la sombra de una palapa, junto a la enorme alberca en forma de riñón, rodeada de la exuberante y florida vegetación en la mansión de su marido, enclavada en un risco de la montaña que formaba una pequeña enseñada, frente al imponente océano Pacífico. Por un momento dejó su interés por los chismes de las estrellas que aparecían en la sección de Espectáculos, y se concentró en aquella noticia que ahora conectaba con algo que había leído en una revista durante un viaje a Nueva York, hacía apenas pocos meses atrás. El texto decía:

Río Bravo, Belice. *12 de febrero.*

En el fondo de un cenote ubicado cerca de la costa de este pequeño país centroamericano, a unos cuantos kilómetros de la ribera del río que hace frontera con la República Mexicana, fue descubierta una extraordinaria pieza de oro con la figura de una cobra en actitud de ataque. Se encontró entre restos de esqueletos humanos y objetos del mismo metal, anteriores a la Conquista, lo que confirma que los mayas practicaban sacrificios humanos en honor del dios Chac, ofreciendo a jóvenes vírgenes, ricamente ataviadas, cubiertas de joyas y otras ofrendas del dorado metal, que eran lanzadas a las profundas aguas para invocar a la lluvia. Tan insólita noticia, ya que la pieza encontrada parece corresponder a una cultura totalmente ajena a la maya, despertó el interés de arqueólogos e historiadores, el cual se ha visto frustrado, pues de manera inexplicable el objeto no quedó en custodia de las autoridades locales, sino que fue a parar a manos de particulares.

Agitada y excitada ante aquel descubrimiento, la joven dejó a un lado el periódico y tomó su teléfono celular para hacer una llamada, mientras se decía que su marido debería enterarse y hacer algo al respecto.

La misma nota también se estaba reproduciendo como un hecho curioso en diversas plataformas de internet. Miles de cibernautas en el mundo tenían acceso a ella; sin embargo, en un muy reducido grupo de personas se despertaría no sólo un verdadero interés, sino el codicioso deseo de apoderarse de esa extraña pieza de oro, no nada más por su valor en sí, sino por el misterio que traía consigo y que podía desvelarse, sin importar los métodos; incluso el asesinato.

CAPÍTULO II

El hombre de Cozumel

Isla de Cozumel, Quintana Roo, México.
6:00 a.m.

Lo descubrieron temprano. Justo cuando la luz del sol llevaba la claridad al espacio de mar entre los dos enormes barcos atracados en los muelles paralelos de una de las terminales internacionales de cruceros de la isla. Flotaba boca abajo, con los brazos y las piernas extendidos. Del Príncipe de los mares, una de las naves, fue un oficial quien lo vio desde el corredor de la sexta cubierta, donde tomaba su café matinal. Del otro, el Neptuno, lo vio un cocinero cuando se recargó en la borda mientras contemplaba el amanecer y se fumaba el primer cigarrillo del día. Sin perder un instante, cada uno por su lado, dio aviso a sus superiores del macabro hallazgo, disparando una febril actividad en ambas embarcaciones. El cuerpo que flotaba era de un varón con algo de sobrepeso. Vestía ropa de buena marca. De inmediato se abrió la especulación para saber de cuál de los barcos había caído. Se pensó que se trataba de un desafortunado accidente, y mientras esto se comentaba, ya los respectivos capitanes se hacían cargo, ordenando se revisara la lista de pasajeros, para ver si faltaba alguno. Afortunadamente era temprano y aún no habían descendido los pasajeros para hacer turismo en la isla; eso facilitaría la búsqueda. Aquella investigación debería llevarse a cabo con toda la discreción posible para no alarmar a los pasajeros. De confirmarse la ausencia, indicaría que el deceso quedaba bajo la responsabilidad del navío donde aquel desafortunado sujeto había viajado.

Siguiendo el procedimiento habitual, los capitanes dieron aviso sin demora a la Capitanía de Puerto, asiento y residencia oficial de la primera autoridad marítima del lugar.

*   *   *

Esa mañana, Dámaso Oliveira, capitán de puerto y cabeza de la policía portuaria por Ministerio de Ley, vio interrumpido el desayuno que tomaba en la terraza de su casa, cuando su mujer le llevó el teléfono para que atendiera una llamada considerada urgente. El hombre era un recio marino que ya rebasaba los cincuenta años, de piel tostada y ademanes tranquilos, producto de su ya larga estancia en esa isla donde la vida parecía transcurrir más despacio y en calma. Sin embargo, el asunto que ahora le trataba su subalterno desde las oficinas donde se ubicaba la Capitanía, lo puso en alerta. La presencia de un muerto entre dos enormes cruceros atracados en el puerto de su jurisdicción avizoraba problemas y provocaría una investigación a fondo. Lo primero que preguntó mientras detenía por el asa la taza el café veracruzano que apenas había empezado a saborear, fue si la persona era un lugareño. La respuesta negativa elevó su alarma.

—¿Está seguro? —fue la nueva pregunta, y rogó internamente porque su oficial estuviera equivocado y rectificara; sin embargo, la respuesta lo desilusionó una vez más, enfrentándolo a un conflicto que tomaba cariz internacional, dada la nacionalidad de aquellos dos gigantescos navíos, que entre ambos sumarían más de dos mil pasajeros de distinta procedencia, sin contar con las respectivas tripulaciones.

—Seguro, señor —llegó la voz del oficial por el teléfono—. El cuerpo ha sido sacado del agua por personal de la Marina, y ahora estamos esperando en el muelle la llegada de los forenses. Como le digo, es un extranjero, ni duda cabe. Tez blanca, pelo castaño muy claro. Y su ropa, sobre todo su ropa indica que lo es, y es casi seguro que sea pasajero de uno de esos barcos.

—¿Ha interrogado a los capitanes? —preguntó el jefe de policía, y de nuevo la respuesta, tranquila y segura:

—No, señor. Desde luego se les ha informado que no podrán zarpar hasta que este asunto se aclare. Aunque los capitanes han aceptado esta situación, le puedo decir que de no muy buena gana. Como sea, traen a un montón de turistas abordo, que desde luego tendrán que permanecer en el barco sin posibilidad de desembarcar, debido a las circunstancias del caso.

—Lo entiendo. Ya estoy saliendo para allá. Y, Walberto… —dijo dirigiéndose familiarmente a su subalterno—. Vaya dando aviso al Ministerio Público Federal.

*　　*　　*

—Todo parece indicar que murió ahogado, aunque no hay que descartar la posibilidad de que falleciera a causa de la caída, tomando en cuenta de qué cubierta pudo precipitarse hasta chocar con el agua —fueron las palabras escuetas que el doctor Reynaldo Dávila, un yucateco de baja estatura y mirada inteligente tras sus lentes bifocales, a cargo de los servicios forenses en la isla, dijo al capitán Dámaso Oliveira, y al licenciado Nelson Carrillo, agente del Ministerio Público Federal, a quien por turno le tocaba la investigación de aquel suceso.

Tras un momento de silencio en el que las dos autoridades observaron cómo el cadáver era metido en una bolsa plástica negra para subirlo a una ambulancia, el Ministerio Público preguntó, tuteándolo con la familiaridad de la amistad entre los habitantes del lugar:

—¿Puedes decirnos algo sobre la posible hora del deceso, Reynaldo?

Éste dibujó un gesto dubitativo, y no quiso arriesgar una opinión concreta:

—Dadas las circunstancias, es prematuro responderles con un dato preciso. Pero todo indica que pudo haber caído al agua durante la noche. —Paseó su mirada en los dos hombres y agregó, acomodándose los anteojos en el puente de la nariz, en un tic que le acometía constantemente—. En cuanto se revise el cadáver en la oficina forense de la capital del Estado, sabremos más.

—Me gustaría que fuera lo antes posible, doctor —intervino el jefe de la policía del puerto, quitándose la gorra y pasando una mano sobre su calva, donde brillaban ya algunas gotas de sudor, que delataban su nerviosismo y malestar ante aquella situación—. Entre más rápido terminemos, más rápido podremos despachar estos barcos, antes de que los turistas se impacienten, comiencen a hacer alboroto y a presionar a los oficiales de sus respectivos barcos, o lo que es peor, a sus propios consulados, y como consecuencia a nosotros mismos, si no ven avances y los detenemos más tiempo que el necesario.

—Lo entiendo, capitán —asintió el doctor, para luego aclarar, guardando desde ya distancias en la responsabilidad que el caso ameritaba—. Pero la prisa habremos de pedírsela a los colegas de la capital. Como les dije, son los que tendrán que hacerse cargo de la autopsia. Por lo pronto, la ambulancia con el cuerpo va para allá. De mi parte no puedo hacer más. —Después agregó, proponiendo con serena familiaridad—. Yo recomendaría que se hablara lo más rápido posible con la gente de la capital para informarles de la premura, y se den prisa con esa autopsia.

Dámaso Oliveira y Nelson Carrillo intercambiaron una mirada. Evidentemente estaban de acuerdo con la sugerencia del doctor. Acto seguido el Ministerio Público fue quien se arrogó la responsabilidad:

—Yo me haré cargo de apresurarlos.

Dámaso le dio una palmada amistosa de agradecimiento en la espalda.

—Te lo aprecio, Nelson —suspiró resignado y remató sin entusiasmo, pensando ya en qué forma iba a sortear aquella tormenta que parecía avecinarse si no daban resultados rápidos—. Tú a eso y yo a entrevistarme con los capitanes.

*   *   *

Pese a todas las providencias, los pasajeros de ambos barcos se enteraron de lo ocurrido, y entre ellos surgieron los comentarios y las especulaciones. Se cuestionaban la identidad de aquella desafortunada persona que había caído al mar, mientras esperaban informes de los oficiales sobre el avance de las investigaciones. Claramente se les había informado que, por ley, los capitanes de embarcación estaban obligados a notificar cualquier incidente que ocurriera al jefe de la policía del puerto donde arribaran, y a cooperar en todo lo posible con las autoridades. Así que,muy a su pesar, tenían que esperar. Sólo se les pedía paciencia y comprensión.

En uno de los navíos, una anciana jubilada tomaba el desayuno calmadamente en uno de los comedores de las cubiertas superiores, junto a un ventanal desde donde se dominaba la vista de la pequeña ciudad de Cozumel. Su nombre era Lavinia Jenkins, y algo tendría que decir al respecto. Por lo pronto, ignorando lo que había ocurrido y sin tener conciencia de la demora en los pasajeros, disfrutaba un jugo de arándano y se disponía a atacar unos *waffles* con tocino crujiente, rociados con miel de maple, que gentilmente el cocinero jamaiquino situado a un extremo de la barra del bufete matutino, le había preparado ex profeso.

*   *   *

10:00 a.m.

Su nombre era Arnold Dubois. El pasaporte indicaba su origen francés pero de nacionalidad canadiense; ocupación, comerciante, y era el ocupante de un camarote de primera en la cubierta principal del Príncipe de los mares.

Era el hombre que faltaba en la lista de pasajeros. El que ahora se identificaba como aquel que cayó al mar y que en esos momentos iba en camino a la morgue de la capital del Estado, para que se le practicara la autopsia que determinaría finalmente la causa de su muerte. Desde luego que su pasaporte y la maleta fueron entregados a los agentes del Ministerio Público, que ahora un grupo de agentes federales, con el auxilio de los oficiales del barco, revisaban el cuarto del francés, recogiendo sus pertenencias personales, las que se guardaron cuidadosamente dentro de una bolsa que se marcó con la etiqueta de «evidencia».

Sin embargo en todo aquel asunto surgía un dato adicional, que causó desconcierto en el capitán y el resto de sus oficiales. En la lista de pasajeros faltaba alguien más. Se trataba de una mujer. Cuando un par de oficiales fueron a buscarla a su camarote, descubrieron una maleta con poca ropa. Y todo inmaculado, como si su eventual inquilina se hubiera esmerado en dejarlo limpio e impecable. Pero de ella, ni rastro.

Sobre la desaparición de la mujer también se dio el aviso correspondiente, no sólo a la autoridad portuaria, sino a los agentes de migración. De los datos arrojados por la computadora se obtuvo la fotografía de la pasajera. Todo fue en vano. Nadie recordaba haberla visto dejar el barco. Tampoco estaba a bordo.

CAPÍTULO III

Orden de zarpar

Isla de Cozumel, Quintana Roo, México.
Entre las 19:00 y las 21:00 horas.

Estaba llegando la noche y aún no tenían solución. Dámaso Oliveira, jefe de policía del puerto, y Nelson Carrillo, el Ministerio Público Federal, ante el desarrollo de los acontecimientos, se encontraban en un callejón sin salida, nerviosos e impotentes, esperando el dictamen sobre la muerte de aquel extranjero. Habían hecho todo lo posible: presionaron durante todo el día a los servicios médicos forenses del Estado demandando los resultados de la autopsia. Allá ya los soñaban y la respuesta era la misma mientras se trabajaba a marchas forzadas: «Aún no tenemos nada definitivo».

Oliveira y Carrillo temían que el asunto trascendiera a la prensa. Ya era un milagro que no se hubieran aparecido por las oficinas los reporteros queriendo saber qué pasaba con aquel barco aún atracado en los muelles, cuando el otro ya había zarpado al atardecer. La isla era pequeña y las noticias volaban. No quedaba mucho más tiempo para ocultar lo que estaba pasando.

Si el asunto trascendía a los medios, aquello podría volverse un problema internacional, por la cantidad de extranjeros a bordo del Príncipe de los mares, en donde, por cierto, la situación se presentaba cada vez más difícil para los oficiales que no lograban dar una respuesta satisfactoria a los pasajeros, hartos ya de verse virtualmente como prisioneros en el barco, sin posibilidad de abandonarlo, porque así lo requerían las autoridades mexicanas a las cuales, de manera injusta en ese asunto, tildaban de arbitrarias, burocráticas e ineficientes. De los más rijosos empezaba a surgir la amenaza de demandar a la compañía naviera por sumas multimillonarias por aquel retraso que juzgaban injustificado, y todo por tener que averiguar lo que había pasado con un sujeto que murió al caer de una de las cubiertas superiores, y terminó muerto en el mar. ¿Qué más querían saber? La cosa estaba clara. ¿Qué esperaban entonces para dejarlos partir?

El capitán del barco no era ajeno a aquella *constante* presión, e insistentemente también presionaba a las autoridades del puerto, demandándoles respuestas que se repetían sin variación a lo largo del día: «Lo sentimos, capitán, pero aún no sabemos nada. Ignoramos por qué tarda tanto el resultado de la autopsia. Le aseguramos que nosotros estamos presionando también. Por favor ténganos paciencia. Volveremos a llamarlos para que nos den una aproximación de la hora en que terminen, y así le aseguramos que ustedes podrán zarpar sin contratiempos».

Esperar pues. Pero el tiempo corría inexorable. La indignación aumentaba con la espera, y más aún cuando se dieron cuenta los pasajeros que el otro barco, el Neptuno, abandonaba el puerto. ¿Por qué aquellos se iban y ellos no? ¿Qué diablos estaba pasando? ¿Resultados de una autopsia, eso era lo que estaban esperando? ¿Qué tanto podía demorar en dictaminar que aquel infeliz se había ahogado, sino es que se había matado por caerse de lo alto del barco, posiblemente por accidente o porque estando borracho como una cuba, quiso jugar al equilibrista y se trepó en la borda para luego perder estúpidamente el equilibrio? No. No había justificación posible que calmara los ánimos de los enardecidos pasajeros.

Caía más presión sobre los oficiales que, angustiados, veían llegar la noche sin tener respuestas claras de las autoridades. El capitán, un noruego de unos cuarenta y cinco años, alto —medía arriba del metro noventa de estatura— se mantenía en su camarote esperando noticias. Impaciente y acorralado no tuvo más remedio que tomar una decisión tajante al no ver las cosas claras con las autoridades del puerto. Decidió hablar a la Embajada en busca de auxilio. Y de ahí las llamadas precisas se hicieron, demandando respetuosa pero enérgicamente soluciones, que llegaron finalmente a las oficinas del gobernador del Estado y de los altos mandos de la Marina. Y de ahí, al Ministerio Público y al propio jefe de la policía del puerto, urgiendo a una solución con palabras tajantes que no admitían réplica: «Hagan lo que tengan que hacer, pero quítennos este problema de encima. Sólo tienen unas horas más para que esto quede solucionado o vayan pensando en presentar su renuncia».

Finalmente, a las 19:40 de la tarde, por correo electrónico, el resultado de la autopsia llegó al Ministerio Público, que de inmediato se comunicó con el jefe de policía del puerto para informarle que la muerte del extranjero no se había debido a un simple accidente.

—Al sujeto ése lo asesinaron y lo echaron al mar desde lo alto de las cubiertas del barco —concluyó el mensaje, dejando al capitán Dámaso Oliveira con un amargo sabor de boca, pues todo se complicaba con aquella noticia. La alternativa que se presentaba ante ese hecho criminal era mantener el barco en puerto hasta llevar a cabo las investigaciones correspondientes, y eso sin duda haría estallar el escándalo. Ambos hombres estaban conscientes de que no podían tener al Príncipe de los mares atracado indefinidamente. Aunque aquello fuera el procedimiento que marcaban los cánones legales, estaban ante un problema serio. Sus superiores no entenderían razones. Las órdenes eran terminantes: «Solucionen el asunto de inmediato, sin demora. Ya», lo que resultaba francamente imposible dado el giro de los acontecimientos, a menos que… A menos que ambos funcionarios se la jugaran. Ante la expectativa del conflicto internacional que podría venírseles encima, quedaba como única salida dejar que las cosas siguieran su cauce, como si nada hubiera pasado, manejando la versión de la muerte por accidente. Y esto era lo que parecía lo mejor ante la presencia de los jefes. En última instancia —pensaban—, si se trataba de un asesinato, eso era problema del capitán de la nave y no de ellos, aunque el muerto se los hubieran aventado al mar en pleno puerto. Así que dispusieron hablar con el capitán noruego al mando del navío y contarle la verdad.

El noruego quedó desconcertado con la noticia. No le cabía en la cabeza que una cosa así hubiera sucedido en su barco. Eso quería decir que tenía un asesino abordo, lo que ya de por sí era grave y preocupante. Sin embargo, pese a aquel riesgo, que ya se encargaría él en enfrentar, estaba consciente de que tendría que asumir toda la responsabilidad en su navío, o de lo contrario, someterse al procedimiento que marcaban las leyes mexicanas y permanecer ahí atracado quién sabe por cuánto tiempo, y eso implicaba que su barco se convirtiera en un auténtico volcán en erupción, lo que para él no era una solución admisible dado el problema que enfrentaba con los enfurecidos e intolerantes pasajeros del Príncipe de los mares que ya amenazaban con amotinarse. Al escuchar esas razones, el Jefe de la Policía del Puerto y el Ministerio Público toparon con pared, por lo que no tuvieron otra alternativa que decidir que lo único viable para terminar con aquel incidente, era dejar partir el barco. El cuerpo sería entregado al Consulado correspondiente una vez concluida la autopsia. La decisión que se tomaba era a sabiendas de que, si bien permitir la salida del barco bajo esas circunstancias no era legal, sí resultaba lo políticamente correcto, atendiendo al hecho de que sus superiores lo menos que deseaban era un conflicto internacional y querían desembarazarse del lío lo antes posible. Sobre esa base se llegó a un acuerdo con el capitán: le sería entregada la orden de salida y podría zarpar de inmediato, pero con la garantía de guardar silencio sobre lo ocurrido, y que el Ministerio Público Federal y sus asistentes viajarían en el barco durante el resto de su travesía, para llevar a cabo la investigación del caso con la ayuda de los oficiales de abordo, para de esa manera cumplir con el expediente que la investigación oficial requería.

A las 21:00 horas el barco dejó aguas mexicanas. Dionisio Oliveira lo vio partir desde el muelle, y permaneció ahí hasta que las luces del navío se perdieron en la noche. Durante todo ese tiempo no pudo dejar de pensar en el resultado de la autopsia. Lo que ahí se asentaba, por increíble que pareciera, era la escalofriante verdad: la causa de la muerte de Arnold Dubois no fue por ahogamiento, ni resultado de la caída desde la cubierta alta del barco, sino debido a una serpiente, cuyo veneno entró al torrente sanguíneo posiblemente a través de la vena yugular, justo en la vaina carótida que cruza por el cuello.

CAPÍTULO IV

En seguimiento de la nota

A unos días después del incidente en Cozumel, apareció en aquel periódico de cobertura nacional, y en la misma sección, una nueva nota sobre la misteriosa cobra de oro encontrada en el fondo de un cenote en Belice. El periodista hacía una síntesis introductoria, que era prácticamente una repetición de su primer texto, y agregaba:

> Las investigaciones llevadas a cabo en el lugar de los hechos indican que ese objeto antiguo, posiblemente de origen africano o asiático, de indudable valor histórico, fue sacado de Belice sin que, sospechosamente, las autoridades intervinieran. Cuando todo hacía pensar que esa importante pieza se perdería en una desconocida colección para el solaz egoísmo del adquirente, ha reaparecido en la ciudad de México, según pudo constatarse en la publicidad impresa y en la página de internet, de la prestigiada galería y casa de subastas Saint Persons & Sons, anunciando su remate durante el evento que tradicionalmente llevan a cabo todos los jueves, a partir de las seis de la tarde, en el tercer piso de sus instalaciones en la colonia Polanco.

Ojos ávidos que buscaban con interés el paradero de la pieza, se pusieron alertas, reconfirmando la noticia en la página *web* de la casa subastadora, donde efectivamente aparecía, junto con otras piezas que saldrían a remate ese día, la fotografía de aquella cobra antigua.

Pese a que la noticia del periódico y su difusión como un hecho curioso en plataformas de internet, el asunto de la subasta no despertó gran interés, posiblemente debido a que pocos se ocuparon de la lectura en el medio impreso, o porque simplemente no le dieron mayor importancia cuando vieron la información en redes sociales. En consecuencia, el día de la subasta, la tarde transcurrió tranquila, y lo realmente dramático e importante de la jornada fue la puja por esa antigua pieza, que alcanzó una cifra excepcional, sobrepasando en mucho el precio base, debido a la lucha enconada de dos postores a quienes no les importó subir constantemente el valor del objeto, con tal de obtener la victoria. «Una lucha de egos y de poder», especularon los testigos, en especial los empleados de la casa, que juzgaron aquella competencia como un capricho de millonarios.

La adjudicación, según se supo en los medios interesados, la obtuvo un conocido coleccionista de arte y magnate de los desarrollos turísticos vacacionales, que se venían construyendo a todo lo largo de la costa del Pacífico mexicano, y respondía al nombre de Olegario Ángeles Buendía.

CAPÍTULO V

El crimen de Santa Fe

Conjunto habitacional, Santa Fe, ciudad de México.
11:00 a.m.

La camioneta blindada de valores traspuso la primera entrada de control al lujoso conjunto residencial en los linderos con el Estado de México, enclavado con sus tres torres exclusivas, en un amplio espacio que abarcaba varias hectáreas, rodeado de abundante vegetación y cañadas, pista de tartán para los amantes de correr o caminar, que discurría entre frondosos árboles, bordeando un imponente lago artificial que albergaba garzas y patos salvajes; canchas de tenis, y una gran casa club con alberca cubierta semiolímpica y gimnasio con todos los aparatos necesarios para hacer ejercicio, amén de sus dos pisos para llevar a cabo eventos privados de los inquilinos. La vista desde ahí era espectacular, dominando desde las alturas la vastedad de la megalópolis, delimitada en el horizonte, hacia el Oriente, por la formación volcánica del Popocatépetl y el Iztaccíhuatl.

Recibidas las indicaciones de los guardias de seguridad privada en la caseta principal, el vehículo tomó por la amplia calzada dividida por un camellón sembrado de buganvilias, y se dirigió a la Torre C, situada a la derecha, y quizás la mejor ubicada de las tres. Al llegar al área de recepción del edificio de doce pisos, el vehículo se detuvo. De la cabina, por el lado del copiloto descendió un hombre uniformado portando un chaleco contra balas y armado con una poderosa arma larga. Se plantó ahí, de cara al exterior, observando alerta y desconfiado el entorno, manteniendo así la rutinaria vigilancia que el manual de la empresa le exigía. La doble puerta trasera de la camioneta blindada se abrió, permitiendo el descenso de otro uniformado, llevando un paquete debidamente embalado y cubierto por papel estraza, que medía aproximadamente medio metro de largo por treinta centímetros de alto. Entró al edificio dirigiéndose al mostrador de caoba y mármol verde de Guatemala, donde fue recibido por un elegante pero inexpresivo conserje, a quien auxiliaba una guapa edecán que atendía el conmutador, junto a otro guardia que vigilaba, con aire aburrido, las ocho pantallas de las cámaras de seguridad, tanto del exterior, como del *lobby* y de los dos elevadores ubicados al fondo. Todo se encontraba en orden y bajo la habitual rutina de esa mañana tranquila, de poco movimiento.

El mensajero indicó a quién venía a buscar y el motivo de la visita. Esperó, mientras la edecán hablaba por teléfono con el inquilino del *penthouse*.

—Traen un paquete para el señor. —Una pausa. Y finalmente escuchó atenta por el auricular montado en diadema que ceñía su cabeza, junto con el pequeño micrófono por el que se comunicaba. Asintió con un imperceptible movimiento de cabeza y murmuró—: Enseguida. Dígale que va para allá —levantó la vista para fijarla en el mensajero a quien le pidió registrarse en el libro correspondiente, solicitándole fijar la vista en el pequeño objetivo de la cámara colocada sobre el mostrador. Hecha la foto le requirió una identificación oficial con fotografía y firma. El sujeto cumplió con tranquilidad. Estaba habituado a ese tipo de trámites solicitados en lugares como esos, donde vive gente pudiente, con los suficientes recursos económicos para permitirse esos lujos.

—Por el elevador de la izquierda hasta el *penthouse*—fue la indicación final de la chica que volvió a lo suyo. El conserje había seguido en su trabajo y apenas prestó atención a lo que para él era simplemente hábito. El guardia se levantó para servirse un café de la cafetera ubicada en un pequeño cubículo atrás del mostrador. Al fondo, sobre el quieto silencio que imperaba en el lugar, se escuchó el suave deslizar de la puerta del elevador.

Y la puerta volvió a cerrarse.

* * *

20 minutos después.

La voz sonaba impaciente e irritada al preguntar a la muchacha del conmutador qué ocurría con el mensajero, que aún no había subido con el paquete. La respuesta de ella, con un dejo de desconcierto, hizo voltear al conserje y al guardia de vigilancia, ambos con una expresión de expectante curiosidad.

—No entiendo, señor. Subió hace… —consultó el reloj digital en el tablero— aproximadamente veinte minutos.

—Pues no ha llegado por acá —respondió molesto el inquilino del *penthouse*, demandando secamente a continuación—: ¡Vea qué pasa! Seguramente anda equivocado de piso.

La muchacha se estiró para alcanzar el libro y verificar el dato:

—No, señor. No hay posibilidad de que se haya equivocado. Vamos a investigar de inmediato, señor. —Cortó comunicación y encarando a sus compañeros les informó, sin poder ocultar su desconcierto—. El mensajero no ha llegado al *penthouse*.

* * *

11:45 a.m.

El elevador estaba detenido en el entrepiso, entre los niveles once y doce, antes de llegar al *penthouse*. Con ayuda del personal de intendencia lograron abrir las puertas. El guardia de la planta baja y los ayudantes enfrentaron un cuadro que no esperaban. Quedaron impactados por la macabra brutalidad de la escena.

El mensajero yacía tirado en el piso, boca abajo, en la inmovilidad estrujante de la muerte, en una posición desarticulada, a mitad de un charco de sangre, que desde luego había brotado de su cuello cercenado justo en la yugular.

Eso era todo. No había rastro alguno del paquete que debía entregar.

CAPÍTULO VI

RR

Ciudad de México.
7:00 p.m.

RR recibió una llamada de la filial en México de la compañía de seguros Hércules Insurance, Co. en su teléfono móvil, justo cuando dejaba el Instituto de Investigaciones Penales, ubicado en la delegación Tlalpan, al sur del Distrito Federal, después de dar la clase sobre técnicas de investigación en delitos cibernéticos. El director de la compañía, importante filial de una trasnacional domiciliada en Londres, se percibía nervioso y alterado a través del teléfono. Buscaba al criminalista para que se hiciera cargo de un asunto muy urgente. Y no era para menos, pues la pieza asegurada que había sido objeto de subasta en la galería de arte Saint Persons & Sons, tasada en una muy importante suma de dinero, había sido robada. La señal del celular no era buena en esos momentos, así que RR decidió que sería mejor continuar la conversación en persona, y concertaron una cita en el departamento del criminalista, en la colonia Condesa. Cuando RR llegó, después de una hora de padecer el denso y caótico tráfico del atardecer, Rogelio Almeida ya lo esperaba.

El director general de la aseguradora se instaló en la sala y aceptó un whisky en las rocas, mientras RR se preparaba un martini a base de ginebra Bombay Shapire.

Almeida explicó a RR los pormenores de aquel *siniestro*, palabra que en el argot de las aseguradoras se refiere tanto a una colisión automovilística, una enfermedad, o un robo, con el inconveniente adicional de que aquél se trataba de uno violento, en el cual el mensajero había sido asesinado en el interior de un elevador, sin que se supiera quién fue el homicida ladrón, y por dónde pudo escapar con la pieza asegurada.

—¿Cuándo ocurrió? —preguntó RR mientras ocupaba el viejo y mullido sillón de piel frente a su escritorio, colocado a un lado del ventanal, desde donde se dominaba la calle y al otro lado un parque arbolado.

—Hoy por la mañana. Antes de mediodía, según nos reportaron —se apresuró a contestar Rogelio Almeida, jugando con el vaso entre sus manos.

RR consultó la hora. Afuera ya caía la noche sobre una tarde fría y nublada de finales de febrero. Seguramente llovería en el transcurso de las siguientes horas, pensó, para volver al tema después de dar un sorbo a su bebida, acompañada con cebollitas de cambray, al muy puro estilo Gibson, pero con las adicionales aceitunas sin hueso que también acompañaban. Era demasiado tarde para ir a darse una vuelta e investigar el lugar de los hechos, donde seguramente se toparía con un par de policías montando guardia, puesto que los agentes adscritos al Ministerio Público de la zona ya habrían concluido las investigaciones preliminares, y el cadáver ya estaría en la Dirección General de Servicios Periciales de la Procuraduría del Distrito, donde le practicarían la autopsia de ley. Por lo tanto, esa visita quedaría aplazada para el día siguiente por la mañana. Sin embargo, algo se podría avanzar. RR preguntó al Director General sobre la pieza en cuestión y el por qué ésta había sido llevada al domicilio del adquirente, cuando por lo general el ganador en una subasta paga la cantidad final establecida por el martillero mediante tarjeta de crédito o con cheque certificado.

—Ese es el procedimiento usual —aceptó Rogelio Almeida—, pero en este asunto hubo una excepción.

—¿Y esa cuál fue? —preguntó RR.

—La persona que ganó la subasta es un cliente asiduo de la casa y, según me han informado, un hombre económicamente muy, pero muy solvente. Incluso ya en otras ocasiones han procedido con él de esa forma: No se le pide de garantía alguna al entrar. Si gana la subasta, al día siguiente le envían a través de una compañía de valores el bien adquirido y él paga usualmente con cheque certificado sin mayores problemas.

—Sólo que ahora alguien se interpuso en el camino y se quedó con la pieza, y eso los pone a ustedes en el juego —acotó el criminalista, haciendo asentir con la cabeza a Almeida.

—Así es —concedió el director de la aseguradora—. Tratándose de un robo, y antes de hacerse el pago del reclamo, debemos proceder con la investigación, según está estipulado en el contrato del seguro. Por lo pronto, los de la casa de subastas, como primera medida, deben reportar el hecho a las autoridades, y según tenemos entendido ya han presentado la denuncia ante el Ministerio Público. En cuanto tengamos la copia comenzará a correr para nosotros el plazo de gracia. Si al concluir ese tiempo el bien robado no aparece, entonces se hará efectiva la póliza, y tendremos que pagar.

—¿De qué pieza estamos hablando? —preguntó RR, después de escuchar con atención a su interlocutor, y volviéndole a servir en el vaso de *old fashion* una generosa porción de whisky, que el hombre apresuró a trasegar, dominando el temblor de su mano, indicio del estado de tensión y preocupación en el que se hallaba.

—Una cobra —pudo decir al fin—. Una cobra de oro, encontrada en el fondo de un cenote maya. Quizás usted tenga noticia de ello. —Al ver la negativa con la cabeza del criminalista, prosiguió—. Según los expertos de la casa de subastas, se trata de una pieza perteneciente a la cultura tailandesa, con una antigüedad de unos cuatro a cinco siglos, digamos sobre el quince o dieciséis de nuestra era, o tal vez más.

Almeida sacó del interior de su saco el folleto doblado, producido por Saint Persons & Sons para la subasta, donde se incluía la fotografía de la pieza en cuestión

—Ahí la tiene usted, RR. Y también fue publicada en la página en internet de ellos. En el mismo folleto encontrará la dirección electrónica por si quiere acceder.

El criminalista observó la imagen con atención. El folleto daba una breve explicación de la pieza: las dimensiones de la serpiente, no eran muy grandes, de unos cuarenta centímetros, erguida y con la capucha extendida, en actitud de alerta; su cuerpo delgado se doblaba en una curva casi desde el arranque de la cabeza, formando un aro natural en la parte de abajo. A los costados del cuerpo se alcanzaban a distinguir una serie de caracteres vinculados seguramente a la cultura de origen. Luego de ese breve examen dejó el papel sobre el escritorio, para preguntar:

—¿Cuánto fue el valor asignado en la póliza?

Cuando RR escuchó la cantidad, no pudo menos que comentar, simulando no dar mucho crédito a la suma:

—¿En realidad tanto puede valer esa antigüedad?

El director de la aseguradora hizo un gesto dubitativo y movió la cabeza negativamente.

—Lo ignoro, RR. Quienes tasaron el precio fueron los de la casa de subastas. En última instancia sería a ellos a quienes habrá de preguntárseles.

RR asintió y permaneció pensativo. Ese era un punto importante para tener una dimensión precisa del motivo del robo, y no sólo eso, del porqué el ladrón fue capaz de llegar al asesinato para obtenerla. ¿Se trataba de una simple cuestión de dinero o habría algo más oculto? Siempre las antigüedades cargaban con sus misterios, elucubró RR para discurrir que el caso se presentaba complejo ya de por sí, complicándose aún más con la muerte del mensajero. Esperaba que el asesinato no entorpeciera su propia investigación si se topaba con algún Ministerio Público celoso de su investidura, que quisiera llevar las cosas según su leal saber y entender, dándole

al caso el tiempo que le permitiera atender las otras denuncias o pro-
cedimientos que posiblemente se apilaban en su escritorio. Estaba
en una lucha contra el reloj. A partir de ese momento, al aceptar
ese asunto, la presión que recaería sobre él cobró forma en las últimas palabras del director general de la aseguradora:

—Confiamos en usted, RR. Confiamos en que recuperará esa
pieza.

CAPÍTULO VII

Olegario Ángeles Buendía

Conjunto habitacional, Santa Fe, ciudad de México.
Temprano.

RR estacionó en el espacio para visitantes su Mini Cooper S color amarillo con franjas negras en el cofre y en el toldo, y vestiduras de piel del mismo color. Lo había adquirido en la última navidad, como un regalo que se había dado; «un pequeño cariñito que se merecía», como decía una de sus hermanas cuando se cumplía algún capricho al haber alcanzado una meta o cumplido una tarea. Le gustaba ese auto por su movilidad y su alta tecnología, independientemente de que era el ideal para lidiar en aquella ciudad que ya amenazaba por colapsarse, y en donde la velocidad promedio no llegaba a rebasar los cincuenta kilómetros por hora, entre el crecimiento vehicular, las obras inacabadas que hacían parecer a la urbe una plaza bombardeada, y las múltiples y ya cotidianas marchas de inconformes por lo que fuera, que bloqueaban impunemente calles y avenidas ante la indolente presencia de la policía, indiferente a la desesperada impotencia de los ciudadanos.

Al llegar a la Torre C saludó con un leve gesto a los policías que montaban guardia dentro de la patrulla aparcada frente a la entrada. Se encaminó hasta el *lobby* para encarar al conserje y la recepcionista, que RR dedujo eran los mismos del día anterior por la tensión y el nerviosismo que los embargaba. Seguramente ya habían sido interrogados por el Ministerio Público, y eso siempre impone, pues de la forma inquisitorial de investigar que acostumbran aquellos fiscales, surge siempre un sentimiento paranoide, como si en cualquier momento las cosas fueran voltear, y de testigo pase uno a ser acusado.

Quien vigilaba los monitores era un sujeto cincuentón, por su actitud serena, RR consideró que éste no era el que estaba de turno durante los acontecimientos.

El criminalista pasó por todo el ritual de identificación, desde tomarse la fotografía, entregar su cédula profesional para que obtuvieran sus datos y cotejaran su imagen, y anotarse en el libro de registro. Mientras lo hacía algo llamó su atención en las pantallas. Una permanecía vacía, sin imagen.

—Esa pantalla. ¿No hay cámara? —preguntó.

Quien respondió fue el conserje, que ya había escuchado decir a RR que era investigador por la compañía de seguros, lo que en alguna forma le daba el carácter de «policía», así que respondió:

—Es la del elevador de la izquierda. Está dañada desde hace días.

—¿No es ese el elevador donde se cometió el crimen? —interrogó RR frunciendo el ceño, lanzando la pregunta para corroborar el dato.

Los del mostrador intercambiaron una rápida mirada de tensión. Finalmente el conserje salió al quite de nuevo:

—Sí, señor. Ese es.

—¿Desde cuándo no funciona la cámara?

—Unas cuarenta y ocho horas, más o menos. No podría decirle con exactitud. Yo no he estado de guardia hasta ahora —terció el que estaba a cargo de la vigilancia de las cámaras.

—Cuarenta y ocho horas —repitió RR—. ¿Y nadie lo reportó?

—Claro que sí, señor —habló nuevamente el conserje—. Yo personalmente lo hice, sólo que no han mandado al técnico.

RR agradeció la información y se encaminó al fondo para subir precisamente por aquel elevador hacia el *penthouse*, donde ya habían anunciado su presencia, mientras se cuestionaba si la falta de arreglo de la cámara era debido a la negligencia, o al descuido de la empresa encargada de la vigilancia. Durante el ascenso paseó su mirada por el cubo diseñado para ocho pasajeros. Todas las paredes estaban forradas de espejo. El suelo había sido limpiado, pero pudo notar aún rastros rojo oscuros en los bordes. Posiblemente sangre.

Observó en el tablero digital el avanzar de los pisos hasta que llegó al *penthouse*. Al abrirse la puerta se enfrentó a un hombre de traje, de complexión robusta, con el cabello canoso casi cortado a rape. El chofer, o el guarda espaldas, o ambos, pensó RR, evaluándolo por su actitud y su vestimenta. Murmuró un «gracias» cuando el hombre lo dejó pasar y le dijo secamente que esperara ahí, para después perderse por una puerta.

RR se adelantó y enfrentó a la ciudad a través del ventanal panorámico que corría a lo largo de la estancia de doce metros, y desde el que se alcanzaba a ver aquel México que parecía distinto a lo que era, con una fisonomía de ciudad moderna y cosmopolita, con estructuras de acero y vidrio elevándose en formas caprichosas; edificios de apartamentos, para oficinas, o que albergaban grandes corporativos, pero todos con un denominador común: confort, lujo, exclusividad, estatus. Y más allá, las cañadas ya invadidas también por complejos habitacionales exclusivos y de lujo, signo de poder, pero también de corrupción, en donde delegados o autoridades de más arriba en la ciudad habían llegado a componendas, en las sombras, para violentar el uso de suelo.

Pudo distinguir desde acá los largos puentes que unían las barrancas, fronteras artificiales que marcaban brutalmente el contraste a un lado y otro: de uno la pobreza, el hacinamiento producto de invasiones solapadas nuevamente por las autoridades, en contubernio con los líderes que a cambio de la ilegalidad vendían los votos de su gremio. Del otro, la opulencia, los nuevos desarrollos de aquel nuevo México que se yergue sobre la basura, donde el metro de aire se tasa en dólares.

Siempre es cuestión de dinero, pensó RR, y comenzó a deambular lentamente por aquel espacio que segregaba opulencia. En el lugar privaba el caro buen gusto, desde los cuadros en las paredes, todos de firma, todos de pintores importantes, tanto mexicanos como extranjeros; sólo ahí había una fortuna en tela, oleo, acuarela y talento, hasta las esculturas y piezas de artesanía que en vitrinas o en nichos alumbrados con luz cenital mostraban su belleza. Más allá el investigador pudo descubrir el comedor para dieciséis personas: fina madera, artesanos de primera.

La voz de un hombre dándole las buenas tardes lo hizo voltear para encarar a un sujeto entrado en los cuarentas, alto, espigado, de movimientos atléticos. La tez bronceada resaltaba la blanca dentadura de una sonrisa que parecía falsa, y acentuaba aún más el azul intenso de sus ojos. Vestía con desenfado un suéter de cachemir color lavanda y unos pantalones de lino de corte perfecto. Calzaba mocasines de mil quinientos dólares el par. De su cuello sólo pendía una discreta cadena de oro, y en su muñeca derecha un reloj Pathe Phillip de edición limitada, que RR recordó sólo habérselo visto a uno de los eternos líderes sindicales cobijados por el sistema. El hombre adelantó con paso ágil hacia RR mirándolo con curiosidad.

—Soy Olegario Ángeles Buendía. Me dijeron que me buscaba.— Y lo miró inquisitivo, esperando que el recién llegado aclarara el motivo de su visita.

—Vengo de la compañía de seguros —respondió RR, sin más trámite.

El rostro de Olegario se ensombreció por unos instantes, y asintió. Con un ademán invitó al criminalista a sentarse, mientras él lo hacía en un sillón individual de piel blanca.

—Ya le dije a la policía todo lo que tenía que decir —advirtió con seriedad, como si no le viera objeto a aquella visita.

RR tomó asiento, pero antes de que pudiera decir palabra, el otro se levantó y se encaminó hacia un carrito de bebidas.

—¿Algo de tomar, señor…? – Dejó el suspenso el resto.

—Dígame simplemente RR. Y en cuanto a la bebida, gracias, por ahora no.

Olegario hizo un leve encogimiento de hombros, puso un trozo hielo en un vaso y se sirvió una generosa ración del exclusivo whisky Jhonnie Walker Blue King George V, que se conservaba en una fina licorera de cristal cortado de Bohemia.

—Como le dije a los agentes, y se lo digo ahora a usted, no creo que pueda darle mayores detalles sobre el robo.

RR lo observó. Tras esa figura de *playboy* desenfadado y aparentemente jovial, se escondía un tiburón de los negocios. Su fortuna se remitía a muchos años atrás, cuando su familia controlaba el negocio de la copra en la vasta zona del estado de Guerrero hasta las costas michoacanas. Corrían las versiones de que aquel imperio levantado por los Ángeles Buendía no sólo se había debido al trabajo honesto y tesonero. Sangre, violencia y métodos al filo de la ley, con un hábil manejo de la corrupción, habían encumbrado aquel emporio que ahora parecía ser historia en la figura de aquel hombre educado, de modales finos y desenvueltos.

Olegario Ángeles Buendía —apellido compuesto gracias al abuelo que tuvo veneración por su madre y no quiso relegarla en la memoria familiar— era ahora uno de los más importantes desarrolladores de bienes inmuebles en las costas mexicanas. Acapulqueño de origen, seguía aferrado a sus lugares. Le encantaban el mar, los yates de lujo, la pesca de altura y el *penthouse* que se elevaba majestuoso en sus tres pisos en una de las torres del complejo Perla Gris, en la exclusiva zona Esmeralda del puerto. Este era el hombre que tenía como uno de sus *hobbies* adquirir piezas de arte, entre más antiguas y exóticas mejor. Lo que había en aquel departamento era apenas una muestra de su colección.

Olegario regresó a su lugar y se arrellanó en el sillón, observando a RR. Mientras jugaba con el vaso entre sus manos, inquirió, expectante:

—¿Y bien? ¿Entonces, en qué le puedo servir?

RR sostuvo la mirada y dijo:

—Según tengo entendido, usted recibió la llamada de recepción.

Olegario se apresuró a negar con la cabeza, para explicar:

—No. No fui yo. Fue mi mucama. Yo estaba haciendo ejercicio ahí, en mi gimnasio —y al decir eso indicó hacia un lugar en el departamento. RR volvió a mirar. En efecto ahí había un amplio espacio en el que se adivinaban algunos aparatos para entrenar. El hombre prosiguió—. Hago unos sesenta minutos de ejercicio mientras veo la televisión. Me preguntará usted qué es lo que veo a esa hora y mi respuesta es simple: noticias. Tengo preparado un equipo para grabarlas temprano, así no le robo horas a mi sueño —aclaró y sonrió de nuevo con aquella extraña sonrisa que más parecía el gesto de un escuelo.

—¿Cuándo se percató de que el mensajero no había llegado con su paquete?

—Ya le dije. Estaba haciendo ejercicio. —Dio un corto trago a su bebida y prosiguió con naturalidad—. Estaba concentrado en lo que veía en la televisión y se me pasó el tiempo hasta que caí en cuenta y llamé a la mucama. Al decirme que no había llegado nada, hablé a recepción para averiguar qué diablos pasaba. Y el resto usted lo sabe.

RR asintió, mientras observaba a aquel hombre tranquilo y seguro de sí, bebiendo a hora temprana un whisky carísimo.

—¿Y su chofer? —preguntó RR.

—¿Joel? No estaba. Lo mandé temprano a hacer unos encargos. —Volvió a beber y luego dejó el vaso, casi hielos ya, en una mesita y encaró al criminalista para remachar—: El paquete que adquirí en la subasta jamás llegó a mis manos. Y ante esa circunstancia, he llegado a preguntarme si en realidad contenía lo que gané en la subasta.

RR pudo entrever la inclinación del hombre a actuar con ventaja egoísta, y se preguntó si así era su proceder en los negocios que emprendía. Ángeles Buendía soltó esa grave insinuación como eludiendo cualquier responsabilidad que pudiera afectarlo. Conteniendo su repentina indignación, RR lo atajó de raíz, en un tono controlado pero firme.

—Esa es una especulación que no cabe en estos casos, señor Ángeles.

—Ángeles Buendía —corrigió Olegario, con un dejo de soberbia.

RR no hizo la corrección, sino que siguió con el hilo de lo que estaba diciendo:

—Tanto la casa de subastas como la compañía de seguros desean que se llegue al fondo en este asunto, y con eso quiero decir, atrapar al responsable del robo, y por lo tanto del asesinato, para recobrar esa pieza.

—Perdone mi insensibilidad, pero eso no es de mi incumbencia —señaló Olegario con desenfado—. Me interesaba la pieza. No llegó a mis manos porque fue robada. Mala suerte. No tengo obligación en ello ni tendría por qué cubrir el precio establecido, aunque la ley pueda decir que hay compraventa cuando cosa y precio estén acordados, aunque no se haya entregado la una, ni pagado lo otro. Pero aquí resulta que la responsabilidad de la entrega recae sobre la casa de subastas, que es en definitiva quien tendrá que responder, aunque, por lo que me dice, seguramente tiene asegurada la pieza ante cualquier circunstancia no prevista, como el robo en tránsito. Vamos, es algo así como cuando roban a un mensajero que ha recogido el dinero de la nómina de empleados, y es asaltado camino a la oficina, ¿No lo cree?

RR no hizo comentario alguno. Olegario agregó a continuación, dando por aceptada su explicación:

—Lo que realmente quise decir, es que mientras ese bien no me fue entregado en propia mano, no podía considerarse mío, pese a que ayer en la puja lo ganara en forma legítima y clara. Aquí está el cheque hecho. Puedo mostrárselo.

Hizo ademán de moverse hacia un escritorio antiguo, un bargueño del siglo XVI que ocupaba un rincón de la pieza, pero RR le detuvo:

—No es necesario. Le creo. El robo del objeto antes de que llegara a sus manos lo exculpa a usted de la obligación de pago. Por eso, le reitero el motivo por el que estoy aquí…

—Y yo le reitero que nada más puedo ofrecerle para ayudarlo en su tarea —cortó tajante Olegario.

RR asintió con un leve movimiento de cabeza. Comprendía que no iba a sacar más de aquella entrevista y se levantó para despedirse. Olegario no hizo intento alguno para retenerlo, simplemente lo miró partir, y como por encanto, el chofer (o guardaespaldas) apareció de nuevo, llamando al elevador.

—Que tenga buen día y buena suerte en sus investigaciones. Y desde luego, si llega a recuperarse esa pieza, yo no tendré inconveniente en pagar su precio —concluyó Olegario a manera de despedida, cuando el criminalista entró en el ascensor.

RR no pudo captar si en aquellas palabras había una intención de buena fe o cierto sarcasmo, producto del escepticismo de aquel magnate sobre el éxito que pudiera tener para recuperar lo robado.

CAPÍTULO VIII

Unos zapatos y un Lamborghini

Conjunto habitacional, Santa Fe, ciudad de México.
Sobre las 11:00 a.m.

Cuando RR regresó al estacionamiento vio a alguien sentado en el cofre de su coche, fumando tranquilamente un cigarrillo. No le incomodó al ver de quién se trataba. Cassandra Gastélum no llegaba aún a los cuarenta años y era una espigada y guapa trigueña de ojos color miel, vestida con desenfadada elegancia. Usaba una chaqueta corta de cachemir y una minifalda plisada que permitía ver sus bien torneadas piernas. Era la investigadora interna de la galería de arte y casa de subastas Saint Persons & Sons. Al ver aproximarse al criminalista su rostro se iluminó en una sonrisa y bajó con agilidad felina del auto, para decirle:

—Conociendo bien tus gustos, supuse que este auto era el tuyo.

Él concedió con un movimiento de cabeza y le devolvió la sonrisa. La saludó con familiaridad:

—¿Qué tal Cassandra? ¿Llevas tiempo esperando aquí?

Ella se encogió levemente de hombros, tiró el cigarrillo al piso y lo aplastó con uno de sus finos zapatos italianos.

—Llegué un poco después que tú. Al saber que estabas arriba interrogando al tipo ese, consideré una pérdida de tiempo ir allá

LOS CRÍMENES DE LA COBRA

para oír más de lo mismo. —Hizo una leve pausa para luego preguntar—. ¿Cómo te fue con él?

—Más de lo mismo, como dices —replicó RR—. Nada en claro por ahora. Cuidando su posición y eludiendo responsabilidades. Curándose en salud, pues. Claramente le echó la responsabilidad a tu representada.

—La que tiene un importante seguro con tu cliente —agregó advirtiendo, sin perder su sonrisa, pero para dejar claro quién estaba realmente en problemas si la pieza no aparecía.

—Si te conozco bien, no te quedaste simplemente fumando aquí, esperando que yo regresara—contraatacó RR, lo que provocó que Cassandra soltara una carcajada.

—¡Acertaste! Fui con los chicos de recepción, pero poco me pudieron decir. Revisé el libro de visitas. Poco movimiento esa mañana. Ningún visitante, excepto el desafortunado mensajero. Luego me di una vuelta por la parte de atrás, donde están los elevadores para el servicio y tampoco obtuve nada en claro. Nadie notó nada especial, ni tampoco hubo gente fuera de lugar o que no tuviera nada que hacer por ahí. El mismo resultado al entrevistar a los de la caseta principal.

—Lo que nos lleva a una primera conclusión con respecto al ladrón—advirtió RR—. Si nadie pudo percibir una presencia extraña, eso indica que el asesino ya se encontraba aquí cuando la camioneta de valores llegó con el paquete. Y esto nos lleva a otro punto.

—¿Y ese es...?

—Que el ladrón ya tenía conocimiento, sino de la hora exacta de la entrega, por lo menos sí de que ésta se haría en el transcurso de la mañana. Lo que lo sitúa entonces dentro del edificio.

—¿Pero cómo pudo enterarse del dato? Resulta claro que ya tenía esa información, ¿pero de dónde pudo obtenerla? —discurrió Cassandra. Se reclinó una vez más en el auto, sacó una cigarrera de plata y la ofreció a RR. Éste denegó con un ademán y ella explicó con una sonrisa, mientras extraía un cigarrillo y se lo llevaba a la boca—: Dirás que soy una *snob*, pero prefiero mi pitillera a traer esas cajetillas con imágenes horribles de ratas muertas o de moribundos entubados, para advertirte que fumar es dañino para la salud.

RR sonrió y la vio encender el cigarrillo. Cassandra exhaló el humo con los ojos cerrados, deleitándose con la fumada, luego retomó el hilo de la conversación:

—Entonces, ¿dónde diablos el tipo ese pudo obtener la información? —Abrió los ojos y fijó su mirada en el criminalista—. ¿Crees que tuviera un cómplice? ¿Alguien en la casa de subastas o en la compañía de entrega de valores?

—Es una posibilidad —concedió RR—. En ambos casos hay motivo para pensar así. Aquí hubo un elemento de anticipación que permitió al ladrón tener conocimiento de tiempo y lugar.

—Dudo mucho que la información saliera de mi cliente —aseguró Cassandra—. Son muy estrictos con el personal. Es gente de total confianza, que llevan años trabajando ahí.

—No podemos descartar ninguna posibilidad, Cassandra.

—Tienes razón. Pero algo puedo asegurarte, si hay alguna liga o complicidad de alguien con el ladrón, tuvo que venir de la compañía de transporte de valores. El que el objeto estuviera ya empacado no excluye la posibilidad de que su personal conociera el contenido del paquete; lo que no es difícil de averiguar, pues cualquier dato sobre el bien y su valor debe estar asentado en el respectivo formulario de solicitud.

—Es un buen argumento —concedió RR.

—De todos modos yo me encargaré de esos pormenores personalmente, para no dejar ningún cabo suelto. Y de paso, ya que andamos por acá, investigaré a los inquilinos y a la servidumbre para saber dónde se encontraban cuando ocurrió el robo.

—Y yo me haré cargo del Ministerio Público para ver cómo van con la averiguación.

—¡Nada mejor que la división del trabajo! —exclamó Cassandra con buen humor, y propuso—: ¿Qué tal a comer hoy en el restaurante San Ángel Inn a las tres y media para intercambiar resultados?

—¡Cerrado! Yo reservo —dijo RR, y Cassandra se despidió echando a andar con aquel paso sinuoso y seguro de su espectacular figura, resaltada por los zapatos Prada y la soberbia minifalda. Él la observó con beneplácito por unos instantes, pero su atención se desvió al ver un Lamborghini Winter Academia salir del garaje subterráneo, rugiendo con toda la potencia de su motor V12 de 610 caballos de fuerza, rumbo a la salida del conjunto residencial. RR pudo descubrir quién lo manejaba. Era Olegario Ángeles Buendía.

CAPÍTULO IX

San Ángel Inn

En el restaurante, al sur de la ciudad.
3:00 p.m.

La noticia había trascendido a la prensa. RR revisaba la nota en su celular, mientras aguardaba la llegada de Cassandra Gastélumen una de las mesas del corredor que rodeaba el animado patio del restaurante. Se dedicaba a la lectura y a dar pequeños sorbos al martini que había ordenado. Quien redactó la noticia se quejaba de la poca colaboración de los sistemas de seguridad del conjunto habitacional y del hermetismo del personal de vigilancia. Se hablaba del robo de la pieza millonaria y se descubría que había sido adquirida por el empresario Olegario Ángeles Buendía en una subasta reciente.

RR terminó de leer. Nada nuevo. Seguramente la información llegó a los periódicos filtrada desde las oficinas del Ministerio Público, donde siempre deambulan los periodistas de nota roja. El texto concluía señalando que se había tratado de localizar a Ángeles Buendía para que hiciera una declaración, pero sin que hasta el cierre de la edición se hubiera localizado.

—¿Algo nuevo? —escuchó que le preguntaban. Levantó la vista para descubrir a una sonriente Cassandra, que ajena a las miradas voraces de los varones en las mesas cercanas tomó asiento, mientras ordenaba al capitán de meseros que la había acompañado:

—Por favor, *capi*, con carácter de urgente, un apple martini, con el mejor vodka que tenga.

Cassandra se acodó en la mesa mirando de fijo y, siempre con una sonrisa, al criminalista:

—¿Y bien? Mi pregunta se quedó en el aire, RR. ¿Algo nuevo?

—Al tipo lo asesinaron con un estilete o algo parecido, que le clavaron en la yugular. Un golpe limpio y preciso que lo llevó a la muerte en segundos —dijo RR, mientras Cassandra lo observaba y robaba un apio de las verduras colocadas en una pequeña fuente al centro de la mesa, para remojarlo en una crema de cebolla.

—Buen punto para los de la autopsia —repuso la muchacha— Pero, ¿a dónde nos lleva en nuestra investigación?

—He de reconocer que a nada en concreto, nada más que el homicida iba decidido a todo con tal de apoderarse de la pieza, y lo hizo sólo en veinte minutos. Es decir, meterse en el elevador, asesinar y robar para luego esfumarse hacia donde nadie sabe. Por otra parte, de las declaraciones de los testigos, nada como era de esperarse. De las imágenes captadas por las cámaras de vigilancia durante las veinticuatro horas previas, tampoco; nada fuera de lo habitual. Incluso leí las declaraciones de los empleados de la compañía de transporte de valores que acompañaban al mensajero, y de ellos se obtuvo cero. Están limpios y sus antecedentes no tienen problema.

Cassandra asintió. El mesero llegó para dejarle su trago, lo que ella agradeció con un gesto, mientras observaba cómo le servían del pequeño recipiente enfriado con hielo seco. Bebió con deleite y comentó:

—Eso coincide con lo que pude investigar. Y para no dejar, hice lo mismo con los empleados de mi cliente. Nada por ahí. De los inquilinos, la del piso once, es decir, la que está exactamente abajo del *penthouse*, es una viuda septuagenaria que en ese momento tomaba su clase de natación en la alberca de la casa club. El del piso diez es un piloto aviador que a esas horas piloteaba un jumbo rumbo a Europa. Y de más abajo, mujeres que habían salido temprano a dejar a los niños al colegio y después a realizar sus actividades, mientras sus esposos se sumergían en el trabajo diario. De la servidumbre, nadie que reúna el perfil de un asesino decidido y despiadado como el que nos ocupa.

—Nada, pues —comentó RR con serenidad. Y ella inquirió nuevamente:

—¿Qué vamos a informar a nuestros clientes en la reunión de hoy en la tarde? ¿Te citaron, verdad?

—Por mensaje a mi celular. A las siete de la noche. Y con respecto a tu pregunta sobre el informe, me temo que no se quedarán nada tranquilos.

—Así es —aceptó Cassandra, y tomando el menú, dijo con desparpajada filosofía—: Por lo pronto dejemos al lado esos problemas y concentrémonos en disfrutar de una buena comida. ¿Qué vas a pedir?

Compartieron unos sesos a la mantequilla negra. Él eligió como plato fuerte el robalo envuelto en hoja santa con salsa de pulque, y ella un trozo de lomo de pez espada y verduras al vapor. Por momentos, como sugirió Cassandra, dejaron a un lado aquel problema y el misterio del sórdido ladrón y asesino, para acompañar su comida con un excelente Monte Xanic, Calixa rosado del 2008.

CAPÍTULO X

Un testigo muy peculiar

A bordo del Príncipe de los mares.
12:00 p.m.

Respondía al nombre de Lavinia Jenkins, era una mujer cercana a los ochenta años de nacionalidad estadounidense y una vida muy peculiar. Era viuda hacía más de treinta años, sin hijos. A su marido lo habían matado en una de esas absurdas guerras en las que constantemente se mete su país, sin que pueda admitir que no existe guerra que no sea absurda, como las que se originan por diferencias ideológicas, religiosas o territoriales, para apoderarse de las riquezas naturales. Jubilada de una importante compañía internacional de cosméticos desde hacía diez años, sin hijos ni nada que la atara, decidió vivir en los cruceros caribeños, y cuando no era temporada, en otras partes del mundo. Su pensión le daba para eso y más, de tal manera que tenía una existencia cómoda y divertida. Se enteró que las autoridades mexicanas viajaban con ellos en el barco, investigando la muerte del desafortunado francés que había caído por la borda, y que tanta especulación causara, con el consabido retraso en Cozumel, ante la exigencia de la autoridad, del puerto de que debía practicarse la autopsia de Ley en aquella persona para averiguar la causa de su deceso.

Y ella sabía algo.

Así que preguntó dónde podría encontrar a aquellas personas. Los tripulantes del barco le dieron santo y seña y a eso de las doce del día, atildadamente vestida, se presentó ante ellos en aquel pequeño salón para fumadores ubicado en la proa de la nave.

*   *   *

Nelson Carrillo, el Ministerio Público Federal en Cozumel y su asistente, estaban cansados y hartos. Sabían que sólo con un milagro podrían encontrar alguna pista que los condujera al asesino de Arnold Dubois. De la larga lista de pasajeros habían descartado a niños y adolescentes, así como a gente de la tercera edad, tratando de concentrarse en mujeres, dada la información que tenían sobre la misteriosa pasajera desaparecida. Pero no guardaban muchas esperanzas. La proporción femenina era de un poco más del cincuenta por ciento, sin tomar en cuenta a la tripulación, desde oficiales hasta meseros, recamareras, gente de cocina, personal de relaciones públicas y de entretenimiento, incluidos los actores de los *shows* que noche a noche presentaba la compañía naviera. Se trataba de una tarea interminable, sujeta al plazo del final de la travesía, lo que ocurriría muy pronto. Se habían metido en eso, francamente, para cumplir con el expediente más que por otra cosa.

Fue entonces cuando se presentó aquella elegante señora, escrupulosamente arreglada y de aspecto maternal tras sus gafas bifocales y su gentil sonrisa que iluminaba su arrugado rostro. Les sorprendió la vitalidad y lucidez de aquella mujer que era una octogenaria: erguida, lúcida y agradable. Les dijo que tenía algo que podría interesarles.

La invitaron a tomar asiento y se dispusieron a escucharla sin abrigar muchas esperanzas. Lavinia les contó que esa noche había salido a fumar después de cenar, como era su costumbre. Fumaba desde los quince años, sin temor al enfisema o al cáncer de pulmón, como todo el mundo advertía en una publicidad machacante y paranoica contra el tabaco, al grado tal de confinar a los infiernos, a la discriminación y al repudio social a los fumadores que, dentro de todo, tienen el derecho de hacer con sus pulmones lo que les viniera en gana. Si tanto les molestaba, ¿por qué no cerrar de una vez por todas las grandes fabricas productoras de cigarrillos? Pero ese no era su caso. Fumaba a lo mucho cinco cigarros por día, y uno de esos precisamente era el que acostumbraba después de cenar.

Los hombres la escuchaban con paciencia, que poco a poco se iba agotando. El Ministerio Público quiso apurar las cosas, e interrumpió:

—Decía usted que salió del salón comedor a fumar. ¿Y qué fue lo que vio?

—Una pareja. Discutían a unos quince metros de donde yo me encontraba. Justo ante la escalera exterior que lleva a la cubierta de arriba, de la cual se cayó el desafortunado señor francés.

—Supongo que uno de ellos era el señor Dubois. —Y al ella afirmar con la cabeza, le preguntó—. ¿Qué me dice de la persona que estaba con él?

—Se trataba de una dama.

Los hombres se pusieron alerta. Tal vez ahora estarían sobre una pista segura. El Ministerio Público preguntó:

—¿Podría describirla?

—Era guapa. Alta y de cuerpo esbelto, sin llegar a las flacuras de hoy en día. Vestía con elegancia.

—Dijo que era guapa. ¿Pudo ver sus facciones?

La mujer movió negativamente la cabeza, trayendo de nuevo la desilusión al fiscal y a su asistente:

—Estaba de espaldas a mí y cubría su cabeza con un sombrero de ala muy ancha; una pamela, creo le dicen.

—¿Pudo escuchar de qué hablaban?

—Discutían —aclaró la anciana—. Pero en verdad no puse mucha atención. Soy una persona que no me gusta meterme en los asuntos de los demás. Él quiso irse, pero ella lo detuvo por un brazo. Se le acercó y le dijo al oído algo que lo asustó. Pude distinguir su rostro a esa distancia. Le daba la luz de uno de los ventanales y yo tengo buena vista, señor. Entonces él se zafó y subió por las escaleras; ella lo siguió.

—¿Escuchó usted algo más? ¿Gritos, por ejemplo?

Ella volvió a negar con la cabeza.

—No, señor. No oí nada más. Hacía frío y mi chalina no me protegía muy bien. Así que dejé de fumar y volví al salón comedor para dirigirme de ahí a mi camarote.

Al ver la cara de cansancio y desilusión en los dos hombres, comentó con verdadero pesar:

—Realmente siento no poder ser de más ayuda. Pero creí que era mi deber venirles a contar lo que vi.

Se levantó y ellos hicieron lo mismo. El Ministerio Público le sonrió agradecido, ocultando su desánimo y diciéndole por cortesía:

—Le aseguro que su testimonio ha sido valioso.

Ella se retiró. El Ministerio Público se quedó con la clara certeza de que la pasajera desaparecida era aquella del gran sombrero con la que el francés discutió y se sintió amenazado. Ahora, para él, no había duda: Esa misteriosa mujer mucho tuvo que ver en la muerte del francés.

CAPÍTULO XI

¿Un callejón sin salida?

Oficinas de Saint Persons & Sons, Polanco, México.
7:00 p.m.

La reunión con los directivos de la casa de subastas se llevó a cabo en sus sobrias oficinas en Polanco. No tenían nada de minimalistas aquellos muros forrados de nogal, con libreros repletos de libros, objetos de colección y cuadros con elegantes marcos en hoja de oro, seguramente del siglo XVIII o anteriores. La gran mesa, también de nogal, con sus dieciséis sillones dispuestos a ambos lados, la barra de mármol en uno de los muros, dos cafeteras —una para exprés y la otra para americano—, acompañadas de un exquisito juego de tazas con el logotipo de la empresa, galletas en una bandeja de plata sobre una servilleta de encaje, botellas de agua y copas, complementaban el escenario. El pequeño grupo se concentró en uno de los extremos. Presidía Jacinto Yázmic, el director y uno de los socios principales. Con él estaban dos de sus asistentes, Rogelio Almeida, de la aseguradora; Cassandra Gastélum y RR. El reloj de pie en un rincón marcaba justo ahora las siete de la noche. RR explicaba, mientras Cassandra hacía rápidas anotaciones en su *lap top*.

—El robo y el asesinato fueron cometidos entre 11:15 y 11:35 de la mañana, en el elevador detenido entre los pisos once y doce. Es decir, un tiempo demasiado corto para llevar a cabo todas esas acciones y escapar con la pieza, sin ser detenido. Lo que habla de la audacia y sangre fría de quien perpetró esos actos.

—¿Y no hay ningún indicio del sujeto? ¿No fue captado por alguna cámara de seguridad? —preguntó el director de la aseguradora.

RR negó con la cabeza.

—¡Nada!

—¿Algún cómplice? —insistió Almeida, ante la actitud desconcertada de Jaime Yázmic, el director de la casa de subastas, que observaba en silencio tras sus bifocales. A esta nueva pregunta fue Cassandra la que respondió:

—Ninguno. Investigamos a los inquilinos, su servidumbre, hasta al personal de la compañía de transporte de valores, y tampoco se encontró algo por ahí que pudiera dar luz en este asunto.

Se hizo un pesado silencio, roto por Rogelio Almeida, quien dando un manotazo de impotencia, exclamó exasperado y con una sensación de impotencia:

—¡Esto es increíble!

—Entonces estamos en un callejón sin salida —resopló Jaime Yázmic—. Nadie vio nada, nadie supo nada. Un asesino que se escabulle en un elevador, mata a una persona y roba un objeto valioso y no hay posibilidad alguna de identificarlo. Ni el gran Houdini pudo haber logrado algo así. —Terminó por comentar, haciendo referencia al famoso escapista húngaro que falleciera en 1926, aparentemente de peritonitis, lo que no desechó la conseja popular de que la verdadera causa fuera un homicidio.

Todos callaron en la mesa. Entendían la desesperación y el malestar de la casa de subastas y de la compañía de seguros. Quién tuviera que asumir el pago por aquella pérdida, si bien era cuestión importante, también lo era el prestigio que estaba en juego de ambas compañías. Efectivamente todo parecía indicar que habían topado con pared. Ahora fue RR quien rompió el silencio al dirigirse a Jaime Yázmic.

—Hay algo que quisiera saber, señor Yázmic, y que usted como experto podrá aclararme. Sé que no es usual que una pieza sacada a subasta llegue a tener un precio exorbitante, incluso por encima del estimado más optimista.

—No es usual —aceptó el director Saint Persons & Sons, para luego acotar—. Realmente es excepcional. Sobre todo ahora con las nuevas disposiciones que se han implementado a través de la ley para la prevención e identificación de operaciones con recursos de procedencia ilícita, que nos obliga a identificar a los clientes y guardar sus datos cuando la venta rebasa determinadas cifras. Incluso si esa cantidad es considerable debemos dar aviso de la transacción a las autoridades.

—Interesante —planteó RR, aunque ya conocía esa legislación, que lejos de resolver el problema está fomentando ahora el mercado negro del comercio de piezas de arte, al prohibir las ventas en efectivo—. Lo que me lleva a preguntarle, no sobre Ángeles Buendía, del cual ustedes tienen referencias inmejorables, al ser uno de sus clientes asiduos, sino sobre la persona que rivalizó en la puja por esa pieza con tanto celo y empeño.

—No conocemos su identidad —respondió Yázmic después de inspirar con fuerza y dejar desconcertado al director de la aseguradora.

—¿No? —cuestionó RR con extrañeza, esperando una respuesta lógica después de aquella confesión, que parecía contradecir las políticas de las leyes antilavado de dinero.

—No malinterprete mis palabras —se apresuró a aclarar Yázmic en respuesta a la reacción del criminalista—. Nuestra casa es muy cuidadosa en todas sus operaciones. Le aseguro que este caso se llevó con estricto apego a la ley. Cuando le digo que desconocemos la identidad del otro postor no le miento, pero eso no implica que no se tomaran las providencias debidas. Esa persona fue representada por una importante firma de contadores y abogados, que hizo las ofertas vía telefónica, también un procedimiento usual en las casas de subastas.

—Perdóneme, RR, ¿a qué viene todo eso?

—Muy sencillo. Todo parte del hecho de que el valor inicial de esa pieza estaba muy por debajo de lo que en realidad se pagó por ella, lo que indica un afán de posesión desmedido.

—Esa cobra tiene un importante valor histórico, creo yo —advirtió Yázmic tratando de encontrar un ángulo lógico ante el razonamiento de RR.

—Aun así, mi pregunta tiene que ver con el excesivo precio que alcanzó en la subasta.

Cassandra se encogió ligeramente de hombros, como si la respuesta fuera obvia:

—Mero capricho de millonarios. O por el simple placer de derrotar al rival. Ese tipo de gente es altamente competitiva.

A RR no acababa de convencerle esa explicación. Movió negativamente la cabeza y se dirigió a todos.

—No lo sé. Pero la persona frustrada, al ser vencida en la subasta, se sitúa como un probable sospechoso.

CAPÍTULO XII

Tras la huella de un sospechoso

Bufete Trasnacional, Santa Fe, México.
Medio día del día siguiente.

Se trataba de una firma legal y contable que ocupaba toda una planta del piso quince de aquel edificio inteligente, todo acero y vidrios, que se levantaba majestuoso en la zona. RR había hecho la cita oportuna desde muy temprano y ahora ocupaba una silla en una pequeña sala de juntas, acompañado de Matilde Castelló, una mujer ejecutiva cercana a los sesenta años; abogada por la Universidad de Nueva York y con diplomado en finanzas públicas en Harvard. Tenía fama de ser implacable y ruda de trato. De belleza agresiva casi masculina, vestía con un conjunto de saco y pantalón gris Oxford de casimir. RR no quiso ahondar en las inclinaciones sexuales que pudiera tener aquella mujer, ni tampoco le interesaba saber. Estaba ahí por otros motivos. Los acompañaba un sujeto calvo, metódico y elegante, que lucía traje y corbata de pajarita. Era Honorato Green, contador en jefe, que ahora era un invitado de piedra en aquella reunión que atendía al requerimiento del investigador, sobre la persona que ellos habían representado en la puja por la cobra de oro.

La abogada le respondía con seca cortesía, que al parecer no permitía réplica alguna:

—El secreto profesional nos impide decirle el nombre de nuestro cliente.

RR no se dejó arredrar y repuso usando el mismo tono, ignorando al contador y centrando su artillería en la mujer:

—Lo entiendo. Pero mi petición obedece a que estamos ante un crimen por una pieza sobre la que su cliente demostró un gran interés.

—Le puedo asegurar que nuestro cliente nada tuvo que ver en ese robo y homicidio tan lamentables, aunque ese interés en la puja dentro de la subasta pudiera señalarlo como un sospechoso, cosa que desde luego rechazamos —advirtió la mujer, anticipándose a la sospecha que movía al investigador.

—Además, él no reside en México, sino en las Bahamas, cuando no está a bordo de su yate, que viene siendo como su segundo hogar —se dignó informar el contador Green.

—Como un dato adicional, señor, nuestro cliente pesa arriba de los 120 kilogramos —señaló Matilde Castelló—; eso lo descarta como un posible perpetrador de esos crímenes que, según tenemos entendido, se llevaron a cabo dentro de un elevador.

—Ese es un buen punto —concedió RR—. Sin embargo, tomando en cuenta que su cliente es hombre de muchos recursos económicos, bien pudo ser él el autor intelectual, y otro a su servicio quien hiciera la tarea sucia.

El contador Green tosió incómodo. Matilde Castelló clavó su mirada en RR y rebatió con una helada respuesta, escudada en una fría sonrisa que más parecía un mostrar de dientes agresivo:

—Eso tendría que probarlo. Independientemente de que esa acusación resulta totalmente absurda.

—No estoy acusando, abogada, sino aventurando una posibilidad.

—Absurda de todos modos, como le dije. Cierto que nuestro cliente es un apasionado del arte oriental; sin embargo, de ahí a querer matar por un objeto de arte, no señor. Nuestro cliente es persona intachable, puedo asegurárselo.

RR aceptó con un movimiento de cabeza, pero insistió:

—Aun así, no estaría por demás entrevistarme con él, para eliminar esa probabilidad, lo que me veo obligado a hacer en aras de la investigación que estoy llevando a cabo.

—Lo lamento —fue la seca respuesta de la mujer, que se puso de pie, indicando así que aquella entrevista concluía. El contador hizo lo mismo y observó al criminalista con una expresión desaprobadora y las mandíbulas tensas.

RR se levantó tranquilamente, y encarándolos dijo con serenidad:

—Entiendo su posición, pero eso no impedirá que llegue a él con o sin su ayuda, cuestión que será cosa de tiempo. Buenos días. —Y tomó camino a la puerta, pero se detuvo al ser llamado por la abogada que instantes antes intercambió una mirada de inteligencia con su compañero, el contador Green.

—RR, espere.

—¿Sí?

Nueva consulta rápida de miradas entre la abogada y el contador. Éste afirmó apenas levemente y con eso fue suficiente. Matilde Castelló miró a RR para decir:

—Aristóteles Brant. Es el nombre. Y como le dije, tiene su residencia en la isla New Providence, en las Bahamas. Sin embargo, será más fácil que lo localice en su yate, el Magnolia.

—Se lo agradezco —dijo sinceramente el criminalista.

—Agradézcaselo a su fama. Sabemos bien quién es usted. Un investigador capaz y, sobre todo, con dos cualidades adicionales: justo e incorruptible —agregó la mujer con el gesto un poco más suave.

—Gracias de nuevo, abogada. Y para tranquilidad de ustedes, trataré de que la entrevista sea lo más discreta posible. El señor Brant tiene a su favor la presunción de inocencia.

—Puedo asegurarle, RR, que él no ha sido «la mano que mece la cuna». En otras palabras, que no ha sido el autor intelectual de esos crímenes. Así que le deseamos suerte en su tarea, aunque sinceramente no le vemos mucho objeto.

—Posiblemente tenga usted razón. Sin embargo, la información que su cliente pueda darme, podrá serme de utilidad.

Cuando RR se marchó, Matilde Castelló le dijo al contador Green:

—Lo mejor será poner al alba a nuestro cliente, Honorato, para evitar un posible disgusto o una reclamación por no haberle avisado.

—Veré que se haga —respondió el contador, lo que obligó a la abogada a intervenir con un dejo de mayor energía en su voz.

—¡Inmediatamente, Honorato! No quisiera que este investigador pueda sorprender a nuestro cliente. Por eso hay que prevenirlo sin demora.

CAPÍTULO XIII

El hombre del yate

Las Bahamas, mar Caribe.
8:00 p.m.

El yate de ciento ochenta pies de eslora era para Aristóteles Brant uno de sus legítimos orgullos y causa de la envidia de más de un millonario. Estaba dotado de todos los adelantos tecnológicos de navegación y de todas las comodidades y lujo que alguien pudiera soñar. Contaba entre otras cosas, con un gimnasio, zona de jacuzzi interior para ocho personas, vapor, sauna y un espacio lúdico para recibir masajes a cargo de una experta tailandesa contratada de planta. Contaba, además de su propia suite, con seis amplios camarotes de grandes ventanales con vista al mar. Tenía varias salas, una dedicada a la proyección de películas y series televisivas a las que Brant era adicto, un comedor para doce, terrazas en sus tres cubiertas, y una tripulación de doce personas, incluido el cocinero francés dispuesto a cumplir cualquier capricho gastronómico, encargado también de la bien surtida cava de vinos,.

Cuando disfrutaba de una copa de champaña en la terraza cubierta de popa, antes de disponerse a cenar, Aristóteles recibió la llamada de sus abogados que lo ponían al tanto de la entrevista con el investigador mexicano. Brant observó pensativo el reflejo de la luna en el tranquilo mar Caribe, que ocultaba su peculiar belleza bajo las sombras de una noche clara y estrellada.

No había brisa y el magnate resoplaba de calor, limpiando su grueso cuello con una toalla perfumada humedecida en agua fría. Llevó nuevamente la copa de champaña a sus labios, mientras pensaba por qué sus representantes se preocupaban tanto por aquel detalle, y lo molestaban con aquella llamada que consideraba totalmente inútil e inapropiada. Estaba al corriente del asunto del robo de la pieza por la que con tanto empeño había competido con ese odioso y fatuo sujeto a quien conocía sólo por referencias, el tal Olegario Ángeles Buendía. En un principio quiso minimizar lo importante de la noticia. Sabía de qué clase de ralea podían ser esos investigadores privados cuya actividad era descubrir esposos o esposas infieles o husmear en otro tipo de asuntos; gente turbia, muchas veces, emergida de las fuerzas policiacas de donde los dieron de baja por corruptos o ineficaces. Sin embargo, los abogados lo sacaron de su error. Este investigador era cosa distinta. Un criminólogo de gran fama, incorruptible, tenaz y muy eficiente, que abrigaba sospechas de que él, como rival en la contienda por aquella antigua pieza tailandesa, hubiera tenido algo que ver con el robo que traía aparejado un homicidio. La reacción ante esa opinión despertó la ira del poderoso millonario. ¿Cómo podían involucrarlo? ¿No sabía el tipo aquél, por más famoso que fuera, quién era Brant y qué significaba en el mundo de los negocios?

El arrebato de ira desapareció tan rápido como había surgido. La gente al otro lado del teléfono le advertía que aquel criminólogo tenía pensado visitarlo. Tuvo repentinamente una idea. Ante la primera intención de mandar al diablo al entrometido investigador y negarse a recibirlo, cambió de opinión. Ordenó a su gente en México que se comunicaran inmediatamente con él. Lo recibiría antes de zarpar hacia Montecarlo la siguiente semana. Le daría una gran bienvenida y lo agasajaría como él sabía hacerlo. Pero todo traía un plan que iba a poner a prueba las dotes deductivas de ese sujeto. Preguntó su nombre. Se lo dijeron y le hicieron una pequeña advertencia:

—Todo mundo lo llama RR, y él así lo prefiere.

CAPÍTULO XIV

Dos llamadas

Departamento de RR.
9:30 p.m.

Tranquilo, sumido en una suave penumbra, con la lámpara de mesa iluminando su escritorio, disfrutando de un café expreso doble aromatizado con una cascarita de limón, RR repasaba el completo expediente que Saint Persons & Sons le había preparado, incluyendo la copia del contrato de seguro con Hércules Insurance Co. y el dictamen de los peritos valuadores, sin excluir fotografías de la pieza, el folleto de propaganda de la subasta, copia de la publicación en internet, e incluso las notas periodísticas en las que se dio la noticia del hallazgo.

El timbre del teléfono lo distrajo de su examen. Era de la oficina del Procurador del Distrito Federal. Él personalmente quería hablar con RR. Ambos se conocían muy bien. Fueron compañeros en el doctorado, en la Facultad de Derecho, y se tenían estima, además de que en varias ocasiones habían colaborado en diferentes casos. RR esperó en la línea luego de que la amable señorita le pidió aguardar, mientras establecía la comunicación. Tras unos instantes oyó la voz de su amigo, siempre jovial con él, aunque tenía fama de seco y duro, un *fiscal de hierro*, como varios lo llamaban; que trataba de

cumplir con su trabajo lo mejor posible en aquel mar de corrup-
telas, intereses creados, compadrazgos, tráfico de influencia y un
constante pedir de favores, que muchas veces constituían la orden
de más arriba. Era pues, una *rara avis* en aquel ambiente judicial.

—Supe que estás en lo del robo y el asesinato de Santa Fe
—comentó el Procurador luego del primer saludo.

—Así es, estoy por la compañía de seguros.

—Tuve noticias tuyas por dos lados, primero por el Ministerio
Público que está a cargo del caso, y luego, asómbrate, por los abogados de Olegario Ángeles Buendía, que preguntaban qué clase
de sujeto eres.

—Imagino que les habrás mentido —bromeó RR, mientras sus antenas se ponían en alerta. ¿Qué tanto quería saber ese
millonario sobre él? ¿Sería la forma en que llevaron la conversación? Lo ignoraba. El caso es que el tipo se había dado tiempo
para investigarlo.

—No. Pidieron la llamada directamente conmigo. No son abogados penalistas, así que no los tengo ubicados. De todos modos
les respondí que eres un reputado investigador y criminalista, y
que eso me da a mí tranquilidad y garantía de que la investigación
de esos delitos está en buenas manos con tu cooperación.

—Gracias.

—No me lo agradezcas, RR. Lo que he dicho es cierto. Me alegro de que estés con nosotros en esta esquina del *ring*. Y de esos
tipos no te preocupes. Simplemente se inquietan por cualquier cosa.
Recuerda que sus clientes son paranoicos.

—No me preocupo. Y gracias por decírmelo.

Cortaron la comunicación. A RR le hizo gracia que Ángeles
Buendía quisiera saber de él. ¿Para qué? No tenía importancia de
todos modos, ¿o sí?

*   *   *

Una nueva llamada lo alertó. Era la abogada Matilde Castelló. Su tono era eficiente y profesional; midiendo siempre distancias. Se comunicaba con él para informarle que su cliente, Aristóteles Brant, había accedido de buen grado a recibirlo en su yate en un plazo de cuarenta y ocho horas, a partir de esa llamada. Que lamentaba lo ajustado del tiempo, pero después le sería imposible atenderlo, pues zarparía rumbo al Mediterráneo para asistir al evento cinematográfico de Cannes, en donde concursaba una película producida por una de sus compañías. De aceptar, al día siguiente, temprano, estarían entregándole pasajes de avión, y sería recibido en el aeropuerto para llevarlo ante Brant.

RR no dudó en responder. Supuso que aquellos abogados se habían anticipado a cualquier movimiento y, comunicándose con su cliente, lo pusieron al tanto para que no lo tomaran desprevenido. Desde luego que aceptaba. Prácticamente sería cuestión de un día. Advirtió que iría acompañado por un representante de la casa de subastas. La petición fue aceptada sin reparos. Esa condición tenía sentido para el criminalista: necesitaba testigos en aquella entrevista. Para su aguda percepción, esa invitación no se debía a un generoso y desinteresado deseo de colaboración; había algo más de fondo y únicamente podría llegar a saber, cuando estuviera frente a frente con aquel magnate.

CAPÍTULO XV

Bahamas

Aeropuerto internacional Lynden Pindling, Nassau.
3:00 p.m.

El hombre de raza negra sostenía ante su pecho un letrero con el nombre de RR. Se mantenía quieto, imperturbable, enfundado en su delgado traje de lino, con camisa y corbata azul marino, según lo deseaba su patrón, aunque hiciera un calor capaz de asar el cerebro a cualquiera. Sus ojos estaban puestos en la salida de aduanas, y apenas acusaron una expresión de alerta cuando vio aparecer al criminalista acompañado de una morena enfundada en un minivestido blanco, que resaltaba las formas de su bien formado cuerpo. La belleza de Cassandra era capaz de parar el tráfico en donde se plantara. El hombre del letrero notó que ni él ni ella traían mucho equipaje. El investigador fue quien le descubrió, y fue a su encuentro. El empleado de Brant los saludó con cortesía en un inglés afrancesado, que a RR le pareció in fluido por el *patois*, una derivación corrompida del francés, que se habla popularmente en la isla. Con un cortés ademán les indicó la salida del aeropuerto de Nassau, capital de las Bahamas, ubicada en la isla New Providence.

RR y Cassandra Gastélum enfrentaron el calor del exterior, cercano a los treinta y tres grados centígrados, y se detuvieron a esperar a la orilla de la acera, mientras de una fila de autos estacionados se desprendía un Bentle y color grafito, que vino a detenerse con habilidad en el espacio libre que dejaban dos vehículos estacionados. Un diligente chofer, ataviado con la misma vestimenta del hombre negro, bajó y sonrió a la pareja, mientras se acomedía a abrirles la portezuela trasera para que subieran.

Minutos después el lujoso automóvil inglés con su agradable aire acondicionado, corría disparado por la avenida que llevaba hacia el centro de la ciudad. El hombre negro ofreció agua fría a los pasajeros y ellos la recibieron con agradecimiento, bebiendo sedientos la mitad del contenido. Cassandra miraba con interés el entorno típicamente colonial del lugar a través de la ventanilla, observando a cierta distancia la enorme estructura del complejo turístico Atlantis, que aparte de hotel y casino, gozaba de la fama de tener el acuario más grande de todo el Caribe. Mientras tanto, RR la miraba mientras tanto. La casa de subastas había acogido con buen grado que ella estuviera presente en aquella entrevista, y a él le agradaba estar acompañado por aquella bomba sensual, que evidentemente ejercería su influencia en el encuentro con el millonario Aristóteles Brant.

Finalmente el Bentley los condujo hasta un muelle privado, donde abordaron una lancha rápida rumbo al yate que fondeaba a unas cuatro millas náuticas de la costa. Desde que lo distinguió a la distancia, a Cassandra se le fue el habla. Era una embarcación hermosadetenida en medio del transparente azul turquesa del mar. Cerca de ella, un hombre atlético, con el típico bronceado dorado de aquellos lugares, manejaba con destreza un *jet ski*.

Mientras se acercaban a uno de los costados de la nave se abrió una compuerta hidráulica para dar paso a la lancha. El *jet ski* pasó muy cerca de ellos y el conductor los saludó, sonriente, haciendo luego un espectacular viraje para dejar una estela de espuma blanca y luego alejarse de nuevo. Más adelante ese hombre sería presentado por el millonario, como su asesor en arte asiático.

Al estacionarse la lancha, desembarcaron a una amplia sala en tonos marfil, decorada con motivos africanos donde no faltaban un par de formidables colmillos de elefante montados en pedestales de oro. Una diligente y sonriente mujer ataviada con un vestido estilizado, propio de los mares de Sur, los recibió con una sonrisa, indicándoles que el señor Brant los esperaba en la terraza cubierta. Cuando llegaron ahí, el gigantesco millonario, enfundado en un lujoso *kaftán* blanco de seda que cubría sus ciento veinte kilos, abrió sus regordetes brazos y desplegó su mejor sonrisa en aquella cara mofletuda en forma de luna, para recibir a los investigadores.

—¡Bienvenido, RR! Ignoraba que vendría usted acompañado —mintió al percatarse de la presencia de Cassandra, pues RR sabía que el hombre estaba informado por sus representantes en México—. Pero celebro que lo haya hecho, y más tratándose de una mujer tan hermosa como ella —piropeó mirándola con una mirada en donde Cassandra intuyó una intención lujuriosa que le supo a desagradable pero que se cuidó bien de demostrar, al sonreír con todo el encanto de que era capaz, mientras RR la presentaba:

—Cassandra Gastélum, investigadora en jefe de la galería de arte y casa de subastas Saint Persons & Sons.

El magnate dio un paso hacia ella y envolvió su mano con las suyas, bofas y grandes, decoradas con caros anillos de piedras preciosas montadas en platino.

—¡Encantado! Bienvenida. Siéntase usted dueña de mi yate, encanto.

Cassandra zafó sutilmente su mano y volvió a sonreírle mientras se movía para ocupar un lugar en uno de los mullidos sofás.

—Es usted muy amable.

—¿Champán? —ofreció el empresario, y señaló una mesa donde se enfriaban varias botellas de Louis Roederer Cristal, junto a fuentes con mariscos y tiras de salmón montadas en hojas de lechuga, bandejas con frutas tropicales y una variedad de salsas, incluyendo un recipiente hundido en hielo picado con una generosa ración de caviar beluga.

—Gracias, sí —accedió la muchacha, y de inmediato un atento mesero uniformado se apresuró a llenar sendas copas, una para ella y otra para RR.

En este momento hizo su aparición el hombre del *jet ski*. Ahora vestía, con desenfadada elegancia, unos pants y chamarra abierta en tonos de azul claro, dejando al descubierto el pecho musculoso, lampiño, sobre el que descansaba una delgada cadena de oro; calzaba sandalias finas de marca. RR y Cassandra pudieron notar en aquel recién llegado a un hombre evidentemente metrosexual, por el cuidado que ponía en su aspecto, de clase y modales educados, que hablaban de su roce mundano en las esferas donde corría el dinero y el oro de cualquier nacionalidad.

—Permítanme presentarles a Fabián Alexandre Fowler, mi asesor experto en arte y destacado galerista en antigüedades, con residencia permanente en Hong Kong, culpable de que me involucrara para tratar de adquirir esa cobra de oro antigua que lamentablemente no llegó a mis manos.

—Mucho gusto en conocerlos—adelantó el hombre y saludó con un firme apretón de manos a RR, quien le sostuvo la mirada inquisitiva que se ocultaba tras un brillo de simpatía. Contestó con igual cortesía y se apartó para saludar a Cassandra, a quien apenas rozó con los labios el dorso de la mano —. Es un placer —acotó y luego se apartó hasta la mesa de bebidas para recibir la suya de manos del mesero y tomar una de las fresas que mordió con deleite, decidiendo mantenerse al margen de la conversación del magnate con los investigadores; sin embargo; no pudo hacerlo, ya que RR se dirigió a él:

—¿Cómo supo usted de esa cobra de oro? ¿Como experto, tiene alguna idea de por qué apareció en el fondo de un cenote en Belice?

—En realidad tuve conocimiento por la noticia de internet. Consideré que era un importante hallazgo y que la pieza, independientemente de su valor histórico, guardaba en sí precisamente el misterio que envuelve su pregunta. ¿Cómo y por qué llegó ese objeto característico de la cultura tailandesa a un lugar tan lejano como ese pequeño país, que en algún tiempo fue territorio maya?

—¡Eso fue lo que resultó realmente apasionante! —intervino el magnate, dejando caer sus ciento veinte kilogramos de peso en la holgada butaca de piel. Luego, mirando fijamente a RR la expresión de sus ojos se volvió bruscamente dura, bajo aquella máscara de afabilidad que llenaba su rostro de luna, al advertir—: Pero imagino que no han hecho este viaje para hablar de las virtudes de esa pieza o de su historia, sino porque en alguna forma me considera sospechoso de los lamentables incidentes que han rodeado su desaparición.

RR mostró una fría sonrisa, al responder con tranquilidad:

—Veo que sus abogados en México lo han puesto al tanto de la conversación que tuve con ellos.

—Desde luego. No en balde pago mil quinientos dólares la hora a esos señores. Pero vuelvo al punto… ¿Me considera sospechoso porque perdí en la subasta? ¿Es por eso?

—Ha de concederme que, como investigador, no puedo dejar de pasar por alto cualquier circunstancia que pueda ser trascendente, por lo que mi respuesta a su pregunta es afirmativa, aunque debo señalarle que aclaré a sus representantes que a usted en este asunto le beneficiaba la presunción de inocencia.

—Presunción del todo acertada —advirtió con dureza el magnate—. Reconozco que soy despiadado en los negocios, pero de ahí a llegar al asesinato por propia mano o pagando a otros para que lo hagan, para conseguir lo que sea, no es mi estilo. Así que investigue todo lo que quiera, señor, porque por ese lado no podrá encontrar nada en mi contra.

—Eso yo puedo avalarlo —intervino Fabián Alexandre—. Entiendo que en este mundo del arte, señores, la ambición y el instinto de apoderamiento o posesión de una pieza de arte que se codicia, llevan a los coleccionistas a una lucha obsesivamente tenaz por obtenerla. En este caso tienen ustedes un claro ejemplo, al advertir la suma extraordinaria que los contendientes estaban dispuestos a pagar. Y esa lucha hubiera continuado hacia no sé qué límites, si yo no hubiera aconsejado al señor Brant que cejara en su intento por seguir ofertando cantidades que se salían de toda proporción, lo que finalmente aceptó muy a regañadientes.

Aristóteles soltó una corta carcajada que sonó como un graznido en aquel cuerpo obeso que se sacudía por la risa.

—Como ve, señor, me dejé convencer por mi asesor, lo que en alguna forma me descalifica como sospechoso, atento al hecho de que a partir de que me rendí, dejé de preocuparme por ese objeto.

—¿Aunque hubiera significado una especie de derrota para usted? —intervino Cassandra con aparente candidez, sin creer del todo el último señalamiento del magnate.

Aristóteles dirigió su mirada hacia ella, y volvió a reír, negando con su enorme cabeza.

—No, encanto. Si por cada vez que yo fuera vencido en una subasta perdiera el sueño, o permitiera que mi hígado se hinchara por el enojo que acarrea la frustración, no estaría disfrutando de la vida como lo hago. Creo que lo que no era para mí, no era para mí. Así de simple. En este de asunto de la cobra, yo perdí en la subasta, y Ángeles Buendía porque nunca llegó a tener esa pieza que ahora se encuentra en manos de un ladrón; lo que me lleva a preguntar, cuál ha sido su paradero, ¿el mercado negro del arte, quizás? ¿No ha investigado por ahí, RR?

—Eso es algo que tal vez usted me pudiera responder — reviró el criminalista.

—¿Saber dónde se encuentra la pieza o si he investigado en el mercado negro? —inquirió de nuevo el millonario, sin apartarle la mirada, haciendo una leve pausa mientras el mesero le llenaba la copa con champán—. Lo primero me encantaría, pero no. Desafortunadamente no tengo la menor idea. Y de lo segundo, le confieso que he intentado algo por conducto de Fabián Alexandre, pidiéndole mover sus contactos en ese sórdido mundo del comercio clandestino del arte.

—Sin embargo, pienso que ahí no se encuentra actualmente esa cobra de oro, y que aún sigue con el ladrón, si este es hombre cauto, máxime cuando también ha cometido un asesinato —advirtió RR.

—Coincido con usted —terció Fabián Alexandre—. Palabras más palabras menos, es lo que le he comentado al señor Brant.

—Si llega a saber algo sobre el paradero de esa hermosa serpiente, RR, le aseguro que seré muy generoso con usted al pagarle por esa información.

—No lo dudo, señor, pero no abrigue esperanzas. Usted no es mi cliente.

—Cuestión que lamento. —Se volvió hacia Cassandra con una melosa sonrisa—. ¿Y usted, hermosa? ¿Con sus credenciales, podría asumir que estaría interesada en cobrar una jugosa suma en la moneda que usted elija, haciéndose cargo de esa investigación?

—Apreciación equivocada —negó con seca cortesía—. Tampoco de mi parte hay interés por su generosa oferta.

Aristóteles Brant soltó una repentina y sonora carcajada tratando de ocultar su malestar por el evidente rechazo de los investigadores, y exclamó con un dejo de ironía:

—¡Caramba, Fabián, gente honrada tenemos aquí! ¡Creí que era una especie en extinción!

Fabián Alexandre también emitió una carcajada divertida y luego repuso:

—Sí, es verdad. Somos pocos ya los que aún consideramos importantes la ética y la lealtad hacia nuestros clientes. —Al decir esto miró con camaradería y aprobación a RR, compartiendo su posición de rechazo ante la oferta recibida.

—¡Ni hablar, entonces! Al menos permítanme ofrecerles mi yate para esta noche. —La invitación era más para Cassandra que para el investigador, y así lo intuyeron ambos. Fue RR el que denegó con cortesía:

—Agradezco de nuevo, pero nos han reservado habitaciones en el Atlantis, y por norma de nuestros representados tenemos que declinar su invitación.

El hombre no insistió. Tuvo que controlar su frustración y malestar, pues no estaba acostumbrado a que lo rechazaran. Disimuló con una sonrisa y RR notó en sus ojos un chispazo de perversa malicia, cuando comentó:

—Lo entiendo, RR. Pasar esta noche caribeña en compañía de tan estupenda dama, es un privilegio que le envidio, y que me lleva a concluir que hay ocasiones en que el dinero no todo lo puede comprar. —Y mirando significativamente a Cassandra, remató:

—Tal vez en otra ocasión.

Cassandra experimentaba un sentido natural de rechazo hacia aquel hombre desproporcionadamente obeso, que se parecía por momentos a Jabba de Hutt, de la serie *Star Wars*, y al sentir el avance libidinoso de aquel sujeto, se sentía como la Princesa Lea, cautiva de aquel monstruoso malhechor. No dudaba que ante aquellas circunstancias hubiera mujeres que estuvieran dispuestas a aceptar las proposiciones de aquel hombre, pero ella no era de esa clase. No tenía estómago para eso. Así que, guardándose sus sentimientos, respondió con elusiva cortesía:

—Tal vez.

*   *   *

Complejo turístico Atlantis, Nassau.
10:00 p.m.

Aristóteles Brant tenía razón. Esa noche Cassandray RR disfrutaron de un *show* de música tradicional goombay, fusión de ritmos africanos y europeos coloniales, y de la *rake and skrape* que acompañaba las danzas tradicionales interpretadas por hermosas mujeres de origen africano, mientras saboreaban un *conch* agrietado, platillo típico a base de un molusco frito, rollos de langosta y ensalada, que pasaban con una bebida de coco, leche y ginebra.

Mientras cenaban llegó a su mesa una botella de champán Cristal. La atractiva y sonriente mesera les indicó con un discreto señalamiento de cabeza que quien se las mandaba era el caballero sentado al otro extremo. Cassandra y RR llevaron sus miradas en esa dirección para descubrir a Fabián Alexandre, que se encontraba acompañado por dos espectaculares mulatas enfundadas en ceñidos vestidos de gran escote.

Con la botella venía un pequeño sobre con un monograma de las letras entrelazadas del galerista de Hong Kong, y una tarjeta con una pequeña nota manuscrita que decía: «Por el placer de conocerlos».

Cassandra y RR levantaron sus copas y, con un gesto, agradecieron el detalle. A lo lejos, Fabián Alexandre simplemente hizo un leve movimiento de cabeza, sonriéndoles con los ojos.

La cena para dos y el tomar la última copa de champaña en la terraza de una de las habitaciones, mientras gozaban de la tibieza de la noche, escuchando a lo lejos el batir de los tambores que percutidos con manos hábiles sacaban un ritmo contagioso que invitaba a danza, parecía culminar aquella velada de los dos investigadores. Pero en esta ocasión, y por el resto de la noche, la otra habitación reservada, quedó sin utilizar, pues efectivamente Cassandra Gastélum era una bomba sensual que nadie podía resistir.

CAPÍTULO XVI

Noches en vela y una conclusión

Departamento RR, ciudad de México.
Días después, en la madrugada.

El informe sobre el magnate Aristóteles Brant era claro y conciso: El hombre podía ser desechado como sospechoso. Si no siguió pujando por aquella pieza de oro, se había debido a los buenos oficios y la pronta intervención de su asesor en arte asiático, Fabián Alexandre Fowler. Saint Persons & Sons consideraba que su participación en aquella investigación no tenía razón alguna para continuar, máxime que era la beneficiaria del seguro que tenía contratado con Hércules Insurance Co., la cual tenía que permanecer en el caso si quería evitar pagar la alta suma asegurada. En los términos del contrato de seguro, la casa de subastas ya había cumplido en exceso con sus obligaciones, no sólo presentando la denuncia correspondiente por el robo de la pieza ante la agencia del Ministerio Público —excluyendo en ella, por no ser de su responsabilidad, el homicidio del mensajero—, sino que había colaborado prestando a su mejor investigadora para que coadyuvara con el investigador de la compañía de seguros, intentando recuperar la pieza.

RR coincidía en gran medida con la opinión de Cassandra Gastélum con respecto a la inocencia del millonario. Habían dejado de verse desde el regreso de las Bahamas, cuando la aseguradora informó que la casa de subastas se retiraba de la investigación. La hermosa muchacha llamó a RR para decirle que ahora la destacaban a una investigación sobre una pintura falsificada, lo que la tendría ocupada y ausente de la ciudad por bastante tiempo. El mensaje era claro. Lo ocurrido entre ellos no creaba compromiso. Había sido placentero y hasta ahí. Se despedía deseándole lo mejor. RR lo entendía le deseo suerte también. Colgaron como los dos buenos amigos que eran y seguirían siendo.

Técnica y prácticamente, al retirarse la casa de subastas, RR quedaba solo y a cargo de la estancada investigación, igual que la pesquisa judicial. Había transcurrido casi una semana. Una y otra vez RR repasaba sus notas y el expediente del caso, así como la copia de las actuaciones del Ministerio Público en busca de la menor señal que pudiera darle luz en aquel asunto sumido en la oscuridad. Y así se planteaba pregunta tras pregunta para encontrarse, la mayoría de las veces, con respuestas que no lo llevaban a nada. Sin embargo existía algo que parpadeaba en su mente como un foco de alerta; algo que no encajaba del todo bien, porque para él iba en contra de la lógica:

El precio exorbitado que se pagó por aquella cobra de oro.

Debido a eso las preguntas se desgranaban como cuentas de un rosario. ¿Por qué se llegó a ese precio? ¿Por simple competencia? Cassandra lo había apuntado en algún momento: «Mero capricho de millonarios. O por el simple placer de derrotar al rival». ¿Pero era realmente así? ¿Ahí estaba la verdadera razón? A RR no le convencía. Aquel tema para él se convirtió en una constante desde que entró al caso, y ahora más que nunca estaba presente. Si Aristóteles Brant se había retirado de la puja, fue por la intervención de su asesor, que lo hizo entrar en razón sobre el absurdo de pagar esa suma de dinero tan desproporcionada, eso estaba claro. Pero…

—¿Y si el magnate se hubiera empecinado en continuar hasta el final?

RR especulaba qué pudo llegar a ocurrir, como en uno de esos juegos de póker enloquecidos, donde se aumenta una y otra vez la apuesta, para a base de dinero rendir al contrario al dejarlo sin blanca para continuar apostando. Algo así pudo haber ocurrido en esa subasta. Le quedaba claro que Brant tenía mayor potencial económico. Lo había investigado: dueño de una fuerte empresa de agentes de bolsa en Londres, sólidas sociedades con los árabes en el mundo petrolero, participación en la producción, distribución y exhibición de cine en India, que captaba casi el ochenta por ciento de los ingresos en la zona Asia-Pacífico; accionista en muchas de las grandes empresas dedicadas a las telecomunicaciones, así como negocios relacionados con el mundo de las computadoras, asentadas en Silicon Valley. Contra eso estaba el capital de Olegario Ángeles Buendía, nada despreciable tampoco, pero no de esas dimensiones.

A Olegario también lo investigó. Era hijo de un político corrupto; de ahí provenía la base de su fortuna. En los últimos años se volvió inmensamente rico con un amplio desarrollo turístico a lo largo de la costa del Pacífico mexicano. Hábil en las relaciones públicas, se le vinculaba con altos personajes de la política, y en especial con gobernadores de los distintos estados que comparten esa franja marítima del territorio y sobretodo con el Secretario de Turismo. Cercano a los cuarenta y cinco años, divorciado, con dos hijos que apenas veía. Su mujer, una extranjera que residía en algún lugar de los Estados Unidos, no había logrado mucho en aquella separación, debido, según ella, a las componendas e influencia que ahora su ex marido tenía en México. Fanático del buceo y de la vida marina, era una figura popular en los mares mexicanos, sobre todo en el Golfo y el Caribe. Durante esa época de bonanza adquirió la afición por las obras de arte, en las que venía invirtiendo fortunas, destacándose como un feroz competidor en las subastas, sin importar cuánto llegara a ofrecer por la pieza que ambicionaba. Olegario era un jugador nato, acostumbrado a ganar. De esa manera movía grandes sumas de dinero. Se le vinculaba con Adrián Covarrubias, proveniente de una poderosa familia de narcotraficantes, a quien conoció cuando ambos cursaban una maestría en la Escuela de Negocios de la universidad de Harvard. Aparentemente, este amigo de Ángeles Buendía era un próspero hombre de negocios dedicado a la agricultura y a otras empresas vinculadas con la exportación de alimentos. Pese a ello se mantenía la sospecha de que seguía en el negocio familiar de la droga y que precisamente por ello la DEA, la famosa Agencia del Departamento de Justicia de los Estados Unidos, lo tenía bajo la mira.

«Sigue al dinero». Una añeja frase para indicar el camino que debe seguir una investigación, le hacía sospechar al criminalista que Ángeles Buendía estaba metido en el negocio del lavado de dinero, un rumor que se mencionaba de vez en cuando en algún medio noticioso, sin que el asunto llegara a mayores, como si hubiera gente interesada en que aquello no se ventilara demasiado.

Pero nada más. Había agotado todas sus líneas de investigación: volvió al edificio de Santa Fe para revisar el elevador, lo detuvo donde lo encontraron y llegó a la conclusión de que el asesino escapó por la trampa del techo. Hizo lo propio y salió por ahí. Se irguió hasta alcanzar el piso más próximo, el onceavo. Accionó la palanca metálica y abrió la puerta. La única forma de escapar, para evitar las cámaras, eran las escaleras de servicio. ¿Cómo se las arregló para que nadie le viera al llegar abajo? Tal vez lo ayudó la suerte. Tal vez en esos momentos no estaba nadie por ahí. ¿Pero luego?

RR se devanaba los sesos, volvía a recorrer todos los pasos. Con paciencia esperó a que el dueño del *penthouse* se ausentara en su auto, no ahora el Lamborghini, sino en un Mercedes blindado. Para llegar a la servidumbre, amenazó amablemente a los de recepción, so pena de remitirlos al Ministerio Público acusados de obstrucción de la justicia. Ahí, con la mucama, pudo corroborar todo lo que Olegario Ángeles Buendía le dijo.

Y de nueva cuenta a un camino cerrado, dejándole tan solo conjeturas, hipótesis sin solidez. Así, en los últimos días, sorprendían las madrugadas al criminalista, y rendido de cansancio por el esfuerzo intelectual que aquello le provocaba, caía a plomo en su cama, despertándose en las mañanas con una sensación de cansancio al no haber dormido bien, claro indicio de que durante el sueño —sobre todo en su etapa REM— aquel asunto seguía dándole vueltas en la cabeza de manera obsesiva y perturbadora.

Así fue como un día, casi al dar las cinco de la mañana, RR despertó inquieto y excitado por un razonamiento que cobraba certeza en su mente, dándole luz y claridad en aquella investigación. En su sueño todas las piezas encajaban. Quería ver si la realidad correspondía a su visión onírica, u ocurría como tantas veces cuando se tenía un sueño con aparente coherencia, para al despertar descubrir que no era más que algo confuso y con lagunas esfumándose en la memoria. Sin embargo; ahora era distinto; esa visión se hacía más clara; una visión que se había venido formando sólidamente en su subconsciente y trabajaba a marchas forzadas. ¡Todo se presentaba articulado y claro! Las piezas se acomodaban bajo una lógica incuestionable: nadie salió, nadie entró. El delincuente siempre estuvo ahí, aguardando de acuerdo con un plan frío y eficientemente calculado, que denunciaba un control absoluto de la situación, del espacio y de los tiempos.

De esa forma supo quién era el ladrón y el asesino.

CAPÍTULO XVII

Crónica de un asesinato

Conjunto habitacional, Santa Fe, ciudad de México.
Noche del domingo.

Estaba angustiosamente paralizado. La garganta se le cerraba y un sudor helado le recorría el cuerpo. Todo le dolía. Tenía un sabor metálico en la boca. Sabía que se estaba muriendo, y ese pensamiento lo aterraba. La voz le llegó a Olegario Ángeles Buendía, con una sensación de lejanía, preguntándole con calma:

—¿Dónde está?

Movió la cabeza con dificultad, negando una vez más. Apenas podía tragar. Hizo un esfuerzo para hablar.

—Ya no la tengo —dijo en un ronco susurro, y trató de controlar la náusea que se le aparecía a leves intervalos con arcadas dolorosas.

La réplica de la voz llegó con escalofriante serenidad:

—No te creo.

La angustia crecía a cada momento. Su corazón latía desaforadamente. El veneno estaba en su sangre. Lo sabía y eso lo tenía aterrado. Intentó sonar convincente:

—Me la robaron.

La voz le habló con un tono de pena:

—¿De verdad, cariño? —Y luego escuchó el chasquido de desaprobación de la lengua contra los labios pintados, para de nuevo las palabras desaprobando, casi como si regañara a un niño—. Sería terrible si fuera cierto, pero no lo es.

—Te lo juro… —bramó en un susurro agónico. Sentía que la cabeza le iba a estallar por una brutal jaqueca que lo obnubilaba, dentro de una sensación de vértigo, que agudizaba su deseo de vomitar.

La voz recriminó con suavidad:

—Mejor no lo hagas y terminemos ya con este desagradable asunto. Dime la verdad y déjate de sufrir.

Era rico, inmensamente rico. Todo lo podía comprar. ¿Por qué ahora no? Pudo articular una pregunta desesperada:

—¿Quieres dinero?

—No, cariño. No me importa el dinero. Me interesa lo que vine a buscar.

La desesperación crecía. El intento de comprar, de pagar su vida con su fortuna no dio resultado. Intentó aferrarse a su negativa para sonar convincente.

—Ya te dije, no la tengo. Me deshice de ella.

La voz levantó un poco el tono, reprochando con entusiasmo al atraparlo en falta:

—¿Ves la mentira? Primero me dices que te la robaron, y ahora que te desististe de ella —volvió a escuchar el chasquido inconforme de la lengua y un dejo de molestia en la voz—. ¡Odio que me mientan, cariño!

—¡En serio, no la tengo! —seguía aferrándose, desesperado al ver que una y otra vez fallaba en su intento porque le creyera. Hizo un gran esfuerzo para sonar sincero, y pudo articular, sintiendo que se le desgarraba la garganta, en medio de aquel torbellino de pánico que lo envolvía sacudiéndole el cuerpo en un escalofrío incontrolable:

—Es cierto, te mentí primero. No la robaron, pero sí me deshice de ella. Alguien me dijo que me traería mala suerte.

La voz no sonaba impresionada. Era evidente que no le creía.

—No lo dudo. ¿A quién se la diste, entonces?

—No puedo respirar —gimió Olegario, acometido por un nuevo espasmo.

La voz respondió tranquila:

—Lo sé. Y sólo yo puedo resolverte ese problema.

—¡Por favor! —suplicó.

—La pieza y dejarás de sufrir. Decídete, porque ya no te queda mucho tiempo —demandó inflexible la voz.

—¡El antídoto, por Dios!

—La pieza.

Finalmente Olegario se rindió. Era inútil continuar aparentando. Entre más se entercara más pronto le llegaría la muerte. Intentó señalar con la cabeza.

—Ahí, en un lugar secreto de ese mueble. Un botón, por dentro, que parece una moldura pequeña.

La oyó moverse. Apenas un siseo de la ropa. Cerró los ojos. El sudor le escurría. El dolor se hacía cada vez más insoportable.

—¡Por Dios, el antídoto! —susurró, y escuchó la trampilla que abría el lugar secreto. Después la suave exclamación triunfal de la voz:

—¡Vaya, buen escondite! ¿Quién lo pensaría?

—Ya tienes lo que querías. ¡El antídoto! —demandó con los últimos arrestos que le quedaban. Vio la figura borrosa que se acercaba y se inclinaba ante él para mirarlo a través de aquellos enormes anteojos femeninos que cubrían casi todo el rostro. La escuchó y se llenó de pavor, cuando la oyó decir cínicamente:

—Mala suerte. No lo tengo.

Olegario ahogó una maldición. El terror lo envolvió con una oleada letal. Una palabra salió de su garganta casi cerrada, como un graznido agónico, lleno de furia:

—¡Perra!

El insulto no la inmutó. Se irguió y ahí esperó hasta que el hombre, luego de una violenta y devastadora agonía, dejó de respirar. Verificó que no tuviera pulso, poniendo uno dedo en la yugular, justo ahí, donde había inyectado el veneno y la piel ya mostraba la suavidad del tejido y un halo enrojecido, bastante hinchado.

—¡Muerto! —dijo y lo miró un instante más—. Lástima guapo, pero así son las cosas. —Se inclinó y besó los labios fríos y sin vida. Se apartó de él y se despidió entonces con un «Hasta nunca, cariño», llevándose lo que había venido a buscar y dejando atrás el cadáver y la estela de su perfume.

SEGUNDA PARTE

CAPÍTULO I

El hombre de Bangkok

Bangkok, Tailandia.
2:00 p.m.

Había un tránsito desquiciante para cualquier extranjero, un atasco de vehículos que parecía no acabar nunca; una inamovilidad casi total y un calor de los mil infiernos. Camiones de pasajeros hacinados de gente, taxis multicolores, bicicletas, vehículos particulares, camiones de turismo y las pintorescas tuk-tuk —motocicletas con una cabina trasera donde se sienta el pasajero—, que se entreveraban por cualquier resquicio libre en las calles, también rebosantes de peatones.

Se llamaba Abraham Reva y soportaba el asfixiante bochorno dentro de aquel taxi que lo llevaba al hotel. Estaba rendido después del largo viaje de varias horas desde Vancouver hasta la capital de Tailandia. La bulliciosa ciudad ahora parecía campear en la normalidad después de las revueltas de años anteriores, que tuvieron al país al borde de la guerra civil, con el corolario del golpe militar y la destitución de la entonces Primer Ministro. Ahora la situación estaba aparentemente controlada; sin embargo, para aquel hombre poco importaba lo que ahí estuviera pasando; ni las desigualdades sociales, ni la mala distribución de la riqueza, ni las luchas por el poder que de todos modos no eran ahí privilegio exclusivo, le importaban un bledo.

«El mundo está loco. La humanidad no se queda quieta. No han aprendido un carajo», pensó con mal humor, mientras se enjugaba el sudor, pasando el pañuelo por su rostro y cuello. Recorría con mirada impaciente el saturado exterior a través de la ventanilla; imperaba el calor húmedo proveniente del río Chao Prayá. Deseaba rabiosamente llegar, darse un baño, tomarse un par de tragos y dormir algunas horas antes de que llegara el momento de su cita, para cerrar la compra que había venido a realizar, siempre y cuando la mercancía que le ofrecían fuera auténtica. Precisamente para eso había sido contratado. Era un reputado anticuario experto en arte asiático. Si alguien podía autenticar una pieza era él. Estaba reconocido como perito internacional en esos menesteres, y por eso cobraría unos muy jugosos honorarios.

* * *

5:00 p.m.

Abraham Reva salió de la regadera, donde había tomado un largo y reconfortante duchazo con agua tibia. Envuelto con una mullida bata de baño, con el logotipo del hotel grabado en el lado izquierdo del pecho, se acercó a la ventana y desde lo alto de pudo distinguir los autos y la gente que se apreciaban diminutos. No había un solo ruido que pudiera pasar por aquellos ventanales dobles de cristal reforzado. Miró por un instante hacia el horizonte de la ciudad, donde destacaban los picos dorados de los templos budistas, tan característicos del país. Finalmente se apartó y fue al carrito del *roomservice* con un plato de quesos y frutas, una botella de whisky, un vaso y una cubeta con hielos. Volvió a servirse. Era el segundo. El primero lo bebió apenas llegó a su cuarto, donde vio en el buró el botón rojo del teléfono que parpadeaba. Descolgó y marcó a recepción. Efectivamente, tenía un mensaje. Pulsó el número que le indicaron y escuchó la grabación. Eran palabras escuetas dichas en un inglés con acento oriental. La voz que hablaba era de un hombre joven: «A las nueve de la noche en el bar del Sirocco del Hotel Lebua. Sea puntual».

Con el whisky ya servido, ocupó la mullida silla con brazos forrados en terciopelo azul oscuro, frente al escritorio donde había posado su *lap top*. Al abrirla, la pantalla se iluminó y apareció ante él la fotografía de la pieza que había venido a buscar. Se preguntó si esa pequeña cobra de oro con su capucha desplegada, en actitud de alerta, podría valer lo que por ella pedían.

CAPÍTULO II

Un desenlace inesperado

Departamento de RR, ciudad de México.
8:30 a.m.

El que amaneciera del todo, se le hacía un tiempo interminable. Esperaba la hora apropiada para poder hacer la llamada que llevaría a la detención del asesino. El tiempo avanzaba con una lentitud que se le antoja angustiosa. Decidió bañarse con agua caliente y luego fría, para despejarse. Se preparó un café expreso doble y, finalmente, hacia las nueve de la mañana marcó directamente al despacho del Procurador. La secretaria le respondió que el funcionario estaba en un desayuno de trabajo y que volvería al mediodía. RR insistió en la urgencia de la llamada. Tenía que ver con la solución del robo y asesinato de Santa Fe, informó. Tras un momento de duda, la secretaria le pidió esperar en la línea, dejándolo en «llamada pendiente». RR aguardó con impaciencia, mientras repasaba todos los elementos que le llevaron a la conclusión que ahora tendría que revelar al Procurador para la captura del ladrón y homicida. Todo había comenzado con una percepción que no se le hizo congruente cuando tuvo la entrevista con el hombre, que se notaba tranquilo y desatendido del problema, pero en realidad debió ser presa de la frustración al verse privado de algo por lo que había peleado con tanto tesón. Eso no tenía lógica si uno se atenía al comportamiento de los contendientes en la lid de la subasta. Después, cuando revisó el edificio una vez más y sobre todo con la entrevista a la servidumbre el rompecabezas se fue armando, y pudo imaginar realmente cómo habían ocurrido las cosas:

La mucama tomó la llamada del *lobby*. Anunciaban que un mensajero estaba ahí trayendo un paquete importante. Joel, el chofer, había salido a cumplir algunos pendientes, por eso no pudo atender el teléfono lo que usualmente hacía el hombre aquel. Ella pidió que aguardaran un instante y fue hasta el área de gimnasio del departamento, donde su patrón se ejercitaba en la caminadora, mientras observaba la televisión. La respuesta fue corta sin que detuviera el ejercicio: «Que lo dejen subir, yo me ocupo. Tú vuelve a tus deberes». Apenas desapareció la muchacha hacia el interior del departamento, Ángeles Buendía bajó de la caminadora pero la dejó trabajando. Rápidamente se movió y cruzó por la cocina para salir por la puerta de servicio. Llevaba consigo un filoso estilete. Bajó por la escalera hasta llegar al piso once. Ahí llamó al elevador y esperó a un lado de la puerta, con el estilete firmemente empuñado, y la decisión de atacar sin titubeo alguno. El elevador se detuvo, la puerta se abrió y él irrumpió para enfrentar al mensajero que tenía las manos ocupadas con el paquete. Sin perder un instante, aprovechando el factor sorpresa, se abalanzó sobre él y le clavó el estilete en la yugular. La sangre brotó en un chisguete aparatoso, manchando las paredes. Con la víctima desplomándose mortalmente herida, la puerta del elevador volvió a cerrarse y éste arrancó hacia el piso superior. El millonario pulsó el botón de paro. El ascensor se detuvo de golpe entre los dos pisos, justo entre el once y el doce, antes de llegar al *penthouse*. Con agilidad el asesino se impulsó, apoyándose en el pasamanos para alcanzar la escotilla del techo. La dejó abierta y volvió por el paquete. Sabía que su contenido estaba debidamente protegido, así que lo lanzó por la escotilla abierta. Después volvió a trepar y se escurrió hasta ganar el techo del elevador. Cerró la trampa. Alcanzó el entrepiso y accionó la palanca para abrir la puerta. De ahí llegó al piso y alcanzó de nuevo la escalera de servicio para volver a su departamento. Entró con sigilo y corrió hasta el gimnasio. Dejó el paquete cubierto con una toalla. La caminadora seguía funcionando. Rápidamente fue al baño y de desembarazó de los pants y la sudadera manchados de sangre. Los tiró dentro de la tina y se cubrió con una toalla. Volvió al gimnasio y esperó un tiempo razonable. Después apagó el aparato y salió a hablar a la recepción. Se mostró confundido y molesto al preguntar por el mensajero que «no había llegado». Le dijeron que no existía posibilidad de que se hubiera equivocado de piso. Él demandó que lo buscaran y colgó. Sabía que se daría aviso a la policía en cuanto descubrieran el cadáver. Tomó un baño y metió los pants y la sudadera en una maleta pequeña, ya lavados en la propia regadera. Se vistió. Después, en su recámara, con la puerta convenientemente cerrada, abrió el paquete para contemplar satisfecho y triunfal aquella cobra de oro. Seguramente luego la escondió en algún lado y se deshizo del estilete, de la ropa y del envoltorio en que venía la pieza, llevándose todo en la cajuela del Lamborghini, después de recibir la visita del investigador de la compañía de seguros. Todo le había salido a la perfección.

No había equivocación posible. El hombre tuvo todo a su favor: conocía perfectamente el funcionamiento del edificio y aprovechó la oportunidad para desconectar o descomponer la cámara. Tenía la información sobre el manejo de la pieza.

Ubicación, oportunidad y sangre fría, además de confianza en su habilidad física. De esa manera sólo una persona llenaba el perfil…

Su deliberación se vio interrumpida por la voz de la secretaria que le informaba:

—Señor RR, el Procurador en la línea.

Al escuchar la voz de su amigo, se apresuró a decirle:

—Lamento sacarte de tu junta, pero es urgente. Tengo todos los elementos para demostrar que Olegario Ángeles Buendía ha sido el responsable del robo y del asesinato en Santa Fe.

Hubo una leve pausa en el teléfono. Finalmente al otro lado de la línea escuchó la voz grave del Procurador, en una respuesta que lo confundió por lo escueta y carente de satisfacción por los resultados.

—RR, prende tu televisor y ve las noticias. Luego hablamos.

La comunicación se cortó. Intrigado, RR se apresuró a tomar el control remoto y encendió el aparato. Seleccionó el canal donde López Ventura, el conocido comentarista del noticiario de cobertura nacional, daba cuenta de los acontecimientos más relevantes en el país y el extranjero. Su voz se escuchaba sobre las imágenes de un enfrentamiento en algún lugar de Europa, entre inconformes y la policía que, contrario a lo que ocurre en México, hacía uso de la fuerza que correspondía al Estado para imponer el orden, sin que aquello se le tildara de represión. Pero eso no atrajo la atención del criminalista. Su mirada se clavó en la cintilla sin fin que corría al pie de pantalla, enumerando las noticias más relevantes. Una de ellas lo impactó por lo inesperado:

«Encuentran muerto en su departamento al magnate inmobiliario Olegario Ángeles Buendía».

CAPÍTULO III

Cita bajo la cúpula dorada

Bangkok, Tailandia.
9:00 p.m.

«A las nueve de la noche en el bar del Sirocco del Hotel Lebua. Sea puntual».

Abraham Reva había vuelto a escuchar el mensaje grabado en el teléfono, cuando se disponía a salir delahabitación. Iba vestido con un traje de lino, una camisa fresca de algodón y corbata de punto. El hombre guardó la *lap top* en el closet y salió, llevando la tarjeta electrónica que abría la puerta.

* * *

El taxi Audi A5 negro se detuvo ante el State Tower, y Abraham Reva descendió para enfrentarse al imponente rascacielos ubicado en la zona financiera de la ciudad, donde se ubicaba el Hotel Lebua. En lo alto, bajo la cúpula dorada, característica del edificio, justo en el piso sesenta y cuatro, se encontraba el lugar de la cita: El bar Sky Tower del restaurante Sirocco. Abraham Reva llegó con quince minutos de anticipación y se situó en uno de los niveles de la terraza al aire libre, desde donde se apreciaba una imponente vista del Bangkok nocturno. Un mesero se le acercó, haciendo el *waiprah*, el tradicional saludo tailandés, que consiste en juntar las manos frente al pecho en señal de oración, y acto seguido le preguntó si tomaría algo de beber.

—Un jaibol de Etiqueta Negra y Perrier, con mucho hielo —ordenó nerviosamente y sin corresponder al saludo, mientras paseaba la mirada en busca de la persona con la que trataría el negocio que lo había traído desde Vancouver.

Reva consultó su reloj. Faltaban cinco minutos para las nueve de la noche y su cita aún no aparecía. El mesero volvió con su bebida casi al dar la hora, preguntando discretamente si se le ofrecía algo más. Abraham lo miró. Sí, necesitaba algo.

—Por favor, en recepción dejé mi nombre, Abraham Reva. Estoy esperando a una persona. No debe tardar en llegar. En cuanto lo haga tráigalo a mi mesa.

El mesero asintió. Abraham bebió con deleite un trago largo de su bebida. Apreció la frescura al pasar por su esófago. Pese a estar al aire libre, sentía un calor agravado por la espera. Si no fuera importante la oferta que le habían hecho por sus honorarios, no estaría ahí en estos momentos. Salió de sus cavilaciones cuando escuchó una voz que le preguntó en un inglés, con acento oriental:

—¿*Mister* Reva?

Enfrente tenía a un tailandés de cuerpo delgado y estatura media, vestido con traje y corbata, que le sonreía. Era bastante joven —lo que no dejó de sorprenderlo, pues esperaba a alguien de más edad—, quizás no llegaba a los treinta años, pero se manejaba con el desenfado de un hombre de mundo. Sin esperar a ser invitado tomó asiento y murmuró con beneplácito, mientras sacaba una cigarrera:

—Es puntual. Comenzamos bien, señor Reva.

—Y, ¿usted es…? —inquirió Abraham, a lo que el tailandés respondió con un ademán ambiguo y sonrió más ampliamente.

—Mi nombre no importa, por ahora. Lo relevante es si está usted dispuesto a comprar —y encendió su cigarrillo.

Abraham Reva contuvo su irritación. No le gustaba el arranque de aquella entrevista. Asintió y respondió con sequedad:

—Siempre que lo que venda sea auténtico.

El tailandés hizo un leve gesto afirmativo con la cabeza y sacó del bolsillo interior de su saco un papel que puso encima de la mesa, mientras paseaba la vista por los comensales distribuidos en los dos planos de la terraza: el inferior en torno a la barra circular y el superior con varias mesas, ya casi todas ocupadas.

—Estos son los datos para la transferencia del dinero. Debe depositar la cantidad que usted ve ahí, en señal de trato.

Abraham Reva adelantó el rostro y clavó la mirada en su interlocutor para responderle terminante, sin siquiera haberse fijado en el papel:

—Ni un dólar. Ni un euro. Nada, hasta que vea la pieza.

Por primera vez se congeló el gesto afable en el rostro del tailandés. Su mirada rasgada se achicó un poco más.

—¿Desconfía de mi cliente? —logró preguntar con cierto tono ofendido, pero que en realidad escondía su frustración ante el rechazo.

«Entonces este sujeto no es el hombre del negocio. ¿Se trata de un simple emisario?», pensó Abraham Reva, y luego contestó con claridad:

—Simplemente me gustan las cosas claras. He hecho un largo viaje precisamente para constatar que lo que venden es genuino, sin ninguna duda. Mientras no tenga la pieza en mis manos para comprobar su autenticidad, no podré cerrar trato alguno. Esas son mis instrucciones, y deseo que las transmita a su «cliente» —concluyó, remarcando la última palabra.

Al hablarse de la pieza, una sombra de inquietud pasó por la mirada del tailandés; fue un instante apenas, como si temiera que alguien escuchara lo que decía con cierta altanería aquel extranjero. Respiró profundamente, tratando de controlarse. Apagó el cigarrillo en el cenicero de cristal y volvió a asentir lentamente con la cabeza. Su tono ahora era de una fría cortesía:

—Como desee. Su posición es comprensible, señor Reva —tuvo que admitir el tailandés a regañadientes. Se puso de pie para marcharse y confrontó a su interlocutor para advertirle, en el mismo tono, sin alterar en modo alguno su volumen:

—Permanezca en el cuarto de su hotel y espere nuestra llamada.

Abraham Reva no se molestó en levantarse. Lo miró de hito en hito y replicó a su vez:

—Veinticuatro horas.

—¿Perdón? —dijo el tailandés, arqueando las cejas, sin comprender.

La respuesta llegó firme, incuestionable:

—Veinticuatro horas es lo que tiene de plazo. Si para entonces no tengo noticias de usted, de su representado o de su cliente, como sea que quiera llamarlo, entonces volveré a Vancouver y no habrá trato.

El otro no dijo nada, simplemente lo miró por unos instantes. Luego giró y se alejó hacia el interior del edificio. Reva lo siguió con la vista hasta que desapareció. Después resopló, soltando la tensión, y se sorprendió de sentirse así. Dio un nuevo trago a su bebida; los hielos se estaban derritiendo, aun así la sintió fresca en esa noche de calor.

—Veinticuatro horas —se repitió mentalmente; luego se cuestionó si no había sido demasiado duro con aquel hombre, para concluir que en realidad no. Él venía a comprar y ellos a vender. Si estaban interesados no habría por qué aplazar más la transacción. Quería ver esa cobra antes de soltar un solo dólar o un solo euro. Si en realidad lo valía, pagaría sin regatear.

CAPÍTULO IV

Dictamen: asesinato

Conjunto habitacional, Santa Fe, ciudad de México.
12:00 p.m.

Desde que las mucamas descubrieron el cadáver al regresar de su día de asueto, ello bastó para que se corriera la voz en todo el edificio, cuando actuando con prontitud, el personal de recepción se apresuró a llamar a la policía. Estaban aterrados y rogaron por no parecer sospechosos de aquella segunda muerte que sacudía en tan poco tiempo al exclusivo condominio. Como consecuencia fue inevitable que la noticia llegara a los medios, de manera prácticamente automática. Por la importancia del muerto, el Ministerio Público en turno decidió pasar el asunto a la Central, y de ahí surgió la llamada al Procurador, al mismo tiempo que las cintillas sinfín de los noticieros ya se estaba divulgando el deceso del joven millonario de los desarrollos turísticos del Pacífico.

El funcionario estaba por salir a un desayuno con una comisión del Senado que lo requería para dar una explicación sobre ciertos sucesos que se dieran en una bodega limítrofe con el Estado de México, en la que se encontraron a cinco sujetos ajusticiados a balazos, presumiblemente asesinados por agentes de la policía del Distrito Federal. Las instrucciones del Procurador fueron precisas:

iniciar la investigación bajo la más absoluta reserva; tal vez estuvieran viendo «moros con tranchete», expresión para indicar que se estaban advirtiendo peligros donde no los hay y por ende sacando las cosas de proporción, cuando la muerte de aquella persona pudo deberse a un infarto o algo similar. Mientras tanto ni una palabra a la prensa. Debían darle largas hasta que las cosas estuvieran más claras y se armara una versión oficial de los hechos. Ya los encargados de los servicios periciales darían su dictamen y entonces sí, sabrían a qué atenerse, y qué decir.

Esa mañana al mediodía los medios impresos, radiofónicos y de televisión ya se encontraban apostados afuera de la caseta de vigilancia, donde una patrulla de la policía del Distrito cerraba el paso y un hombre de traje, visiblemente tenso, enfrentaba a los airados periodistas que intentaban entrar y enterarse de lo que estaba ocurriendo en el *penthouse* del edificio C. Voces airadas se levantaban, haciéndose oír por encima de las otras:

—¿Por qué está aquí la policía?

Y a esa pregunta se desgranaron más, como un torrente que demandaba respuestas de aquellos hombres y mujeres que adelantaban, se empujaban y trataban de mantener una posición de ventaja frente al hombre del traje que fungía como vocero de las autoridades, adelantándole los micrófonos y las grabadoras, plantándosele materialmente ante la cara, mientras las cámaras tomaban testimonio.

—¡Sí! ¿Por qué la policía?

—¿Qué pasó con la muerte de Ángeles Buendía?

—¿Ya se saben las causas?

—¿Qué ocultan?

—¡Déjennos pasar!

Abrumado, el hombre de traje levantaba las manos, agitándolas frente a ellos, en ademán de pedirles calma, mientras levantaba la voz en un intento por hacerse escuchar.

—¡Señores, por favor! Estamos aquí por cuestiones de rutina. Es el procedimiento normal ante una muerte imprevista como ésta.

Voces escépticas reviraron, cuestionando:

—¿Qué hacen aquí los del Médico Forense?

—¡Por una vez hablen con la verdad!

—¡Demandamos el derecho a la información!

El hombre asentía, sudaba. Seguía pidiendo calma y levantaba aún más la voz, haciendo oídos sordos a los cuestionamientos de los periodistas y saliéndose políticamente por la tangente:

—Hoy mismo, les aseguro, hoy mismo habrá una conferencia de prensa, en la que se responderá a satisfacción a todas sus preguntas. Y señores, puedo afirmar que no es intención del señor Procurador ocultar información a nadie. ¡Puedo garantizarles que se les hablará con la verdad, como siempre se ha hecho!

Se escucharon abucheos y expresiones incrédulas. Las preguntas se revolvieron en un torbellino de voces. RR atestiguó a través de la ventanilla abierta de su Mini Cooper el descontento de la prensa. Un patrullero le marcó el alto. El hombre del traje había podido separarse de medíoslos reporteros y, reconociendo al criminalista, asintió, dando una seca orden:

—Él puede pasar.

De inmediato la patrulla maniobró en reversa para dejar camino franco; las plumas se levantaron y RR aceleró para entrar al complejo habitacional.

* * *

Desde la recepción se notaba la actividad. Agentes interrogaban al atribulado personal, más por rutina que con la esperanza de encontrar algún indicio. Ante el elevador un policía montaba guardia. RR cruzó y se identificó con el uniformado. Al llegar al *penthouse* la actividad era mayor. Un agente especial del Ministerio Público, que por su atuendo y actitud mostraba mayor jerarquía dirigía la investigación con ojo atento. RR lo saludó y el hombre le correspondió. Era evidente que tenía instrucciones precisas de permitir al criminalista el acceso.

RR pudo ver a través de una puerta entreabierta que la cocinera, la mucama y el chofer eran interrogados por agentes ministeriales. Ellas no cesaban de llorar, impactadas por los sucesos recientes y por el descubrimiento del cadáver de su patrón, que en esos momentos yacía derrengado en el sillón donde le sorprendiera la muerte, tumbado hacia un lado, con el rostro rígido y los ojos abiertos mirando sin ver hacia el plafón del techo. Junto al sillón se encontraba el bargueño. El mecanismo de acceso del mueble estaba activado y dejaba al descubierto un amplio espacio al fondo. Peritos en dactiloscopia espolvoreaban la superficie ricamente labrada con incrustaciones de nácar y metal en busca de huellas. Un fotógrafo disparaba su cámara digital sobre el cadáver, ante la actitud contemplativa y concentrada de un hombre alto, con calvicie prematura y cabello gris, que observaba con atención a través de sus gafas; era el doctor Felio Miravalle del Real, el mismísimo director del área médico forense de los Servicios Periciales de la Procuraduría, viejo conocido de RR, con quien había trabajado en varios casos, incluido el crimen de aquella muchacha extranjera con que se iniciara el aterrador caso del Príncipe maldito. Al encontrarse se saludaron con afecto. El médico explicó que estaba ahí a petición expresa del Procurador, lo que le daba un cariz delicado y por ello importante a aquel asunto.

—¿Qué tenemos aquí, doctor? —preguntó RR al observar el cadáver de Olegario Ángeles Buendía, que ya mostraban los signos del rigor mortis. Notó una gran palidez en la piel; la comisura de los labios presentaba una extraña crispación agónica. El rostro ladeado permitía ver el cuello y en él, a la altura de la yugular, la carne enrojecida e hinchada en donde se produjera el piquete—. Alguien ha dicho que la causa de la muerte fue un infarto. ¿Tú qué piensas? —agregó casi adivinando la respuesta negativa.

El doctor Miravalle se volvió a mirarlo y negó con gravedad.

—Eso hubiéramos deseado todos, RR. Sin embargo… —movió negativamente la cabeza—, nada de infarto. Y lo más probable es que estemos ante un posible asesinato.

—¿Entonces qué le causó la muerte?

El doctor señaló con la cabeza hacia el cadáver.

—Puedes verlo tú mismo. Esa palidez del tejido me induce a pensar en una hemorragia interna. Y la herida en el cuello… Observa la necrosis en el tejido circundante. —Suspiró profundo, para rematar—: No lo sé, RR, pero de acuerdo con mi experiencia, parece que estamos ante un cuadro de envenenamiento.

—¿Veneno? —inquirió el criminalista con interés.

El médico asintió y señaló con el puntero de la pluma hacia una pequeña herida a la altura del mentón del muerto, que mostraba sangre fresca.

—Posiblemente. Observa esa pequeña herida, seguramente una leve cortada que se produjo al rasurarse. Aún sangra pese a que el hombre está muerto. Eso me indica un agente anticoagulante en su cuerpo, que puede ser precisamente el veneno al que me refiero. ¿Qué tipo? Eso la autopsia lo determinará.

RR asintió, echó una nueva mirada al cadáver y después su atención fue atraída por el bargueño. Murmurando un «me disculpas», se apartó y fue hacia el mueble, dejando al galeno con lo suyo. Se asomó cuidadosamente para ver la puertecilla abierta de la trampa que dejaba ver el hueco de considerables dimensiones: «Seguro aquí ocultó la serpiente», pensó RR y recordó que en su primera visita a ese departamento Olegario, al hablarle del cheque certificado con el que pagó a la casa de subastas, había hecho el intento de levantarse del sillón donde ahora permanecía cadáver, para ir hacia el mueble.

RR se levantó y, valiéndose de su pañuelo para no contaminar con sus huellas, revisó los pequeños cajones y gavetas ricamente adornadas y talladas hasta dar con algunos papeles y una chequera. RR la tomó y la revisó con cuidado. El último cheque expedido, según el talonario, había sido tres días antes de la subasta. De ahí en adelante la numeración no se interrumpía. Eso indicaba que de esa chequera no pudo salir el pago que Olegario aseguraba tener ahí guardado para pagar la pieza.

El teléfono celular de RR comenzó a sonar. Dejando a un lado sus pensamientos, se apartó del bargueño y buscó un lugar para contestar, junto a una columna, ante el enorme ventanal desde donde se dominaba la impresionante vista de la ciudad. Era el Procurador en persona, quien le pidió se diera una vuelta cuanto antes por su oficina para tomar un café y comentar el caso.

—Quiero saber tu primera impresión de lo que ha ocurrido, mientras mis muchachos y los peritos hacen lo suyo.

—Ahí estaré como a las cinco de la tarde, si te parece bien. Aún tengo cosas pendientes en este asunto.

—De acuerdo. A las cinco. Acá te espero.

La comunicación se cortó. RR se acercó hasta el Ministerio Público para pedirle, en forma diplomática que, si aún no se había procedido, sería conveniente requisar las grabaciones de todas las cámaras de seguridad, no sólo del edificio, sino de todas las entradas al complejo habitacional, de ser posible durante todo el fin de semana anterior, comenzando desde el viernes. Al obtener una respuesta afirmativa del fiscal encargado, RR se dirigió hacia los elevadores. Ya no tenía sentido seguir ahí, pero se llevaba consigo una reflexión: «Si los cheques estaban seriados y no faltaba ninguno, era obvio que el cheque certificado no estaba ahí. Y si no lo estaba se debía a que nunca existió».

CAPÍTULO V

Una charla con el Procurador

Oficina del Procurador de Distrito, ciudad de México.
5:00 p.m.

—Olegario Ángeles Buendía murió el domingo, justo el día de descanso de su servidumbre, incluido el chofer. Quien lo mató tenía pleno conocimiento de eso —afirmó RR y se arrellanó en el sillón de cuero, luego de dar un corto sorbo al café expreso que sostenía en sus manos, y que minutos antes le sirviera la diligente secretaria del Procurador, quien se encontraba de pie ante el ventanal, mirando hacia la calle, pero escuchando con atención al investigador.

—No hay duda entonces de que vigilaban atentamente el lugar esperando la oportunidad. El caso es saber cómo pudo llegar ahí el asesino sin ser visto —continuó RR.

El Procurador dejó su punto de observación y regresó hasta su escritorio, para desde ahí observar a su interlocutor y comentar:

—Con respecto a lo que señalas, las cosas se han complicado, RR, porque precisamente ese fin de semana hubo una gran fiesta en el edificio vecino.

—Seguramente el asesino entró confundido entre los invitados. Y de ahí cruzarse al otro edificio no sería ningún problema —aventuró el criminalista.

—Es lo que pensamos; ya he girado órdenes para que se investigue a los asistentes a esa fiesta. Los primeros reportes que me han llegado señalan que se trató de gente muy importante. Realmente era una concurrencia selecta, no más de cincuenta personas y esto de alguna manera nos aligera el trabajo, lo que es un decir.

—¿Y las cámaras de vigilancia en los accesos? —quiso saber RR.

—Tenemos las cintas, como lo pediste. Cuando quieras puedes revisarlas. ¿Qué piensas del motivo?

—La cobra de oro —respondió el investigador sin titubeos.

—¿La pieza de la subasta?

—No me cabe la menor duda —asintió RR.

—Lo que no alcanzo a entender es por qué si Ángeles Buendía entró a la subasta y pujó hasta lograr esa pieza, armó tanto lío para simular el robo, según tu versión —señaló el Procurador.

— ¡Ya tenía lo que quería, carajo! ¿Para qué hacer tanto ruido con ese latrocinio y con un asesinato francamente estúpido y gratuito?

—Codicia. Codicia y temor, para empezar. —Fue la respuesta categórica del investigador

El Procurador le clavó la mirada y demandó:

—Explícate.

—Partamos de por qué Olegario Ángeles Buendía tuvo que armar toda una escena a sabiendas de que atraería a la policía. De entrada, eso no suena lógico. Sin embargo tenía su porqué: deseaba que se supiera que la pieza había sido robada, con lo que mandaba un mensaje, ¿a quién o a quiénes? No lo sé, pero habremos de suponer que para aquellos que la desearan a cualquier costo —hizo una pausa para dar un trago a su café, y luego prosiguió—. No dudo que nuestro hombre fuera un paranoico. Temía que le robaran. Por eso urdió con gran audacia ese plan. Es cierto que se le complicó cuando tuvo que asesinar al mensajero, pero creo que esa situación también la tenía prevista. De todos modos había evidencia que lo inculpaba. La ropa que llevaba durante el crimen y que obviamente se manchó de sangre, el arma homicida y el envoltorio de la pieza. Así que cuando vio a la policía en su departamento le entró temor de que lo descubrieran. Pero corrió con suerte, pues la policía no fue muy prolija en su revisión del departamento. Debía, pues, aprovechar esa omisión de los investigadores y por eso luego de mi visita salió en su automóvil para deshacerse de todo aquello que lo incriminaba y, puedo asegurarte, fue a parar a algún tiradero de basura o a un incinerador.

—¿Y por qué no sacar también la pieza de su departamento? —inquirió el Procurador.

RR negó suavemente con la cabeza y se explicó:

—Trasladar la cobra implicaría llevarla a otro lado y esconderla de nuevo. Eso traería riesgos que no estaba dispuesto a correr. Si había robado la pieza, desearía disfrutarla: Un morboso capricho lúdico, diría yo. ¿Y qué mejor que en su departamento, sin riesgo de alguna intromisión inoportuna? Ahí tenía la oportunidad de ocultarla, como en realidad lo hizo al esconderla en el compartimiento secreto de un bargueño, donde estaba seguro de que nadie podría encontrarla. —Volvió a hacer una pausa y advirtió—: Pero hay algo más que también puede explicar ese robo.

El Procurador, claramente interesado, lo instó a proseguir:

—¿A qué te refieres?

—Al precio que debía cubrir, y que estoy casi seguro, Ángeles Buendía no tenía intención de pagar…

—¿Cómo? —interrumpió sorprendido el Procurador, a lo que RR asintió con la cabeza, dándose a entender a continuación:

—Cuando lo entrevisté hizo el amago, sólo el amago, de mostrarme el cheque certificado con el que supuestamente cubriría esa suma. Pero nunca hubo tal cheque. Revisé el bargueño y tuve acceso a su talonario.

—Pudo salir de otra chequera —aventuró el Procurador—. Esa gente se maneja con diversas cuentas.

—Es correcto —admitió RR—. Por eso antes de venir contigo hice algunas investigaciones a través de amigos míos en la banca. Ángeles Buendía solamente tenía una cuenta personal, las otras son de sus diversas empresas, y en ellas siempre se requiere de dos firmas para la expedición de cualquier cheque —hizo una pausa y remató— en el único caso en que no existe tal requisito es precisamente en esa cuenta personal cuya chequera estaba en el bargueño. Así que la conclusión es simple: Ese hombre no tenía intención de pagar, por la sencilla razón de que ya tenía planeado el robo.

El Procurador caviló unos instantes sobre el razonamiento del investigador, y terminó admitiendo:

—Tiene su lógica. Y esa sería una razón más que suficiente para armar todo ese tinglado del asalto y el crimen.

—Sin embargo, amigo, no creo que la cosa pare ahí.

La afirmación hizo que el Procurador lo mirara con seriedad, en una muda pregunta que demandaba una explicación.

—Esa pieza tiene un valor más importante que el dinero —explicó RR—. El primer indicio que me lleva a esa afirmación, es que alguien muy sagaz como para no creer en esa versión del robo, un profesional muy eficaz, se metió al departamento de Ángeles Buendía aprovechando el momento preciso y lo mató para hacerse con la cobra. ¿Por qué? ¿Cuáles son los motivos ocultos que hay en todo esto, y quién es ese misterioso asesino que posee todas las respuestas? Eso es lo que estoy dispuesto a descubrir.

CAPÍTULO VI

El comprador mexicano

Una cafetería en avenida Reforma, ciudad de México.
8:00 p.m.

Para RR era importante hacer un viaje a Belice y entrevistarse con quien descubrió aquella pieza que sólo había traído desgracia y muerte. Intentaba saber cuál era el secreto que ese objeto guardaba y qué lo hacía tan deseado. Tal vez el hombre que la encontró lo supiera, o tal vez no. En el camino surgía otra pregunta: ¿quién le había comprado la pieza, sabía lo que estaba adquiriendo o no? La única forma de obtener respuestas era interrogando a los involucrados, así que antes de trasladarse al lugar del hallazgo, decidió comenzar con el comprador.

Ese mismo día, cuando se dirigía a la cita con el Procurador, se contactó con el sujeto al número telefónico que obtuvo de la casa de subastas. Se identificó ante él y venció su desconfianza al asegurarle que la conversación que sostuvieran en nada afectaría la demanda que estaba planeando; incluso le propuso que consultara con sus abogados si tenía algún resquemor. Cauto, el sujeto dijo que así lo haría. Le pidió a RR el número de su celular para comunicarse una vez que hubiera desahogado la consulta que le sugería y después colgó.

La llamada no tardó mucho y el comprador, que respondía al nombre de Samuel Videgaray, concertó la cita para las ocho de la noche, en un café cercano a sus oficinas. Cuando RR llegó se encontró con un sujeto pálido, delgado, de mediana edad, grandes entradas en el cabello ralo que anunciaban una calvicie prematura, y que usaba unos anteojos un tanto pasados de moda, a través de los cuales sus ojillos escrutaron con reserva al investigador. Ya ante un par de cafés el hombre explicó que había ido a Belice en representación de la compañía de ingenieros civiles para la que trabajaba, con el propósito de participar en una licitación para la construcción de una carretera que el gobierno requería para conectar la capital con cierta zona del país. Pese a que la oferta de su representada era la mejor y más adecuada en precio, el contrato lo obtuvo gente que tenía buenas conexiones con funcionarios importantes de aquel país.

«Por lo visto ese tráfico de influencia no es exclusiva nuestra», pensó con ironía RR, justo cuando Videgaray le soltó la pregunta:

—Entonces, ¿qué interés tiene usted en hablar conmigo?

—Investigo cualquier camino que me pueda llevar a la recuperación de la pieza —respondió con serenidad RR. —Por lo pronto, lo que me importa saber es cómo se hizo usted de ella.

Videgaray se aclaró la garganta y bebió un largo trago de café antes de responder.

—Como le dije, estaba en Belice por ese asunto de la licitación. —Torció la boca con una mueca que era mitad desagrado, mitad sonrisa despectiva—. Pero las cosas no sucedieron como esperábamos, como ya le expliqué. Así que sin otra cosa por hacer más que matar el tiempo antes de volver a México al día siguiente, me di una vuelta por el casino para jugar algunos dólares en el blackjack; nada importante, simplemente diversión —aclaró.

Esta vez fue RR quien no hizo comentarios, aunque podía sospechar que la persona que tenía delante era de aquellas que trataban de buscar siempre un golpe de suerte o una ventaja que le proporcionara alguna ganancia o un buen negocio, a través de influencias o de componendas, o como fuera, de manera legal o ilegal, si se le presentaba la oportunidad, como cualquier político o funcionario corrupto.

—Fue entonces cuando conocí al sujeto ese —continuó—. Me abordó en el bar del casino y me preguntó si estaba interesado en adquirir una antigüedad importante. De entrada le dije que no; sin embargo insistió y me mostró finalmente, de manera discreta, la cobra esa de oro que traía en una pequeña maleta junto con otras piezas, unas pulseras, aretes y collares, o algo así. Me dijo que lo había sacado del fondo de un cenote. Yo ya había escuchado algo ese día sobre el descubrimiento que provocó cierto alboroto entre los estudiosos de esas cosas. —Dio un nuevo trago a su café y se secó pulcramente los labios con una servilleta de papel—. Belice es un lugar pequeño y las noticias corren. Entonces recordé esos comentarios y se despertó mi interés. Le pregunté cuánto quería por esa pieza. Me dijo una cantidad que rechacé. Confieso que traía yo unas cuantas copas demás, había ganado una buena cantidad así que me dije, ¿por qué no? Al final, con el estira y afloja y, francamente aprovechando la necesidad que veía en el tipo ese, le compré todo el lote, es decir, la víbora y las otras cosas que para mí podrían tener un valor por ser antiguas, por sólo mil dólares. —El hombre sonrió de forma desagradable y comentó satisfecho de aquella transacción—: ¡Mil dólares! Ni me imaginaba que iba a hacer tan buen negocio con tan poco dinero. —Se encogió de hombros y concluyó—: Eso fue todo.

«Eso fue todo», pensó RR y no pudo estar más de acuerdo. El tipo no podía aportarle nada más. Le desagradaba. No se había equivocado al juzgarlo como un ser ventajoso, que tuvo la suerte de haber obtenido aquella pieza aprovechándose de la necesidad ajena, pero sin tener una idea plena de su valor histórico o de lo que fuera. Apuró el resto del expreso, se puso de pie y se despidió con seca cortesía, sin preocuparse en estrecharle la mano.

—Gracias por su tiempo.

El sujeto parpadeó un tanto confundido.

—¿Eso es todo?

—¿Esperaba usted algo más? —preguntó a su vez RR. El otro negó. Su mente desconfiada intentaba encontrar algún recoveco oscuro en las intenciones del investigador, pero sin éxito. RR lo captó y no pudo resistir la tentación de sembrar una preocupación en aquel hombre que le desagradaba por su codicia y afición ventajosa. Así que fingiendo recordar algo se detuvo y mintió, poniendo la expresión más seria que pudo al decirle en un tono fatalista:

—En realidad hay algo más… Con lo que me ha contado, es posible que su demanda se vea afectada sensiblemente, sobre todo en su pretensión económica, y eso francamente irá en su contra. Lo lamento.

El otro tragó saliva, preocupado y molesto, quejándose:

—¿Por qué me dice eso? Me aseguró que esta conversación…

RR puso cara seria.

—Es verdad. Pero con lo que me informó… —dejó el resto deliberadamente en suspenso, como si los malos presagios fueran cosa cierta y remató elusivo—: En fin. Que tenga buena noche. —Sin esperar más, el investigador se alejó con la íntima satisfacción de haber logrado su objetivo. Cuando llegó al estacionamiento subterráneo de la cafetería, pasó al olvido al tal Videgaray y mientras conducía su auto hacia la salida se concentró ahora en la próxima entrevista, preguntándose si ésta podría aportarle alguna luz en todo ese embrollo. Belice lo esperaba.

CAPÍTULO VII

Un arranque de furia

En algún lugar en la costa nayarita. México.
11:00 a.m.

«Fue asesinato», rezaba el encabezado a ocho columnas de uno de los periódicos de mayor circulación en el país. La noticia, como era usual, se había filtrado nuevamente a los periodistas, que para corroborar datos, hurgaron acuciosamente hasta localizar al cardiólogo de Ángeles Buendía, para constatar si su muerte se había debido a un infarto, como afirmaban las autoridades. El médico especialista negó categóricamente esa posibilidad, dado que Olegario unos días antes se había hecho un examen general bajo su supervisión personal, encontrándose en óptimas condiciones de salud, sin que el cuadro clínico obtenido indujera a pensar que fuera candidato a sufrir un ataque al corazón, incluso tomando en cuenta los niveles de estrés a los que estaba sometido, pues estaban controlados mediante ejercicios y una adecuada medicación.

Lleno de estupor y dolor, Adrián Covarrubias sostenía en sus manos el diario. Ante la repentina pérdida de hambre olvidó el desayuno que estaba tomando ante el amplio ventanal de la recámara que se extendía en un amplia terraza de diez metros de largo y remataba a la orilla de la alberca. En un arrebato aventó con violencia el periódico y se puso de pie, lanzando hacia atrás la silla donde estaba sentado. Verónica Guízar, su mujer, dejó de cepillarse el cabello mientras lo miraba reflejado en el tríptico de espejos de su tocador. Estaba acostumbrada a esos arrebatos iracundos de su marido. Era de las pocas personas que se atrevían a darle la cara cuando tenía aquellos estallidos, que para ella eran berrinches. Por lo general lo aplacaba llevándoselo a la cama para darle una buena dosis de sexo y compartiendo algunas líneas de cocaína y unos tragos.

—¿Qué pasó ahora? —preguntó la mujer. Él giró para mirarla, pálido de ira para exclamar:

—¡Mataron a Olegario!

Aquello confirmaba sus más profundos temores cuando le llegaron desde la policía los rumores que se negaba a aceptar. Lo habían envenenado, con una toxina muy especial sobre la cual los del forense todavía no identificaban.

Victoria explotó molesta, recriminatoria:

—¡Te lo dije, Adrián, pero no me escuchaste! ¡Ese plan de Olegario era una reverenda estupidez e iba a llamar la atención de gente codiciosa!

La ira se enquistó en las entrañas de Adrián Covarrubias, devorándolo como un enorme gusano que lo consumía a tarascadas, obnubilando sus sentidos, haciendo brotar el descontrolado carácter que ahora estallaba en una violencia incontenible que arrasaba con todo a su paso.

—¡El era mi amigo, mi alma gemela! —gimoteó rabioso.

—¡Sí, sí! —interrumpió ella impaciente, sabiéndose ya la cantaleta y repitiéndola ahora como una vieja lección ya aprendida—. ¡También tu compañerito de la universidad y tu cómplice en todo tipo de correrías y de drogas, tu compadre y socio amado! —Apretó los dientes y remató en abierto reproche—. ¡Y el imbécil que ahora nos falló!

—¡Es el hermano varón que nunca tuve, carajo! —replicó él mientras las palabras se le ahogaban por la cólera—. ¡Y ahora está muerto por culpa de un desgraciado! ¡Así que mejor cállate, que no sabes lo que dices! —arremetió y tiró de un manotazo la vajilla y todo lo que estaba encima de la mesa.

*   *   *

Los gritos del hombre llegaban hasta el exterior de la recámara, lo que provocó que los empleados y gente armada que vigilaban aquella propiedad enclavada en los riscos frente al mar se apartaran discretamente, temerosos de verse involucrados en aquella discusión. Sabían de los alcances de la ira de su jefe, heredada de su abuelo, el viejo Simón Covarrubias, quien inició escaló en el negocio de la droga y el contrabando acabando con sus enemigos a sangre y fuego, y a quien sólo la muerte pudo sacar del camino para dejar a alguien peor en su lugar, a Benigno, su hijo, al que apodaban el «Salvaje» y purgaba una larga condena en un penal de alta seguridad en Texas.

Benigno era el padre de Adrián Covarrubias, aquel *junior* que, tras un velo de gente educada, ahora manejaba con maestría y una brutalidad sin límites ese imperio. Su reputación lo hacía un hombre temido de propios y extraños, de amigos y enemigos.

—¡No me voy a callar! —reviró Verónica, importándole un comino que la escucharan, al fin que aquellos sirvientes y pistoleros eran ciegos y mudos, bajo advertencia de muerte—. ¿Por qué demonios tuvo que fingir ese robo que se terminó complicando con la muerte de ese infeliz del mensajero?

—¡Me iba a entregar la cobra! —exclamó frenético Adrián, haciendo que las venas del cuello se le saltaran.

—Como quieras pero, ¿por qué no pagó, carajo? ¡Ah, no! ¡Tenía que pasarse de vivo como siempre! ¿Le faltaba dinero? ¡Eso no te lo creo, Adrián!

—¿Crees que se puede tener tanto dinero así en una chequera? ¿Estás loca? ¡Ve cómo andan esos desgraciados de Hacienda, como perros rabiosos para caerle a tu dinero y meterlo a la bolsa sin fondo del Gobierno, y para beneficio de la sarta de políticos ambiciosos. ¡Así que si no sabes, mejor cierra la boca!

—¡No soy tan estúpida como para no saber que ustedes han movido sumas mucho más grandes que esas! ¡La cosa es que ahora te quejas, cuando yo te lo dije, Adrián! ¡Te lo dije! ¡Pero tú y él han sido un par de estúpidos arrogantes! ¡Tú por seguirle el juego, y él por dejarse llevar por la avaricia!

—¡Deja de decir estupideces! ¡Eres una maldita cabeza hueca que sólo sirves para la cama y para lucirte en los lugares finos a donde te llevo! —espetó hiriente Covarrubias, provocando que ella se pusiera de pie, roja de furia, para replicar:

—¡También soy la madre de tus hijos! Y no se te olvide que lo de la víbora de oro yo te lo traje. Yo te convencí cuando supe que la habían hallado en ese lugar de Yucatán —señaló sin darse cuenta de su equivocación y haciendo gala de su ignorancia—. También te dije de lo importante que era por ser la llave para llegar a algo mucho, pero mucho más grande. Así que contra tu parecer, yo pienso, y no soy una pendeja como tu amigo que pagó con la vida su codicia y su estupidez. ¡Por su culpa nos quedamos sin esa víbora!

Una brutal bofetada cruzó el rostro de Verónica, estallándole los labios y mandándola con violencia contra la cómoda para de ahí resbalar hasta el piso de mármol, entre frascos de perfume y envases de cremas.

—¡A mí no me hablas de esa manera! ¡Cierra ese hociquito tuyo y párale a ese parloteo de guacamaya que ya me tiene harto! —le advirtió, blandiendo amenazador el puño.

Verónica Guízar, aturdida y adolorida por el golpe, no se atrevió a decir más. Sus ojos se llenaron de lágrimas de rabia e impotencia. Se limpió los labios ensangrentados con el dorso de la mano al tiempo que murmuraba un «imbécil cobarde», cuidándose de que Adrián no la escuchara, por temor a que la emprendiera contra ella a patadas, como aquella vez en Las Vegas cuando tuvo un arranque de celos, con el resultado de varias costillas rotas y las mentiras que ella tuvo que inventarle al doctor del hospital y a la policía, diciéndoles que se había caído por las escaleras de la suite donde se alojaban, cosa que seguramente no le creyeron, pero que salvó de la cárcel al infeliz de su marido al no presentar cargos, lo que le costó al desgraciado una diadema de brillantes y esmeraldas para perdonarlo.

Esta vez optó por callar. Sabía que se había pasado de la raya con sus recriminaciones. Sólo se replegó contra la pared, procurando hacerse lo más pequeña posible. Temblando lo observó largarse volcando estrepitosamente en su salida la mesa redonda y tirando una silla contra una de las lámparas Tiffany de los burós que flanqueaban la cama *king size* con la enorme cabecera, que no era otra cosa sino un antiguo retablo barroco en hoja de oro del siglo XVI, que se habían apañado de una iglesia convenciendo al atemorizado curita con un buen fajo de billetes verdes.

Cuando Adrián Covarrubias dejó la habitación, se enfrentó al quemante sol de la mañana. Respiraba agitado. Su furia se incrementaba al aceptar que las palabras de su mujer eran ciertas. Pero se empecinaba en otra idea, la que lo llenaba de un salvaje deseo de venganza. Apretó los puños y dejó que su mente volara. Su amigo había sido asesinado. Se juró por la Santa Muerte que acabaría con el desgraciado que lo había matado, así tuviera que mover cielo y tierra para encontrarlo, no le daría descanso y convertiría su vida en un infierno. Lanzaría a toda su jauría de pistoleros en su búsqueda hasta que se lo trajeran para personalmente arrancarle a pedazos su perra vida.

* * *

En la nota del periódico que reposaba en el suelo de la recámara, entre cristales rotos y restos de comida, se encontraba un dato que iba a tener especial trascendencia en la vida de RR, y que pronto descubriría también el narcotraficante Adrián Covarrubias. Estaba dentro de la noticia del asesinato de Ángeles Buendía y refería que por instrucciones directas del Procurador, aquel famoso criminalista se encontraba al frente de la investigación del asesinato.

CAPÍTULO VIII

El buzo

Belice.
12:30 p.m.

RR llegó al país centroamericano sobre el medio día, después de volar a Cozumel desde la ciudad de México. Veinticuatro horas antes había tenido una entrevista con Rogelio Almeida, el director de Hércules Insurance, Co., para avisarle del viaje. El límite de tiempo para concluir la investigación se estaba agotando y ellos seguían sin tener noticia alguna del paradero del objeto robado. Desde luego que la aseguradora no estaba dispuesta a reconocer el pago excesivo con el que cerró la subasta, sino en el pactado originalmente. Videgaray, el comprador mexicano que lo había llevado para su remate se mostraba renuente a aceptar ese criterio; ventajoso y mezquino, alegaba que el daño sufrido no era otra cosa que la privación de una ganancia lícita, que pudo haber obtenido si se hubiera pagado el precio de la puja. Sin embargo, ese asunto quedaba ya en manos de los abogados y todavía tendría que pasar un buen tiempo, pues esa diferencia tendría que someterse, por ley, en una primera instancia, ante la Comisión Nacional de Seguros y Fianzas antes de llegar a los tribunales.

La petición de Rogelio Almeida al investigador fue que hiciera un esfuerzo mayor para recuperar aquella cobra, sin demérito del trabajo que hasta ese momento había desempeñado. Lo importante ahora era descubrir ese valor oculto que la serpiente de oro tenía y que la hacía tan codiciada, al grado de estar ya manchada con la sangre de dos personas. En eso estaba la clave. Encontrar ese valor, podrían conducirlos a la captura del ladrón y asesino.

Por eso ahora estaba ahí, en busca del periodista que escribió la nota, para a través de él llegar al buzo que encontró la pieza en el fondo del cenote, desencadenando todos los sucesos que se estaban viviendo. RR quería comparar versiones, hallar algún hilo conductor en aquel laberinto que parecía tener sólo callejones sin salida. Desde luego que el investigador no descartaba la posibilidad de volver a ver a Aristóteles Brant y su asesor para hablar más del tema. Fabricio Alexandre había influido para que el magnate entrara en esa subasta, y esto tenía una evidente razón de ser, que el experto en arte podría explicar. Mientras esperaba al periodista en el hotel, RR aguardaba la conexión telefónica con el yate de Brant. Finalmente, tras una larga espera que puso a prueba su paciencia, la comunicación se logró. Escuchó la jovial voz de Aristóteles que, al tanto de quién le hablaba, saludaba con efusión y preguntando a qué se debía esa llamada. RR explicó en pocas palabras lo que quería saber el motivo que lo llevó a entrar en aquella subasta. El magnate respondió con seca precisión, inquiriendo:

—¿Me pregunta por qué Fabián me detuvo si la pieza tenía un valor mucho más importante que lo que se pagara por ella, y no me dejó continuar?

—Eso es lo que quisiera saber —dijo el criminalista con tranquilidad y sintiendo la irritación contenida en su interlocutor.

—¿Sabe qué, RR? No lo sé. Y la razón es simple. Yo no estoy dentro de la cabeza de Alexandre. Si alguien puede darle la respuesta, es él.

—¿Está ahora con usted para poder hablar con él? —preguntó RR.

—No. Fabián se marchó poco después de que ustedes estuvieron por acá.

—¿Sabe dónde se encuentra ahora?

—Difícil saberlo. Siempre está viajando —nuevamente la corta respuesta en un tono tajante, sin dar más de lo que se le preguntaba.

—¿Tiene usted forma de localizarlo? —preguntó de nuevo RR y tomó su celular para apuntar ahí cualquier dato que su interlocutor le proporcionara.

—Sólo sus teléfonos. Mi secretaria se los proporcionará si espera un momento. Yo lamento tener que dejarlo pero mis asuntos me llaman —advirtió con una cortesía que a RR le sonó falsa—. No cuelgue usted y le deseo que tenga suerte.

La llamada se puso en «espera». Momentos después una voz femenina y eficiente atendió la petición de RR y los números de Fabián Alexandre quedaron grabados en su móvil. Dio las gracias y colgó, justo cuando en la puerta de la habitación se escucharon unos discretos golpes. RR fue a abrir para encontrarse con un hombre delgado, de desordenado cabello y gafas, que parecía una versión *old fashion* de un intelectual *hippie*, de barba y bigote manchados por la nicotina. Se presentó como Leo Marshall, periodista. RR lo saludó con amabilidad y le propuso bajar al bar del hotel a tomarse un trago mientras hablaban.

El hombre de la prensa jugueteó entre sus manos el vaso con ron y refresco de cola, para responder a la pregunta de RR sobre el paradero del buzo, respondiéndole que era un sujeto bastante conocido por sus excentricidades y por andar siempre buscando a quien darle un «sablazo» con un préstamo de dinero que jamás devolvería.

—¿Dónde lo puedo encontrar?

—Sé dónde vive —respondió Leo Marshall y dio un trago largo a su ron con cola, para después agregar—: es un poco retirado de aquí pero puedo llevarte, si me explicas cuál es tu interés.

—Se trata de la pieza que él encontró.

El periodista afirmó con la cabeza. Sonrió con cierto orgullo mostrando sus dientes también manchados de nicotina:

—Mi noticia realmente causó impacto, ¿no crees?

—Desde luego —aceptó RR, alimentando el ego de aquel hombre en el que adivinaba a un oscuro intelectual que se consumía dentro del anonimato en aquel pequeño país, y que ahora gozaba de una efímera notoriedad, aunque podría apostar que nadie recordaba su nombre. —¿Y qué sabes tú de esa pieza?

El otro se encogió de hombros. Devoró un pequeño puño de cacahuates salados que estaban en la mesa dentro de un recipiente y volvió a dar un trago a su bebida.

—No lo sé, realmente. Lo que me intrigó fueron las circunstancias en que fue encontrada. La representación de una cobra que no es oriunda de este continente, junto con ofrendas mayas. Eso es lo interesante. Dudo incluso que el buzo sepa algo más que eso.

—De todos modos me gustaría verlo. Te aseguro que no soy periodista, ni vengo aquí a robarte noticia alguna. Es más, te propongo que me acompañes, y si algo sale de ahí, la información será tuya para que la publiques.

El periodista aceptó y un rato después con RR al lado, conducía un viejo jeep Land Rover hacia las afueras de la ciudad, a unos cuantos kilómetros por la carretera que conducía a Stann Creek, un sitio cercano a la costa, hasta llegar al domicilio del buzo, un miserable departamento de dos habitaciones en un edificio antiguo estragado por la humedad y el tiempo, donde se hacinaban varias familias de pocos recursos.

Lo encontraron aún dormido, recuperándose de una borrachera de pronóstico que se había colocado desde hacía días. Baldes de agua fría y café cargado, que obtuvieron en una tienda cercana, hicieron que el hombre se espabilara. El buzo pedía a gritos un trago de alcohol. RR, puesto sobre aviso por el periodista del problema alcohólico de aquel hombre, había llevado una provisión de dos botellas de ron. Le sirvió generosamente en un vaso medianamente limpio que encontró en el fregadero donde se apilaban algunos trastos y merodeaba una que otra huidiza cucaracha.

El hombre, ya más repuesto, salió a la luz del sol con unas gafas oscuras y un sombrero de palma para huir de la inclemencia del sol y se dejó llevar por el criminalista y el periodista hasta un restaurante playero, donde le sirvieron un par de huevos montados en una carne recocida y más café. Sus ojos claros, acuosos y aún enrojecidos, aparecieron a la vista de RR cuando el buzo dejó los lentes a un lado; luego de limpiarse la boca con una servilleta de papel empezó a contar, ignorando por lo pronto al periodista que fumaba y tomaba café en silencio, limitándose a ser sólo un observador.

—Al poco de publicarse la noticia, mi amigo Arnold, Arnold Dubois, me localizó por teléfono. ¿Cómo lo consiguió? ¡Que el diablo me despelleje si lo sé!, pero si Arnold se proponía algo, lo lograba. Estaba interesado en esa figura de la serpiente. Me advirtió que me cuidara de no dársela a alguien más. Me dijo que vendría a verme y que me daría buen dinero por ella. Pero nunca llegó —hizo una leve pausa y dijo, casi para sí, con una torva amargura—. Supe que murió. Dicen que se tiró desde lo alto de la cubierta de un barco y se ahogó en el mar. Una tragedia en verdad, pero es algo muy extraño, porque mi amigo nunca pensó en el suicidio. No era de ese tipo de personas, yo se lo puedo asegurar —vertió un chorro de ron en su café y bebió. Tras unos segundos, el buzo prosiguió:

—Arnold y yo fuimos muy buenos amigos —dijo reminiscente recordando al francés y tomando de sobre la mesa la ajada cajetilla de cigarrillos que el periodista había dejado ahí. Agarró uno y lo encendió para proseguir—. Éramos jóvenes y llenos de sueños; allá en Marsella nos dedicábamos a buscar tesoros en el Mediterráneo; ya saben, vestigios fenicios o romanos, siempre soñando con hacernos ricos por un golpe de suerte —soltó una risa reminiscente y divertida que casi al momento se congeló para dar paso a sus palabras de derrota—. Luego a mí me dio por la bebida. Una desilusión amorosa que no pude superar, usted me comprende, ¿verdad?

RR asintió. No dijo ni una palabra. Se armaba de paciencia. No quería forzar las cosas. Lo vio acabar con el contenido de la taza con café y ron y volverse a servir de la botella. El desayuno seguía intacto.

—Otra cosa diferente fue con mi amigo. El siguió tras el dinero y se hizo rico. Era bueno en el negocio, conocía de antigüedades y sabía dónde descubrir la realidad que se esconde tras las leyendas y las historias que se cuentan sobre fabulosos tesoros perdidos.

—¿Por qué no lo esperó, sabiendo que él vendría? —preguntó RR.

—Porque yo necesitaba la plata. Estaba quebrado, ¿sabe usted? Les debía a unos tipos un tanto peligrosos, sobre todo cuando tienes deudas de juego o de drogas, ¿me comprende? —volvió a mostrar sus dientes en aquella sonrisa triste y derrotada. Dio un trago al café ya frío con ron. Por un momento su mirada nublada se perdió en alguna parte, y repitió casi para sí—. Porque no vino como me había prometido. ¿Qué iba yo a saber que estaba muerto? Por eso le vendí la cobra a un mexicano que me encontré en el casino. Me regateó el precio, pero aún así le saqué mil dólares. No sé si fue mucho o poco, pero me libró de líos al menos por un rato —hizo una nueva pausa. Dio otro largo trago. Una calada a su cigarrillo y después vino el comentario que alertó al criminalista:

—Luego se apareció esa persona haciéndome preguntas sobre la pieza.

—¿Cómo era el hombre que vino a verte? —interrogó el periodista metiéndose en la conversación, y la respuesta terminó por intrigar y sorprender aún más a RR.

—¿Quién dijo que era un hombre? —aclaró mientras volvía a servirse una buena porción de ron—. Era una mujer. Venía por la serpiente ésa y no le cayó nada en gracia que la hubiera vendido. Primero me tachó de mentiroso. Yo lo negué. Me sacudió con furia, pero yo estaba lo suficientemente tomado y drogado para poder decirle más. Creo que por eso me dejó en paz. Sabía que de mí no iba a sacar raja.

—¿Cómo era ella? —preguntó RR, esperando tener una buena descripción. Sin embargo, la desilusión vino de nuevo con la respuesta del hombre que movió negativamente la cabeza para mirarle con los ojos turbios y empezando ya a titubear por los efectos del alcohol.

—No podría reconocerla si la viera de nuevo. Yo estaba drogado, como le dije. Apenas la distinguía, como si estuviera metida en una nebulosa. Sólo recuerdo su sombrero. Era de alas muy grandes. Y sus anteojos de sol también muy grandes. Eso es todo lo que sé, amigo. Me mandó al diablo cuando le pedí dinero. Luego se fue y así desapareció de mi vida esa miserable —hizo una nueva pausa y extendió su mano para posarla sobre el brazo de RR—. ¿Usted me dará dinero, mi amigo? Por favor, un poco. Para comer.

RR le dio cien dólares antes de marcharse, sabiendo de antemano que no se los gastaría en comida.

CAPÍTULO IX

Coincidencias de muerte

Belice.
9:00 p.m.

Tuvo que permanecer ahí ese día y la noche, pues su vuelo saldría hasta la mañana siguiente. Se duchó con calma y se puso ropa limpia. Mientras cenaba un pescado a la plancha con verduras hervidas, acompañado de una cerveza helada, a solas en el restaurante del hotel, trataba de recapitular. El único que podía tener algo de conciencia de la cuantía de la cobra era el periodista, pero en realidad éste le daba sólo un valor histórico. El buzo, atrapado en sus vicios, no tenía mayor interés que sacar lo que pudiera. Sin embargo, surgía un hecho importante que aún permanecía en las sombras: su real valor. Algo que sí sabían desde el amigo francés a quien llamaba Arnold, siguiendo con Olegario Ángeles Buendía y su asesino. Incluso RR se preguntaba si también tendrían conciencia de ese valor Aristóteles Brant y su asesor en arte. Tendría que buscar apoyo en su intento por desenredar el enigma, y tenía la impresión de que con una llamada encontraría el auxilio que necesitaba. Era un número en Nueva York.

* * *

El celular de RR vibró sobre la mesa. Dejó de pensar y contestó. Era el Procurador de Distrito, que sin más preámbulos le preguntó al investigador dónde se encontraba.

—En Belice, tras las huellas de esa cobra. ¿A qué debo la llamada?

—Noticias, RR. Tengo el resultado de la autopsia. La muerte de Ángeles Buendía se debió a un poderoso veneno de serpiente. Esto vincula el caso con algo que ocurrió en Cozumel hace poco. La Procuraduría General me ha pasado el dato. Ya que andas por allá, ¿podrías darte una vuelta por la isla para ver qué más puedes sacar en claro?

—Por supuesto. Por mí no hay problema.

—Sabía que podía contar contigo —escuchó decir complacido al Procurador, quien a continuación le mencionó—. De paso es importante averiguar si conservaron las muestras del veneno con el que mataron al hombre ese del barco, y si es posible que puedas tráelas contigo, esperando que allá, hayan tenido el cuidado de respetar el aseguramiento de la cadena de custodia de las pruebas que pudieran haber obtenido.

—Cuenta con ello —respondió RR.

—Te lo agradezco. En cuanto colguemos daré instrucciones precisas para que puedas trabajar sin problemas allá.

*   *   *

RR prefirió tomar un vuelo que lo llevara directo al aeropuerto internacional de la isla que llegar a Chetumal, la capital del estado, por la sencilla razón de que en Cozumel se habían producido los hechos que el Procurador de Distrito le había pedido investigar, sumado a la circunstancia de que tampoco disponía de mucho tiempo máxime que de la entrevista con el buzo en Belice poco había podido lograr, más que enterarse de una misteriosa mujer que buscaba también la cobra de oro. ¿Quién y cómo era ella? La respuesta quedaba dentro de la nebulosa borrachera del alcohólico que encontrara la codiciada pieza. Sin embargo, de algo sí estaba seguro el criminalista: que esa mujer se sumaba a la lista de los que sabían del valor de la cobra. ¿Pero cómo dar con ella? Parecía una misión imposible. No había dejado rastro de su presencia. Tan sólo un nuevo y enorme cabo suelto que se le escurría desesperantemente entre los dedos.

*   *   *

Isla de Cozumel, México.
11:00 a.m.

En el aeropuerto lo esperaba el asistente personal del Jefe de la Policía del Puerto, que respondía al nombre de Walberto Chimal, un mestizo yucateco de baja estatura, pulcramente vestido con el uniforme de la Marina. Mientras viajaban en un jeep hacia las oficinas de su jefe, Chimal le informó a RR que todo lo relacionado con la muerte del pasajero del Príncipe de los mares ya se encontraba a su disposición en la Capitanía Portuaria, según las instrucciones giradas desde la Procuraduría General en la capital del país.

RR fue conducido a una amplia oficina en el segundo piso de un edificio pintado de blanco, con amplios ventanales de hojas de madera abatibles, abiertas de par en par, desde donde se dominaba una vista del mar y de los muelles. En este momento no había ningún barco anclado. Los ventiladores del techo funcionaban a toda su capacidad, tratando de mitigar el calor que ya se sentía a esas horas. Ahí lo esperaban el contralmirante Dámaso Oliveira, Jefe de la Policía del Puerto; Nelson Carrillo, Ministerio Público y el doctor Reynaldo Nava, forense de la isla.

Hechas las presentaciones, y café en mano que RR había aceptado gustoso, se encontró frente a una mesa tapizada con todas las pruebas recabadas hasta ese momento en el asunto de la muerte de Arnold Dubois. Mientras el criminalista hojeaba el expediente, el

Ministerio Público le hizo una breve síntesis del asunto, enfatizando la cuestión del veneno y mostrando una pequeña caja de unicel en la que reposaba un frasco, debidamente etiquetado, con una muestra de sangre del occiso, turbia y diluida por los residuos no sólo del veneno asesino, sino de un potente somnífero. RR lo observó a contra luz y se dirigió al médico:

—Dicen ustedes que la muerte fue por envenenamiento.

—Es correcto —afirmó el médico—. Ahí tiene usted el informe de autopsia.

RR puso el frasco en su lugar y preguntó de nuevo, sin ocuparse de mirar el informe al que el doctor se refería:

—¿Qué tipo de veneno fue el causante?

El doctor carraspeó antes de responder. RR bebió con deleite de su café, dejó la taza sobre la mesa y miró inquisitivo al forense de la isla, esperando le contestara.

—De víbora. Veneno de víbora —indicó finalmente el médico.

La respuesta, por extraño que pudiera parecer, no sorprendió a RR que interesado preguntó una vez más.

—¿De qué tipo? ¿Cascabel? ¿Coralillo?

El médico negó con la cabeza.

—Nada de eso al parecer. Quienes llevaron a cabo las pruebas de laboratorio no pudieron ubicar la procedencia, sin embargo, coincidieron en la presencia de una potente neurotoxina.

RR se dirigió al Ministerio Público.

—¿Alguna pista sobre quién pudo estar involucrado en esta muerte? —preguntó RR haciéndose del expediente para observar las fotografías del francés, cuando fue sacado del agua y cuando descansaba sobre la plancha del forense. Notó en el rostro del hombre la misma rigidez y palidez que vio en el de Olegario Ángeles Buendía y la necrosis del tejido en torno a la incisión, a la altura de la yugular. «Un elemento más de coincidencia en las dos muertes», pensó mientras esperaba la respuesta del fiscal.

—En realidad poco. Se sospecha de una mujer que pudo tener tratos con el occiso.

RR dejó de observar las fotografías y miró al Ministerio Público enarcando las cejas con interés.

—¿Una mujer, dice usted? ¿Tienen acaso su media filiación? —preguntó al vincularla intuitivamente con la historia del buzo. La respuesta fue una nueva puerta que se cerraba, pero una rendija de luz que se abría:

—No —contestó el fiscal—. Supimos que venía a bordo del Príncipe de los mares. Era la única persona que faltaba en la lista de pasajeros. Incluso la fotografía que le tomaron en el barco para el gafete de identificación de pasajeros desapareció misteriosamente del sistema.

El jefe Oliveira, de la Policía del Puerto, acotó:

—Nadie la vio dejar el barco. En su camarote se encontró abandonada esa maleta —señaló el objeto empacado en una bolsa transparente de plástico.

—¿Qué encontraron en ella? —quiso saber RR.

Fue el Ministerio Público quien contestó:

—Poca cosa. Un par de vestidos, unos zapatos de plataforma. Por la talla pensamos que es una mujer alta, lo que coincide con el testimonio de la testigo del barco.

—¿Pruebas de ADN? —inquirió el criminalista.

—Ese trabajo deberán hacerlo en la capital —intervino el doctor—; acá no contamos con los instrumentos técnicos para llevarla a cabo, pero en mi opinión no creo que de ahí pueda sacarse algo en claro, pues no hay elementos de comparación.

RR asintió, concordando con el doctor. De nuevo el Ministerio Público tomó la palabra:

—La dueña de esas pertenencias es evidentemente muy cuidadosa. Si limpió minuciosamente el camarote para borrar todo rastro que permitiera identificarla, no creo que cometiera un error tan simple con su ropa, o con ese sombrero de ala ancha que también encontramos ahí.

RR observó con interés la pamela debidamente protegida y etiquetada dentro de otra bolsa, mientras el otro proseguía:

LOS CRÍMENES DE LA COBRA

—De que esa mujer tuvo contacto con el occiso no me cabe duda, gracias al testimonio de una de las pasajeras del barco, que la noche anterior los vio discutir —señaló con la cabeza el expediente—. Ahí encontrará usted los pormenores del interrogatorio.

—¿Necesita usted algo más? —preguntó solícito el jefe de la Policía del Puerto—. Todo esto queda a su disposición, conforme nos lo han pedido las autoridades de la capital.

—Le agradezco, contralmirante. Su aportación ha sido muy valiosa —respondió amable el criminalista.

Ya para despedirse, y cuando RR estaba por abordar el avión que lo llevaría a la ciudad de México, el Ministerio Público comentó ante la escalerilla de acceso a la nave:

—Efectivamente el francés murió envenenado, RR. El veneno entró por la yugular directo a la sangre. Quiero decir con esto que la muerte no se debió a la mordedura de una serpiente, sino que le inocularon el veneno de manera premeditada y clara. Para mí no hay duda: fue un asesinato cometido con sadismo y a sangre fría.

CAPÍTULO X

El joven vendedor

Pattaya, Tailandia.
En la tarde.

El muchacho estaba escondido y aterrado. Había llegado, sin saber cómo, a ese galerón abandonado cerca de la playa, muy cerca de un vertedero de aguas negras. No le importaba el olor nauseabundo que el aire le traía desde la marisma, pues con el de su propio miedo tenía. Tiritaba. Estaba empapado en sudor. Todo su cuerpo se estremecía, ahí, acurrucado, sentado en el suelo, en lo más profundo y oscuro, tras unos oxidados tambos de aceite, pegado a una mugrosa pared. Nervioso, respingaba ante cualquier ruido. Sentía el violento palpitar de su corazón que parecía querer salírsele del pecho. Sabía que andaban tras de él. La gente que lo buscaba no era de la que dejaba testigos. Tenía ganas de llorar de pavor. Su mente trataba de organizarse en aquel mar de confusión. Se preguntaba con desolación ¿dónde había fallado todo aquello?, ¿por qué las cosas habían salido mal?

Volvió a su mente el desdichado momento en el que dieron con la cobra de oro en esas ruinas alejadas de todo, a mitad de la selva de aguas pantanosas y estancadas en que asechaba la malaria y la muerte. Habían ido ahí a ruego de ella, por algo que alguien les había contado sobre una vieja leyenda. Finalmente encontraron la pieza. ¡Hechizaba! ¡Era de oro! Pero ignoraban que atraería sobre ellos la mala suerte y el terror. Decidieron venderla a un prestamista del que tenían alguna referencia. Se la llevaron y él les ofreció dinero. Pero no era suficiente. La pareja sabía que aquella pieza valía mucho más. Discutieron.

El muchacho percibió la avaricia en los ojos ladinos del comprador y en lo esquivo de su mirada cuando mintió diciéndoles que no valía gran cosa. Intuyó que haría negocio a sus costillas, por eso lo vigilaron. Supieron de lo de Belice, lo vieron en YouTube. ¡Entonces era cierto lo que se decía! Lo que ahora tenían valía mucho. El dinero que obtuvieran sería bueno para muchas cosas con las que ellos soñaban. Cuando se sintieron traicionados por el agiotista su compañera fue a reclamarle. El hombre quiso abusar de ella y él llegó a tiempo para salvarla. Lo golpeó duro en la cabeza, con fuerza. Bastó un golpe certero en la nuca para asesinarlo. Ambos lo miraron ahí tirado, pasmados ante lo ocurrido, observando cómo la sangre iba brotando de la cabeza y se extendía por la sucia duela del piso. Estaban aturdidos, asustados, conscientes de que el miserable aquel estaba muerto, de que lo habían matado. Pero se trataba de ellos o de él, así que sin pensarlo recogieron la pieza, dispuestos a escapar. Él pudo ver en la computadora el contacto que buscaba el agiotista. Era un comprador interesado en aquella pieza y ofrecía buen dinero por ella. Más de lo que la joven pareja imaginaba. Decidieron llevarse también la computadora. Tenían ahora un enlace y lo seguirían. Así contactaron al hombre de Bangkok, como le llamaban.

El joven se consiguió un traje y se entrevistó con el sujeto en el Sirocco. Las cosas al principio no habían salido bien con ese judío, era desconfiado y estaba nervioso, malhumorado; imponía condiciones sólo porque traía el dinero. Le había dado veinticuatro horas para resolver. Poco tiempo. Recordó haberse ido del bar un tanto apabullado. Dejó el Sirocco con todos sus lujos sin saber qué hacer. Bajó en el elevador junto a un grupo de turistas que parloteaban y reían en un idioma que él desconocía. Salió a la calle y respiró profundo. Encendió un cigarrillo. Caminó despacio por la acera hasta llegar al auto que dejó convenientemente estacionado en una callejuela, lejos de miradas indiscretas. Posiblemente la policía lo estaría buscando. Lo había robado horas antes. Se sentó tras el volante y permaneció ahí unos minutos, cavilando, hasta que finalmente tomó una decisión.

Tal vez ella supiera qué hacer.

Cierto. Era más joven que él, pero tenía ese sentido común que a él le faltaba. Además tenía la pieza que ese hombre venido de Vancouver deseaba comprar.

El joven pensaba que ese mismo día se iba a cerrar el trato, que el comprador le daría un adelanto, pero no fue así. Tenía una sensación de malestar y fracaso. Maldijo la desconfianza de aquel tipo. Esa noche viajó durante dos horas hasta el lugar donde ella lo esperaba: Pattaya, la ciudad del pecado, como muchos la llamaban, donde la prostitución era cosa de todos los días. Una urbe peligrosa, invadida de turistas, de bares, burdeles y casas de masajes, con una playa horrible y mucha gente para perderse.

Ella le esperaba. Vio la ansiedad en sus ojos.

—Puso condiciones. Primero ver y después pagar —le dijo con desaliento, observándola ahí, sentada junto a la mesa mientras sostenía en su regazo la bolsa que abultaba por aquella pieza que pesaba más por los nervios que por cualquier otra cosa.

—Ve y muéstrasela —dijo ella.

—¿Estás loca? —replicó con un sobresalto de alarma—. No puedo llevarla hasta allá, es peligroso. Ellos ya deben estar sobre aviso del robo —negó enfáticamente con la cabeza—. No, es peligroso —repitió.

—Si tiene interés vendrá a verla —insistió ella con férrea determinación, sin detenerse a pensar en los «ellos» a que se refería el muchacho.

—¿Qué quieres decir? —preguntó el joven y la observó fijamente. Ella le sostuvo la mirada y replicó con firmeza:

—Que mañana lo traigas para acá. Pero que te dé garantías de que pagará si la pieza lo convence.

—¿Y si no acepta?

—Aceptará —contestó la muchacha con seguridad—. Viajó más de doce horas en avión para venir a buscarla. ¿Qué importan unos cuantos kilómetros más?

—Necesitaré otro coche para traerlo. El que traigo ya debe estar reportado a la policía.

—Entonces roba uno nuevo —ordenó con suavidad la mujer—. Y recuerda: tú muéstrate muy seguro. Que él no sospeche. Tenemos la cobra. Será cosa de que deposite el dinero en la cuenta y asunto arreglado. Después será su problema andar por ahí con la pieza, mientras que nosotros ya estaremos muy lejos, yendo hacia el norte o a cualquier otra parte lejos de aquí, donde no puedan encontrarnos.

La seguridad de ella terminó por convencerlo. Si todo se veía así de fácil, ¿dónde estuvo la falla?, pensó angustiado. Recordó el robo del primer auto; nada extraordinario, fue sencillo abrirlo y conectar los cables. Hasta tuvo la suerte de encontrarse con aquella fina pitillera con cigarrillos en la guantera. Ahora ese coche estaba en el fondo del río. De ahí llevó a cabo el segundo hurto, el de aquel coche lujoso en un estacionamiento de Bangkok, con el que pensaba llevar al comprador hasta la mujer. Todo parecía sencillo, sin problemas. Su aplomo, su desparpajo y ese BMW que robara, le dieron confianza al comprador cuando pasó a buscarlo al hotel.

El hombre de Bangkok no puso reparos en subirse al auto. La muchacha había tenido razón. Viajaron en silencio todos aquellos kilómetros. El muchacho dio gracias de que el extranjero fuera parco y prefiriera ir callado, mirando por la ventanilla, apretando contra su pecho aquel portafolio de metal.

En realidad el joven se sentía confiado, tranquilo; no había razones para no estarlo. Cuando el comprador tuvo la pieza y la oportunidad de examinarla con cuidado, sus ojos brillaban con interés. Con mucha precaución pasó un algodón mojado en una sustancia que traía en un frasquito, ahí, en la parte de abajo, en un sitio que no pudiera afectar la pieza. Mientras el visitante de Vancouver hacía sus peritajes, la chica preparaba té para esconder su tensión.

En un principio ella notó en el comprador algún desconcierto y una sombra de desconfianza al entrar en ese pequeño departamento. Quizá esperaba otra cosa pero ella le sonrío amable y le mostró la cobra. Entonces el hombre se relajó, dando a entender que en realidad poco le importaba quién tuviera la pieza. El venía a hacerse de ella. Ésas eran las instrucciones que traía de su cliente.

Ahora ellos observaban cómo miraba con detenimiento la figura y aquellos símbolos a los lados. Lo veían resoplar suavemente y asentir satisfecho. Eso les daba tranquilidad. Era cuestión de minutos para que el trato se cerrara, pero estallaron los balazos.

¿Qué había salido mal?

¿Qué había pasado desde entonces con ella y con el hombre de Bangkok? ¿Dónde estaban ahora? Todo era un torbellino en su mente. En aquellos momentos sólo acertó a correr, invadido por el pánico. Hacia dónde, no tuvo conciencia. Pensó en irse con la joven, pero en aquella confusión sólo pudo verla desaparecer por la puerta que daba al exterior, por la parte de atrás de aquella vieja construcción, cuando las balas destrozaban el marco haciendo saltar pedazos de muro y esquirlas de madera hacia todo el lugar. Se agachó cubriéndose la cabeza con las manos, mientras los proyectiles silbaban por doquier, destrozando las paredes y los cristales de las ventanas; haciendo saltar vajilla, trastos y la *laptop* del difunto prestamista.

Tampoco pudo darse cuenta hacia dónde había corrido el hombre de Bangkok. ¿Lo habían matado? ¿Quién tenía la cobra de oro? ¿Aquellos que dispararon esas ráfagas de ametralladora y llegaban sembrando el terror con sus armas y gritos de ferocidad mientras se ladraban órdenes unos a otros?

No lo sabía. No tenía respuestas. Su mente era una laguna atrapada en el miedo. Ni siquiera sabía si llegaría vivo para esa noche.

CAPÍTULO XI

Un coctel letal

Oficina del Procurador, ciudad de México.
7:00 p.m.

Las muestras de sangre que RR trajera de Cozumel se estaban analizando en el área especializada de servicios periciales de la Procuraduría. En la oficina esperaban el Procurador, el criminalista y el doctor Felio Miravalle del Real, reunidos en la mesa de juntas donde se encontraban debidamente acomodadas el resto de las pruebas relacionadas con el caso de Arnold Dubois. El médico estaba dando el informe de la autopsia practicada a Olegario Ángeles Buendía, ante el atento silencio de los otros dos.

—Del análisis preliminar post mórtem se apreció en el cadáver tumefacción, e incluso cierta inflamación en el área donde el veneno fue inoculado, lo que llevó a la conclusión lógica de que dicha inoculación no se originó por una mordida, pues hubiéramos estado en presencia de una necrosis del tejido. La rigidez corporal estaba desapareciendo con rapidez, tomando en cuenta la hora aproximada de la muerte, lo que me resultó extraño y me indujo a pensar que ello derivó de las neurotoxinas que se encuentran en ese tipo de venenos —hizo una leve pausa. Tomó un corto trago de agua del vaso que tenía a su lado y prosiguió luego de un leve carraspeo.

—Al practicar la autopsia se detectaron hemorragias internas petequiales en diversos órganos, es decir, puntos de sangre en órganos afectados, como riñones e hígado. Pero lo que vino a ser definitivo fue el análisis de sangre…

Unos discretos pero seguros golpes en la puerta interrumpieron al forense. El Procurador respondió con un corto y firme «adelante», sin molestarse por la interrupción, pues ya esperaba a la persona que en ese momento entró a la oficina. Era una mujer guapa, de inteligencia vivaz, que traía consigo una carpeta con varias páginas en su interior. Fue presentada como la doctora Doris Camarena, encargada de la dirección de toxicología de los servicios médico-forenses, y a quien específicamente se le había asignado la investigación de lo que los expertos llamaban ofidiotoxicosis, es decir, el estudio de la sintomatología y gravedad ocasionadas por mordedura de serpiente.

—Tengo los resultados de ambos casos —fue la respuesta que la doctora emitió ante la pregunta del abogado de la ciudad.

Doris tomó asiento al otro lado de la mesa, frente a RR, y abrió la carpeta para comenzar a explicar sin mayores preámbulos:

—En primer lugar he de referirme al veneno que nos ocupa. Éste produce un bloqueo en las terminales nerviosas y una parálisis muscular que lleva a un paro cardior respiratorio. En la autopsia practicada por el doctor Miravalle al cuerpo del cadáver de Olegario Ángeles Buendía, se detectaron rastros de hemorragia interna, lo que corrobora el dictamen de muerte por envenenamiento —pasó unas hojas y prosiguió ajustándose los anteojos de lectura—. En los dos casos esos signos se aprecian. Igualmente en ambos análisis de sangre se encontraron sustancias, no digo similares, sino prácticamente idénticas. Es decir, veneno de reptiles caracterizados por la presencia de neurotoxinas, que en estos casos resultan poderosamente mortíferos. Cabe agregar que junto al tóxico se encontraron claros rastros de un fuerte narcótico.

RR intervino para concretar:

—Lo que induce a pensar que quien cometió los asesinatos, primero se aseguró de ponerlos fuera de combate para después aplicarles el veneno, sin que las víctimas estuvieran en posibilidad de ofrecer resistencia alguna —y prosiguió con una pregunta a la perito—. Por los signos externos en ambos cadáveres no hay duda de que el veneno les fue suministrado a través de una hipodérmica, ¿es correcto?

—Es correcto —admitió la doctora Camarena, y agregó—: con una dosis excesivamente letal, tomando en cuenta que por lo general bastan unos cuantos miligramos para causar la muerte de una persona adulta. Por ejemplo, considere usted que bastan veinte miligramos del veneno de una cobra para que eso se logre.

—¿De qué cantidad inoculada estamos hablando entonces? —preguntó el Procurador.

—Cinco centímetros —fue la respuesta segura de la especialista—. Por eso señalé que la dosis aplicada era por fuerza excesiva e inminentemente letal, en un periodo de tiempo que difícilmente podría sobrepasar los treinta minutos, cuando por lo general el deceso ocurre entre cuatro y seis horas después de que la víctima ha sido mordida y sin atención médica oportuna.

—En otras palabras, doctora, las víctimas no tenían la menor posibilidad de sobrevivir —comentó el abogado de la ciudad.

—Así es, señor.

—¿Se ha podido determinar a qué clase de serpiente corresponde el veneno? —inquirió de nuevo RR.

La mujer observó a través de sus lentes al criminalista para responderle con la eficiente seguridad que da a los expertos el manejo de su tema:

—La composición de cada veneno varía de una especie a otra. Las neurotoxinas encontradas originan distintos cuadros patológicos. En estos dos casos no se encontró un veneno específico, sino varios —hizo una leve pausa y remató creando estupor y mayor interés en quienes la escuchaban—. Lo que quiero decir es que el veneno que nos ocupa fue fabricado.

—¿Sintético, doctora? — quiso saber el Procurador.

Ella negó con la cabeza y aclaró:

—Me refiero a que no estamos en presencia de un solo elemento tóxico distintivo de una especie, sino de varias. Para decirlo en pocas palabras, se trata aquí de un verdadero coctel formado por los venenos extraídos de las serpientes más letales del mundo, entre ellas la cobra asiática o de anteojos, que debe su nombre a esas peculiares manchas que aparecen en el dorso de su capucha extendida, y la cobra real, la más grande de las serpientes dañinas. Pero el veneno detectado no sólo deriva de estas especies. Prácticamente estoy segura de la presencia de venenos de la mamba negra, la víbora de Russell, la terciopelo y, desde luego, la más temida y agresiva, la taipán, con una carga venenosa capaz de matar a varias personas de una sola inoculación.

CAPÍTULO XII

Alguien espía

Oficinas de la Procuraduría, ciudad de México.
2:00 p.m.

Era una madrugada fría cuando RR dejó el edificio de la Procuraduría. Estaba cansado; era mucha la información que debía asimilar y concentrar sobre aquel asunto cada vez más complejo. Al concluir la entrevista con la doctora Camarena, el criminalista bajó a otro piso para enfrentarse al tedio de revisar las grabaciones de seguridad que corrieran desde el viernes por la noche hasta el domingo en la madrugada, en un intento de encontrar a la persona sospechosa de asesinar a Olegario Ángeles Buendía. Aquella tarea requería de paciencia, concentración, buenos ojos y mucho café.

Tres jóvenes asistentes del Procurador acompañaron al criminalista en la penumbra, manipulando el material grabado y fijando la vista en una pantalla de cuarenta pulgadas empotrada en la pared, sobre los monitores de las computadoras; observando casi inmutables toda aquella sucesión de imágenes, la mayoría de ellas anodinas y rutinarias, sobre todo aquellas del viernes en la noche y de todo el día del sábado: momentos muertos cuando la imagen parecía una fotografía fija, en la que nada pasaba, hasta que de vez en vez la alteraba la presencia de una persona entrando a cuadro o de otra que salía del elevador, o de un auto arrancando en el estacionamiento subterráneo. Rutina y hastío de horas interminables que por fuerza debían revisarse a detalle ante el riesgo de perder algo importante. Para enfrentar el agotamiento y el cansancio de los ojos o la pérdida de concentración, se fueron turnando durante aquellas horas, hasta que finalmente se llegó a la noche de la fiesta en el edificio contiguo al edificio C, lo que avivó al grupo y puso en alerta todos los sentidos. Vieron la llegada de automóviles lujosos, tomados desde la cámara de la caseta en la entrada principal; hasta las exteriores del propio edificio de donde descendían los pasajeros, gente elegantemente ataviada para asistir al evento. Como el Procurador lo hizo notar, había ahí cuando menos medio centenar o más de personas de ambos sexos.

RR no perdió detalle en toda esa larga velada de observación. Había una figura que le interesaba y que intuía que podría aparecer en las pantallas de las computadoras. Una mujer, había dicho el buzo. Una mujer señalaba el testimonio de la testigo octogenaria en el Príncipe de los Mares; una mujer ausente en la lista de pasajeros del crucero, en donde no existía ya huella o rastro de su presencia…

Una mujer con una gran pamela y unos anteojos oscuros que ocultaban casi todo su rostro, que ahora se distinguía no muy nítido a través del parabrisas de un Jaguar del año color plata que vieron detenerse ante el guardia de la caseta principal, y le sonreía bajando el vidrio del conductor para, con mano enguantada, dejar una identificación. Después el arranque del auto y la salida de cuadro en dirección a los edificios.

RR contuvo la respiración. Sus sentidos se alertaron.

Era ella, por fin.

Pidió a los ayudantes que llevaran la grabación de esa cámara a la pantalla de cuarenta pulgadas y que ahí, justo cuando se mostraba la de la mujer del parabrisas, congelaran la imagen. La definición no fue muy clara. Varios factores influían en ello: la oscuridad del interior del vehículo, un destello de los reflectores superiores enclavados en el techo de la caseta de vigilancia y la noche misma.

RR pidió dejar ahí esa imagen y dar seguimiento a las tomas de las otras cámaras. Detectaron al Jaguar avanzando por el sendero y llegar ante el edificio donde la fiesta se desarrollaba. Sólo que en lugar de detenerse ante la entrada, ignoró a los encargados del *valet parking* y continuó hasta entrar al estacionamiento subterráneo. Ahí las cámaras lo captaron. Pero la mujer al volante sabía lo que hacía. Estaba consciente de la vigilancia de las cámaras, así que buscó un lugar en la parte más oscura y estacionó el auto tras unas columnas que ocultaron su figura. Cuando se alejó del Jaguar se mantuvo siempre al amparo de las sombras.

* * *

Tiempo después, menos de una hora, estableció RR al ver el marcaje de hora digital en las tomas, la mujer del sombrero ancho regresó al Jaguar. Venía aprisa y llevaba algo que abultaba en su enorme bolso de piel. Subió al auto y arrancó. La trayectoria fue seguida por las cámaras hasta llegar de nuevo a la caseta. Ahí se detuvo un instante. Momentos más tarde la pluma metálica se elevó dando paso franco al Jaguar que aceleró dejando atrás la estela de sus luces traseras, antes de ser tragado por la noche.

RR pidió ver las tomas de las cámaras del edificio C, en cuyo *penthouse* vivía Olegario Ángeles Buendía. Para su desilusión, las grabaciones del vestíbulo y los elevadores no captaron la presencia de la mujer. Seguramente ella se había colado por el área de servicio.

Al día siguiente se comprobó que el Jaguar era robado y que la identificación que la mujer dejó en la caseta de vigilancia, era falsa. El auto fue encontrado en el estacionamiento del centro comercial Santa Fe, totalmente limpio de huellas. Una vez más, la que ahora —no cabía duda ya— era la fría y letal asesina del hombre de Cozumel y del magnate de los desarrollos turísticos de la costa del Pacífico en México, resultaba ser aquella misteriosa mujer que parecía desvanecerse en el aire con una habilidad sorprendente.

RR llegó a su auto y se puso tras el volante. Respiró con alivio. Le ardían los ojos y tenía un leve dolor de cabeza, pero el esfuerzo había valido la pena. Llevaba en un disco compacto una copia de todas las imágenes que las cámaras habían captado de la mujer. Aún tenía la vana esperanza de encontrar en ellas alguna pista por menor que fuera, que le diera la pauta para seguirla, descubrirla y atraparla. Deseaba llegar a su departamento, prepararse un martini y un panini caliente, con jamón de bellota y queso gruyere con unas buenas rebanadas de jitomate fresco, rociadas con aceite de oliva y un poco de vinagre balsámico, aderezados además con algunas gotas de limón y espolvoreados con estragón. Después se iría a la cama y se olvidaría al menos por el resto de la noche, de aquel remolino de actividad que había estado presente en su vida las últimas cuarenta y ocho horas. Descansada su mente luego de un sueño reparador, en la mañana podría acometer la tarea con nuevos bríos. Entre lo primero que haría sería llamar a Nueva York, donde esperaba encontrar algunas respuestas.

* * *

El Mini Cooper de RR dejó el edificio y enfiló por la amplia calzada que a esas horas de la madrugada estaba prácticamente vacía. Un poco de neblina flotaba en el ambiente. Pasó ante un auto oscuro que, confundido entre las sombras, estaba estacionado a cierta distancia de la boca del estacionamiento.

Alguien en el interior y desde el asiento trasero, adelantó el cuerpo para acercarse a la espalda del enorme sujeto que estaba tras el volante, y le ordenó con voz que apenas era un susurro:

—Síguelo.

El gigante arrancó el auto y cumplió la orden sin decir palabra.

CAPÍTULO XIII

La chica con la cobra de oro

Pattaya, Tailandia.
En la tarde.

Cómo, ni para dónde esconderse. Aturdida, enloquecida de pánico, la muchacha sólo acertó a correr desesperada, atropelladamente. Un primer intento la hizo virar rumbo a la gran avenida distante algunas cuadras, pero por allá alcanzó a ver un jeep que frenaba de manera aparatosa cargado de hombres armados, hombres orientales, hombres no tailandeses que brincaban llevando ametralladoras, de aquellas que no pudo identificar, pero sí recordar de alguna película de acción tipo B que había visto alguna vez en un cine. Corrían, disparaban al aire, amenazantes, sembrando el pánico y abriéndose brecha a empellones, entre los pasmados y asustados moradores de esa zona que se apartaban y corrían para guarecerse.

Correr. Correr sin parar, sintiendo que el pecho le estallaba, que ya no había más aire que jalar hacia sus congestionados pulmones. Correr. Correr escuchando a su espalda, aún distantes, los gritos salvajes que aquellos sicarios se ladraban unos a otros, haciéndose oír por encima del estruendo de las balas.

Correr. Por un callejón estrecho, obstruido por montones de basura de donde huyeron espantadas las ratas que buscaban alimento. Tropezar. Caer. Rasparse las rodillas y ni un segundo para una queja. Pararse, mirar hacia atrás con la aterradora sensación de ser atrapada en cualquier momento. Eso era el infierno. Algo muy similar a lo que había pasado cuando la represión del ejército en los sucesos del 2014. Pero ahora era peor.

La andaban cazando. Y de eso no había duda cuando escuchó el aterrador tableteo de las ametralladoras M36 de fabricación china, y las ráfagas de balas que invadieron el departamento destrozándolo todo y sembrando el caos. Sólo acertó a correr hacia la puerta más cercana, la que daba al traspatio, y escuchar cómo los disparos destrozaban la pared y el marco de madera bajo el cual acababa de huir. Una esquirla la alcanzó en la mejilla produciéndole un pequeño corte sangrante a la altura del pómulo. No le importó o tal vez en ese momento no se dio cuenta. Desesperada brincó desde el primer piso hasta ganar el angosto y oscuro callejón que se abría entre dos viejos edificios.

No supo qué pasó con su compañero. Ni con el hombre de Bangkok. Ignoraba si estaban vivos o muertos. No tuvo tiempo de verificar nada, de darse cuenta de nada. En su mente flotaba sólo el instinto de conservación que le mandó escapar; salvar su vida.

Y eso hacía ahora. Correr hasta el borde de sus fuerzas; hasta caer exhausta cerca de unas casuchas miserables y ahí a soltar toda su adrenalina y a llorar convulsamente, hasta percatarse de que ya no oía a quienes supuestamente la perseguían. Sin embargo no estaba tranquila.

La andaban cazando.

Estaba segura de que era por aquella pieza que había traído desgracia a su vida. Se incorporó. Las piernas le temblaban. No muy lejos de ahí vivía alguien que conocía de años atrás, que ahora practicaba la prostitución movida por el hambre en las iluminadas calles de la ciudad del pecado. Era su amiga desde su no muy lejana adolescencia. Cada una había tomado la que consideraba una mejor opción de vida. Ella se fue al norte, a buscar a los inconformes. Su amiga escogió la cama, a cientos de hombres sin rostro y sin nombres; iguales todos, con los ojos inyectados de lujuria.

*   *   *

Esa noche.

Estaba ahora relativamente a salvo. Enfrentaba su imagen ante el espejo con manchas de hongos y humedad en el estrecho baño, mientras sus ojos se anegaban de lágrimas al contemplar cómo su largo cabello, que era uno de sus orgullos, caía a trizas por los cortes de tijera. Tenía que hacerlo. Cambiar su apariencia. Su amiga se lo había dicho. La andaban buscando.

Eran de la mafia china.

Tipos sanguinarios, violentos. Creían que ella tenía algo. «La cobra», pensó la muchacha, pero no quiso revelárselo a su amiga. Fingió no saber a qué se referían aquellos asesinos, ni siquiera cuando su amiga le preguntó por qué la buscaban. Y nuevamente la mentira al responder. Lo ignoraba. Tal vez era cosa de su pareja, el muchacho joven.

—¿Has sabido algo de él? —preguntó sin ocultar su ansiedad y su angustia.

—Nada —respondió la prostituta—. También lo buscan. Dicen que mató a un hombre y que estaba enredado con un extranjero para venderle una valiosa pieza que había robado. ¿Sabes tú algo de eso?

De nuevo la negativa. Tras la mentira, el miedo. Su amiga no podía saber. Se atrevió a preguntar qué era lo que buscaban aquellos chinos.

—Una cobra de oro. Eso he escuchado en los rumores que corren entre las chicas y por los bares. Esos hombres creen que ustedes la tienen.

«Entonces no la han encontrado», pensó. Y pensó también en aquel judío malhumorado con ojos sembrados de desconfianza, que finalmente había quedado maravillado al examinar minuciosamente la pieza, mientras ella preparaba el té y lo observaba silenciosa, captando con el rabillo del ojo al hombre joven, su pareja, que a duras penas contenía su ansiedad.

Fue cuando llegaron las balas.

«¿El judío se había llevado la cobra de oro?». Parecía que sí. Si los sicarios chinos andaban preguntando por la pieza era lógico pensar que no la tenían, ni habían atrapado al hombre. Pero esos tipos eran obstinados; aferrados como perros de presa.

No dejarían de buscar hasta que los encontraran.

Eso había dicho su amiga. Eso creía ella misma. Por eso tasajeaba su cabellera para adquirir la apariencia de un escuálido jovencillo. Su amiga le conseguiría ropa de hombre y, tal vez sí, tal vez, pudiera entonces escapar con vida de aquel infierno.

Fue cuando le vinieron los recuerdos. El comienzo de todo aquello; el inicio de lo que entonces ignoraba se convertiría en una aterradora pesadilla. La casualidad la había llevado a encontrar aquella pieza maravillosa perdida en las ruinas de ese milenario templo ahora en ruinas, cubierto de tiempo y devorado por el ansia implacable de la selva, que se había metido hasta sus entrañas, desgarrándole sus muros, metiendo sus raíces y abrazando las figuras de las deidades y efigies de cobra que adornaban las columnas de aquel recinto, que tal vez en algún tiempo fuera el salón principal o ceremonial donde se practicaban extraños ritos. Le parecía un sueño estar ahí. Todo lo que le habían contado sobre aquella leyenda cobraba ahora una increíble realidad. Estaba excitada y maravillada ante el descubrimiento de ese templo antiguo. Fue cuando su pareja descubrió la serpiente mientras avanzaban por aquellas ruinas. Era una enorme cobra real de casi cuatro metros. Se deslizaba en silencio, como una flecha ondulante por sobre el agua estancada entre los muros resquebrajados. La vieron trepar por el rostro de piedra de una deidad hindú que ella no pudo reconocer. Era una cara enorme de más de un metro de altura, hundida en la tierra; atrapada entre las gruesas raíces de un árbol que tenía todos los años del mundo. Decidieron seguir al reptil. Fue como si aquella devoradora de serpientes, la más temida de todas, quisiera indicarles un lugar. Y dieron con él. En un hueco entre las piedras, escondida entre la maleza y entre restos de huevos de cobra, relucía aun en la penumbra.

La pieza no medía más de cuarenta centímetros. Tal vez menos, apreció ella. Parecía de oro. Era hermosa. Semejaba un brazalete antiguo, muy antiguo, con inscripciones en lo costados del cuerpo. Ese hallazgo podría darles un buen dinero. El hombre joven le dijo que en Pattaya sabía de un sujeto, un prestamista, mezquino y ventajoso como todos los de su ralea, pero estaba seguro de que podrían sacarle una importante cantidad, lo suficiente para irse al Norte, o para que ella tomara aquel pasaje que siempre añoraba, que la llevaría a conocer el mundo.

La muchacha envolvió la figura en un trapo, mientras él echaba miradas nerviosas en el entorno de aquel lugar lóbrego y estremecedor, invadido de un ominoso silencio, como si temiera la presencia de un mal oculto y acechante. Él apremió para que se fueran y con ella abandonó lo más aprisa que pudo ese lugar, intentando no ver aquellas otras columnas que se mantenían en pie y representaban cobras enhiestas. ¿Qué era ese sitio perdido en la selva y lejos de los templos de atracción turística? Lo ignoraban. E ignoraban que precisamente ahí, siglos atrás, se había engendrado la tragedia y la maldición que aquella pieza de oro traía consigno, dejando a su paso una estela de sangre y muerte.

Entre serpientes y chinos

Serpentario del Zoológico de Chapultepec, ciudad de México.
11:00 a.m.

Al meditar sobre aquel coctel letal, de acuerdo con la información que le proporcionó la doctora Camarena, RR pudo percatarse de que de las serpientes venenosas mencionadas, ninguna se encontraba en territorio mexicano y que todas provenían de zonas húmedas semi-tropicales, lo que le hacía pensar que quien preparara aquella mezcla mortífera se había valido de serpientes con localización precisa; entre esas zonas geográficas destacaba Tailandia, donde se ubicaba el origen de la pieza de oro. Sin embargo, cabía la posibilidad de que la asesina hubiera obtenido los venenos en México, así que decidió hacer una visita al serpentario de la ciudad.

El hombre que lo atendió no tendría arriba de treinta y cinco años, era un biólogo que sabía su negocio y que amaba a las serpientes. A las preguntas del criminalista respondió con seguridad y eficiencia. «Desde luego que la efectividad del veneno obedece a varias causas, entre ellas la profundidad de la herida, y el lugar en que se produjo la mordida». Cuando RR le preguntó sobre el coctel a base de veneno de las serpientes más mortíferas del planeta, y le preguntó si alguno de esos especímenes se encontraba en el serpentario, el joven biólogo respondió que no todas. La mamba negra sí. Pero en general tenían serpientes constrictoras, como pitones o boas, y desde luego víboras de cascabel o coralillos, pero nada tan exótico como una taipán, aunque hubiera querido tener una para su colección y mostrarla orgullosamente al público que asistía religiosamente a ese sitio.

—¿Hay alguna posibilidad de que alguien hubiera podido llegar hasta las serpientes y hacerse de su veneno?

—Imposible —fue la respuesta—. Nuestros animales están celosamente custodiados. La ordeña de su veneno se lleva a cabo por especialistas de la Universidad Nacional Autónoma de México y se destina a los laboratorios especializados para elaborar los antídotos correspondientes. Pero si usted está insinuando que alguna persona pudo entrar aquí y manipular las serpientes para obtener su veneno, mi respuesta es no. Definitivamente, no.

Esas palabras llevarían la investigación más lejos. Desde luego surgía para el criminalista la convicción de que el asesino era un conocedor experto de esos venenos, y que posiblemente tuviera acceso a un serpentario si no es que era poseedor de uno, o bien que el veneno le era surtido por algún herpetólogo. Pero para acceder a todas esas serpientes no era tarea fácil. Una gran parte de ellas se localizaba en otros continentes; Asia, por ejemplo. Eventualmente África o Australia. En tal sentido la identidad de la asesina —porque a RR no le cabía duda el sexo del criminal —tendría que buscarse no en México, sino en un país diferente, aunque esa afirmación por ahora caía en el campo de la simple especulación.

Dejó el serpentario una hora después. Con ello cerraba una línea más en la investigación que estaba llevando a cabo. Lo importante ahora era seguir la pista al valor oculto de aquella pieza. Si su origen era asiático, tal vez conocidos suyos en el barrio chino pudieran darle algún dato al respecto, así que enfiló su automóvil por Reforma, en dirección al centro de la ciudad.

*   *   *

Barrio chino, ciudad de México
12:00 p.m.

RR encontró un estacionamiento cerca de la calle de Dolores, donde se sitúa el barrio chino. Caminó por la acera sin dar mayor importancia a los faroles de papel que cruzaban de lado a lado de la calle y sin detenerse a mirar los diferentes objetos que se vendían en las tiendas de productos orientales, desde bolsas de té, palillos de marfil o de plástico, hasta figuras de dragones o piezas de porcelana. Finalmente llegó ante la fachada del café, ricamente arreglada en rojo y dorado. Luego de instalarse en un reservado y pedir café con leche y unos bísquets calientes con mantequilla, esperó a que llegara el dueño del lugar, un occidental ascético de ademanes pausados, ya bastante entrado en años pero con una edad indefinida. El viejo saludó con un corto movimiento de cabeza y murmuró el nombre del investigador antes de sentarse frente a él, mesa de por medio. Era Zhang Feng. Siguiendo la costumbre de su país, primero se mencionaba el apellido y después el nombre.

—¿A qué debo el honor de tu visita? ¿Algún problema que tu mente investigadora no puede descifrar? —preguntó en un español pausado, con fuerte acento oriental, mientras sus ojillos oblicuos observaban con malicioso interés a su interlocutor.

RR asintió, sacó del interior de su saco de pana verde olivo una copia de la fotografía de la cobra y la puso sobre la mesa.

—¿Qué me puedes decir de esto?

El chino se calzó unos espejuelos y tomó el papel para observar la imagen con detenimiento. Luego movió dubitativamente la cabeza, más hacia una negativa que hacia otra cosa.

—Nunca había visto algo así. ¿Se ha perdido acaso? —preguntó, clavando de nuevo la mirada en su amigo, por encima de los espejuelos.

—La robaron. Y sospecho que tiene más valor del que le están dando —contestó RR.

—¿Sabes su origen?

—Tailandia, al parecer.

El oriental afirmó suavemente con la cabeza. Por un breve momento cerró los ojos y después habló en un medio tono pausado:

—Cierto es, amigo, que en Tailandia hay una importante población china, pero esto es asunto en el que te confieso mi ignorancia. Tal vez un hombre sabio como mi amigo Fang Lee pueda ayudarte. Vive entre libros viejos. Mucha sabiduría. Muchos años de vida también. Ve y búscalo. Tiene su negocio en la calle de Donceles. Tal vez él te pueda dar luz en lo que buscas.

* * *

Calle de Donceles, centro de la ciudad.
2:00 p.m.

El centro, era siempre caótico pero hechizante; un mundo antiguo que se pretendía recuperar en un arrebato de nostalgia, con calles que se volvían peatonales, pero que aún conservaba el sabor de pasadas glorias. Y también difícil para dejar el auto. Después de encargar el Mini Cooper en un estacionamiento público habilitado en un solar donde antaño se levantaba una vieja construcción, RR caminó varias cuadras, cruzando por la Plaza de la Constitución y dejando atrás la Catedral hasta llegar a la calle de Donceles, donde hacía varias décadas, en el número 100, se ubicaron los tribunales civiles de la ciudad. Como a media cuadra de ahí, yendo hacia el oriente, el criminalista dio con el lugar. Era una accesoria al lado de la entrada de una vecindad que rememoraba las películas mexicanas de los años cuarenta. No había letrero alguno que indicara el tipo de negocio tras la cortina de metal que clausuraba la entrada. RR preguntó a los vecinos en los establecimientos cercanos, sin que nadie pudiera darle informes. Finalmente una mujer que vivía en la vecindad pudo informarle que el «viejo chinito» tenía algunos días de no abrir. RR preguntó si sabía dónde podría localizarlo, si conocían su domicilio; pero la mujer negó con la cabeza.

—No creo que esté enfermo o que algo le pase —advirtió para tranquilizar a su interlocutor, quien no daba muestra de ello, sino de una actitud resignada. —A veces se ausenta como ahora, pero es que anda *fueras* de la ciudad, seguramente en busca de viejas colecciones de libros qué comprar. Aun a sus años, creo que ya anda muy cercano a los noventa, pero con esos chinitos nunca se sabe, se mueve lento pero con habilidad. Lo ayuda una joven, china también. Ha de ser su nieta.

RR aguantó estoico la explicación de la mujer que finalmente concluyó:

—Es un hombre muy callado. No se mete con nadie. Nada más saluda y a sus asuntos. Yo tengo años de conocerlo, pero no sé más de su vida que la que pueda uno descubrir dentro de su local atiborrado de libros viejos.

RR dio las gracias por la información y finalmente respondió a la mujer cuando ésta le preguntó si quería dejarle un recado al chino.

—No es necesario. Volveré por aquí en unos días —respondió RR y se alejó del lugar, pensando que era hora de comer y andando por esos rumbos qué mejor que ir al restaurante Danubio, en la calle de Uruguay, cerca del atiborrado Eje Central, y pedir una buena fuente de langostinos acompañada con una botella de Chablis.

Su siguiente movimiento sería Vancouver. Pero antes, al regresar a su departamento, tendría que hacer aquella llamada pendiente a Nueva York.

Tan concentrado estaba en sus pensamientos, que mientras avanzaba entre puestos y gente que abarrotaba las aceras, no reparó que desde la banqueta contraria, y a prudente distancia, un hombre de elevada estatura no lo perdía de vista.

CAPÍTULO XV

Catherine Bancroft

Oficinas de Interpol, Nueva York
7:00 p.m.

El destino juega caprichosamente las cartas de los seres humanos para entreverar las circunstancias; provocar encuentros o desencuentros; revivir pasiones o enterrarlas, desenterrar nostalgias o llevar las cosas al olvido. Pero esta vez la baraja iba a empatar nuevamente dos vidas, casi como un *déjà vu* o un retornelo, algo que años antes comenzara con una llamada para indagar sobre un misterioso anillo, y que envolviera a esa gente en un torbellino de terror y muerte dentro del mundo oscuro de los vampiros.

Ahora las cosas se volvían a repetir, con algo similar que estaba por ocurrir.

Catherine Bancroft, la hermosa rubia y aguerrida agente de Interpol destacada en Nueva York, concluía en esos momentos una conversación en la oficina de su jefe, William Walker, sobre el rescate con éxito de una pintura atribuida a Monet que había sido robada hacía tiempo. Al comentar sobre el informe final emitido por los peritos de arte, la secretaria asomó para informarle a Catherine que tenía una llamada desde México.

Ella no necesitó saber quién la llamaba. Sintió de nuevo ese hueco en el estómago, ese revolotear de mariposas que la acometía siempre que lo escuchaba. Sus vidas estaban separadas por la distancia pero, fundamentalmente, por el trabajo de cada uno, que les llevaba por senderos distintos. Ante esa situación inevitable y aceptada, optaron por mantener su relación afectiva en un bajo perfil, evitando de esa manera un compromiso que tarde o temprano podría acabar mal, lo que ninguno de los dos deseaba. Su decisión había consistido en que lo mejor era «dejar correr los dados» y que ellos decidieran lo que el futuro pudiera depararles. Lo que sentían el uno por el otro ahí estaba, en estado de hibernación, tal vez con riesgo de desaparecer algún día, pero por ahora vivo y palpitante.

Esta vez se trataba de una cobra de oro.

Catherine tomó la llamada telefónica ahí mismo en la oficina, a ruego de William, aquel norteamericano alto, sabio y lleno de experiencia, con más mundo encima que cualquiera que ella hubiera conocido. Él se desentendió de la conversación de la mujer para concentrarse en unos documentos que tenía que firmar, sin embargo, para su mente sagaz y su conocimiento del ser humano, pudo captar el comportamiento corporal de la guapa rubia y lo que para ellos significaba aquella llamada. El repentino rubor en su rostro, la mirada esquiva y rápida hacia él, para constatar que no se veía descubierta en lo que sentía. La escuchó decir al teléfono con un genuino entusiasmo:

—¿Qué tal, RR? ¿A qué se debe el milagro de esta llamada? —escuchó por momentos—. ¿Una cobra?

Desde su departamento en México RR respondió, mientras degustaba una taza de café expreso y dejaba vagar su mirada hacia el parque al otro lado de la calle, que se veía desde el ventanal de su estudio, donde los últimos tonos del atardecer daban una luminosidad especial a los viejos árboles:

—Sí. Antigua. De oro. Tal vez de entre los siglos XV y XVII. Se le atribuye a la cultura tailandesa. La encontraron en un lugar inusual y ha despertado una desmedida codicia, a grado tal que se han cometido dos asesinatos por su causa.

—Dijiste algo de un lugar inusual donde fue encontrada, ¿qué quisiste decir con eso? —preguntó Catherine con interés.

—Que la hallaron en el fondo de un cenote, en Belice, muy lejos de su lugar de origen. Y eso ya de por sí es un misterio que dejo a los arqueólogos e historiadores. Fue robada y, como te dije, han matado por ella. Estoy contratado para recuperarla y para atrapar al asesino, que entre otras cosas se sospecha es una mujer con una forma muy peculiar de asesinar. Lo hace inyectando a sus víctimas un coctel de veneno de varias serpientes.

—¡Demonios, amigo, te las buscas fáciles! ¿Qué quieres de mí?

—En realidad a ciencia cierta no lo sé. Recurro a ti por el área en que te desenvuelves en Interpol: crímenes contra el tráfico de piezas arqueológicas e históricas.

—Dame unos días y veré qué puedo encontrar. ¿Tienes alguna fotografía de esa pieza?

—Por supuesto. Podrías verla en el catálogo que publicó la casa de subastas, pero prefiero escanearla y hacértela llegar en un rato a tu correo.

—Perfecto. Yo te llamo cuando tenga algo, ¿estamos?

—Por supuesto. Me localizarás en mi teléfono móvil. Saldré de México mañana. Voy a Vancouver.

—¿Por qué allá?

—Sigo una pista. Una de las víctimas era un comerciante de arte bastante reconocido e iba tras esa cobra de oro. Tal vez allá pueda indagar algo más.

—No tienes mucho asidero en este caso, ¿verdad?

—En realidad no, Catherine. Y no puedo darme el lujo de dejar nada sin explorar.

—Te entiendo. Suerte —una pausa. La mujer bajó el tono a un susurro suave—. ¿RR?

* * *

—Dime —y él esperó en esa nueva pausa, pero ella, como abandonando la idea de lo que pensaba decirle, simplemente respondió:

—Nada. Estaremos en contacto —y colgó.

Cuando la rubia devolvió el aparato al escritorio de William Walker escuchó que éste le decía, sin que levantara la vista de los papeles que estaba revisando y firmando:

—Busca en robo a museos. Cosa de cinco años atrás. Específicamente en China —levantó apenas la mirada para verla y concluir—. En cuanto tengas esa fotografía regresa a verme.

Catherine lo escuchó no sin asombro. Aquel hombre magnífico, con aspecto de buena persona, sagaz y profundamente conocedor del ser humano, era también un archivo ambulante, que guardaba en su mente una gran cantidad de datos y sucesos. Por eso estaba ahí, en ese puesto. Por eso Interpol lo había reclutado años atrás, cuando él deseaba jubilarse después de una exitosa carrera como presidente de una importante empresa trasnacional, donde llegó a manejar a más de treinta mil empleados en un solo país. Casado desde hacía treinta años con quien era el motor de su vida, un verdadero barril de pólvora de simpatía, de ingenio y tenacidad; con toda la sabiduría milenaria de los persas, políglota voraz y con gran inquietud por conocer y aprender, le había servido en muchísimas ocasiones para descifrar algún texto complicado. Sí. No cabía duda alguna. William y Merry formaban una pareja excepcional y Catherine no dejaba por lo menos que tenerles una envidia sana y preguntarse si eso sería posible para ella en su vida con… Detuvo sus pensamientos. Le hacía daño pensar en esa forma.

«Mejor que los dados corran», se dijo y concluyó en su mente, mientras contenía un suspiro resignado y sabio. «Y ya dirá el futuro lo que podrá depararnos».

CAPÍTULO XVI

Hacia Vancouver

Aeropuerto Internacional de la ciudad de México.
12:00 p.m.

RR concluyó la conversación con Catherine cerrando el celular. Siempre que dejaba de hablar con ella una sensación de vacío lo acometía; sin embargo, se sobreponía y con buena actitud decía que el mundo tenía que seguir girando. Ella estaba permanentemente ahí, en lo más profundo de sus sentimientos, y eso no cambiaría por más que pasara el tiempo. Catherine era la única de entre las otras mujeres en los últimos años, que había logrado romper aquella coraza con la que él trataba de ocultar el lacerante dolor y vacío que le dejó la pérdida de su mujer y su hija en aquel tremendo accidente, que lo llenó de amargura, haciéndolo renegar del Creador de todas las cosas; un dios injusto e insensible, pensaba él, que impunemente lo había despojado de lo que más amaba, de su razón de existir. Cuando estaba muerto en vida, con los sentimientos dañados y sin esperanza, Catherine apareció de pronto, dándole un nuevo sentido a su existencia. ¿Qué tuvo ella de especial? ¿En qué momento la atracción que sentían el uno por el otro se convirtió en amor? Tal vez aquello se debió a que ambos tuvieron que enfrentar lado a lado el terror y la muerte en lo más umbrío de Europa y en el hechizante mundo de Venecia. RR había procurado que aquella monstruosa experiencia quedara en el pasado, borrada de su memoria. Pero algunas veces volvía a él en forma de pesadilla, despertándolo lleno de angustia y zozobra en plena madrugada, como queriéndole decir que aquel engendro del mal con el que acabaron en la majestuosa ciudad de los canales, aún estaba en el mundo de los vivos, esperando el momento oportuno para volver y cobrar venganza con todo el sadismo y la furia de que era capaz.

RR consultó su reloj. Ya era hora de abordar el vuelo que lo llevaría a Vancouver. Terminó el Martini, comió la cebollita de cambray que quedaba aún en la copa y, tomando su equipaje, dejó la sala VIP para encaminarse a la puerta de embarque en la terminal 2 del Aeropuerto Internacional de la Ciudad de México.

Poco antes de entrar al área de revisión de documentos y equipaje, alguien lo observaba a la distancia. El gigante miró a su acompañante que mantenía una actitud tranquila, viendo cómo allá el criminalista desaparecía luego de que personal minusválido, en silla de ruedas, revisara amablemente su boleto y su pasaporte, antes de franquearle el paso. Simplemente dijo ante la muda interrogante del hombre grande:

—Sé a dónde va. Pierde cuidado, allá tengo ojos y oídos que no le perderán la pista. Veremos qué saca en claro, y a su regreso ya nos encargaremos de él.

Eran las 12:25 del día. El vuelo 144 de Aeroméxico partió puntual despegando de la pista para remontar el cielo hacia su destino, la ciudad de Vancouver, en la Columbia Británica de Canadá.

CAPÍTULO XVII

Atrapado

Pattaya, Tailandia.
En la noche.

El BMW negro seguía escondido donde lo dejara, en aquella callejuela oscura entre unas viejas construcciones abandonadas. El
hombre joven atisbaba desde la oscuridad. Su corazón latía agita-
damente y sentía el palpitar en sus sienes. En verdad tenía miedo
pero al fin se había decidido a dejar su escondrijo. Durante horas
y horas estuvo esperando, atento a cualquier ruido sospechoso, a la
presencia de personas extrañas, a voces imperativas como las que
escuchó de los sicarios que los buscaban. Pero ahora todo estaba en
silencio. Le sudaban las manos por la ansiedad. Se las limpió en la
pernera del pantalón. Una mirada más en torno.

Sólo oscuridad y vacío.

Adelante la masa negra del BMW se confundía con las sombras y
se mimetizaba contra el muro renegrido y húmedo de aquella construcción abandonada. Era el momento. Respiró hondo para darse
ánimos y finalmente se decidió, apartándose de la pared en donde
había estado replegado durante un buen rato. Cruzó aprisa hacia
el auto. Apretaba con fuerza las llaves en la mano. Al estar a poco
menos de tres metros accionó el control remoto para destrabar el

seguro de la puerta. Por un instante los fanales y las luces traseras parpadearon, mandando pequeños ramalazos de luz que hirieron las tinieblas. Sólo unos pasos más y estaría tras el volante. Arrancaría y, ¡al diablo con todo! Tan solo era cosa de trepar y huir lo más lejos posible. Por un instante vino a él el recuerdo de la muchacha. No había tenido forma de saber de ella después de aquel infernal tiroteo. Le había contado de una amiga que vivía en esa ciudad y se dedicaba a la prostitución. Incluso le mencionó su nombre, pero él ignoraba dónde vivía. Buscarla en los antros, las casas de masaje o los lupanares del lugar resultaba demasiado aventurado. Jamás se arriesgaría a ello. No tenía alternativa. Se iría sin ella de esa ciudad maldita. Le dolía porque la amaba, pero no existía otro camino. Si había sobrevivido a aquel ataque, o si pudo escapar de aquellos sicarios, abrigaba la esperanza de que en algún momento volverían a encontrarse. Tenía la convicción de que estaba viva; pequeña, delgada como era, engañaba con su rostro angelical y su sonrisa de niña, pero detrás de todo eso se escondía un carácter fuerte e indomable que se había forjado en los violentos acontecimientos del 2014, cuando formaba parte de los que se oponían al régimen, enfrentándose a las fuerzas represoras del gobierno. Ahí la había conocido. Era una guerrera. Por eso se hacía a la idea de que iba a salir con bien de esa pesadilla. Lo inmediato ahora era treparse en el BMW y escapar. Después planearía el regreso para buscarla, cuando el peligro hubiera pasado.

Llegó a la portezuela del auto. La abrió. En ese momento sus sueños de libertad se derrumbaron, cuando alguien, surgido de quién-sabe dónde, llegó por suespalda y logolpeó con una cachiporra en la cabeza, con precisión y efectividad, haciéndolo perder el sentido.

* * *

Cuando despertó estaba en un lugar vacío, enorme, de altas paredes de hormigón que trashumaban humedad, con estructuras metálicas y maquinaria arrumbada. En lo alto, ventanas de vidrios opacos de suciedad y muchos de ellos rotos. Una gotera dejaba caer incesante y desesperadamente gotas de agua que golpeaban sobre una lámina y resbalaban hacia un charco sucio que se extendía por aquel suelo irregular grasiento y mal pavimentado. Estaba sentado en una incómoda silla de madera de duro respaldo. Un quinqué colocado sobre una caja esparcía su macilenta luz amarillenta dentro de un área reducida. Sudaba y el sudor le corría por la cara cayendo en los ojos en goterones salados que le dificultaban la visión. Dos hombres armados con subametralladoras lo flanqueaban. Podía sentir el acre olor de su sudor. Eran chinos, de eso estaba seguro; no tailandeses, como él. Chinos, como los sicarios que los habían perseguido.

Repentinamente tuvo conciencia de lo que estaba ocurriendo y el terror recorrió su espalda. En una forma desgarradora tuvo la plena sensación de que de ahí no iba a salir con vida. Tuvo ganas de vomitar, pero el impulso de la nausea se cortó de golpe cuando oyó la voz.

—¿Dónde está? —la pregunta brotó fría, sin entonaciones, del hombre que parecía ser el jefe y estaba sentado frente a él. No tendría arriba de cuarenta años. Intuía su peligrosidad, pero ignoraba hasta qué extremos. Se llamaba Pai Chan Hu, mejor conocido en los sórdidos estratos del bajo mundo asiático como «El Tigre». Era cabeza de una de las organizaciones de la temida triada, la organización criminal china, y temido por su brutalidad e impiedad, de ahí el apodo que llevaba con orgullo. El hombre joven sólo acertó a mirarlo, aturdido y atemorizado. Tenía la boca reventada. Le pulsaba con dolor el golpe en la nuca donde se había formado un bulto tumescente. Le dolían las costillas, ahí en donde lo habían golpeado los hombres que lo flanqueaban. En qué momento, no lo recordaba. Ante la pregunta, movió la cabeza en una casi imperceptible negativa, abatiéndola hacia su pecho, lo que provocó que uno de los hombres lo prendiera por el pelo jalándolo con violencia hacia atrás y obligándolo a levantar el rostro que se crispó en un gesto de dolor.

El hombre frente a él se acercó para soltar una nueva pregunta, mientras sus ojos rasgados y crueles se clavaban en los suyos, como alfileres.

—¿Dónde está la cobra que le robaste al prestamista?

El muchacho volvió a negar. Roncamente respondió, con voz ahogada por el miedo:

—Yo no se la robé.

El chino le cruzó el rostro con el dorso de la mano. El grueso anillo cortó la piel del muchacho y un hilillo de sangre resbaló por su mejilla enrojecida.

—¿Dónde la escondiste?

—Yo... Yo no la tengo.

El chino lo observó atentamente durante unos instantes, como sopesando la veracidad de aquellas palabras, pero no estaba convencido. Apretó los dientes. Maldecía la abrupta torpeza de sus hombres que habían disparado sus armas con la intención de amedrentar a quienes se encontraban en aquel miserable departamento. De no haber sido así, ya tendría en sus manos aquel ansiado objeto. Pero las cosas salieron mal. Tarde para lamentarse. En aquella confusión, quienes estaban en ese lugar habían logrado escapar. Aparte del muchacho le dijeron que estaban con él una mujer y un hombre extranjero. Había que enmendar los errores, y para eso tenía a aquel joven aterrado frente a él. Volvió a preguntarle con ese tono frío que no requería ser levantado para hacer trascender la amenaza letal que conllevaba:

—¿La tienen tus amigos?

Ante el silencio del muchacho y su mirada confusa, insistió con una suavidad que daba escalofríos:

—La muchacha... ¿Es tu mujer? ¿Ella la tiene?

El joven negó nuevamente con la cabeza y comenzó a llorar.

—No lo sé —y por un instinto de supervivencia que le venía desde que fuera sometido y torturado por los militares en la revuelta del 2014, advirtió—: Ella no es nada mío. No es mi mujer. Venía con el otro hombre.

Pai Chan Hu no se tragó la mentira. Insistió como si no hubiera escuchado las palabras evasivas del hombre joven.

—¿A dónde fue?

—No lo sé —volvió a negar con desesperación, mirando suplicante la máscara cruel que representaba el rostro de quien le interrogaba.

—¿Y el otro, el extranjero que estaba con ustedes? ¿Qué hacía ahí? —machacó el chino.

—Le íbamos a vender la pieza. Era nuestra. Nosotros la encontramos.

Un nuevo bofetón le sacudió la cabeza y lo hizo callar. La mano del chino se cerró sobre su mentón como unas tenazas, apretando y haciéndole daño.

—Si no la tienes tú, ¿quién de ellos la tiene? ¿Tu mujer? ¿El hombre ese?

—No lo sé —murmuró ahogada, desesperadamente.

Pai Chan Hu se limpió el sudor que bañaba su rostro. Miró a los sujetos que flanqueaban al muchacho como consultando con ellos si creían o no lo que aquel respondía. Ninguno de los dos sicarios hizo comentario alguno. La irritación e impaciencia se iba apoderando de él. Respiró profundo por la nariz y volvió a interrogar

—¿Dónde se metieron? ¿Dónde están escondidos?

Nuevas negativas y como respuesta violentos bofetones y el tono irritado del chino, quien sacó una pistola .45 y, amartillándola y poniendo la boca del cañón en el entrecejo del muchacho:

—¡Habla, con un demonio! ¡Habla!

Más atrás, recargado en el BMW negro, un chino avejentado y flaco, que fumaba un cigarrillo y jugaba a hacer nudos con un lazo de seda negro, terció con tranquilidad:

—Es inútil que le pegues. Ese no sabe. No está mintiendo. Puedes matarlo a golpes y seguirá diciendo lo mismo.

El chino llevó su mirada a aquel hombre. Su actitud ante él indicaba que le tenía especial aprecio y deferencia. Era su mano derecha y consejero. Hermano de su padre. Simplemente le decía tío.

—Debemos matarlo, como escarmiento. Así alguien en el barrio acabará hablando —replicó con rudeza Pai Chan Hu.

—O cerrarán más fuertemente sus bocas —rebatió tranquilo el viejo que ahora se apartó del auto, para agregar serenamente —: Seguiré buscando. Y tú, ten paciencia, sobrino. Tarde o temprano esa cobra vendrá a tus manos. Recuerda que el tiempo se venga de las cosas que se hacen sin su permiso.

Tres hombres armados siguieron al viejo chino hacia la salida de aquel bodegón de techo de lámina, que hacía de ese lugar un horno inaguantable de calor, pese a aún ser de madrugada.

Pai Chan Hu guardó silencio. Lentamente apartó su arma para alivio del hombre joven, cuyo cuerpo se sacudió con los sollozos que incontenibles brotaban de su pecho mientras se mojaba la entrepierna de sus pantalones. El chino lo miró con intensidad y sin ningún asomo de piedad. Estaba convencido de que no mentía. Ya no le era útil. Se quedó pensando si matarlo o dejarlo libre.

CAPÍTULO XVIII

Tras el rastro de un robo

Oficinas de Interpol, Nueva York.
Por la tarde.

La Asociación para la Investigación de los Crímenes contra el Arte, ARCA, no reportaba nada relevante sobre el posible robo de una pieza de oro antigua adjudicada a la cultura tailandesa entre los siglos XV y XVII. Esta reputada organización albergaba a investigadores altamente especializados en ese tipo de delitos, entre los que se contaban agentes de la ley, abogados y expertos en todas las ramas del arte. Catherine había tomado con ellos un estudio de postgrado, denominado Master Program in International Art Crime and Cultural Heritage Program, dejando ahí verdaderos amigos que ahora venían en su auxilio.

Efectivamente —era la información que ellos le proporcionaban— tenían conocimiento del robo y no les cabía duda de que había sido perpetrado por verdaderos profesionales, seguramente vinculados con el crimen organizado. No había más datos. Por más indagatorias realizadas, no existían hasta ese momento rastros sobre el paradero de esa pieza considerada «única» por el museo chino. Así pues, el resultado era realmente exiguo. El posterior rastreo a través de comerciantes en arte que se encontraban bajo la mira de las autoridades por sus actividades poco escrupulosas en el manejo de patrimonio artístico de los países, tampoco daba resultado alguno. El robo se atribuía —la agente no pudo obtener más— a una banda internacional poco ubicada en aquel mundo sórdido de comercio ilícito y altamente lucrativo, que muchas veces servía para financiar otro tipo de actividades fuera de la ley, como el terrorismo o el tráfico de drogas.

Catherine, con sus característicos anteojos calzados sobre la punta de la nariz, lo que era característico en ella, suspiró con cansancio. Se estiró lo más que pudo en la silla que ocupaba ante la computadora de su oficina y luego de dar un trago a su café *caramel macchiato*, volvió al trabajo, ahora metiéndose en los archivos de la Interpol. Tras una minuciosa búsqueda llegó a lo que deseaba: un archivo digital que daba cuenta de aquel robo. Catherine examinó con atención las fotografías que los servicios periciales chinos habían tomado en el lugar de los hechos: Se ubicaban en un salón dedicado al arte Tailandés sin ventanas, sólo con una claraboya en el techo. El pedestal donde debía estar la pieza robada se encontraba vacío y el capelo de cristal que la cubría yacía en el piso de mosaico, hecho añicos. La narración de la investigación estaba en dos idiomas: chino e inglés. Ahí se daba cuenta de que en el lugar no se descubrieron huellas delatoras o que pudieran vincularse con algún delincuente. Las que se encontraron habían sido debidamente investigadas y sus dueños, personal del museo, liberados de toda sospecha y culpa debido a sus antecedentes. La alarma había sido anulada en ese sector. Quién o quiénes lo habían llevado a cabo, se ignoraba. «Desde luego el o los ladrones tuvieron apoyo desde adentro», pensó Catherine mientras observó las fotografías de la pieza robada en los archivos del museo hasta culminar con la que se le tomó en el pedestal donde fuera exhibida antes de ser robada: Efectivamente era una pequeña cobra de oro en forma de brazalete, de no más de cuarenta centímetros de largo. Estaba en actitud de defensa o de ataque, según se quisiera ver, pues la capucha estaba extendida dándole a la serpiente su peculiar aspecto, identificándola de inmediato con esa especie venenosa. La pieza había sido fotografiada minuciosamente desde varios ángulos y las imágenes presentaban al pie tarjetas de identificación. Destacaban en los costados del ofidio extraños símbolos. Un video de la policía se incluía en aquella información y Catherine lo activó. Era una vista nocturna captada por las cámaras de vigilancia. El sitio se encontraba envuelto en una suave penumbra. Tenue luz iluminaba el piso y las paredes, reflejándose en otros objetos de la colección que ahí se mostraban. Desde luego que la cobra de oro no constituía una pieza determinante ya que no ocupaba un lugar específico o relevante en ese sitio. En ese ambiente penumbroso, Catherine pudo distinguir unas figuras totalmente vestidas de negro que se deslizaban por una cuerda, desde el techo hasta el piso. Arriba, uno de ellos vigilaba. Obviamente sus cabezas estaban cubiertas por pasamontañas oscuros, lo que les daba una apariencia de ninjas que se movían con agilidad y precisión. La imagen de pronto desapareció cuando el sujeto que descendía golpeó la lente con la cacha de una pistola. Ahí concluía la grabación.

Catherine adelantó para encontrar otro segmento rotulado como «Cámara 2». Ésta mostraba la misma escena pero desde un ángulo distinto. El movimiento de los ladrones era preciso, seguro. Mientras uno vigilaba la entrada del salón, armado con una subametralladora, el otro iba directamente a la cobra, ignorando las demás piezas. Instantes después, con gran agilidad, volvieron a ascender por la cuerda hasta que desaparecieron por el techo. Toda la operación había durado menos de un minuto. La grabación continuó para ver ahora aparecer agitados y nerviosos, portando armas y linternas, a varios guardias del museo. «Demasiado tarde», pensó Catherine, mientras el video concluía. Profesionales, efectivos, precisos. Pero lo más asombroso de todo es que fueran específicamente sobre aquella cobra, ignorando piezas en exposición que seguramente tendrían mucho más valor.

¿Qué tenía de especial ese objeto de oro sobre todos los demás?

*　*　*

—Es algo que no se ha podido investigar a cabalidad —dijo William Walker parado junto a la ventana de su oficina y sosteniendo en sus manos una taza con té, que acostumbraba tomar a esa hora.

Catherine lo observaba sentada ante el escritorio. Frente a ella había un vaso de agua que apenas había tocado, y junto a éste, diversas fotografías y un block de notas amarillo en donde ella tenía escritas varios comentarios con relación a ese asunto.

William Walker se volvió a mirarla, y desde donde se encontraba preguntó:

—¿Recibiste la fotografía de tu amigo?

Catherine asintió. Entre el block de notas traía una reproducción obtenida de la impresora de su ordenador. La mostró y advirtió:

—Sí, señor. Parece la misma que robaron del museo.

Tras los espejuelos, los ojos de William brillaron con maliciosa inteligencia. Adelantó hasta la mujer y tomó la reproducción en sus manos, preguntando a su vez:

—¿La misma? —y sin esperar respuesta, solicitó—: ¿Traes la fotografía de la pieza robada en el museo?

Ella asintió, intrigada.

—Permítemela —solicitó amablemente el hombre extendiendo su mano, a lo que Catherine obedeció. Una vez que la tuvo, William la comparó con la fotografía que RR le hizo llegar. Tras un leve análisis el hombre advirtió con tranquilidad:

—Sí. Son iguales… — y corrigió—. Aparentemente. ¡Ven, observa!

Ella se puso en pie y miró las dos fotografías que William Walker colocó lado a lado sobre el escritorio.

—¿Qué encuentras en ellas?

Catherine se inclinó ante las imágenes y se calzó los lentes en su forma peculiar, en la punta de la nariz. De pronto contuvo el aliento y murmuró:

—Ambas parecen ser una especie de brazalete, pero demasiado largas para el brazo de una mujer —con el rabillo del ojo captó que William Walker asentía y la observaba, dejándola hacer—.

Sin embargo, parece que fueron hechas para brazos distintos, suponiendo que esa haya sido su finalidad.

—¡Bien, Catherine! Una para el izquierdo, la otra para el derecho. ¡Continúa! —animó Walker y le extendió una lupa que se encontraba junto a un recipiente de cerámica de talavera mexicana que utilizaba para tener también lápices y plumones—. Toma. Observa con mayor detenimiento.

Catherine tomó la lupa y observó con más cuidado. Al cabo de un rato se irguió y confrontó a su jefe para afirmar:

—Los símbolos que tienen en los costados. Son diferentes.

William Walker sonrió satisfecho y asintió.

—¡Exactamente! Y tal vez en ello esté su auténtico valor. Créeme, Catherine, por eso los ladrones no se preocuparon por las otras piezas del museo. Eso nos lleva a concluir que la cobra a la que tu amigo le sigue el rastro, es distinta de la que fue robada en el museo hace unos años. Sin embargo, aunque diferentes, casi puedo asegurarte, que ambas se complementan. ¿Para qué? Es el misterio que tú y el investigador mexicano deberán resolver.

—¿Yo, señor? —inquirió Catherine con cierto asombro.

—Sí, tú. Según tengo entendido en el pasado ustedes hicieron una buena mancuerna. Ahora se da la oportunidad de que vuelvan a trabajar juntos. Finalmente a Interpol le interesa resolver también ese misterio y terminar con la alerta roja que pesa sobre esa cobra de oro.

¿Déjà vu?

TERCERA PARTE

CAPÍTULO I

Escape de Pattaya

Pattaya, Tailandia.
5:00 a.m.

Ya era la hora de partir. La muchacha enfrentaba su imagen frente al espejo y parecía no reconocerse. Ahora veía a un escuálido chiquillo con una leve y delgada costra en la mejilla derecha, con el pelo tusado y teñido de color rojizo. La ropa vieja y usada le quedaba un tanto grande, ocultando las formas voluptuosas de su cuerpo de mujer joven. En sandalias su estatura era menor; apenas alcanzaba el metro cincuenta y cinco de estatura. Sentía un hueco en el estómago. Era el miedo que ronroneaba dentro de ella.

Se apartó del espejo y fue a sentarse junto a la pequeña ventana cubierta por una ajada cortina traslúcida. Miró hacia el exterior; seguía siendo de noche. Todo estaba en calma. Pero sabía que no faltaba mucho para el amanecer. Echó una mirada al cuerpo de su amiga, la prostituta, que dormido se encogía en el camastro adosado al muro. No hacía mucho que la había visto llegar, extenuada, oliendo a alcohol y a hombres, asqueada y buscando dormir para olvidar, al menos por algún tiempo, las miserias de su vida. No tenía compasión por ella. Sabía que era parte del destino de muchas mujeres jóvenes campesinas tailandesas que venían huyendo del hambre para asentarse en las grandes ciudades del país, atraídas por el oropel de los fastuosos centros comerciales, de los lujosos hoteles, de las grandes avenidas y las más importantes tiendas de marca en el mundo, así como de sus exclusivos restaurantes en donde el monto de una cuenta podría cubrir el salario de un mes de un labriego. En ese momento la envidió absurdamente, pues su amiga no temía por su vida, ni había precio por su cabeza, como le sucedía a ella.

En el horizonte lejano, quebrado por los edificios que se amontonaban hasta donde alcanzaba la vista, comenzaba a pintarse una delgada línea púrpura, anunciando el nuevo amanecer.

Debía darse prisa. Era ese el momento o más tarde tendría que mantenerse oculta un día más, atenazada por la zozobra y el miedo de que pudieran descubrirla. De su compañero no sabía nada y menos del hombre de Bangkok. ¿Quién de ellos tenía la pieza? Lo ignoraba, y poco importaba ahora. Esa cobra de oro, hermosa y enigmática, no traía la fortuna ni la buenaventura como alguna vez pensó, sino todo lo contrario: Terror y muerte.

El asesinato del agiotista había sido un presagio.

Después aquellas balas interrumpieron todo cuando las cosas parecían marchar sin problemas. Era la maldición de aquella cobra de oro. Ahora pensaba, con supersticioso temor, que tal vez había sido un sacrilegio sacarla de aquel viejo templo, pueshabía permanecido ahí quién sabe por cuánto tiempo, por cuántos años. Estaba maldita por haber profanado ese lugar y ahora pagaba las consecuencias.

Ya no había tiempo para detenerse y mirar atrás. La decisión estaba tomada. Tenía que huir hacia el norte. Aprovechar esos instantes y que su aspecto había cambiado a tal grado que ella misma no podía reconocerse ante el espejo.

Era el momento de decir adiós. Miró a su amiga que dormía profundamente. Le agradeció que le hubiera dado algún dinero para ayudarse. Sabía lo que aquello significaba para la joven prostituta que con aquel gesto honraba la amistad que las uniera años atrás, cuando aún soñaban en muñecas. Se acercó de puntitas, procurando no hacer ruido. Se inclinó y rozó con sus labios aquel rostro donde el rímel sin limpiar manchaba sus ojos dándole la apariencia de un payaso triste. Se apartó de ella. Murmuró su nombre y le dijo adiós.

Después dejó la habitación cerrando cuidadosamente tras de sí. Enfrentó el frío de la madrugada y echó a caminar por las callejuelas desiertas hasta ganar la avenida principal. Muchos de los establecimientos estaban cerrados ya. Las luces de neón que anunciaban pomposamente el negocio estaban apagadas. Algunos todavía permanecían encendidos, aunque las cortinas metálicas estaban echadas. La calle estaba vacía. Algún perro olisqueaba entre los desperdicios. El viento levantaba pedazos de papel o servilletas usadas y hacía rodar vasos de plástico que en algún momento estuvieron llenos de alcohol o de cerveza; restos de una noche invadida por turistas curiosos o por buscadores de sexo y de aventura. Un lugar que, resurgido en la noche, ahora moría en el apuntar de un nuevo día.

La muchacha echó a andar calle adelante, sin volver en un solo momento la cabeza hacia atrás. Allá quedaban la pesadilla y el recuerdo doloroso del hombre al que había amado y del que ahora no sabía si estaba vivo o no, pero ella era una guerrera. Los enfrentamientos rebeldes de años atrás la habían curtido, estaba hecha para aceptar la tragedia o las cosas como vinieran. La esperanza era sólo un nombre sin sentido desde su infancia, y ahora, en esos momentos, no cabía posibilidad alguna de tenerla en su vida. Siguió caminando rumbo a la salida de aquella ciudad del pecado, hasta tomar la carretera. Quedaba por delante un largo viaje hacia el norte, allá donde aún se encontraban inconformes como ella.

Se alejó lentamente, confundiendo su delgada y gris figura con el gris del amanecer, mientras al otro lado de la ciudad un BMW negro se dirigía rumbo a la zona de montañas.

Nunca volvería a ver al hombre joven que había sido su pareja.

CAPÍTULO 11

Vancouver

Hotel en Vancouver.
3:00 p.m.

El nombre de Catherine apareció en la pantalla de su teléfono celular, haciendo que RR lo tomara para contestar.

—Hola —saludó con familiaridad—. ¿Has podido averiguar algo?

—Creo que cosas importantes. ¿Estás en Vancouver? —respondió ella.

—Justo ahora, desempacando. Déjame y te doy los datos del cuarto y el teléfono.

—Sólo el nombre del hotel. Estoy saliendo para allá para unirme a tu investigación.

La noticia no dejó de satisfacerle, pero también de intrigarle:

—¿A qué se debe eso?

—Ordenes de mi jefe. William Walker, ¿lo recuerdas?

—Me has hablado mucho de él y de Merry, su mujer. Sí, por supuesto. Puedo aventurar que lo que investigaste debe ser importante.

—Puntos de vista, conexiones. Tú sabes lo que es eso. De pronto puede resultar la gran cosa y de pronto un tiro al aire, pero de todos modos valdrá la pena verte. Calculo llegar en la noche. ¿Por dónde andarás a esas horas?

—Depende la hora. ¿Qué tal si nos encontramos en el Joe Fortes? Está en el West End de Vancouver; la *clame chowder*, las ostras fritas o el cangrejo de Alaska que ahí se sirven, sonalgo que no debes pasar por alto.

—Ya me está dando hambre. ¿A las nueve ahí?

—A las nueve y con una botella de vino blanco convenientemente frío —advirtió RR antes de colgar. Consultó su reloj. Era aún temprano para hacer una visita a la tienda de antigüedades del desafortunado Arnold Dubois, el hombre de Cozumel, como lo habían etiquetado. Obtuvo su domicilio del mismo expediente de la investigación policial, así que sin demora salió del hotel y tomó un taxi.

*   *   *

El establecimiento estaba ubicado en una de las importantes avenidas de la ciudad. La fachada era amplia con sendas vidrieras al lado que mostraban algunas de las antigüedades puestas en venta. Arriba de la puerta de nogal destacaba un letrero estampado en latón que indicaba el nombre de la galería: Dubois y Dumont.

RR pagó el taxi y se encaminó a la entrada. El horario de atención a clientes, colocado en forma discreta en la misma puerta, indicaba que a esa hora estaba abierto para atender al público. RR traspuso el umbral y una campanilla electrónica sonó dando aviso de su presencia. El local era amplio y presentaba dentro de un aparente abigarramiento la colección de cuadros, esculturas y diversos objetos antiguos que ahí se exponían. Al fondo un amplio mostrador de fina madera presentaba en una esquina una hermosa máquina registradora del siglo XIX. Cerca de ella un sujeto delgado, que vestía con afectada elegancia, levantó la vista para mirar al recién llegado. De inmediato dejó el mostrador y se acercó con obsequiosa cortesía al criminalista:

—¿Algo de su interés, señor? —su acento mostraba un dejo de francés.

RR negó con la cabeza y aclaró de inmediato:

—No vengo a comprar, pero sí en busca de información —se presentó ante el hombre y agregó—. Estoy aquí para investigar algo más sobre la desafortunada muerte del señor Arnold Dubois.

De inmediato el gesto del hombre se ensombreció y en sus ojos apareció la tristeza. Afirmó suavemente con la cabeza:

—Una verdadera desgracia.

—Perdón, ¿usted quién es?

—Soy Adolphe Dumont, su socio. ¿Y usted? —quiso indagar.

Luego de darle su nombre y profesión, RR agregó:

—Hay claros indicios de que su socio fue asesinado a causa de una pieza muy peculiar. Mi gobierno me ha encomendado la tarea de investigar, lo mismo que la casa de subastas donde la antigüedad fue puesta a remate y la compañía aseguradora, que es directamente mi cliente. Así que cualquier dato que usted pueda darme, se lo agradeceré.

Adolphe Dumont sopesó por un instante la información que RR le daba y finalmente, convencido, accedió diciéndole:

—Espero serle útil. Cualquier cosa por que el responsable de ese crimen sea atrapado —dijo mostrando en sus palabras el dolor que sentía por la pérdida de su amigo y socio, y su rabia contra quien le había quitado la vida.

Luego se volvió hacia un punto del lugar donde una mujer ascética y cortés observaba atenta cómo un joven empleado acomodaba con cuidado un Lladró clásico sobre un pedestal de mármol.

—Daniéle, hazte cargo, que tengo que atender a este caballero.

La mujer se limitó a asentir sin mostrar curiosidad por el criminalista y volvió a lo suyo, en tanto que Dumont lo invitaba a pasar a la trastienda con un amable ademán:

—Por acá, por favor.

Lo condujo a una pequeña oficina en la trastienda, invitándolo a sentarse en uno de los dos sillones Luis XV que estaban ante un escritorio Chippendale del siglo XVIII, mientras se movía hacia una cafetera italiana colocada sobre una consola con base de mármol:

—¿Café?

RR negó con la cabeza, murmurando un «no, gracias»; el otro se apartó para sentarse tras el pequeño escritorio. Miró con interés y expectación al criminalista.

—¿Usted dirá? Lo que sea en lo que podamos ayudar. Yo he sido socio de Arnold casi desde que vino a residir a Vancouver; hace más de cinco años.

RR interrumpió con suavidad.

—¿Qué sabe usted de una antigüedad tailandesa ubicada entre los siglos XV y XVII?

El otro marcó un gesto de extrañeza y negó con la cabeza.

—Nada, en realidad.

—Específicamente se trata de la figura de una cobra de oro, de un poco más de cuarenta centímetros. Es ésta —dijo, y acto seguido extrajo de su saco una fotografía tamaño postal. Dumont la observó con interés durante unos instantes y finalmente negó, volviendo a mirar a RR.

—No. Lo siento. Nunca supe que Arnold estuviera interesado por una pieza así.

RR guardó de nuevo la fotografía e hizo su siguiente pregunta:

—¿Su socio fue visitado o tuvo contacto recientemente con una mujer?

—¿Mujer? —inquirió un tanto extrañado el hombre—. Tenemos varias clientes, desde luego, pero, ¿alguien en especial?

—Ignoro su nombre, pero según las señas es alta, distinguida. Viste bien y suele usar pamelas o sombreros de ala ancha, así como anteojos de sol que cubren parcialmente su rostro —informó el criminalista.

Nueva negativa. Y la pregunta curiosa:

—¿Esa pieza y ella tienen algo que ver con la desgracia ocurrida a mi amigo?

RR admitió la sagacidad desu interlocutor, sin embargo, no comprometió su respuesta:

—Es posible.

Dumont hizo un amplio ademán de desesperanza.

—Siento que no le soy de mucha ayuda —su gesto se ensombreció aún más y de pronto dijo algo que alertó a RR.

—Esto es una desgracia que parece estar tocando a los de nuestro gremio.

—¿Por qué lo dice?

—Hay una persona de la competencia, un experto en arte asiático. Según hemos oído, salió de viaje hace un tiempo y desapareció. Su esposa está desesperada y en el desánimo. Las autoridades de aquí no han podido hacer nada al respecto, sólo dar aviso al lugar donde se supone viajó. Algún sitio en Asia, tengo entendido, pero si quiere tener más datos al respecto, le recomiendo que visite a su mujer en el negocio que ellos tienen. Si me da un momento le proporcionaré el domicilio.

*   *   *

El local de Abraham Reva estaba cerrado, tal vez por la hora, que ya veía el final del atardecer. Esa visita quedaba pendiente para el día siguiente, acompañado de Catherine —consideró RR—, así que ordenó al taxista lo llevara de regreso al hotel, donde aún tendría tiempo para bañarse, cambiarse e ir a la cita con Catherine, expectativa que desde luego hacía vibrar sus sentimientos a querer o no. Era en esos momentos cuando tenía plena conciencia de que el sentimiento que lo embargaba por ella era simplemente amor, aunque se resistiera a admitirlo. Sabía que si lo alentaba, habría en su vida, como lo hubo en un pasado aún reciente, un talón de Aquiles, un punto débil en su actuar que le expondría ante sus enemigos. Por eso, entre más ocultara aquel sentimiento por aquella extraordinaria mujer, mejor sería para los dos y su seguridad.

CAPÍTULO III

A merced de la mafia china

Fábrica clandestina, Tailandia.
11:00 a.m.

Pai Chan Hu se atiborraba de arroz y trozos de pescado hervido que hábilmente extraía con unos palillos del bol de madera. Sentado tras un escritorio de metal, con una perversa satisfacción, gozaba ignorando al hombre joven que estaba de pie al otro lado del mueble, totalmente aterrado y rígido, como una liebre ante una serpiente, sin atreverse a hacer nada, ni a mover un músculo; sólo esperando su suerte, que estaba en manos de aquel desalmado.

El chino notó la mancha en el frente de los viejos pantalones del muchacho y reprimió un gesto de gozo. «Se ha orinado de miedo», pensó con deleite. Finalmente se dignó a hacerle caso. Lentamente levantó la vista y lo miró, para hablarle con una tranquilidad que resultaba más amenazadora que si hubiera gritado:

—Tienes agallas y eres una auténtica ficha, pero no pasas de ser un ladrón de poca monta al que la policía estaría feliz de echarle el guante, en especial después de robarte el BMW negro, sin reparar en quién podría ser el dueño —emitió una corta risilla y continuó, explicando—. Un pez gordo de la política, que ya imaginarás cómo se puso cuando vio que su lujoso automóvil había desaparecido, cuestión que a mí en lo personal me tiene sin cuidado. El tipo se lo merece por ladrón, corrupto y miserable. Pero su coche nunca regresará. Mi gente lo está desmantelando para vender las piezas por separado, así no habrá riesgos ni posibilidad de que puedan seguirle la pista, como hicimos nosotros contigo cuando lo dejaste estúpidamente estacionado en esa callejuela.

El hombre joven siguió callado. Estaba nervioso, pues ignoraba, confuso, hacia dónde se dirigía aquella conversación. Luego de la madrugada en que lo estuvieron interrogando, lo metieron en la cajuela del BMW y viajó, no supo cuánto tiempo, hasta llegar a ese sitio, cercano a las montañas. Estaba en una oficina, en una especie de tapanco o segundo piso de una gran fábrica donde se procesaban copias piratas de música y películas. Había mucha gente allá abajo trabajando en eso, miserables hambreados que dedicaban horas y horas por un pago de casi nada para llenar los bolsillos de su temido empleador, siempre vigilados por hombres armados de expresiones duras y ojos atentos y desconfiados. El chino pareció leerle la mente al joven. El chino levantó los palillos para señalarlo.

—Te estarás preguntando por qué estás aquí y por qué aún sigues vivo. ¿Eh? —no obtuvo ninguna respuesta del muchacho—. ¿Es así verdad? —como respuesta consiguió unsilencio atemorizado de parte de su rehén; entonces el chino remató presuntuoso—: Sólo me basta mirarte para leer en esa cara de idiota que tienes y saber lo que piensas.

El hombre joven no se atrevió a abrir la boca. Sus labios estaban resecos y sentía la lengua la pastosa. Tenía una sed terrible, pero debía aguantársela. Su instinto le indicaba que no dijera una sola palabra. Sólo escuchar y esperar finalmente lo que iba a ocurrir con su vida.

Pai Chan Hu masticó con calma. Tragó el bocado y lo señaló nuevamente con los palillos.

—La respuesta que podrías esperar de mí, con respecto a qué diablos va a pasar contigo, no la tengo aún, pues no estoy tan seguro de que vayas a salvar el pellejo. Simplemente estoy midiendo las opciones que tengo contigo. Una es matarte y quitarme de problemas. Otra es entregarte a la policía por el asesinato del prestamista, un leal amigo por el que supe de ustedes y de lo que se traían entre manos.

El hombre joven no se atrevió a rebatir ni a tratar de explicar las causas de la muerte de aquel miserable agiotista. Había defendido a su pareja del ataque lascivo del tipo, pues de no haberlo parado en seco, hubiera terminado violándola. Por eso le pegó con fuerza con aquel bol de acero, sólo que se le fue la mano. Se dio cuenta ahí mismo al escuchar el escalofriante romperse de los huesos y ver el manar de la sangre de manera abundante por la herida en la nuca, que se desparramó por el piso formando un charco cuando el hombre cayó sin vida a sus pies. Sus pensamientos se esfumaron al percatarse que el chino movía negativamente la cabeza, desechando aquella posibilidad, para decir, luego de un chasquido desaprobador:

—Pero eso de entregarte a la policía va contra mis principios, ya que no soy un soplón ni colaboro con esa ralea a la que simplemente tolero y uso pagándoles bien, para que miren hacia otro sitio cuando estoy haciendo negocios.

Hizo otra pausa para llevarse a la boca una nueva porción de arroz y pescado. Masticó con lentitud, pero sin quitar la vista del muchacho. Parecía disfrutar sádicamente de la incertidumbre y el medio que provocaba en él. Finalmente se limpió los labios con el dorso de la mano y dejó los palillos en la mesa, junto a la pistola automática CZ75 de fabricación checa, que descansaba ahí, mortífera, al alcance de su mano.

—La última opción es dejarte libre —hizo una pausa; sus crueles ojillos se clavaron en el muchacho, intentando hurgar en la reacción que sus últimas palabras podían provocarle. Pero el hombre joven simplemente había abatido la cabeza contra el pecho, tratando de ocultar el alivio que aquellas palabras le traían, lo que obligó al chino a demandarle en ese tono seco, inalterable—: ¡Mírame!

Tras un respingo de miedo, el otro obedeció. Temblaba. Eso le gustaba al sádico oriental. Asintió lentamente, siempre sin quitarle la vista de encima:

—Pero el perdonarte la vida tiene un precio. Esa pieza que dices que tú y tu mujer se encontraron es mía, y sobre eso no hay discusión. El porqué me pertenece es cosa que a ti no te incumbe. Lo importante es que la quiero. He creído en tu historia de que no sabes su paradero. Te lo creo. Y a cambio de tu miserable vida tendrás que servirme. Vas a ir a buscar esa cobra de oro por mí. ¿Te queda claro?

El hombre joven asintió. Empezaba a sentir alivio al ver un resquicio de esperanza que se abría en su negro futuro.

—Busca a la mujer y al hombre extranjero. Me importa un comino sus vidas. Yo sólo quiero la cobra. ¡Encuéntralos! La mujer y el extranjero la tienen. No me importa quién de ellos. Debes traérmela. Escoge: estás conmigo o con la muerte. Te estoy dando la oportunidad de servirme y de volverte uno de nosotros. Sólo una advertencia: si me fallas no te imaginas lo que voy a hacerte antes de matarte.

La elección fue lógica. El hombre joven aceptó las condiciones. Estaba dispuesto a cumplirlas. Sabía que traicionar a ese criminal significaba enfrentar una muerte que ni a su peor enemigo le hubiera deseado.

CAPÍTULO IV

Un encuentro inesperado

Restaurante Joe Fortes, Vancouver.
8:30 p.m.

RR descendió del taxi y cruzó la fachada color verde del restaurante para encontrar la planta baja llena de comensales, incluyendo los asientos que rodeaban la barra que, como un kiosco de techo de cristal, dominaba el sitio cerca de la escalera semicircular que llevaba al segundo piso. Una atenta anfitriona lo recibió y, luego de verificar en su libro la reservación que el criminalista había hecho ese mismo día, lo acompañó hacia las mesas superiores. La elegida fue una que se encontraba al fondo, bajo un gran afiche publicitario enmarcado, que mostraba a una mujer anunciando una bebida, en un atavío que a RR le hizo recordar un famoso cartel de Henri de Toulouse-Lautrec que retrataba a la bailarina del Moulin Rouge: Jane Avril. Un mesero se acercó solícito y RR ordenó un martini con ginebra Bombay Sapphire, con aceitunas y cebollitas de cambray; también le pidió poner a enfriar una botella de Chablis cosecha de 1996, que debería servirse en cuanto llegara su compañera.

Un hombre se acercó inesperadamente a su mesa, una persona que el criminalista no esperaba encontrar en ese lugar y que ahora lo saludaba con una abierta sonrisa, diciéndole su nombre. El sujeto lucía un impecable traje gris con camisa azul de seda, sin corbata, que hacía resaltar el bronceado natural de su piel y la blanca sonrisa de sus dientes, signo inequívoco del beneplácito y la sorpresa al encontrarlo. RR reconoció, no sin cierta sorpresa también, a Fabián Alexandre, el consejero en arte del magnate de Nassau, que ahora advertía:

—De todos los lugares en el mundo no me imaginaba encontrare aquí.

—Lo mismo podría decirte —acertó a decir RR mientras le indicaba con un ademán una silla, invitándolo a sentarse.

Fabián Alexandre tomó asiento y comentó, señalando con un ademán satisfecho, el concurrido local donde los meseros deambulaban llevando en sus charolas todo tipo de tragos y los exquisitos platillos de mar y tierra que le habían dado a ese restaurante una merecida fama.

—Suelo venir a este lugar cuando mis andanzas por el mundo me traen a Vancouver. Si no viviera en Hong Kong te puedo asegurar que esta ciudad sería un buen sitio para hacerlo —advirtió, y luego, con la mayor naturalidad, como si fuera parte de la secuencia de sus palabras anteriores, soltó la pregunta—. ¿Y a ti qué te trae por acá? —él mismo aventuró la respuesta—. Puedo suponer que es el asunto ese de la cobra tailandesa.

—Digamos que sí —respondió RR con cautela. El mesero llegó en ese momento con el martini. RR invitó a su inesperada compañía—. ¿Algo de beber?

—No, gracias. Estoy con unas personas. Sólo vine a saludarte —observó al mesero que servía la bebida de una licorera metálica, en la copa convenientemente enfriada donde ya se encontraban ensartadas las aceitunas y las cebollitas, inquiriendo con interés—. Entonces, ¿nada aún con el paradero de esa pieza?

—Todavía no— fue la respuesta de RR. El mesero terminó de servir. El investigador le agradeció con un corto movimiento de cabeza y el hombre se retiró. RR tomó la copa y probó el martini—. ¿Y tú qué haces en Vancouver? ¿Andas con el mismo tema de la cobra?

Fabián Alexandre negó con la cabeza, e hizo además de restarle importancia.

—No. Ese asunto para mí es cosa olvidada. En realidad me ha traído hasta acá un festival de cine experimental. Como has de saber Vancouver, junto con Los Ángeles y Nueva York, es uno de los lugares importantes para el desarrollo cinematográfico, a tal grado que se ha ganado el nombre del Hollywood del Norte.

—No. No lo sabía —respondió RR y dio un corto trago a su bebida.

—¿No eres aficionado al cine? —advirtió Fabián Alexandre por la escueta respuesta de RR.

—En realidad no. Mi debilidad profesional es otra.

Los ojos de Alexandre brillaron con una pícara alegría, al exclamar:

—¡Las mujeres! Aún recuerdo esa real hembra que te acompañó en Nassau. ¿Está aquí contigo?

RR emitió una sonrisa y negó con la cabeza.

—Tal vez no me expresé bien. Quise decir mi interés profesional. La criminología. Estudiar la mente criminal. La investigación de los delitos.

—Mal haces —reprochó amistoso Fabián Alexandre—. Uno debe tener pasatiempos distintos para romper la rutina de la vida. Por ejemplo, mi negocio es el arte. Mi *hobby* el cine. Te sorprendería saber que tengo más de seis mil películas en dvd; eso sí, todas legales y, por supuesto, aparatos reproductores de reserva por si esos soportes llegan a ser obsoletos en cualquier momento. Cuando quieras estás invitado a venir a Hong Kong, cuento con una sala especial de proyección con sonido de última generación y mullidos sillones de piel, cómodos a más no poder, y te aseguro que no habrá palomitas sino caviar beluga y champán.

—Gracias, lo tomaré en cuenta —concedió RR.

—Por eso, amigo, deberías acercarte al cine —insistió en aconsejar Fabián Alexandre con buen humor—. Si tu inclinación es el estudio del delito, te recomiendo el cine negro. Hitchcock, por ejemplo. Su *Psicosis* es un verdadero poema del crimen y del análisis de la perversión del alma humana. Anthony Perkins estuvo magistral en su interpretación del atormentado Norman Bates, y desde luego no hay que olvidar el genio de Brian De Palma, o *El silencio de los corderos*, la película de Joathan Demme, con la genial interpretación de Anthony Hopkins como al oscuro y brillante Hannibal Lecter. Y la escalofriante interpretación de ese otro actor, Ted Levine, en el papel del psicótico asesino serial Buffalo Bill ¿Recuerdas esa memorable escena donde baila desnudo ante una cámara de video?

—No vi ninguna de esas películas —advirtió RR—. O cuando menos no las tengo tan presentes como tú.

—¡Increíble, no puedo creerlo! —exclamó Fabián y arqueó las cejas con sorpresa.

—Te he dicho que mis aficiones son distintas, aunque no dejo de apreciar tu punto de vista sobre el cine negro y su relación con la mente criminal —admitió RR, quien trataba de simular interés en un tema que en realidad no le importaba tanto. En ese momento descubrió a Catherine que acababa de trasponer la entrada del restaurante y, luego de un breve cruce de palabras con la chica de recepción, la siguió hacia el segundo piso. RR no pudo menos que sorprenderse una vez más al constatar el impacto que su presencia le causaba. La siguió con la mirada mientras ascendía por la escalera, disfrutando de su figura alta y espigada y su cabellera rubia corta, un poco arriba de sus hombros, que se movía sensualmente al ritmo de sus pasos con una cadencia suave y casi felina.

Fabián Alexandre captó la mirada y se volvió para mirar a Catherine, quien llegaba al segundo nivel y desde el remate de la escalinata, localizaba ya a RR sonriéndole y avanzando hacia él.

—Lo dicho RR, tienes una debilidad y esa es las mujeres bonitas —comentó el experto en arte, observando con beneplácito a la mujer.

Catherine llegó ante la mesa y los dos hombres se levantaron. Ella saludó cariñosamente a RR besándolo en ambas mejillas a la usanza española y después miró con curiosidad al hombre que acompañaba a su amigo. RR hizo las presentaciones:

—Fabián Alexandre, experto en arte. Ella es Catherine Bancroft, amiga muy apreciada al servicio de Interpol, precisamente en el área de delitos relacionados con el comercio y tráfico ilegal de patrimonio artístico.

—Interesante actividad —señaló Fabián Alexandre—. Nunca imaginé que la estética femenina tuviera algo que ver con la selección de personal en la policía internacional. Pensé que ahí sólo imperaba el mal gusto, pero con usted, no queda más que desdecirme.

—Gracias por el halago —respondió Catherine con una sonrisa.

—Es un placer —dijo Fabián Alexandre devolviéndole la sonrisa con su dentadura perfecta y, tomando la mano de Catherine, la rozó apenas con sus labios. Acto seguido miró a ambos y se despidió.

—Bien, los dejo. Fue un gusto verte de nuevo RR. Que disfrutes Vancouver, cosa que no dudo, sobre todo estando en compañía de esta hermosa mujer —la miró directamente a los ojos, y remató—: No tengo más que envidiar a mi amigo. Que tengan buena noche.

Dejó sobre la mesa una tarjeta, con un gesto cortés.

—Esta es la dirección de mi hotel, por si necesitas contactarme.

RR agradeció y Fabián Alexandre se alejó con paso seguro hacia las mesas del fondo, donde fue a reunirse con un grupo de orientales muy bien vestidos, que no ocultaban su carácter de hombres de negocios exitosos.

—Guapo el hombre —admitió Catherine dejando de ver hacia donde se alejara Fabián Alexandre, para tomar asiento al lado de RR—. Evidentemente un hermoso ejemplar metrosexual. ¿Quién es él?

En pocas palabras RR la puso al corriente sobre los antecedentes de Fabián Alexandre y su conexión, a través del magnate de Nassau, con la pieza de oro que se rematara en México. Con la cena, que incluyó una fuente de mariscos de ostras al natural, camarones y brazos de cangrejo de Alaska, más sendos tazones de *clamchowder* y una botella de Chablis del 96, Catherine puso al tanto a RR de sus investigaciones. Del robo de una pieza en un museo de china que resultó ser, diciéndolo en una forma coloquial, hermana gemela de la que se encontró en Belice, pero con algunas características distintivas.

Dos cobras ahora. La de Belice y la del museo chino, ambas vinculadas en hechos delictivos. Eso fortalecía la teoría de RR sobre el valor oculto en esas piezas. El tema se disipó con el avance de la noche y derivó hacia cuestiones más íntimas. Cuando RR y Catherine regresaron al hotel, el elevador se detuvo en el piso doce y ella, recargada contra el cristal del fondo, lo miró directo a los ojos, advirtiendo:

—Este es mi piso —después preguntó con voz que era un susurro invitador—: ¿Tu habitación o la mía?

—Tú eliges —respondió RR y se acercó para rodearla por la cintura con sus brazos, atrayéndola hacia sí para besarla en los labios. Ella se apretó a él, respondiendo al beso, que fue prologándose con intensidad. Por un momento Catherine apartó sus labios, apenas lo necesario para murmurarle al oído, mientras lo sacaba del elevador hacia el pasillo:

—En la mía.

CAPÍTULO V

¿Dónde está el hombre?

Establecimiento de Abraham Reva, Vancouver.
10:00 a.m.

—¿Quiénes son ustedes? —preguntó desconfiada la mujer regordeta de rizada y abundante cabellera teñida que enmarcaba su pálido rostro y sus facciones claramente israelitas. Sara, era su nombre, la esposa de Abraham Reva, quien confrontaba a RR y a Catherine, quienes preguntaban por su marido. Se encontraban en medio del local donde con piezas de arte y antigüedades relacionadas con la cultura asiática: biombos, jarrones, diversas piezas de porcelana, muebles laqueados y forrados de seda, entre otras cosas.

Catherine se identificó primero, mostrando sus credenciales.

—Interpol, señora. Estoy adscrita en la ciudad de Nueva York dentro del área de robo y comercio ilegal de bienes artísticos. El señor es un investigador privado que nos auxilia en esta tarea. Sabemos que su marido se encuentra desaparecido y tratamos de averiguar sobre ello, con la intención de ayudarla a localizarlo.

—¿Qué interés puede tener Interpol en mi esposo? —inquirió la mujer, en cuyos ojos aún se mostraba la desconfianza.

—Su marido es experto en arte asiático, un perito reconocido en el medio, y abrigamos la sospecha de que fue contratado para viajar al continente asiático para encontrar una pieza específica —intervino RR y aclaró al ver la resistencia de la mujer—: No tema. No estamos aquí porque pensemos que haya hecho algo ilegal, sino para indagar sobre una pieza con la cual él pudiera tener algo que ver.

La judía dudó unos instantes. Finalmente movió afirmativamente la cabeza. Por unos momentos sus ojos se enturbiaron por las lágrimas, que con esfuerzo logró contener. Se notaba desconsolada. Respiró hondo para controlarse y soltó el aire:

—Tailandia —y ante el silencio atento de la pareja prosiguió, siendo más específica—. Efectivamente, fue contratado para ir a Bangkok a tasar una pieza. Le ofrecieron muy buen dinero por sus servicios. Incluso se le dio un fuerte adelanto como anticipo, más sus viáticos y gastos de viaje.

—¿Tiene usted conocimiento de esa pieza, señora?

—Vengan por aquí —dijo y los condujo a un privado al fondo del local.

En el escritorio estaba una computadora encendida. La mujer se plantó frente a ella y tecleó hasta dar con una imagen. Moviendo la pantalla se la mostró a la pareja.

—¡Esa es la pieza!

«Era la cobra de oro».

«¿Cómo pudo llegar hasta allá?», se preguntó RR, pero se guardó la interrogante y preguntó:

—¿Sabe quién lo contrató?

La respuesta sorprendió a la pareja por el repentino cambio de carácter de la mujer, producto del cansancio y la desolación.

—Ya me he cansado de responder preguntas de la policía y el resultado ha sido nada, cero. Simples promesas y caras compungidas, pero nada efectivo. Usted es de Interpol y usted un criminalista, ¿es así? —ante la afirmación de los otros dos, agregó, tajante—: Pues bien, si quieren saber más sobre esto, primero que nada quiero a mi marido de vuelta. Puedo facilitarles los datos necesarios que lo ubican en la capital Tailandesa, el hotel y lo demás, que es donde finalmente se le perdió la pista.

RR y Catherine no insistieron. El reto estaba lanzado. Decidieron aceptar aquellas condiciones de una mujer angustiada y desesperada. Pero el que Abraham Reva estuviera desaparecido no era una buena señal.

CAPÍTULO VI

Es gente mala, señor

Un lugar incierto enPattaya, Tailandia.
5:30 p.m.

El cuarto era estrecho, sin baño, con una sola ventana de vidrios opacados por una suciedad acumulada durante años, que dejaba ver un patio encerrado entre los angostos muros de otras construcciones. Salir a ese espacio abierto significaba atravesar el estrecho laberinto de callejones abiertos entre tendejones oscuros de toldos raídosy requemados por el sol, donde se vendía desde comida grasienta, hasta ropa de segunda mano, pasando por drogas prohibidas.

El olor nauseabundo de las fritangas se introducía en aquella habitación encerrada, y se revolvía por un viejo ventilador de techo, que a duras penas trabajaba en medio del chirrido agónico de su maquinaria, sin ayudar en nada a despejar el calor asfixiante que andaba en los cuarenta grados centígrados. En la cama, adosada a uno de los muros pringados de suciedad y manchas de humedad, un hombre sudaba hasta empapar las sábanas; su cuerpo se sacudía a causa de violentos escalofríos de la fiebre, mientras el calor húmedo y quemante se le encajaba en los pulmones dificultándole la respiración.

Tenía infectada una herida de bala en el costado, causada por un disparo de los muchos que barrieron aquel cuarto donde estaba por cerrar el negocio. Afortunadamente el proyectil había cruzado su cuerpo sin alcanzar un órgano vital. Más que la fiebre, que lo atenazaba hasta el delirio el hombre temblaba de miedo. Un miedo irracional que lo había llevado a esconderse en aquel lugar: Bangkok, ese sitio tan lejano de su casa, exótico y misterioso, lleno de contrastes, en donde la opulencia y la miseria se daban la mano a cada paso.

De ser un reconocido anticuario que se conectaba con la gente más selecta de Vancouver y Nueva York, Abraham Reva era ahora un paria desterrado, que huía para salvar su vida; que buscando la verdad sobre aquel objeto, se vio perseguido por fuerzas oscuras, al grado tal de estar enfermo de paranoia, casi al borde de la locura.

Llevaba varios días desaparecido. Él mismo ya no tenía noción del tiempo, de cuánto había pasado desde que escapara milagrosamente de aquella lluvia de balas. Como en una nebulosa recordaba cuando, venciendo su suspicacia, decidió subir con el joven al BMW que lo recogió a afuera del hotel para después iniciar un largo viaje. Mientras más se alejaba de Bangkok el temor lo embargaba y estuvo a punto de arrepentirse de haber ido ahí. ¿Iba a ser asaltado por aquel sujeto? Y si fuera así ¿qué se llevaría en esos momentos? Traía apenas unos cuantos dólares y algo de moneda local, pero su pasaporte y tarjetas de crédito estaban a resguardo en la caja de seguridad de su cuarto en el hotel. Desechó la idea de ordenarle que lo regresara al hotel y su desconfianza finalmente desapareció cuando conoció a la muchacha. Era muy joven. Su resquemor se acentuó por momentos al hallarse en aquel cuarto, pero todo desapareció cuando vio la pieza. La muchacha le explicó que su padre era el vendedor, le pidió disculpas por llevarlo a ese lugar horrible, pero era mejor así, pues la venta de piezas de arte estaba severamente prohibida. Estaba en el proceso de comprobar su autenticidad cuando bramaron las ametralladoras.

Ahora estaba herido. Por suerte, con el dinero que llevaba en el bolsillo, hasta ese momento había logrado comprar la lealtad del par de viejos que administraban ese miserable figón en donde se encontraba. ¿Pero hasta cuando se mantendría esa situación? Estaba consciente de que tarde o temprano el miedo vencería y acabarían delatándolo con aquellos hombres armados que, no cabía duda, buscaban la cobra de oro que estaba en su poder. ¿Entregárselas? De nada serviría. De todos modos lo matarían. Tenía que buscar una forma de salir de ahí y regresar a Bangkok, llegar a su hotel y huir lo más pronto posible de aquel maldito país. Pero le consumía la fiebre. Debía curarse primero. Aquella herida de bala... ¿En qué momento recibió aquel impacto? No lo sabía. No lo recordaba. En medio del tiroteo pudo escabullirse y rodar por las escaleras para caer dentro de un contenedor de basura pestilente, donde seguramente pescó la infección que ahora lo tenía postrado con una fiebre altísima y al borde del delirio. Pudo escapar cuando los sicarios se alejaron. Huyó desconcertado por el pánico, perdiendo la brújula, aferrado a aquella pieza que celosamente guardaba escondida entre su saco. Fue cuando sintió el dolor quemante y se percató de su camisa manchada de sangre.

¿Cómo había llegado a ese lugar donde ahora se encontraba? Había lagunas en su mente aturdida y atemorizada.

—¡Por aquí, por aquí! —le gritó el viejo con aprensivos ademanes y, jalándolo por la manga de su saco hasta llevarlo con la vieja que atendía un puesto de fritangas. Lo escondieron en un cuarto. Ocultó la cobra bajo la cama.

¿Estaba seguro de que ese par de ancianos no lo traicionaría? Abrigaba la esperanza de que no fuera así. Lo cuidaban con esmero. La vieja le subía el bol con aquel caldo grasoso y fuertemente condimentado que bebía sin ganas, pensando en su recuperación. Notaba el rencor en sus providenciales salvadores. El viejo apenas hablaba inglés. En su torpe expresión pudo explicar el odio que sentían contra los mafiosos chinos.

—Se llevaron a nuestra flor. Hombres malos. Era hermosa. No tenía quince años. La perdimos aquí en Pattaya. De aquí se la llevaron una tarde, por la fuerza, según dicen, atraída por un novio que no nos gustaba; él la sedujo para entregársela a esos tipos. Gente mala, señor.

Sí. Gente mala y lo buscaban a él, como perros de presa. Y se preguntó con un escalofrío de pavor cuánto tiempo más tardarían en encontrarlo.

CAPÍTULO VII

Juego de mentiras

Terraza de un hotel, Vancouver.
12:00 p.m.

—Así que Bangkok —comentó Fabián Alexandre al tiempo que se reclinaba en la mullida silla con brazos, del restaurante donde algunos huéspedes almorzaban, merodeando entre las bandejas con comida local e internacional, para dar gusto a todos los paladares.

El especialista en arte estaba en una mesa del amplio corredor al lado de la baranda, disfrutando de un Campari con soda, acompañado por RR y Catherine, quien disfrutaba un coctel de vino blanco. Se encontraban ahí, debido a una invitación telefónica que el criminalista le había hecho a Fabián al salir del establecimiento de Abraham Reva y dirigirse al taxi que los aguardaba a la orilla de la calle, lo que hizo preguntar a Catherine cuál era el motivo de verse de nuevo con «el metrosexual guapo», como lo había bautizado.

—Porque mintió —fue la sencilla respuesta de RR mientras abría la portezuela del taxi para dejar que ella subiera primero. Cuando el auto se puso en marcha, ella preguntó sin entender bien a bien a qué se refería su compañero.

—¿En qué mintió? Dime qué parte de todo este asunto me perdí, para poder entenderte.

RR dejó de mirar por la ventanilla hacia los modernos edificios que se alineaban en una de las aceras arboladas de la avenida por la que transitaban rumbo al hotel, y respondió al conceder con un movimiento de cabeza:

—Tienes razón. Poco antes de que llegaras al restaurante, Fabián Alexandre me dijo que el motivo de su presencia en Vancouver era la de asistir a un festival de cine documental. En ese momento di por cierta la información, pero hoy temprano, mientras te bañabas, busqué en el periódico algún dato sobre el famoso festival, sin encontrar nada. Suponiendo que tal vez no se había publicado nada sobre el evento, llamé a recepción e indagué sobre el evento, solicitando día y horario, fingiendo mi intención de asistir. Tras unos pocos minutos de espera al teléfono, la amable señorita que me atendió volvió para decirme que seguramente yo estaba mal informado, pues ese festival de cine documental tendría lugar hasta el próximo otoño. Como ves, el pretexto de Alexandre para estar aquí resultó falso, así que deduce las consecuencias.

Catherine caviló unos instantes y aventuró:

—Siendo falso el motivo de su estadía en Vancouver, y estando involucrado en este asunto de la cobra de oro, debido a su nexo con el millonario de Nassau, es lógico concluir que no te quiso descubrir sus verdaderas intenciones para no alertarte, y esas no pueden ser otras: «metrosexual guapo» anda tras lo mismo que tú. Por eso tal vez, también le revelaste mi actividad dentro de Interpol, con el claro objeto de inquietarlo.

—¡Exacto! —admitió RR—. Y hay un dato más que refuerza esa conclusión. Cuando me entrevisté con el magnate en Nassau en relación con el robo de esa pieza, me ofreció una suma considerable de dinero si yo le investigaba su paradero, a lo que tuve que negarme por tener un claro conflicto de intereses. Sin embargo, esa tentadora oferta que aparentemente Alexandre dejó pasar por alto, en realidad sí le interesó, y por más dinero que pueda tener, en estos asuntos de la ambición creo que no existe límite posible, y más tratándose de un hombre que como él, vive en el lujo extremo.

De ahí pues mi intención de verlo de nuevo, sin revelarle que le he pescado en su mentira y tratar de ir más al fondo en sus intenciones.

* * *

Por un momento RR observó la cáscara de limón flotar entre los hielos del Campari con soda que estaba tomando, y levantó la mirada hacia Fabián Alexandre, para proseguir con la plática sobre la capital de Tailandia.

—Es el sitio donde el perito ha ido en busca de la cobra de oro, que bien podría ser la pieza robada en México— concretó el criminalista.

Fabián hizo un leve asentimiento con la cabeza, mostrando su acuerdo con RR y señaló:

—Si esa posibilidad es cierta, quien robó a Ángeles Buendía encontró finalmente un comprador, y para asegurarse de la originalidad de la pieza, contrató a un perito calificado en arte asiático.

—Abraham Reva —advirtió RR sin hacer mayor comentario.

—Sé quién es él —fue la simple respuesta de Fabián.

—Ese hombre fue contratado por tu cliente, Aristóteles Brant —advirtió RR.

Catherine observó con un leve dejo de asombro al criminalista que miraba a Fabián tratando de aquilatar el impacto que su mentirosa revelación pudiera provocarle, pero éste simplemente bebió de su bebida con tranquilidad.

En ese momento una atractiva mujer cincuentona, elegantemente vestida y caminando al lado del que parecía ser su marido, un sujeto de gesto hosco y cansado, cruzó ante la mesa y miró de manera apreciativa a Fabián Alexandre, obsequiándole una coqueta sonrisa. Él levantó apenas su copa en un leve gesto de saludo y devolvió la sonrisa, mostrando lo mejor de la suya, luego se volvió a RR y, encogiéndose levemente de hombros, repuso con natural filosofía:

—¿Qué tiene de particular? Si quieres saber si me causa molestia el haberme quedado fuera de esta jugada, mi respuesta es no. Este tipo de cosas ocurren con frecuencia en este negocio RR, cosa que no es de extrañar. La lealtad no es algo característico de los millonarios. Eres su amigo mientras les eres útil, y una vez que dejas de serlo, adiós.

—El caso es que el hombre está desaparecido e iremos a Bangkok a buscarlo —informó RR, lo que provocó que Fabián Alexandre arqueara las cejas, y advirtiera con seriedad:

—Lugar peligroso si te metes donde no debes. ¿Por eso tienes el apoyo de Interpol? —y mirando a Catherine, señaló—: ¿No es demasiado arriesgado poner en peligro a esta hermosa mujer?

—De eso no se preocupe —le dijo Catherine con amabilidad—, he estado en situaciones peores.

—Difícil imaginarlo —rebatió con humor Alexandre—. Yo he estado en Bangkok en plan totalmente turístico. Me he trepado en los elefantes para dar un paseo por la jungla, y asistido a un show de serpientes; he visitado los templos, incluido el gran Buda. Incluso he comprado cosas interesantes en su mercado flotante, pero de eso a meterme ahí en una aventura como la que ustedes pretenden, ¡nunca! Les puedo asegurar que si Aristóteles Brant me hubiera propuesto este asunto, habría declinado sin pensarlo. Soy gente repelente al peligro. Mi trabajo es vender y comprar obras de arte, sin mayores riesgos, sólo los económicos, pero de ahí a volverme un Indiana Jones… — negó con la cabeza y rió de su propia ocurrencia, para luego seguir paseando su mirada de Catherine a RR—. Seguramente han visto sus películas. Para mí la preferida es la primera. Spielberg hizo un gran trabajo recreando momentos memorables de las antiguas películas de acción, cuando el cine ni siquiera pensaba en la posibilidad del color… —se interrumpió al ver el cortés silencio de la pareja, y exclamó: Pero creo que los estoy aburriendo…

—Nada de eso, Fabián. Simplemente que el tema del cine no me apasiona tanto como a ti —negó RR.

Fabián Alexandre asintió. Consultó su reloj y se puso en pie.

—Bien. Tengo que retirarme —y de pronto, recordando algo, confrontó a RR—. Por cierto, te tengo un dato que tal vez te interese ya que sigues en este asunto de las cobras. He sabido de una mujer que anda también tras esas piezas. Yo le he puesto un nombre por su origen oriental, la Dama de Shanghái, en honor de ese otro gran cineasta, Orson Wells.

Fabián emitió una nueva y divertida sonrisa, que casi al momento desapareció al advertir con seriedad a la pareja.

—Ya en serio, no echen en saco roto lo que les digo. En Bangkok sienta sus reales la mafia china y no dudaría en admitir que esa tenebrosa organización tenga algo que ver con la desaparición de Abraham Reva.

—Gracias por el consejo —repuso Catherine, mientras RR se ponía en pie para despedir a Fabián Alexandre.

—No hay de qué —obsequió a la mujer el especialista en arte, con una sonrisa. Después encaró a RR—. Si necesitas algo, mi amigo, no dudes en llamarme. Lo único que te digo ahora es que se vayan con cuidado.

RR asintió con un movimiento de cabeza. Fabián se apartó de él y giró para alejarse por el pasillo rumbo a la salida. RR volvió a su asiento. Catherine también miraba hacia Alexandre y comentó:

—Ahora fuiste tú el que mintió.

RR se acomodó en su silla. Dio un trago a su Campariy respondió:

—¿Por mencionar a Aristóteles Brant?

—Por eso mismo. La mujer de Abraham Reva nunca nos dio ese dato.

—Es verdad —concedió RR—. Sólo quería ver la reacción de Alexandre.

—El hombre guapo ha de ser un extraordinario jugador de póker —repuso Catherine—, porque yo no le noté alguna reacción negativa cuando le diste esa falsa información.

—Así parece —afirmó RR con tranquilidad—. Como tú dices, fue un tiro al aire que no dio en el blanco esperado. Y ante esa circunstancia, debemos darnos prisa con nuestra siguiente jugada.

—¿Bangkok? ¿Crees que nos volveremos a encontrar con Alexandre?

RR movió negativamente la cabeza, con convencimiento.

—No es probable. Es hombre de dinero y con recursos. Esa parte del mundo es su campo de influencia. Reside en Hong Kong, y Tailandia no está muy lejos. Puedo asegurarte que contratará gente para que hagan el trabajo. Él juega esa ventaja para adelantarse a cualquier competencia, incluidos nosotros.

—¿Cuándo partimos? —quiso saber Catherine.

—Mañana es un buen día. Pero antes tenemos un pendiente para averiguar algo más sobre esa Dama de Shanghái, que bien podría ser la escurridiza asesina del hombre de Cozumel y de Ángeles Buendía.

—¿Aquí, en Vancouver? —inquirió intrigada Catherine.

Por toda respuesta, RR le preguntó, creándole un mayor desconcierto.

—¿Te gusta el jazz?

CAPÍTULO VIII

Motivos

Yaowarat, Barrio Chino de Bangkok.
Al amanecer.

Como único rastro existente de Abraham Reva, sólo tenía ante su escritorio el maltratado maletín metálico que quedó abandonado en el lugar del tiroteo. En su interior había un estuche con algunos frascos llenos de sustancias no identificadas y un teléfono celular que seguramente tenía una clave de acceso, lo que dificultaba acceder a su contenido para poder saber algo más de su dueño. Aun así el saberlo no habría servido de nada, pues el aparato estaba destrozado por una bala de aquella ráfaga feroz que arrasó con aquel cuarto.

Exasperado y molesto, Pai Chan Hu apartó de un manotazo el maletín. Necesitaba atrapar a aquel hombre que había venido a hacerse de la cobra de oro que alguien había puesto en venta. Estaba desaparecido, pero el chino tenía la convicción de que se encontraba escondido en algún lugar de Pattaya. Él y la mujer joven, a quien también buscaba, pero que podía haberse hecho humo, pues al contrario del hombre que era occidental, ella fácilmente podría confundirse con los cientos de mujeres que como ella deambulaban en aquella ciudad. Una vez más maldijo la estupidez de sus sicarios que llegaron disparando para amedrentar. ¡Si su tío hubiera estado a cargo, ya tendría en su poder lo que ahora buscaba con ansia obsesiva!

Pai Chan Hu se levantó del sillón y enfrentó el ventanal de su departamento montado a todo lujo. Cubría su cuerpo desnudo una bata de seda negra con un dragón dibujado en la espalda. Allá, en la recámara, dormía su amante en turno, sumida en un sueño de opio. Después de haber saciado su apetito sexual, el chino pensaba ya en otras cosas para él más importantes. Había jugado una carta mandando al hombre joven a la calle para que buscara en todo Pattaya, mas no era tan ingenuo para dejarlo ir solo. Como su sombra, uno de sus pistoleros lo acompañaba, amenazado de muerte si fallaba y el joven decidía traicionarlo y escapar. La jugada valía la pena. El terror movía a aquellos dos. Uno para cumplir con sus órdenes y el otro para ejecutarlo contra cualquier viso de traición. Según su peculiar forma de pensar, Pai Chan Hu consideraba estar actuando en lo justo. Buscaba aquella cobra de oro por la sencilla razón de considerar sin duda alguna, que le pertenecía. Así se lo había dicho al hombre joven, y no sólo por decirlo, sino porque estaba convencido de que era de esa manera. Él descendía de un hombre rechazado que siglos atrás fue abandonado a merced de los peligros de la selva por un grupo de fanáticas sacerdotisas guardianas del templo donde se honraba a Ardha Narīshuar, una extraña representación de Shiva, la deidad hindú, que se hacían llamar las Vírgenes de la Hermandad de la cobra.

«Mis antepasados fueron parias. Y a través de los tiempos, se levantaron del fango en donde fueron abandonados para crear imperios. Pero jamás olvidaron la afrenta, que sólo con sangre podrá lavarse. Esa es la consigna que ha pasado de generación en generación hasta llegar al presente. Como descendiente de esa estirpe, me ha tocado a mí, Pai Chan Hu, honrar su memoria, recuperando lo que es nuestro y que por justicia histórica me pertenece», maquinaba el hombre frente al ventanal.

Ese pensamiento envenenaba su alma y lo mantenía inquebrantable como el brutal líder chino de aquella organización criminal.

Se lo repetía constantemente para que el odio que sentía por aquellas mujeres no se apagara.

Observó el amanecer. Pisos abajo estaba el lugar que él dominaba. Le habían llegado rumores de una descendiente de aquellas brujas, como él las llamaba despectivamente, que andaba tras las mismas piezas. «Si esa mujer aparece, no dudaré en matarla», pensó sin dejo de piedad.

Todo aquello alimentaba la obsesión de Pai Chan Hu, por eso no cedía en su intento de encontrar al hombre de Bangkok y a la mujer que tenían en su poder la codiciada pieza; esa que era distinta a la otra, la que según sus informadores se encontraba en México. Alguien allá había asesinado a su poseedor. Cuando le llegó la información de quién había perpetrado el crimen, él, que era temido por todos, que aparentemente no le tenía miedo a nada ni a nadie, no pudo reprimir un escalofrío de preocupación cuando supo que el tipo llamado Olegario Ángeles Buendía había muerto envenenado con veneno de serpiente. ¡La marca inconfundible de la asesina mercenaria más temida en el mundo del hampa asiática! Nadie conocía su identidad, pero era efectiva y letal como la serpiente que le daba su nombre: «La Cobra».

Pai Chan Hu cavilaba, sobre los siguientes pasos a seguir con respecto a lo sucedido en México. No podía dejar pasar por alto algo así. Allá estaba el objeto que le pertenecía. Sabía lo que se jugaba, pero no le quedaba otro camino.

Sus contactos lo tenían informado sobre quién era o había sido ese tal Olegario Ángeles Buendía. Se sabía que era el socio oculto del narcotraficante Adrián Covarrubias, con cuyo padre él tuvo en el pasado negocios de contrabando, drogas y trata de mujeres antes de que lo encarcelaran en los Estados Unidos, cortándose así entre ellos la relación. Con el hijo había sido distinto. Jamás hubo química ni empatía entre ellos. No se llevaban bien. Así que cada quien jaló por su lado.

Pai Chan Hu se alió con los cárteles colombianos y lo que éstos hicieran o dejaran de hacer en territorio mexicano a él no le importaba, eso sería cuestión de las autoridades que se ocuparan o lo toleraran. Si no actuaban por indolentes, por carecer de un buen sistema de inteligencia o por corruptos, el asunto le daba igual. Allá ellos con sus problemas y por tener que vérselas con los norteamericanos que exigían mucho, pero que poco hacían para controlar el comercio de la droga en su territorio.

Su retorcido razonamiento, formado por la traición, le hacía pensar que Adrián Covarrubias estaba tras todo ese asunto de México; posiblemente cuando Olegario se hizo con la pieza, lo mandó matar dándole el contrato a «La Cobra» y acabó quedándose con ella. Arrogante y arrebatado como era, Pai Chan Hu decidió mandarle una oferta. Le pediría la entrega de la cobra de oro, y a cambio no se metería en el negocio del opio que resultaba tan lucrativo en uno de los estados sureños del país, tan necesario para la elaboración de otras drogas. Al mando de su tío, el único en quien confiaba, mandaría a un grupo de sus mejores sicarios para recuperar lo que le pertenecía. Eso lo haría en cuanto resolviera el asunto de Pattaya y le echara la mano a quienes buscaba, habiendo ofrecido incluso una importante recompensa por cualquier información que lo llevara a atraparlos. La ambición y el dinero fácil eran el mejor aliciente para la traición o la denuncia.

CAPÍTULO IX

Comida griega y jazz

Restaurante griego, Vancouver.
9:00 p.m.

La fachada no era nada espectacular y abarcaba unos quince metros sobre la acera, con una puerta central de cristal. A la derecha había una ventana con cortinas recogidas desde donde se apreciaba parte del interior: mesas adosadas a la pared forrada de madera oscura,con mantelería a cuadros y una vela encendida al centro de cada una, además de servicios preparados para recibir a dos comensales. Desde el interior se escapaban las notas cadenciosas de un jazz. El piano, el bajo y un saxofón destacaban en el desarrollo musical. La voz agradable de una mujer cantaba la letra, al más puro estilo de Peggy Lee.

Cuando RR y Catherine entraron, el pequeño grupo de músicos y la vocalista, una mujer de mediana edad, situados en una pequeña tarima al fondo, seguían con su interpretación, para beneplácito de los comensales, sobre todo de un grupo de media docena de personas que ocupaba una mesa al lado del escenario. A esa hora había algunas mesas ocupadas. RR y Catherine tomaron asiento en una de las adosadas a la pared. Ella observó sorprendida y con agrado el lugar, mientras RR contemplaba a los ejecutantes, siguiendo el ritmo con sus dedos sobre la mesa. Una joven mesera se acercó y les dejó una cazuela con aceitunas bañadas en aceite de oliva con orégano y una canasta con pan de pita caliente. Les preguntó lo que iban a ordenar. Catherine miró a RR y lo señaló con las palmas de ambas manos hacia arriba, diciéndole sonriente:

—Te cedo la iniciativa. La comida griega no es mi fuerte.

RR ordenó para comenzar unas empanadas de queso feta y espinacas y unas hojas de parra rellenas de arroz. Como plato principal un souviaki, brochetas de carne de cordero cocinadas a las brasas, servidas con rodajas de tomate y berenjena bañadas con la tradicional salsa tzatziki. De beber, como aperitivo, unas copas de ouzo, un licor a base de destilado de uva anisado y luego vino tinto de la casa, servido en una jarra de barro para acompañar las brochetas. Mientras esperaban el servicio, Catherine miró en torno con curiosidad y le dijo a RR:

—Me tienes intrigada. ¿Me puedes decir qué hacemos aquí escuchando jazz y dispuestos a cenar comida griega?

RR prestaba atención a los músicos. Sin mirar a Catherine respondió:

—Todo a su tiempo. En el momento en que ellos dejen de tocar, voy a develarte el misterio —la miró y viendo que ella aún estaba intrigada, le advirtió—. Por lo pronto te voy a dar pistas —señaló al músico que estaba al piano y vestía totalmente de negro—. ¿Ves al pianista, ese hombre oriental alto y canoso? Es el dueño de este lugar y precisamente la persona a la que hemos venido a ver.

—¿Quién es él? —inquirió Catherine con mayor curiosidad.

—Quiang Zhi, un viejo, viejo amigo —informó RR y en sus palabras ella advirtió un dejo de gran afecto, lo que pudo constatar cuando, concluida la ejecución, el hombre chino descubrió a RR y vino a saludarlo con grandes muestras de efusión, abriendo los brazos para acogerlo en un gran abrazo.

—¡Esto sí que es una sorpresa, querido amigo! ¿Qué has venido a hacer a Vancouver? —y mirando a Catherine intentó adivinar con una traviesa sonrisa —¡No me digas que estás aquí de luna de miel!

RR negó divertido con la cabeza.

—Nada de eso. Ella es Catherine Bancroft, una muy querida amiga que trabaja en Interpol y me ayuda en una investigación. Por eso he venido a verte, Quiang Zhi. Necesito tu ayuda.

Quiang Zhi lo observó durante unos segundos sin dar respuesta. Finalmente sus ojillos brillaron divertidos al mirarlo significativamente. RR adivinó las intenciones de su amigo y rechazó apoyándose con firmes ademanes negativos:

—Nada de eso. No. Olvídalo.

El chino hizo un leve encogimiento de hombros, para rebatirle con una actitud de «lo tomas o lo dejas»:

—Lo siento. Es condición.

—Ha pasado mucho tiempo —renegó RR, pero esto no arredró al oriental que ahora le dijo:

—Aún conservo tu boquilla. No puedes negarte.

Catherine contemplaba aquella conversación entre intrigada y divertida, y se atrevió a preguntar:

—¿Qué está pasando aquí?

—Lo verás en un momento —le contestó Quiang Zhi y, tomando del brazo a RR, lo llevó con cierta resistencia hasta el estrado donde estaban los músicos. Catherine observó cómo el chino le entregaba un saxofón tenor y una boquilla que sacó de un mueble. De la mesa de la esquina llamó a dos personas que inmediatamente se sumaron al grupo. Hubo un corto intercambio de palabras.

Catherine miró a RR que finalmente, resignado, accedió a lo que los otros le pedían. Instantes después el lugar se llenó nuevamente de música y, ante los asombrados ojos de Catherine, RR comenzóa tocar el saxofón en una limpia y hábil ejecución, sacándole los sonidos que, fusionados con los del piano, la batería y el bajo, hicieron estallar las notas de Peter Gun, bañando de música y ritmo aquel recinto para beneplácito de los presentes. Al concluir, los aplausos entusiastas se escucharon junto con los comentarios favorables de los ocupantes de la mesa al lado de la tarima, quienes resultaron ser todos músicos aficionados al jazz, los que, según le informó Quiang Zhi a Catherine, se reunían ahí periódicamente para tocar buena música y disfrutar una cena entre amigos.

Al terminar de cenar, mientras tomaban un café con una copa de brandy, RR puso al corriente a Quiang Zhi de todo lo ocurrido con aquellas enigmáticas y codiciadas piezas de oro. Entonces el chino dejó de escuchar para hablar:

—Una vieja leyenda tailandesa dice que no son dos, sino tres cobras —advirtió ante el silencio expectante de la mujer y el criminalista.

—¿Qué dice esa leyenda? —quiso saber Catherine.

Quiang Zhi se distrajo un instante para despedir con un ademán al grupo de músicos que dejaban el restaurante. Después volvió al tema, una vez que bebió un nuevo trago de café.

—En realidad no sé mucho al respecto. Le llaman *La historia de las tres cobras*. Se dice que se encontraban enroscadas en los brazos de Ardha Narīshuar, una representación de tres brazos que combina al dios Shiva con su esposa Parvati, que desde tiempo inmemorial era adorada en un templo escondido en la selva donde le rendía culto una secta de fanáticas religiosas que se hacían llamar la Hermandad de la cobra, serpiente sagrada, y para ellas símbolo de la realeza, que representaba la fuerza, el cambio y la transformación. Dicen que durante una invasión que sufrió Tailandia, sus ciudades fueron arrasadas y saqueadas, y que ante el temor de que aquella violencia las alcanzara y la imagen de su dios fuera mancillada, abandonaron el templo y huyeron del país, llevándose con ellas aquella efigie sagrada.

—¿Y qué hay de las tres cobras? ¿Dónde entran en esa historia? —volvió a preguntar Catherine.

—Por lo que se cuenta, los custodios del templo, al verse en peligro, decidieron echar al mar la estatua del dios, y con el objeto de ubicar ese lugar en un futuro, le quitaron las cobras de los brazos y las repartieron entre ellos, de tal manera que sólo juntando las tres se podrá develar la localización exacta.

Hizo una pausa y apuró el resto de su café para mirar a la pareja y rematar:

—Por lo que ahora me cuentan y con los rumores que corren por ahí, esas cobras existen, lo que apunta a que la leyenda puede ser auténtica.

—¿Qué tanto valor puede tener esa estatua? —preguntó Catherine.

—Según la mitología hindú, Shiva Ardha Narīshuar tiene un tercer ojo en la frente. Lo que séde la leyenda es que ese ojo en la efigie desaparecida es un diamante más grande y con mucho más valor que el diamante Black Orlov, también conocido como el Ojo de Brahma, lo que puede justificar la desmedida ambición y el deseo de apoderarse de las tres cobras para llegar a él —hizo una breve pausa y agregó—. Si quieren tener más precisión en esos datos, hay que buscar en México a un chino que tiene una librería de viejo en el centro de la ciudad. Él tiene en su poder un antiguo manuscrito o una bitácora cuya autoría se atribuye a uno de aquellos custodios.

RR asintió y dijo:

—Me dieron referencias de él y fui a buscarlo antes de viajar para acá, pero su negocio estaba cerrado. Los vecinos me dijeron que suele viajar con una joven mujer china, su hija o nieta, en busca de libros raros o de bibliotecas enteras que la gente quiere vender.

Quiang Zhi meditó un momento. Su gesto mostró una repentina inquietud:

—Lo que me resulta preocupante en todo este asunto, RR, son los crímenes que se han sucedido para apoderarse de esas piezas —ante el gesto afirmativo de RR, continuó en un tono sombrío—. Por la forma en que fueron cometidos, y más bien, por los medios empleados para hacerlo, todo apunta hacia una sola dirección, amigo; que quien los ha llevado a cabo es alguien tremendamente peligroso. O más bien peligrosa, debería decir, porque me estoy refiriendo a una sicaria tan letal y efectiva, que tiene un sobrenombre que la define con precisión, «La Cobra». Nadie conoce su identidad. No hay registro de ella en ninguna corporación policiaca. Su nombre se pronuncia en voz baja y con temor. Se asegura que hasta la misma mafia rusa leteme, por no decir también la mafia china y otras organizaciones similares. Muchos juran que es un demonio maligno que está al servicio de quien mejor pague, y que no tiene más lealtades que el dinero.

Por un momento se hizo el silencio en el grupo. Quiang Zhi suspiró profundo y encendió un cigarrillo. Después dijo en ese mismo tono preocupado y sombrío:

—En mal asunto andas metido, RR. Si pudiera darte un consejo, amigo mío, es que pusieras la mayor distancia posible entre esa mujer y tu persona, y con ello incluyo aquí a la adorable Catherine.

Catherine se mantuvo en silencio, sin hacer comentario. Simplemente soslayó a RR esperando su respuesta, la que finalmente llegó sin que sus palabras mostraran temor ante aquella advertencia:

—Un experto en arte, Fabián Alexandre, que reside en Hong Kong, nos advirtió de una mujer oriental que anda tras las mismas piezas —señaló RR—. He pensado si esta mujer y «La Cobra» son una sola. ¿Tú qué opinas, Quiang Zhi?

—Todo es probable, RR. La búsqueda de esa gran fortuna ha desatado las ambiciones y las pasiones más oscuras. Ustedes pretenden ir a Bangkok en busca de un hombre que fue allá por el mismo motivo. Tu amigo, el señor Alexandre ha tenido razón en advertirles. Bangkok está dominado por la mafia china. Y si esa persona que intentan localizar tiene problemas con ellos, veo difícil que salga con bien. Ni siquiera les aconsejo que vayan con la policía, donde esa organización tiene contactos y espías; no duden que si acuden ahí, ellos lo sabrán de inmediato. Si van a esa ciudad, amigos, tendrán que vérselas solos. Si no tienen alguien de confianza que les ayude, serán gente muerta.

—Eso es algo que podemos resolver —intervino Catherine—. Tengo un buen amigo en el sureste asiático. Agente de Interpol. Él podrá servirnos de enlace. Es un compañero de hace muchos años y creo que él podrá ayudarnos.

Al ver la actitud decidida de la pareja, el oriental dijo resignado:

—Veo que no hay forma de disuadirlos. Si en mí estuviera convencerte de no ir RR, te diría que te olvidaras de todo y vinieras para acá a tocar jazz con tu saxofón y a olvidarte del mundo. Pero sé que eso es imposible. Eres más terco e inamovible que un arrecife, amigo. Así que lo único que me resta decirte a ti y a tu compañera es que tengan cuidado. Mucho cuidado.

Catherine le obsequió una sonrisa de agradecimiento y RR lomanifestó de palabra:

—Agradecemos tus palabras, amigo. Ten por seguro que tomaremos en lo que valen tus consejos.

Ya el lugar estaba prácticamente vacío. Una afanadora barría el piso y los meseros se ocupaban en recoger las mesas y en colocar encima las sillas, en medio de la penumbra. Catherine y RR coincidieron en que era el momento de despedirse. Se pusieron en pie y estrecharon la mano de su amigo oriental, ignorando si en un futuro se volverían a encontrar.

*   *   *

Esa noche, ya en el hotel, Catherine, boca arriba en la cama y al lado de RR, quien dormía profundamente, estaba despierta pensando en los acontecimientos del día. Sobre todo persistía en ella esa imagen de éltocando el saxofón con una gran entrega y concentración, disfrutando la música con una profunda intensidad, lo que en realidad la había impresionado. En ese pequeño espacio, junto con el chino al piano y los otros dos músicos, lo vio dejarse envolver en el jazz y transformarse en un ser que jamás había visto. Con aquel detalle se dio cuenta de lo poco que conocía a aquel hombre. Su vida era un misterio, lleno de claroscuros, de enigmas, cuyas respuestas no se atrevía a buscar. Era realmente increíble que RR, a la vez que obtenía belleza con aquel saxofón, podía ser capaz de empuñar una pistola y dispararla sin titubeos contra otro ser humano o de ser capaz de amar o de odiar. Su secreto y su misterio estaban en sus ojos de mirada aguda e inteligente, que se animaba ante cualquier desafío. En ellos también había captado la ironía, el humor, la pasión; pero asimismo la ausencia de brillo que lo llenaba de opacidad y de un dolor muy oculto que lo atormentaba por recuerdos que lo habían desgarrado en el pasado.

¿Quién era realmente ese hombre enigmático y apasionante, que incluso ocultaba su nombre verdadero, para encasillarlo en dos letras, que poco a poco le iban convirtiendo en leyenda? Catherine no lo sabía. Ni tenía la respuesta. Pero no le importaba. Lo único que aquella mujer valiente y hermosa sabía es que lo amaba con una intensidad que jamás llegó a sentir por nadie. Sabía también que con aquel hombre iría a los mismos infiernos si así se lo pidiera, y que ahora una vez más enfrentaría a su lado el peligro y la muerte sin titubear.

Vete si en algo valoras tu vida

Un antro en Pattaya, Tailandia.
De noche.

El hombre joven la encontró finalmente en un Gogo Bar. Bailaba voluptuosamente en una jaula suspendida del techo, con poca ropa y medias negras con liguero para despertar el deseo en aquellos que abarrotaban el lugar, bebiendo o consumiendo droga. Sus movimientos eran invitadores, con una profunda carga sexual.

El hombre joven la abordó en su descanso, mientras recargada en la barra bebía un vaso con agua.

—Quiero hablar contigo.

Ella apenas le dirigió una rápida mirada y luego su gesto despectivo marcó el rechazo, después de aquilatar la posibilidad económica de ese eventual cliente que usaba ropa corriente y gastados zapatos tenis.

—Pierdes tu tiempo. Yo tengo un precio que no puedes pagar. Si buscas sexo barato vete unas cuadras más arriba, ahí donde otras andan callejoneando, cerca de los piojosos hoteles de paso.

—No busco sexo —respondió el muchacho.

Ella marcó un gesto de fastidio.

—¿Entonces qué…? ¿Me quieres para que te cuente mi jodida historia? —hizo una leve pausa y soltó con una amargura agresiva—.

No tiene nada de especial. Vine aquí como cientos de otras más, escapando de los campos pobres de la provincia, para acostarme por hambre y con la esperanza de juntar lo suficiente, si los chulos que nos protegen lo permiten, para salir de esta pocilga. Punto final —le tronó los dedos frente a la cara—. ¡Así que largándote, que me quitas el tiempo!

Él no se arredró. Las palabras de la muchacha despedían amargura y una cínica realidad. La detuvo por un brazo cuando hizo intento de apartarse y dejarlo ahí en la barra. Ella se detuvo y lo miró con un chispazo de ira. Estaba por iniciar una violenta protesta, cuando él le dijo un nombre; el de su pareja. De inmediato la actitud de ella cambió. Lo miró de otra forma, con una mezcla de estupefacción y zozobra. Su mirada recorrió nerviosa el local.

«¿No sabe este idiota que lo buscan?», pensó la prostituta.

—Vete de aquí si en algo valoras tu vida —fue la respuesta rápida, en tono bajo. Pero él permaneció tranquilo.

—No hay nada que temer. En serio. Sólo dime si sabes dónde está.

—¿Cómo diste conmigo? —preguntó aún con desconfianza y medio.

—Ella me dio tu nombre y tus señas. Dime. ¿Dónde está?

—Se largó de aquí —fue la corta respuesta, pero él parecíano creerle, lo que irritó a la muchacha—. De verdad… Se fue. Parece que fue ayer o no sé cuándo. Yo estaba muy cansada, con alcohol y drogas metidas en el cuerpo, lo que a veces me hace perder la noción del tiempo.

—¿Sabes a dónde?

Nuevo movimiento de cabeza negativo.

Notó que un hombre pasado decopas se acercaba con intención de abordarla. Ella le tomó de la mano y se apartó de ahí jalándolo hacia un oscuro cubículo más allá de la barra. Lo hizo sentarse junto a ella. Ante la muda pregunta que aún se mantenía en el rostro de él, respondió con la mirada triste, sincera:

—Lo siento de verdad. Y tú deberías hacer lo mismo. Esta ciudad es peligrosa para ti. Te andan buscando. ¡Esfúmate, amigo!

Él respondió con desaliento, moviendo negativamente la cabeza, resignado:

—Ya es tarde para eso —y en transición—. Dime, ¿te dijo algo de una pieza?

—¿Entonces sí fueron ustedes? —inquirió la muchacha, siempre hablando en tono bajo y echando miradas desconfiadas en torno. Él no respondió. Ella volvió a confrontarlo. No tuvo que esperar la respuesta para saber cuál era.

—Ella llegó sin nada conmigo. Ni tampoco soltó prenda. Preguntó por ti.

La información le dolió. Asintió con gravedad. Por un instante sus ojos se empañaron con lágrimas de desencanto y derrota. Controló el tono de su voz que parecía quebrársele por la emoción.

—¿No te dijo nada del hombre... del extranjero?

Ella volvió a negar.

—Nada. Lo siento —se puso depie y remató—. Te aseguro que ella no tiene la pieza que los chinos andan buscando. Por eso, vete antes de que te atrapen.

El hombre joven no quiso decirle que ya estaba trabajando para ellos. Ni tuvo oportunidad de darle las gracias. La prostituta se apartó rápidamente de él y se metió entre la gente conuna actitud coqueta y desparpajada; la máscara de siempre para sobrevivir en aquel mundo de porquería en donde la pobreza y la desesperación la habían arrojado.

Él levantó del reservado. Al buscar la salida, una sensación de alivio llenó su pecho: Su compañera estaba viva, había podido escapar y no tenía la pieza. Ahora era cosa de encontrar al hombre de Bangkok y entregarlo a Pai Chan Hu; después dejaría su vida en manos del destino.

CAPÍTULO X

Interpol en Bangkok

Bangkok, Tailandia.
5:00 p.m.

Sam Somchai era su nombre, mezcla occidental paterna con una materna tailandesa. Era delgado, no muy alto, pero quien intentara retarlo dejándose guiar por su apariencia frágil se llevaría una desagradable sorpresa. No llegaba a los cuarenta años; su gesto reposado y su mirada tranquila podrían dar la impresión que se concentraba en ese viejo dicho popular: «cuídate de las aguas mansas», pues Sam Somchai era un hábil peleador de muay thai, el arte marcial tailandés, con una sólida fuerza en manos y pies, producto de años de disciplinado entrenamiento. Decidido y valiente podría convertirse en un enemigo de respeto y, si a eso se sumaba que bajo su camisa holgada, justo en la espalda, anidaba una poderosa Glok 17 de quince cartuchos, el cuadro estaba completo.

Sam Somchai era agente de Interpol y un viejo amigo de Catherine, que ahora la esperaba a la salida del aeropuerto internacional de Bangkok, mostrando una amplia sonrisa. Cualquiera que lo hubiera visto, fácilmente lo podría haber confundido con un chofer en espera de un cliente o simplemente con un guía de turistas como tantos que en ese momento rondaban por la sala mostrando tarjetas manuscritas con plumón con diferentes apellidos en diversos idiomas.

Tenían tiempo de no verse, pero habían estado pendientes uno del otro, compartiendo información por correo electrónico sobre determinado caso en que se involucraban ilícitos relacionados con obras de arte. Precisamente ese constante intercambio les daba la sensación de ser poco el tiempo en que no se habían visto.

El descubrir a Catherine cruzando la puerta con RR, hizo que la sonrisa del agente tailandés se mostrara en todo su esplendor y fue a su encuentro para saludarlos con la propiedad de su gente. De ahí les trasladó a su automóvil en el estacionamiento fuera de las instalaciones aeroportuarias. Cuando enfilaron hacia Bangkok y el auto comenzaba a caer en ese río caótico de vehículos, durante ese tiempo aparentemente muerto, Catherine y RR aprovecharon para poner a su compañero al corriente con todos los antecedentes del caso, haciendo especial énfasis en la desaparición de Abraham Reva, quien viniera para cerrar el trato sobre una de las cobras de oro. Así que el primer punto de investigación se centró en el hotel donde el especialista en arte se alejara al llegar a la ciudad. Ahí llegaron una hora y media después, bajo un calor húmedo que se aproximaba a los 40° centígrados.

*   *   *

La placa de Interpol y la actitud firme y decidida de Catherine Bancroft acabaron por vencer la resistencia del señor Pakpao, el atildado gerente del hotel, quien los atendía a un extremo de la larga barra de recepción. Con un tic nervioso se acomodó el nudo de la corbata y llevó su mirada de uno a otro de los hombres que flanqueaban a la mujer: el tailandés que le observaba inexpresivo y el hombre occidental que aguardaba con una serena seguridad. Sólo el mostrador de recepción lo separaba de aquellas personas que habían llegado preguntando por un cliente al que tenía muy presente por no saberse nada de él en varios días. Su desconfianza era patente cuando se presentaron como policías. Ineludiblemente la presencia de éstos siempre representaba problemas, y más cuando se trataba de los locales. El policía tailandés parecía confirmar su sospecha y lo ponía en nerviosa alerta.

Pakpao se aclaró la garganta y paseó nerviosamente su vista por los huéspedes que deambulaban cerca de ahí, como temiendo que se percataran de lo que ocurría. Finalmente decidido, forzado, a dar una respuesta a la pregunta que sobre Abraham Reva le habían formulado, ya la que en principio, antes de que apareciera la placa de Interpol, se había negado a contestar, aferrándose a las normas de privacidad del hotel, dijo en un tono bajo que pretendía mantenerse dentro de los rangos de la discreción:

—¿Qué quieren saber sobre él?

—Sería mejor continuar esta conversación en su oficina —casi ordenó en un tono frío y profesional Sam Somchai.

El señor Pakpao asintió con prontitud, luego de sacar el pañuelo que adornaba el bolsillo superior de su impecable saco con el monograma del hotel, para enjugarse el sudor que en pequeñas perlitas aparecía en su frente. Con un discreto ademán indicó que lo siguieran.

—El señor Reva salió temprano ese día y desde entonces no lo hemos vuelto a ver ni se ha comunicado con nosotros —informó el gerente, aún de pie detrás de su escritorio, mientras frente a él se sentaban Catherine, RR y Sam Somchai. Al ver que ninguno hacía comentario y lo observaban con atención, esperando que continuara, prosiguió—: Eso nos obligó a desalojar la habitación que ocupaba… —e intentó justificar su acción, agregando—. Reglas del hotel, ustedes saben.

—Suponemos que también recogieron los efectos personales que pudo dejar en la caja de seguridad del cuarto —dijo RR.

—Desde luego. Y están bien custodiados, señor —se apresuró a responder el gerente.

—Quisiéramos revisar el equipaje y sus efectos personales —pidió Catherine.

Por un instante cruzó la duda en el rostro de Pakpao, su natural desconfianza en la policía lovolvía receloso, lo que obligó a Catherine a intervenir de nuevo.

—Nada tenemos que ver con la policía local, señor. Está usted hablando con agentes de la policía internacional, así que deje sus temores a un lado y denos su mejor cooperación.

La amable sonrisa que siguió a las palabras de la mujer tranquilizó finalmente al gerente, que asintiendo, se apresuró a marcar el teléfono. Segundos después emitió unas cortas pero enérgicas órdenes.

No pasómucho tiempo para que una empleada y un botones se aparecieran llevando una caja de seguridad, una fina maleta de piel y una *lap top* en su estuche. A una indicación del gerente colocaron sobre una mesa circular.

El gerente despidió a sus empleados y después, encarando al grupo policial, dijo con cortesía que podían hacer uso de la oficina, dejándolos ahí para que pudieran trabajar sin interrupciones. Luego abandonó rápidamente el lugar, aliviado de poder separarse de aquella gente.

La caja metálica fue el primer objeto de revisión. En ella se encontraba el pasaporte de Abraham Reva, el boleto de avión de regreso, las tarjetas de crédito y una considerable cantidad de dólares americanos dentro de un sobre manila. RR conjeturó sobre el hallazgo:

—El boleto marca una fecha de regreso, cuarenta y ocho horas después de su llegada a Bangkok, lo que indica que Abraham Reva tenía pensado permanecer sólo lo necesario en la ciudad. El que dejara acá sus dólares y sus tarjetas de crédito me señala que al dejar el hotel en compañía de alguien, sobre quien debemos que investigar, nuestro hombre pensaba que el motivo por el que había viajado hasta acá, no duraría mucho tiempo.

Catherine y Sam Somchai revisaban la maleta.

—Poca ropa —comentó Catherine—. El hombre no pensaba en una larga estadía en Bangkok. Lo que refuerza tu teoría, RR.

—Lo importante ahora es saber adónde se dirigió Abraham Reva el día en que desapareció, y de ser posible, con quién.

Y aquello inició la investigación.

Primero se buscó información con los empleados administrativos y las muchachas de recepción, pero ninguno pudo proporcionar más datos de los que arrojaba el sistema del hotel, que daba cuenta del arribo de Reva y el *voucher* de una tarjeta de crédito firmada por él como garantía de su pago. Apareció también el dato de una reserva para cenar en el restaurante Sirocco, el mismo día de su arribo. La empleada de turno de ese día, que al momento de ser interrogada por los investigadores se encontraba de servicio en el hotel, recordó del mensaje que recibió Reva un poco antes de su llegada.

—No. Desafortunadamente esos mensajes se borran una vez que el cliente los atiende—respondió la muchacha a la pregunta específica de Sam Somchai.

Luego revisaron las grabaciones de las cámaras de seguridad, sobre todo de las emplazadas fuera del lobby, justo donde estaba el área de llegada y salida de vehículos. Ahí descubrieron que el día de su partida, Abraham Reva había abordado un BMW negro. En la toma se distinguía con claridad al hombre joven que lo recibió sonriente y le abrió la portezuela del pasajero. Un *bellboy* se acercó solícito a cerrar la puerta del auto y despedirlo con un ademán.

Para Sam Somchai algo se podía avanzar con aquellas imágenes, así que pidieron una impresión de las mismas. El agente de Interpol se encargaría de la investigación en los archivos de la policía, tanto del auto como del sujeto que lo manejaba, tratando de no despertar sospechas. Catherine y RR revisarían mientras tanto el contenido de la *lap top* e irían esa noche al Sirocco para seguir la huella de Abraham Reva en su primera noche en Bangkok, y encontrar ahí el lazo entre el experto en arte y la misteriosa persona que le había dejado el mensaje en su cuarto, con la remota esperanza de que en alguna de las cámaras de seguridad se hubiera captado aquel personaje para, de esa manera, tener un hilo conductor en aquella investigación que se planteaba de por sí difícil debido al sigilo con el que debían de moverse, pues era posible que en la policía local estuvieran infiltrados elementos de la mafia china, que según información proporcionada por el propio Sam Somchai, era controlada por el sanguinario líder Pai Chan Hu.

CAPÍTULO XI

La investigación de Sam Somchai

Bangkok, Tailandia.
7:00 a.m.

«La investigación de un crimen es asunto de paciencia», reflexionaba Sam Somchai, bajo la regadera, dejando que el agua corriera placenteramente por su cuerpo cansado después de una noche de tensa vigilia. Seguir pistas era como internarse en un laberinto. Lograr salir de ahí de primera intención, generalmente era asunto de suerte, pero la mayoría de las veces se tomaban senderos que terminaban en muros. Entonces había que echar marcha atrás para volver al punto de partida y de ahí, elegir otro camino. En muchos casos criminales, dar con la solución dependía de un factor imprevisto; de la suerte misma, pues.

Sam Somchai salió de la ducha y, aún con la piel tibia y húmeda, se secó enérgicamente con la toalla. Se sentía bien, no obstante la desvelada. Hasta él llegó el reconfortante aroma del café recién hecho, esa bebida fuerte que su mujer le preparaba como nadie. Para optimizar fuerzas habían decidido repartirse las tareas con sus amigos, y él, precisamente por su nacionalidad, tenía en esos momentos mayor facilidad para investigar, metiéndose en los archivos policiacos de la ciudad. Miró el reloj sobre el buró. Apenas tenía tiempo para vestirse y tomar apuradamente esa taza de café humeante e ir a reunirse con Catherine y el investigador mexicano. Mientras lo hacía, y bajo la óptica de un policía experimentado en el sórdido mundo del crimen, siguió discurriendo sobre el asunto que ahora traía entre manos.

La pista del hombre que buscaban se había perdido a partir de que dejara el hotel. De ahí surgían dos detalles para el agente de Interpol: Uno era el BMW negro, un auto lujoso que de entrada no cuadraba con la personalidad de quienlo manejaba, aquel hombre joven que aunque trajeado, no parecía ser el dueño. Y dos, guiándose por la simple lógica, llegó a concluir que el conductor era el chofer de la persona con la que Abraham Reva se entrevistaría. Sin embargo, la primera averiguación que llevó a cabo esa noche, la derrumbó aquella hipótesis al descubrirse que efectivamente el automóvil pertenecía a un hombre rico; un político encumbrado para más señas, sólo que el BMW estaba reportado como robado.

Un camino en el laberinto que se topaba con un muro nuevamente.

«¿Era entonces el hombre joven el ladrón, o simplemente un cómplice del ladrón?», se preguntaba Sam Somchai. La cuestión lo llevaba a cuestionarse cómo es que Abraham Reva se había arriesgado a involucrarse con aquel o aquellos delincuentes, a menos que… Y aquí volvía el razonamiento lógico: a menos que Abraham Reva ignorara que estaba en presencia de ladrones y cayera en el engaño, reforzado por el lujoso BMW negro, de que el hombre joven era un empleado de la persona con quien tenía que entrevistarse y, por ende, la idónea para considerarlo el poseedor de la cobra de oro, con quien tendría que cerrar el trato.

Así las cosas, la única pista que se abría era la identidad de aquel hombre joven, cuya fotografía había sido obtenida de las cámaras de seguridad del hotel. Sam Somchaila encontró en los archivos policiales, resultando que estaba fichado como delincuente e identificado como ladrón. Un robo en pandilla en la adolescencia.

Quizás por eso andaba libre en las calles. Independientemente de aquel primer hurto, el hombre joven había manejado un bajo perfil. Si había participado en más hechos ilícitos, posibilidad que no se descartaba, había tenido el buen cuidado no ser atrapado.

¿Dónde estaba ahora?

Junto con Abraham Reva y el BMW negro había desaparecido. Sin embargo, quedaba un hilo suelto, y aquí se regresaba a la casualidad y a la suerte. En su investigación con los empleados del hotel, Sam Somchai pudo obtener algo. La desaparición de Abraham Reva era tema que se comentaba entre ellos, y más cuando se supo de la llegada de la Ley. Algo raro había pasado con aquel extranjero cuya habitación, por instrucciones de la gerencia, fue desalojada con todas sus pertenencias. El instinto de aquella gente les indicaba que algo estaba ocurriendo fuera de lo normal.

Sam Somchai encontró finalmente el hilo en uno de los empleados del *valet parking* que atendía la bahíade ascenso y descenso en la entrada del hotel, quien casualmente aparecía en las tomas de las cámaras, cerrándole la portezuela luego de abordar el BMW negro. Su instinto le dijo que algo podría obtener de ahí, y no se equivocó.

Su paciencia fue recompensada cuando se dio a buscar al chico del *valet parking*, a quien encontró en el domicilio que le proporcionaron en el hotel. Llegó ahí como a la una de la madrugada y tocó a la puerta con los nudillos, con la energía y autoridad propia de un policía.

El muchacho tuvo que posponer su flirteo con una muchacha, a quien dejó esperando semidesnuda en la recámara, viendo una película pornográfica y bebiendo cerveza helada. Abrió apenas, sin quitar la cadena, para mirar al hombre que estaba en el pasillo y se identificó como el agente Sam Somchai. El muchacho no quiso problemas y se mostró cooperativo. Sin quitar la cadena ni permitir el paso al policía, una vez enterado del motivo de la visita, no tuvo inconveniente en informar que cuando el extranjero estaba por subir al auto le preguntó al chofer con cierta desconfianza hacia dónde se dirigían, y éste simplemente respondió con una palabra:

Pattaya.

CAPÍTULO XII

Un informante

Hotel en Bangkok, Tailandia.
9:00 a.m.

—Pattaya —repitió pensativa Catherine, después de que Sam Som-chai concluyera de informar sobre el resultado de sus investigaciones. Ella y RR estaban terminando el desayuno en el restaurante ubicado en el *mezzanine* del hotel. Frente a ellos Sam asintió y bebió un pequeño sorbo de café que, comparado con el de su esposa, le sabía insípido.

RR y Catherine no habían corrido con la misma suerte la noche anterior en el Sirocco Sky Bar del Hotel Lebua. Ahí nadie recordaba a Abraham Reva, cuestión que se antojaba lógica, pues no había nada peculiar en él que lo distinguiera de la gran cantidad de turistas, huéspedes y comensales que asistían a diario a ese lugar. Ni siquiera existía un hecho particular, como que hubiera dado una propina excepcional, una actividad o comportamiento que se saliera de lo normal para que fuera recordado. En pocas palabras, Abraham Reva era una persona común y corriente que se perdía entre muchas otras que, como él, habían estado ahí como comensales o simplemente para tomarse una copa. Por eso Catherine valoraba el esfuerzo de Sam en aquella investigación que abría un resquicio, una señal hacia dónde continuar investigando.

—Pattaya no es una ciudad pequeña —advirtió RR.

—Ahíviven más de trescientas mil personas —acotó Sam Somchai—, sin contar la gran cantidad de turistas que la visitan por su mal ganada fama de ser la ciudad del sexo. Aunque supuestamente la prostitución está prohibida en mi país, resulta convenientemente tolerada por las autoridades y el mismo gobierno, ya que el negocio deja más de dos mil millones de dólares al año —hizo una leve pausa y prosiguió ante la silenciosa actitud de Catherine y RR—. Estamos aproximadamente a dos horas de ahí, yendo por la autopista Suk Humvit. Como dato adicional puedo decirles que independientemente de su mala fama, Pattaya tiene un intenso movimiento portuario, así como otra actividad turística importante, de índole familiar, alejada de la otra sórdida y viciosa, por lo que ahora la cuestión se limita en tratar de encontrar ahí al experto en arte oriental.

—Para comenzar —intervino Catherine—, debemos tomar en cuenta que dadas las circunstancias en que nuestro hombre partió del hotel, dejando prácticamente todas sus pertenencias, dinero y tarjetas de crédito, su intención era regresar ese mismo día, en cuanto cerrara el negocio. Por eso hay que descartar que la causa de su desaparición haya sido un asalto o un secuestro.

—Si el motivo que tenía Abraham Reva al viajar hasta acá era comprar un objeto determinado, hace que nos preguntemos qué pasó entonces con esa negociación, y si el trato se abortó, cuál fue la causa —apuntó RR.

—Pero antes de emprender ese viaje a Pattaya, amigos —advirtió Sam— debemos ir a otro lugar en busca de un poco de luz que disipe esta oscuridad en donde ahora nos encontramos.

CAPÍTULO XIII

Por los Klongs

Muelle de Tahi Mien, Bangkok.
10:30 a.m.

—Iremos por los Klongs —informó Sam, lo que provocó una pregunta de Catherine, sobre a qué se refería su amigo tailandés con aquella palabra, justo cuando descendían las escaleras hacia el embarcadero localizado bajo el Gran Palacio.

—Es el nombre que le damos a los muchos canales que se alimentan de las aguas del río Phraya y que cruzan la ciudad. Para nosotros son una importante vía de comunicación —concluyó el tailandés mientras avanzaban por el muelle.

—¿Qué buscaremos ahí, Sam? —volvió a preguntar Catherine, mientras Sam, sin detener elpaso, se acercaba hacia algunas embarcaciones con motor fuera de borda que se encontraban ahí estacionadas, esperando pasaje.

—Alguien a quien debemos visitar. Lo conozco de varios años atrás. Es una especie de informante. Podría decirles que no obstante ser un ermitaño, tiene ojos y oídos en todas partes, lo que le permite estar bien al tanto de todo lo que ocurre en Bangkok y en ciudades aledañas. Si hay una persona que pueda ayudarnos en nuestra tarea, es él.

Sam señaló una embarcación angosta, de proa afilada muy extensa, de cuya popa partía una larga pértiga rematada en la hélice, que también servía de base al timón del motor fuera de borda. Quien lo conducía era un sujeto llamado Klahan, un pariente lejano de Sam.

—Gente de mi confianza— advirtió el policía tailandésa los otros dos, mostrando una gran sonrisa, mientras invitaba a RR y a Catherine a abordar.

Klahan era un hombre enjuto y callado, llevaba cubierta la cabeza con un típico sombrero cónico de palma. Estaba sentado en la popa y apenas los miró sin dirigirles una sola palabra o hacer el menor gesto. Su comunicación fue con Sam, quien con pocas palabras en tailandés le dio una indicación precisa. Un instante después Klahan puso en marcha la motora y maniobrando hábilmente se apartó de la orilla para integrarse a la ruta acuática que representaba el río con todos sus ramales.

Tras un buen tiempo de navegar, la motora entró a un estrecho canal saturado de tráfico acuático y de infinidad de embarcaciones muy similares, que hacían casi imposible avanzar; sin embargo se movían, lentamente, pero se movían, hendiendo la proa y apartando a las otras canoas con suavidad.

Estaban ahora en el mercado flotante; en ambas orillas se levantaban puestos con todo tipo de mercancía, de comida y de una gran profusión de frutas y verduras que llenaban aquel lugar de un peculiar colorido. Era raro escuchar pregones, aunque constantemente se llevaban a cabo transacciones. A cada paso surgían lanchas con mercancía que eran sorteadas con habilidad por Klahan, hasta que finalmente pudo dejar atrás el mercado para continuar navegando por canales más amplios, en cuyas orillas se levantaban construcciones de madera y techos de lámina, soportadas por gruesos pilotes que se hundían en el agua turbia y revuelta. Chiquillos semidesnudos los contemplaban con curiosidad desde la ribera antes de volver a sus juegos, en tanto los adultos, hombres y mujeres, cada quien en sus labores, apenas y prestaban atención a los tripulantes de aquella embarcación que avanzaba con el rítmico ronroneo de su motor, dejando una estela a su paso.Catherine y RRbien podían pasar por un par de turistas como los muchos que surcaban esas aguas durante el día, así que nada de especial tenía su paso por esos lugares.

*   *   *

El calor iba subiendo de intensidad y el sol apuntaba más allá del medio día en un cielo limpio de nubes, cuando la embarcación dejó el canal principal para entrar por uno transversal, muy angosto y sitiado por la abundante vegetación que crecía a ambos costados. Al cabo de avanzar unos trescientos metros, encontraron una pequeña rada en donde se levantaba una casa en nada diferente a las que habían visto por el camino, oculta entre los viejos árboles. Su único distintivo era un corredor o terraza cubierta por un alero que corría a lo largo de la fachada, a la que se accedía por unos cuantos escalones a partir del pequeño muelle de pontones. Un par de perros mestizos ladraron ruidosamente ante la presencia de los recién llegados, sobre todo cuando descendieron de la lancha fuera de borda.

Un hombre oriental de edad indefinida, con el torso desnudo y flaco cubierto de tatuajes, los observaba desde la terraza, sentado en una vieja mecedora. Fumaba un cigarrillo sin filtro y trabajaba con una filosa daga esculpiendo un pedazo de madera. En el techo rechinaba el motor de un ventilador de aspas de bejuco. Cesó en su tarea y dirigió una tranquila mirada a los recién llegados, a través del humo que despedía el cigarrillo encendido entre sus delgados labios. Con una sola y ronca interjección puso quietos a los dos perros que, sumisos, fueron a echarse a sus pies, en tanto Sam, Catherine y RRiban hacia él. Sam saludó familiarmente al hombre y luego lo presentó a sus compañeros como Mongkut, quien apenas correspondió al saludo, no sin dejar de observarlos con una leve expresión que RR pudo adivinar como de expectante desconfianza. Sam también notó aquella reacción y se apresuró a aclarar:

—Son amigos míos. No tienes que desconfiar, Mongkut.

Éste volvió a asentir y señaló una silla a Catherine que fue a tomar asiento, mientras RR y Sam lo hacían en una banca adosada a la baranda, frente a la mecedora ocupada por el informante, quien ahora con seca cortesía les ofreció té y agua para saciar la sed abrasadora. Luego centró su atención en Sam, diciéndole simplemente:

—Te escucho.

En pocas palabras Sam Somchai lo puso en antecedentes, explicándole el motivo de su visita y concluyó sin que el otro lo hubiera interrumpido una sola vez:

—Lo último que se supo de ese hombre es que iba hacia Pattaya. Después nadie pudo dar ninguna razón de su paradero.

Mongkut encendió un nuevo cigarrillo y pensó unos instantes mientras tomaba una jarra de cerámica de una mesita y se servía un poco más de té en un pequeño recipiente de vidrio con forma de tulipán. Finalmente dijo:

—Ese hombre, vino a comprar, me dicen.

Todos asintieron y aguardaron en silencio para no perder detalle. Mongkut inhaló con fuerza el humo del cigarrillo y, sin expulsarlo, tomó un trago del humeante té. Después señaló:

—Sécosas… —retomó el diálogo y miró vivaz y astuto a Sam, advirtiéndole—. Pero cuesta dinero.

—El dinero nunca ha sido problema entre nosotros. Si lo que nos dices vale la pena, sabes que serás recompensado —le rebatió Sam con seriedad.

El hombre cerró los ojos e hizo un gesto de conformidad. Fumó unos instantes más, luego tomó el cigarrillo y sopló la brasa después de quitarle la ceniza acumulada con la uña de su dedo meñique.

—Oro… Algo de oro. Algo valioso. Un hombre murió.

Las últimas palabras del informante hicieron contener el aliento a los investigadores, que temieron una oscura noticia sobre el destino de Abraham Reva. Mongkut, intuyendo lo que pensaban, aclaró:

—No fue su hombre. Al que me refiero es un prestamista, mala persona el sujeto. Dicen que lo mataron para robarle. La mafia china anda buscando a los asesinos, una pareja, se cuenta por ahí. Una pareja joven y un extranjero. Ellos se llevaron algo de oro, por eso los chinos los buscan. Hubo un tiroteo en uno de los barrios. Pero las balas no alcanzaron a nadie; y a quienes iban dirigidas parece que se escaparon. Hay recompensa para quien los entregue.

Hizo una nueva pausa. Paseó su mirada con lentitud en los otros y agregó:

—Seguramente ese extranjero puedeser el que ustedes buscan. Deben darse prisa si así es. Es cuestión de poco tiempo para que lo agarren y lo liquiden.

De ahí guardó silencio. Dio una última chupada a lo que quedaba de su cigarrillo y luego con un garnucho lo lanzó al agua. Después suspiró profundo y miró a Sam, para concluir:

—Creo que me he ganado ese dinero, Sam Somchai.

CAPÍTULO XIV

Temor y desconfianza

Un lugar incierto, Pattaya, Tailandia.
11:00 a.m.

Los viejos discutían. Lo hacían en voz baja para que el extranjero no los oyera. La mujer acababa de enterarse: los de la Triada ofrecían dinero por entregarlo. ¿Debían hacerlo? Ella aún se resistía pues conservaba el resentimiento por lo que aquellos infelices habían hecho con su nieta. Él se debatía en la duda. Ese dinero podría ayudarles en mucho, pero por otro lado estaba su conciencia y la razón de su odio hacia aquellos delincuentes que les arrancaran lo más preciado que tenían para venderla a los proxenetas que controlaban los burdeles en Hong Kong, o llevársela como mercancía humana a lugares muy lejanos, allá donde el mar terminaba y comenzaban otras tierras de las que jamás habían escuchado hablar.

Discutían, enfrascándose en una lucha entre la conciencia y el hambre. Abraham Reva los escuchaba desde el cuartucho en el que estaba recluido, presa aún de la fiebre, sin que la herida de bala acabara de curarse. No les entendía una sola palabra, pero por el tono intuía de qué se trataba.

Hablaban de él, sin equivocación alguna.

El viejo, en su mal inglés, le había dicho que los miserables aquellos habían puesto precio por su captura, para luego decirle con seguridad, moviendo negativamente la cabeza, que no se preocupara, al ver el repentino temor en su rostro. Ellos no lo delatarían, eran sus enemigos, como lo eran de él. No olvidaban a su nieta, ni lo que con ella había pasado. Por eso, él no debía de temer.

Sin embargo Abraham Reva se mostraba escéptico, aunque no lo daba a notar, mientras bebía a sorbos de aquel potaje caliente que tenía sabor a pescado y yerbas. Eso había sido unos días atrás. Mientras tanto, su salud empeoraba. Los emplastos que la vieja le ponía eran paliativos, así como los vendajes que después de varias horas volvían a mostrar la sanguaza que manaba de la herida de bala donde parecía no ceder la infección.

A esas alturas no podía darse el lujo de confiar en las palabras del viejo que le perjuraba la no traición. ¿Hasta cuándo aquella gente pobre podría resistir el miedo o tal vez ceder al dinero que los mafiosos ofrecían a quien lo entregara? Lo ignoraba. Pero no estaba lejano el momento. Sabía del resentimiento profundo de los ancianos; sin embargo, esa era una tragedia cotidiana en aquella gente lastimada por aquel drama abominable, marcada por el hambre y la desesperanza. Con un sentido práctico y fatalista, se resignaban. No había autoridad que les hiciera caso. Ni posibilidad alguna de rescatar de aquel mundo tenebroso de la trata de blancas a su querida nieta. Y si nada podían hacer, todavía les quedaba la posibilidad de obtener algo, que si bien no compensaría ni la pérdida ni disminuiría su rencor, al menos mitigaría un poco su necesidad. Por fortuna hasta ahora esos viejos no sabían de la cobra de oro que estaba escondida bajo el camastro junto con su saco. De haberlo sabido...

Cuando leyó, hacía un tiempo que le parecía muy lejano, que aquella cobra era algo real y no producto de una vieja leyenda el que se dijera que guardaba una maldición para aquel que la poseyera. «¡Cuentos!», se dijo entonces con aire incrédulo. Pero ahora, luego de vivir lo que había vivido, de pensar que aquella joven pareja que intentaba vendérsela tal vez estaba muerta por culpa de ese objeto, se preguntaba si la maldición no sería algo verdadero. Su mismo estado febril, la herida de bala, y el confinamientoen ese lugar miserable, lejos de todo asomo del bienestar y confort de su vida, que ahora añoraba con lágrimas de desesperación, parecían decirle que él era ya víctima de aquel maleficio. Sin embargo, se forzaba porno pensar así. De permitírselo podría caer en la locura. Ahora más que nunca debía mantenerse lúcido, tratar de pensar con claridad y controlar el miedo que locorroía por dentro; contener aquella desesperación que lopodría llevar a tomar una decisión temeraria y por tanto equivocada, con resultados fatales.

El temor lo atenazaba y se magnificara por la fiebre y la desesperación porescapar de ese infierno. De algo estaba seguro: los asesinos le seguían la pista con la obsesión de sabuesos entrenados para atrapar fugitivos. Ya sólo era cuestión de tiempo paraque lo encontraran o lo entregaran. Y eso significaría la muerte.

Por eso se decidió a salir.

A como diera lugar tenía que mandar un mensaje. Hacerles saber a quiénes lo amaban, a su esposa Sara, que estaba vivo y necesitaba ayuda.

Un café de internet era la solución. Desde la ventana de su cuartucho en ese segundo piso había distinguido a lo lejos un letrero de neón con esa palabra tan común ahora y que significaba la comunicación que tanto deseaba. Tenía que ir ahí. Pero temía pedírselo a los viejos. Si algo tenía que hacer, sería sin la participación de ellos. Así que esperó el momento preciso, cuando no estuvieran.

La oportunidad se dio al fin esa mañana, luego de que concluyera la discusión. Escuchó primero al viejo que se iba, y un momento después los cansinos pasos de la mujer que se alejaban. Luego el silencio. Aún así aguardó bastante antes de animarse a hacer el siguiente movimiento.

Cuando estuvo seguro de que no había nadie en la casa dejó el camastro y, apoyándose con una mano en la pared y la otra sujetando la parte herida de su cuerpo, avanzó lentamente hasta dejar la habitación. Traía en su bolsillo los ajados dólares con que venía pagando a los ancianos y unos cientos de bahts que providencialmente había cambiado a su llegada en el hotel de Bangkok. Rogaba porque nadie mirara debajo de la cama donde estaba escondida la cobra de oro.

No había marcha atrás.

Sudaba copiosamente y los escalofríos sacudían su cuerpo enfermo, pero logró llegar hasta la escalera que llevaba al pequeño recibidor cubierto con un linóleo desgastado por miles de pisadas. Abajo, en un perchero, encontró un sombrero cónico de palma que le serviría en parte para ocultar su identidad. Se lo puso. Encorvado, dejó la miserable construcción para avanzar por el callejón sembrado de tenderetes a los lados e invadido de gente. Nadie parecía darle importancia. Cada quien estaba ocupado en devorar fritangas o en hacer algún tipo de transacción; no prestaron atención a aquel sujeto enflaquecido que avanzaba con paso vacilante y al que bien podrían confundir con un drogadicto.

Siguió avanzando, abriéndose paso penosamente, soportando empellones y obstáculos humanos. Las piernas le temblaban, pero más era el miedo cerval que lo aprisionaba, que la debilidad que le provocaba mareos y le hacía turbia la mirada, lo que lo animaba a seguir y no flaquear. Finalmente pudo llegar al café internet, cuando ya estaba por desfallecer. Por suerte no había mucha gente a esa hora. Quien estaba a cargo era una muchachilla escuálida y con gruesos lentes de miope, trepada en un banco tras el pequeño mostrador, más concentrada en la revista que leía que en atender a la clientela. Casi en automático recibió los bahts que Abraham pagó por el servicio. La chiquilla, sin verlo, le indicó una computadora al fondo y ahí se dirigió con paso lento, agradeciendo con alivio que estuviera en el lugar más alejado. Tardó lo que se le hizo una eternidad en conectarse. Al fin pudo hacerlo. Entró al correo y envió el mensaje.

Había logrado su cometido. Sólo faltaba esperar. Sabía que en Vancouver era de noche todavía y que seguramente su mujer dormía. Rogaba porque consultara temprano su correo, pero con cierta angustia lo dudaba, pues Sara usualmente salía en las mañanas y entraba a la computadora en las tardes. Apartó de sí esos pensamientos y se concentró en el regreso a la casa de los viejos, mientras se escurría sigilosamente pegado a la pared, intentando pasar desapercibido.

Cuando dejó el café internet se detuvo indeciso unos instantes, mirando en sentido contrario al lugar donde por días había estado escondido; a ese otro lado que llevaba a la gran avenida, la de los destellos de luces multicolores que percibía a lo lejos, desde la ventana de su cuartucho, como un reflejo en la noche. «Ahí podría tomar un taxi. Pedir auxilio», pensó, y por un momento estuvo decidido a hacerlo, pero pudo más su miedo al ver con un sentimiento paranoide a los transeúntes que iban y venían, algunos echándole con una mirada suspicaz o a veces curiosa, que para su mente febril parecían reconocerlo y estar prestos para denunciarlo.

Desistió finalmente con una sensación de derrota y, trastabillante, apoyándose en las paredes, avanzó por el estrecho callejón flanqueado de tendejones para regresar a su cuarto, donde los viejos lo tenían confinado. Sus temores de que fuera descubierta su ausencia, se hicieron brutalmente presentes, creándole un angustioso sobresalto y un repentino latigazo de pánico cuando escuchó una exclamación alarmada en voz baja a su espalda, al tiempo que alguien lo tomaba del brazo:

—¡Por Dios, señor! ¿Qué hace aquí?

Con expresión de espanto, Abraham Reva se volvió para quedar frente al anciano que lo miraba alarmado y desconcertado. Abraham Reva sólo acertó a mover negativamente la cabeza. Balbuceó algo, una mentira absurda, de que necesitaba respirar aire puro, como si en aquel ambiente lleno de humores y olores de fritanga y aceite requemado pudiera respirarse ese tipo de aire. Sus piernas flaquearon y estuvo a punto de desfallecer, pero el anciano tuvo aún la fortaleza para detenerlo. De esa manera, apoyándose en él volvió a su miserable refugio.

Cuando subió las escaleras se enfrentó a la vieja que lo observó con una mezcla de azoro y reproche, después captó su expresión de preocupación y enojo cuando empezó a discutir con el viejo. Abraham Reva, como pudo, se deshizo de los brazos que lo apoyaban y solo, sin ayuda, casi a trompicones, logró llegar a su camastro, seguido por aquella discusión que por momentos subía de tono, haciéndole comprender con pánico que aquella pelea resultaría en que los ancianos se decidieran a deshacerse de él; a quitarse de problemas y entregarlo a los asesinos de la mafia china para cobrar el dinero de la recompensa.

Sólo era ya cuestión de horas y no tenía posibilidad alguna de escapar.

CAPÍTULO XV

En la ciudad del pecado

Pattaya, Tailandia.
6:00 p.m.

La tarde mostraba un celaje encapotado y oscuro, donde retumbaban esporádicamente los truenos anunciando ominosamente la llegada de la lluvia, cuando Sam Somchai, Catherine y RR llegaron a la ciudad de Pattaya, cada uno sumido en sus pensamientos. Llegaban a un lugar peligroso con un final incierto. Claramente lo había advertido Mongkut, el informante en los canales de Bangkok:

«Tenían que darse prisa antes de que la mafia china se les adelantara en encontrar a aquel hombre desaparecido y codiciado por el objeto que posiblemente tenía consigo».

Decidieron alojarse en un hotel próximo a la zona de tolerancia. Sam Somchai conocía uno discreto y bien situado. Ahí alquilaron una habitación doble, para poder trabajar en la estrategia a seguir, estando a salvo de miradas indiscretas o curiosas. Los tres se reunieron en torno a una mesa donde desplegaron un mapa de la ciudad. El tailandés marcó con un plumón grueso lo que para él debía ser la zona de búsqueda, que se extendía desde la playa Pattaya que corría en paralelo con el centro de la ciudad, hasta la zona de tolerancia con la distintiva y famosa Walking Street.

—Para entender por qué he marcado esa zona específica —explicó el tailandés señalando aún con el plumón el área marcada—, hay que recordar que Abraham Reva fue traído a Pattaya por un delincuente de poca monta, por lo que no elegiría la parte lujosa de la ciudad para cerrar el trato.

Catherine asintió y completó la idea, mirando tras sus espejuelos colgados en la punta de su nariz:

—El perfil del hombre joven lo confirma. Resulta claro que cuando contactó con Reva, él y su pareja ya habían despachado al prestamista. Así que bajo el temor de ser detenido, alimentado por la paranoia de que la policía ya lo tuviera identificado por el robo del auto que en esos momentos conducía, jamás se hubiera arriesgado a entrar en esa zona vigilada celosamente por la policía turística, atenta a cualquier actividad ilegal que significara una molestia para el viajero adinerado, y me refiero a cuestiones como la venta ilegal de mascotas en peligro de extinción, la prostitución abierta, que para eso tiene su lugar específico, y por el negocio de las drogas que *dealers* discretos y hábiles han de manejar con las personas adecuadas para satisfacer las demandas de los clientes, sin que esto se llegue a convertir en un escándalo público.

—Y con un agregado más —recalcó RR—. Para alojarse en uno de esos hoteles, o entrar los restaurantes caros, se necesita dinero, y dudo que la persona de la que hablamos lo tuviera. Luego entonces resulta atinada tu conjetura, Sam, de situar nuestra búsqueda en la zona que has señalado.

Sam Somchai marcó apenas un movimiento afirmativo de cabeza y se mantuvo pensativo por unos instantes. RR detectó que algo inquietaba al tailandés y esperó a que éste lo expresara, lo que finalmente hizo:

—Me pregunto si Abraham Reva a estas alturas no se ha largado de Pattaya y nosotros estamos metidos en una búsqueda en el lugar equivocado.

Catherine hizo un ademán expresando sus dudas:

—Por lo que descubrimos en Bangkok, nuestro hombre vino acá con poco dinero, pues pensaba en un viaje rápido de ida y vuelta el mismo día; cerrar la compra y regresar. Sin embargo las cosas no sucedieron así, si ligamos lo de la muerte del prestamista con el tiroteo provocado, al parecer, por sicarios chinos, del que también nos dio cuenta tu informante Mongkut.

—Si Abraham Reva se sabía vigilado por los asesinos es poco probable que se aventurara a salir y tomar un taxi a Bangkok, con la promesa de pagarle generosamente apenas llegara a su hotel —terció RR—. Para mí, un hombre aterrorizado cuya vida pende de un hilo, no correría el riesgo de mostrarse para escapar, y más sabiendo que es buscado por profesionales del crimen. Así que la conclusión lógica es que permanece escondido en esta ciudad y no en ningún otro sitio.

El razonamiento de RR no presentó objeciones. Tras un momento de silencio, Sam Somchai pasó su vista de Catherine a RR, para preguntar:

—Bien. ¿Qué proponen entonces? —y esperó serenamente expectante la respuesta.

—Quien debe marcar la pauta ahora eres tú, Sam —dijo RR—. Estamos en tus terrenos. Catherine y yo no dejamos de ser extranjeros, lo más que podemos hacer es pasar por turistas y estar alerta a cualquier indicio mientras recorremos la calle principal, sus antros y bares. Pero tú tienes la ventaja, fácilmente te puedes confundir con la gente, e investigar sin levantar sospechas o suspicacias.

—¿Por dónde crees que debemos comenzar? —quiso saber Catherine, y miró a Sam Somchai, quien se sentía halagado por la confianza que ponían en su persona. Sin embargo, era hombre práctico y consciente de los peligros que representaba aquella ciudad, donde en cualquier sitio podía uno encontrarse en situación de desventaja, con miembros de la organización criminal.

—Lo que ha dicho RR tiene su lógica, desde luego —contestó el tailandés—, pero lo mejor por ahora, es no separarnos al menos en la primera etapa de la investigación. Yo iniciaría por revisar de nuevo dos escenarios: donde fue asesinado el prestamista y el sitio donde se produjo el tiroteo —consultó su reloj—. Ahora ya empieza la noche. Yo preferiría que ésta avancelo suficiente para entrar en acción, pero los tres juntos, por si tenemos que enfrentarnos con alguna sorpresa. ¿De acuerdo?

Catherine y RR asintieron. Confiaban en Sam Somchai. Una ciudad grande como aquella podía plantear una tarea agobiante con pocas probabilidades de éxito para la operación que se traían entre manos. Sólo juntos podrían acometer esa tarea en un territorio hostil y, cuando menos para ellos dos, desconocido. Hablando metafóricamente, estaban en un enorme pajar donde debían encontrar una aguja llamada Abraham Reva, lo que representaba una empresa titánica marcada por una limitación de tiempo inexorable, en donde las fuerzas contrarias avanzaban con rapidez, bajo el riesgo de ganarles la partida.

CAPÍTULO XVI

El mensaje

Vancouver.
1:00 p.m.

Ese mismo día, mientras que en Pattaya estaba por llegar la media noche, en Vancouver daban la una de la tarde, cuando Sara Reva regresaba de un *lunch* con unos clientes potenciales. Durante toda la mañana no revisó su correo hasta que volvió a su local, preguntando a sus dos empleadas si había alguna novedad. Sólo le dijeron que una mujer alta con grandes gafas oscuras y un sombrero de ala ancha llegó a preguntar por el señor Abraham. De acuerdo con las instrucciones que tenían le habían dicho a aquella persona que el señor estaba de viaje; sin embargo, la información no pareció convencerla y, con una despreocupada autoridad, sin escuchar la débil protesta de las dos jóvenes, la mujer misteriosa entró a la oficina donde, tanto el señor Abraham como la señora Sara despachaban sus asuntos.

Las empleadas vieron a la desconocida enfrentar el ordenador y teclear con atención. La computadora jamás había tenido contraseña para acceder. La observación de la mujer duró unos pocos minutos. Después ella volvió a salir y sacó de su bolso de piel de serpiente unos dólares canadienses que dejó sobre el mostrador para «aquellas muchachas tan amables». Una de ellas se atrevió a preguntarle si no dejaba algún recado o si volvería después de que la señora Sara regresara, pero la repuesta fue rápida y terminante, acompañada de una fría sonrisa que por alguna razón provocó un estremecimiento desagradable en la empleada:

—No es necesario, cariño. Ya tengo lo que vine a saber.

Sara Reva se quedó con una preocupada curiosidad sobre aquella mujer. Es cierto que tenían clientes excéntricos y tal vez se tratara de eso, sin embargo, la inquietud volvió a invadirla cuando llegó a su computadora. Picó una tecla y la pantalla se aclaró para mostrarle a Sara los datos que su marido había archivado sobre la pieza de oro cuyo trabajo le había sido encomendado, donde también aparecía el nombre de la persona que lo contratara por una generosa oferta de honorarios.

Aquello parecía extraño para la esposa del experto en arte asiático. Casi mecánicamente tecleó para entrar en su correo. A estas alturas Sara abrigaba cada vez con mayor desánimo una absurda esperanza de encontrar alguna señal de Abraham Reva. Pero esta vez el corazón empezó a latirle más aprisa cuando vio en la lista de correos uno de su esposo. Apresuradamente lo abrió y leyó. Sus ojos se anegaron de lágrimas: ¡Estaba vivo! ¡Gracias a Dios estaba vivo!

Pero también había algo en aquel mensaje desesperado. Le decía que estaba herido y que corría peligro. Pedía auxilio. Le decía que era cosa de vida o muerte, que se diera prisa en rescatarlo. Le rogaba que de ninguna manera se pusiera en contacto con la policía de Tailandia y le daba pormenores de dónde podría ser encontrado. No sabía qué hacer ni a quién acudir. Era una bendición haber podido llegar a un sitio de internet y poder enviarle aquel correo.

«¡La agente de Interpol y su compañero!»

De golpe vino a la mente de Sara aquella pareja que la visitó en busca de su marido. En esos instantes se borró de su mente la extraña visita de la misteriosa mujer. No tenía en ese momento manera de ligar una cosa con otra. Lo importante, lo vital, era contactarse con la agente. Sabía que estaban en Bangkok. Por fortuna ella tuvo la providencia, antes de despedirse, de dejarle una tarjeta con sus datos, y entre ellos el de su correo electrónico. Controlando el temblor de sus manos, se dispuso a escribir.

El dilema de decidir

Un merendero en Walking Street, Pattaya.
11:00 p.m.

El hombre joven miraba comer con un hambre voraz al sicario que lo vigilaba. Era un hambre que traía de tiempo atrás, arrastrada junto con su pobreza. Mientras lo observaba y él a su vez comía de aquel caldo con trozos de pescado y verduras, sentado en la misma banca del merendero que daba hacia la concurrida calle llena de toda clase de gente, pensaba en la posibilidad de volver al lugar del tiroteo. Tenía la vana esperanza de encontrar algo que le diera una pista para encontrar al viejo judío, a quien él llamaba el hombre de Bangkok, quien, no le cabía duda, tenía la cobra. Él y su pareja la encontraron en aquel viejo templo; la cobra real les había señalado el camino. Ellos eran los elegidos, la cobra de oro les pertenecía y no al desgraciado aquel que se había aprovechado de la situación para llevarse la pieza. Pero, viéndolo fríamente, ¿no habría hecho él lo mismo? Seguramente sí. Y aunque el razonamiento le resultaba lógico no dejaba de culpar a aquel hombre por su desgracia y por esa razón también quería encontrarlo, ¿para quedarse él con la cobra? Eso parecía menos que imposible más cuando aquel sicario chino no se le despegaba, como si fuera su propia sombra. Sin embargo, llegado el momento, si la oportunidad se presentaba, se desharía del hombre y del sicario, y después se perdería para siempre de la maldita Pattaya, llevándose lo que por derecho le pertenecía. En cuanto las aguas se calmaran podría deshacerse de ese objeto que ahora consideraba de mal agüero, obteniendo el mayor dinero posible que lo pusiera lo más lejos posible de Pai Chan Hu, el poderoso líder de aquellos criminales, al que temía más que a su propia muerte. Incluso había pensado en ofrecérsela a él, pero eso sería un suicidio. El miserable aquel no le daría un solo baht por ella. Al contrario, se la quitaría y no sólo eso, le quitaría también la vida. Si por alguna razón estaba vivo hasta ahora era por eso, porque él era el único lazo con aquel hombre de Bangkok, el único que lo conocía físicamente.

¡Tenía que encontrarlo!

Siguió comiendo. Soslayó al joven asesino, quien no le prestaba la menor atención. Estaba inclinado sobre el plato, comiendo como si fuera el último alimento de su vida. Calculó que deberían tener la misma edad o quizás era más joven que él. Por su aspecto desarrapado resultaba obvio que no le iba muy bien. Lo único que lo hacía temible era la AK 47 que traía terciada al pecho y sujeta por una vieja correa de cuero. Pero de algo estaba seguro: aquel joven flaco y correoso rascaba la pobreza y estaba con la mafia china con la esperanza de subir en el escalafón siendo duro y demostrando ante los demás, sobre todo a los jefes, que era decidido y sanguinario. Por eso dudaba en proponerle algo que le venía dando vueltas en la cabeza. Cuando mató al prestamista, estaba asustado y confundido, prácticamente incrédulo por lo que había hecho. Lo único que pudo pensar en ese momento fue largarse de ahí, pero gracias a su pareja que pensó aprisa, se llevaron la computadora, lo que les permitió contactar al hombre de Bangkok haciéndose pasar por el prestamista. Pero ya pasado todo aquello, ahora relativamente a salvo y trabajando para Pai Chan Hu, le volvió a revolotear la idea, a picarle el gusanillo. Aquel miserable al que había matado cuando quiso abusar de su pareja, era un usurero. Seguramente tenía dinero o joyas escondidas en algún lugar de su vivienda. Estaba convencido —o cuando menos así quería suponerlo— de que la policía no reparó en la actividad del muerto ni se preocupó por buscar mayor cosa. Siendo así las cosas, cabía entonces la posibilidad de que en algún lugar oculto…

Interrumpió sus cavilaciones. Soslayó al sicario que ahora daba cuenta de un pedazo de pan. Siguió pensando que ahora aquel sitio seguramente estaba abandonado, sellado por la policía. Sería cosa de colarse y buscar. Pero como andaba vigilado por aquel matón tenía dos opciones para regresar a ese lugar y hacer lo que tenía pensado. O le contaba de sus planes haciéndolo partícipe de lo que pudieran encontrar, o lo engañaba con el pretexto de buscar alguna pista que les llevara a encontrar al extranjero que tenía la cobra de oro.

Finalmente tomó una decisión.

Una persecución

En el edificio del prestamista, Pattaya.
Madrugada.

El auto de Sam Somchai se detuvo antes de llegar a la esquina, en la confluencia de tres calles rodeadas de añejas construcciones y bardas pintarrajeadas con grafitis. Apagó las luces y aguardó. En el asiento de al lado Catherine, tocada con una boina que escondía su rubia cabellera, observó el exterior a través del parabrisas. Atrás, RR adelantó el cuerpo para observar con atención. Todo estaba en calma. No había iluminación suficiente. Sólo un farol servía en aquel lugar, el ubicado justo en la acera ante el viejo edificio que tenían frente a ellos. Lo demás era oscuridad total. Se encontraban a varias cuadras del relumbrón y la fiesta que imperaba en la famosa Walking Street, pero aquí reinaba un silencio total. Finalmente se pusieron en movimiento.

Previamente habían acordado que Catherine se quedaría en el coche, montando guardia, mientras ellos iban a inspeccionar el lugar donde viviera el prestamista, según los datos que horas antes el tailandés obtuviera de la policía local. Ese era el primer lugar elegido para tratar de encontrar el menor rastro que los pusiera sobre la pista correcta.

Ese era el lugar del destino.

Catherine se mantuvo en el lugar del copiloto, observando a los dos hombres que se metían en la oscuridad y cruzaban hasta que los vio reaparecer en el reflejo del manchón de luz del alumbrado público y entrar al inmueble después.

Su bolso descansaba a sus pies. Por estar atenta en su vigilancia, no percibió la vibración de su teléfono celular que le indicaba la recepción de un correo electrónico.

*　　*　　*

Desde el oscuro punto de observación en que se encontraba, el hombrecillo aquel vio llegar el automóvil y detenerse al final de la calle, al lado de la barda que protegía un terreno baldío. Notó cuando los fanales se apagaron y se puso alerta. Aguzó la mirada. Vio cómo del auto bajaban dos hombres y se movían aprisa hacia el viejo edificio. Instintivamente sus manos aferraron el arma que tenía terciada en el pecho. Por instantes dudó en actuar. Tal vez estaba imaginando cosas y esa gente venía a otra cosa, pero la duda persistía. Y también la incertidumbre. Era demasiado tarde para que alguien llegara a ese sitio, a menos que tuvieran algún asunto ahí o que fueran a visitar a algún *dealer* dispuesto a venderles la droga que necesitaran.

Desde la distancia en que se encontraba escondido, no pudo distinguir a la mujer que se había quedado en el auto, además, y ello con mayor razón, pues los vidrios polarizados impedían cualquier posibilidad de visión hacia el interior.

Decidió esperar. Si resultaba que aquellos hombres eran policías, delincuentes rivales o algo parecido, y venían al mismo lugar, entonces sí actuaría e iría por ellos para acribillarlos a balazos.

Calculó que tendría el tiempo suficiente para eso.

*　　*　　*

El lugar estaba oscuro y en silencio. RR y Sam Somchai se detuvieron en un pequeño recibidor donde arrancaban las escaleras viejas y maltrechas. Sam sacó una linterna de mano para alumbrar su avance. Las paredes estaban pintarrajeadas con grafitis, mostrando las huellas de suciedad y humedad acumuladas de mucho tiempo atrás. Empezaron a subir pisando con cuidado los ruinosos y desgastados escalones de madera. Alguno crujió al resentir el peso de quien pisaba. Ambos se detuvieron un instante, aguzando el oído, pero todo estaba en calma. Siguieron subiendo. El lugar al que tenían que llegar estaba en el segundo piso, al que arribaron después de pocos minutos. La linterna expandió su haz lumínico, proyectándose sobre el oscuro pasillo, hasta descubrir la cinta amarilla de la policía que había sellado la puerta del departamento y que colgaba despegada de un lado.

RR y Sam Somchai dirigieron sus pasos hasta llegar ante la puerta. Estaba emparejada, casi cerrada. Eso los puso alertas. Intercambiaron una rápida mirada como comentando en silencio aquel detalle, sin embargo podía deberse a muchas cosas. Una vez que aquel sitio fuera abandonado por la policía, hasta los mismos vecinos podían haberse aprovechado para entrar y husmear por ahí para satisfacer el morbo o en busca de ver qué encontraban que se pudieran llevar. RR empujó la puerta. La madera estaba hinchada por la humedad y raspó contra el suelo.

Entraron y se detuvieron un instante, tratando de acostumbrarse a la oscuridad. RR probó con el interruptor de luz, pero nada ocurrió. La electricidad había sido cortada. La estancia no tenía nada de especial. Algunos muebles viejos, un ventilador de pie en una esquina, una mesa y cuatro sillas, dos de ellas tiradas por el piso cubierto por una raída alfombra. Precisamente ahí se distinguía la mancha irregular oscura de sangre, en torno a la cual se marcaba con tiza la silueta del cadáver del prestamista tal y como fuera encontrado. La linterna alumbró ahí una huella de zapato en el borde de la mancha. Por el tamaño, pertenecía a alguien con el pie pequeño. «Posiblemente de la mujer», conjeturó el criminalista. Aquella huella lo único que venía a confirmar era lo que se mencionaba, que fue una pareja quien participó en el crimen.

Un pequeño y pálido resplandor de luz de la calle se filtraba por una ventana, en la cocina. RR se dirigió a ese lugar en tanto Sam Somchai se desplazaba hacia el corto pasillo que daba a la recámara. Justo en este momento, de manera intempestiva, de ahí salió una figura que se abalanzó sobre él. Por un instante el haz de la linterna le bañó el rostro, descubriendo al hombre joven. Sam no tuvo tiempo de reaccionar y fue violentamente empujado mientras el otro ganaba la estancia y corría hacia la puerta del departamento. RR reaccionó alertado por los pasos apresurados y por el grito de alerta del policía tailandés:

—¡RR, ve por él! ¡Que no se escape!

RR sacó la Beretta y cortó cartucho para abalanzarse hacia fuera del departamento. Salió y, sin detenerse, corrió rumbo a las escaleras por donde se escuchaba el atropellado descender del sujeto. RR llegó ante el cubo y demandó en un gritó:

—¡Alto! ¡Demonios, detente!

Pero de nada valió la advertencia. Allá escalones abajo quien escapaba aceleró su huida. RR descendió a trancos en la oscuridad, rogando por no pisar en falso y rodar escalera abajo con riesgo de romperse los huesos. Instantes después Sam Somchai lo seguía y la luz de la linterna oscilaba de un lado a otro, mandando destellos lumínicos en aquel apresurado descenso.

*   *   *

Catherine vio salir corriendo al sujeto. Su educado instinto policiaco le avisó que ahí había problema. Sacó de su bolsa la Glok 17 y saltó del auto, gritándole al hombre joven que corría hacia una de las esquinas oscuras:

—¡Eh, tú, detente!

Justo en ese momento RR y Sam Somchai salieron del edificio. Catherine los vio mientras iba corriendo hacia donde escapaba el hombre joven, advirtiéndoles en un grito:

—¡Por allá!

El sicario captó el repentino movimiento y escuchó las voces. Vio correr hacia él al hombre joven y encendió la motocicleta. Los otros dos hombres salían ya del edificio y a una indicación de la mujer corrieron en el mismo sentido, tomando el mismo camino de la persecución.

Jadeando, el hombre joven llegó a su lado y trepó a horcajadas en el asiento de atrás. El sicario metió el embrague y aceleró a fondo. En un rugido la motocicleta dio un respingo y salió disparada hacia delante. El sicario la conducía con una sola mano y con la otra aferraba el arma levantándola para tirar del gatillo.

El estruendo y la ráfaga de balas rompieron el silencio junto al bramido del motor de la máquina. Sin buen ángulo de tiro los proyectiles salieron hacia todo sitio, obligando a Catherine, RR y Sam Somchai a agazaparse para no ser alcanzados por los disparos. RR y Catherine contestaron el fuego disparando hacia la moto que cruzó como un disparo ante ellos, zigzagueando para ir calle adelante, sin que ningún tiro alcanzara a sus tripulantes.

—¡Al auto! —advirtió Sam corriendo hacia el coche. RR y Catherine lo siguieron. En segundos todos subieron y Sam arrancó hundiendo el acelerador a fondo para salir tras de los que escapaban. Allá, al fondo de la larga calle, se distinguía la luz trasera de la motocicleta que poco a poco se iba haciendo más pequeña. A unas dos cuadras el policía tailandés viró entrando a otra calle y después de nueva cuenta volvió a girar para tomar otra más con la intención de buscar atajos que acortaran la distancia. Finalmente, Sam Somchai se dio por vencido y detuvo el auto, dando un manotazo de impotencia al volante. Su frustración era evidente. Catherine se animó a preguntar:

—¿Quién era esa tipo?

—Alguien que estaba en el departamento y se asustó cuando llegamos —respondió RR.

—¿Pudo ser un vulgar ladrón?

—No, Catherine —aseveró sin duda Sam Somchai—. Está mal que lo diga, pero tengo memoria fotográfica para los rostros y puedo asegurar que, aunque el encuentro duró segundos, ese sujeto es el que trajo a Abraham Reva a Pattaya.

Nadie puso en duda las palabras del policía Tailandés.

—Si eso es cierto, ¿qué demonios tenía que hacer en ese departamento donde él y su pareja mataron al prestamista? —advirtió RR, para continuar discurriendo con un dejo escéptico—. Esa conseja de que «el asesino siempre vuelve al lugar del crimen», a mí no me cuadra.

—¿Entonces qué andaba haciendo ahí? —insistió en preguntar Catherine—. ¿Acaso buscaba la cobra que podía estar escondida en alguna parte de ese departamento?

RR movió la cabeza, negando, dubitativo:

—Eso es poco probable. De ser así la policía hubiera dado con ella —hizo una leve pausa, y advirtió—. No. Hay algo más en este asunto, aunque todo parezca estar sumido en el misterio.

—Y eso podríamos tenerlo claro si logramos echarle la mano encima —terció Sam, aunque sin mucho convencimiento, pues sólo la suerte haría que se volvieran a encontrar, y eso era pedir demasiado.

—¿Desgastarnos en atraparlo, vale la pena en estos momentos? —señaló Catherine—. Tal vez por insistir en ello, para salvar nuestro orgullo herido, nos estemos desviando de nuestro real cometido.

Sam concedió con un movimiento de cabeza, y apuntó:

—Sin embargo, queda pendiente el asunto del motociclista que lo esperaba y con quien huyó abriéndose paso a punta de metralleta.

—Ese es un buen punto, pero también una posibilidad preocupante —advirtió RR—. Tal vez, como nosotros, ese hombre ande buscando a Abraham Reva, y para ello se ha aliado con un pistolero, lo que me viene a confirmar que Reva tiene consigo la famosa cobra de oro. Por eso la mafia china ofrece una recompensa por su captura.

—Eso sí es grave, muy grave, amigos —exclamó Sam con aire sombrío.

CAPÍTULO XIX

¿Quiénes eran?

Un callejón en Pattaya.
Madrugada.

—¡Para! ¡Para! ¡Detente ya! —gritó el hombre joven acercándose al sicario que conducía la motocicleta y haciéndose oír por encima del ruido del motor. Éste apenas giró la cabeza para mirarlo, notando que confirmaba con un ademán y un movimiento afirmativo de cabeza:

—Sí. Para. Ya nadie nos sigue.

El sicario orilló la motocicleta hasta la entrada de un angosto callejón. Apagó la máquina y se volvió en el asiento. El hombre joven desmontó de un salto. Casi sin inflexiones, pero en un tono que abrigaba sospecha, el matón preguntó:

—¿Quiénes eran esos hombres y la mujer?

El hombre joven se mesó los grasientos cabellos en una señal de desconcierto e impotencia. Negó con la cabeza sin poder dar una respuesta. El otro insistió:

—¿Policía?

—¡No lo sé! —estalló el hombre joven, sin que su exabrupto afectara en lo más mínimo al sicario que no le quitaba la vista de encima y tan sólo aguardaba. Su impávido rostro no traicionaba la aprehensión que sentía en esos momentos y el miedo de que su jefe se enterara de lo que había hecho. Cuando ese hombre joven al que debía vigilar le propuso ir a ese sitio para buscar algo que les convenía a los dos, y luego de que le aclarara que nada tenía que ver con la misión que le encomendara Pai Chan Hu, había accedido por codicia. Ganarse una buena suma, como el otro insinuaba, no estaba nada mal. Por eso había aceptado. Al llegar a aquel lugar, el hombre joven le dijo que lo esperara y vigilara. Sería cosa de poco tiempo. Debía tener paciencia y la seguridad de que no lo iba a traicionar.

—Dime —insistió en esa forma de hablar casi sin inflexiones.

—En serio que no lo sé. Tal vez uno de ellos, con el que choqué, sí es policía. Pero los otros dos, ni idea —respondió con angustia el hombre joven.

—Estaban armados. Nos dispararon —dijo el sicario sin quitarle la vista de encima.

El hombre joven asintió, nervioso. Se paseaba ante el matón de un lado a otro, tratando de encontrar lógica a todo aquello. Habló casi para sí, pero en voz alta, conteniendo un estremecimiento de miedo:

—Esto no me gusta, amigo. No me huele bien. Esos tipos… —calló. Una inquietud se le filtraba en el ánimo, angustiándolo. «Es gente peligrosa; quieren atraparme». Encaró al otro y propuso, anticipándose a lo que el sicario podía hacer—: Lo mejor será que le hablemos al jefe. Hay que contarle lo que pasó.

El sicario afirmó con la cabeza. El hombre joven extendió una mano demandante hacia él.

—Préstame tu teléfono.

El sicario obedeció. Mientras el hombre joven buscaba el número para comunicarse, pensaba con inquietud que tal vez aquellos tipos también buscaban al hombre de Bangkok, y con ello a la cobra de oro. Si lo llegaban a encontrar antes que él, sería hombre muerto. Era vital dar la voz de alerta y que los asesinos de Pai Chan Hu se encargaran.

CAPÍTULO XX

¡Encuéntrenlos y mátenlos!

Departamento en Yaowarat, el Barrio chino en Bangkok.
Madrugada.

Pai Chan Hu estaba por irse a dormir. Acababa de cortar la comunicación con su tío y el grupo de sicarios que lo acompañaban. Habían llegado a México sin contratiempos. No había sido difícil contactarse con las personas adecuadas allá, quienes les proveyeron de una camioneta Suburban blindada, así como de las armas necesarias; buenas armas que venían de los Estados Unidos. Adrián Covarrubias, el narcotraficante había recibido el mensaje y los esperaba. Según el tío, al sujeto ese le había quedado clara la exigencia de Pai Chan Hu, que más le valía cumplir. La velada amenaza parecía haber surtido efectos.

El chino se sentía satisfecho. Se levantó del sillón que ocupaba frente a su escritorio recubierto de fina laca negra y se disponía a ir hacia su dormitorio, cuando uno de los varios teléfonos celulares que ahí se encontraban comenzó a vibrar. Pai Chan Hu no era hombre acostumbrado a dejar llamadas pendientes. Sus múltiples negocios lo obligaban a estar permanentemente alerta. Cualquier llamada podía ser importante y vital. Así que tomó el aparato y contestó casi con un gruñido. Al otro lado de la línea hablaba el hombre joven, después de deshacerse en disculpas, que fueron paradas impacientemente por el líder de la organización, demandándole que le dijera el motivo por el cual le importunaba a esas horas. Rápidamente el hombre joven lo puso al tanto de lo ocurrido y de la sospecha de que aquellos hombres y la mujer también andaban buscando al hombre de Bangkok.

Pai Chan Hu respiró profundo. Estaba a acostumbrado a lidiar con imprevistos y a tomar rápidas decisiones. Le pidió al hombre joven le describiera a los sujetos. Éste lo hizo en forma muy general.

—Yo me ocuparé —fueron las palabras del chino y, sin más, colgó. No era necesario decirle a aquel estúpido delincuente al que le había perdonado la vida que agilizara su búsqueda. En el mismo teléfono marcó otro número. Correspondía a un lugar en Pattaya ubicado en una bodega cerca de los muelles, donde hombres armados velaban y esperaban órdenes de su jefe. Pai Chan Hu pidió hablar con el líder de aquel grupo. Las órdenes fueron precisas:

—Ofrece más dinero. Corre la voz. Quiero a ese hombre y lo que es mío sin dilación alguna. Amenaza con acabar con quien sea, con toda la familia de quien pretenda esconderlo. Que sepan que de mí ningún traidor se va a escapar. En cuanto a esos tres que andan metiendo la nariz donde no deben, no hay cuartel. Mátenlos apenas los encuentren.

CAPÍTULO XXI

En la búsqueda

Walking Street, Pattaya.
Madrugada.

Habían decidido separarse con la intención de toparse con el hombre joven. Sabían que aquello era poco menos que imposible y que tal vez con un golpe de suerte lo pudieran lograr. RR y Catherine se metieron de lleno en Walking Street, mientras Sam Somchai en su automóvil merodeaba por las calles vecinas.

La pareja echóa andar fingiendo ser turistas deambulando curiosos por la amplia calle atestada de gente de todo tipo que buscaba diversión, beberse unos tragos o abordar a alguna de las muchachas que, en ropas diminutas, se alineaban frente a los antros, ofreciendo bebidas, masajes «con un final feliz» o diversión dentro de los «gogobars», que se anunciaban en ambos lados de la calle con una profusión de letreros luminosos de diversos colores y estilos.

Todo tipo de música, en una mezcolanza de ritmos, brotaba desde aquellos lugares, dentro de los cuales otras mujeres movían sinuosamente sus cuerpos semidesnudos o prácticamente sin ropa, incitando a la clientela desde las pasarelas o dentro de las jaulas pendientes de los techos, en ambientes penumbrosos de iluminaciones difusas, multicolores, o que se desparramaban en destellos lumínicos al ser heridas las esferas giratorias recubiertas de cristales, rebotando en los espejos de las barras o de los que adornaban muchas de las paredes. El humo denso de cigarrillos terminaba por enrarecer el ambiente.

Nadie podía sospechar que aquella pareja estuviera armada. RR traía fajada la Beretta en la cintura, cubierta por las faldas de su holgada camisa de lino. Catherine traía el arma dentro de su bolsa. Ambos avanzaban lentamente pero siempre vigilantes, bajo la luz brillante de los letreros de neón que anunciaban los diversos centros de diversión. Cruzaron ante una patrulla que, con la torreta encendida, se desplazaba a vuelta de rueda abriéndose paso entre la multitud, por entre la que también circulaban motocicletas o *scooteres*, sorteando hábilmente cualquier obstáculo. En la esquina de un bar un par de policías turísticos permanecía en una actitud de aburrida vigilancia, indiferente al grupo de muchachitas que en ropa de colegiala, con medias y ligueros trataban de atraer a los eventuales clientes. RR y Catherine eligieron una mesa en el exterior de uno de los antros y pidieron dos cervezas a la guapa mesera en minifalda y amplio escote, que vino a atenderlos tras unos minutos de estar sentados. El punto elegido les permitía observar el movimiento de la calle. Aguardaron ahí, observando atentos. Les trajeron las cervezas y las consumieron con lentitud. Un calor húmedo, insoportable, caldeaba el ambiente. La lluvia estaba por llegar.

El celular vibró de nuevo dentro de la bolsa.

Esta vez Catherine lo percibió y contestó. Era Sam que preguntaba por novedades.

—Nada aún, fue la respuesta.

—Parece que al tipo se lo tragó la tierra. Cosa difícil de apreciar para mí, pues todos ustedes se me hacen iguales —dijo Catherine, quien escuchó la carcajada de Sam Somchai.

—Ya que lo dices. Nosotros tenemos el mismo problema con ustedes, aunque sean rubios, pelirrojos o morenos.

—¿Y tú, cómo vas? —preguntó Catherine.

—Igual, nada. Seguiré peinando la zona a ver si tengo suerte.

La comunicación se cortó. Catherine estaba por guardar el teléfono cuando se percató de que tenía un correo electrónico pendiente de ser leído. Lo abrió. Era de Sara Reva. Sintió una sensación de triunfo al leerlo.

—¡RR!

El criminalista se volvió a mirarla y ella le mostró el mensaje. Era el correo que Sara recibió de su marido y en el que le indicaba la dirección donde se encontraba.

$$* \quad * \quad *$$

La chica del café internet, quien aparentemente atendía indiferente a los clientes, recibió la noticia que corría por el barrio de la nueva oferta lanzada por Pai Chan Hu, y la amenaza de represalias para quien ocultara al extranjero. Ella recordó al sujeto aquel que llegara pálido y sudoroso, que se movía con dificultad, como si estuviera enfermo. Ahora que recordaba, podía jurar que estaba nervioso, muy nervioso. Tenía que ser él al que buscaban los matones del temido Pai Chan Hu. Esto pasaba por su mente mientras marcaba un número telefónico para contactarse con un amigo suyo que trabajaba en un bar y que, le había presumido en más de una ocasión, trabajaba de espía para la mafia china. Si todo salía perfecto y el extranjero era atrapado, la chica ya se veía gastando el dinero de la jugosa recompensa que se ofrecía.

$$* \quad * \quad *$$

—¡Es muy buen dinero! —insistió la vieja, hablando en voz baja y echando miradas alertas al cuarto donde estaba Abraham Reva.

El viejo dudaba. Nervioso, se estrujaba las manos cuyos dedos que ya mostraban deformaciones por la artritis. Ante el titubeo de su marido, ella recalcó con sórdido tono:

—No olvides la amenaza que han soltado los asesinos. En algún momento cualquiera de los vecinos o de los que atienden los puestos en el callejón pudo haber visto que tenemos aquí en la casa al extranjero. Si tienen sospechas, cualquiera puede denunciarnos y todavía quedarse con el dinero de la recompensa. Piénsalo, no queda tiempo. ¡Es él o nosotros!.

Un instante más de duda, de aprehensión y miedo. Finalmente el viejo dejó de estrujarse las manos artríticas y con debilidad apenas susurró:

—Está bien. Ve. Avísales que lo tenemos.

*   *   *

El sitio que Sam Somchai fijó para que se reunieran quedaba a unas cuadras de donde se encontraban.

RR dejó unos billetes asegurados bajo una de las botellas de cerveza y salió de ahí seguido por Catherine. Ambos avanzaron deprisa, abriéndose paso entre el gentío, empujando a veces, sorteando y esquivando a otros que se movían demasiado lento. Empapados de sudor, devoraron las cuadras. Acostumbrados al ejercicio aguantaron la carrera, sin embargo sus corazones bombeaban con fuerza en un ritmo acelerado.

Doblaron a la derecha, como Sam les había indicado. Era una larga calle. Alguien también los había visto. Llamaron la atención desde que salieron corriendo precipitadamente de aquel bar. No cabía duda. Eran ellos, los que Pai Chan Hu sentenció a muerte. Unos instantes después de que la pareja se metió por aquella calle, ellos llegaron. Prepararon las armas. Iban dispuestos a matar.

Catherine y RR los sintieron casi por instinto y, al escuchar los rápidos pasos a sus espaldas, primero pensaron que eran asaltantes; luego sus oídos, habituados a las armas, escucharon el cortar de cartucho. A los primeros disparos, apagados, apenas chasquidos cortos, supieron que las armas tenían silenciador. Catherine y

RR se abrieron, uno a cada lado de la calle, girando a su vez para enfrentar a los enemigos. Las balas se perdieron sin dar en el blanco. Catherine y RR respondieron al fuego. La Beretta y la Glock soltaron su mortífera carga.

Eran tres los sicarios. Dos fueron alcanzados en zonas no vitales, pero lo suficiente para inhabilitarlos. El tercero giró asustado y echó a correr mientras ladraba apurado información en un radio portátil.

No hubo tiempo para comentarios. Con aquella presencia ambos se sabían descubiertos. El tiempo se agotaba. Siguieron corriendo al máximo de sus fuerzas. Empezó a llover, primero unas gotas, luego de manera intensa justo cuando llegaron al punto de reunión donde ya Sam Somchai les esperaba con el auto en marcha. Treparon y Sam hundió a fondo el acelerador.

El auto arrancó en un protestar de llantas, mientras Catherine le indicaba a Sam Somchai la dirección a la cual dirigirse.

* * *

La chica del café internet recibió ansiosa la llamada en su teléfono celular. Era el amigo. El mensaje había sido transmitido a los sicarios y éstos ya iban para allá.

—¿Y qué hay de la recompensa? —preguntó ella, acomodándose nerviosamente los anteojos en el puente de la nariz. La voz de su amigo llegó por el aparato.

—En el momento en que tengan al extranjero. Tú y yo tendremos el dinero.

La muchacha cortó la comunicación, satisfecha. Nerviosa se acercó a la entrada del café. Afuera la lluvia arreciaba. Atisbó, esperaba ver a gente armada bajando de autos y corriendo por el callejón hacia la casa de los viejos.

Ya era cuestión de minutos. — Se dijo y aguardó con ansia, sin apartarse de su puesto de vigilancia.

CAPÍTULO XXII

Ante el peligro

Pattaya.
De madrugada.

Sam Somchai detuvo el automóvil a cierta distancia del arranque del callejón. Era mejor dejarlo ahí, por las opciones de escape. Corrieron bajo la lluvia y se internaron por el angosto pasadizo entre los puestos, con las armas listas. Sam Somchai abría la marcha, mostrando en alto la placa de policía de Interpol y demandando a gritos abrieran paso. La gente se apartaba temerosa, refugiándose bajo las lonas de los tenderetes. Había nervio y tensión en todos ellos. Algo corría por el barrio. Ese rumor de que algo estaba por suceder.

Algo grave y peligroso.

Cruzaron como una exhalación ante el café internet. La chica los miró y sintió inquietud al percatarse de que aquellos no eran los sicarios que esperaba, sino policías. Rogó porque éstos no llegaran a tiempo. Si lo lograban antes que los asesinos de Pai Chan Hu, adiós dinero. De todos modos, la presencia de esos agentes de la ley también traía un problema adicional, el que pudieran descubrir que ella había dado el pitazo a los mafiosos, entonces sí estaría metida en problemas, situación poco probable, pero para aquella mente sencilla y temerosa, se abría como una posibilidad alimentada por una paranoia sustentada en el miedo y la desconfianza sobre aquellos que se suponía debían hacer respetar la ley. En ese dilema se preguntó si no había cometido un error al hacer aquella llamada. Apuradamente y con miedo, ante el azoro de la poca clientela que estaba en ese momento, bajó la cortina metálica.

El agua caía torrencial y se precipitaba en chorros que resbalaban por los viejos toldos para precipitarse hasta la calle, encharcando el piso y corriendo por las orillas de las aceras, arrastrando sobras de comida y basura. Empapados, Sam Somchai, RR y Catherine salieron del callejón. No fue difícil localizar la vivienda de los viejos. Era de fachada angosta, pintada de un verde deslavado. Encima del piso intermedio se apreciaba un balcón con plantas en macetas y una larga pértiga asentada contra el muro, donde colgaban prendas de ropa miserable que habían estado esperando el sol para secarse, pero que ahora estaban de nuevo ensopadas por la lluvia.

No se detuvieron a preguntar. Irrumpieron en el recibidor. Descubrieron a los dos viejos que estaban replegados contra uno de los muros. Se abrazaban y miraban con angustia hacia las escaleras, por donde ahora bajaban dos chinos sosteniendo sus AK 47 en una mano, y con la libre, cada quien sujetando por un brazo a Abraham Reva, quien inútilmente trataba de resistirse al jaloneo. En su rostro macilento se pintaba una expresión de terror. Los ojosle bailaban en las órbitas, yendo de uno a otro de sus captores, con una mirada enfebrecida que era muchas cosas: angustia, súplica, miedo. Su voz salía quejumbrosa, ahogada y entrecortada, suplicando:

—¡No, por favor! ¡No!

Los matones detuvieron de golpe su descenso por la escalera al ver a los dos hombres y la mujer que, armas en mano, acababan de irrumpir en el edificio. Éstos se desplegaban y les apuntaban desde abajo. De inmediato soltaron a Abraham Reva, cuyas débiles piernas no pudieron soportarlo, haciéndolo caer sentado en los escalones; ya libres de su carga, los mafiosos pudieron manejar las subametralladoras, pero la voz imperiosa de Sam Somchai, acompañada de un disparo al aire, que tronó con fuerza en aquel espacio reducido, hicieron que se contuvieran.

—¡Abajo las armas! —ordenó Sam Somchai en tailandés— ¡Abajo, he dicho!

El tono no admitía réplica. Aún así, con renuencia, los sicarios empezaron a inclinarse para dejar las armas, lanzando miradas de ira hacia Sam y esperando el menor descuido para actuar. Pero Sam Somchai blandió de nuevo la Glok rugiendo autoritario:

—¡Ahora, he dicho!

Lo que hizo que aquellos obedecieran dejando las AK 47 a sus pies e irguiéndose de nuevo, poniendo las manos en alto y entrelazadas a la nuca. RR adelantó y en dos zancadas ya estaba junto a los matones, amagándolos con la Beretta y empujándolos contra la pared, al tiempo que pateaba hacia abajo las subametralladoras en dirección a Sam Somchai. Al mismo tiempo Catherine había subido para auxiliar a Abraham Reva, ayudándolo a ponerse en pie, notando el manchón de sangre fresca en el costado de la ajada camisa. Pero al intentar llevarlo hacia abajo, se resistió para asombro y desconcierto de la mujer, advirtiéndole con voz débil y aprehensiva:

—¡No, mis cosas! En el cuarto, bajo la cama. Es el primero a la izquierda.

Catherine y RR no necesitaron más explicaciones. Sabían a qué se refería el hombre. Catherine se movió decidida escalera arriba, mientras RR encaraba a Abraham, demandándole que descendiera. Reva dudó un instante. RR impaciente, lo urgió.

—¡Muévase, que no tenemos mucho tiempo! —diciendo esto le dio un suave empellón. Abraham Reva se sujetó del pasamanos y bajó con desesperante lentitud. RR concentró por un instante su atención en él. Para uno de los sicarios eso resultaba suficiente; se le fue encima tratando desorprenderlo para quitarle el arma, pero RR reaccionó con prontitud y giró el cuerpo evitando la acometida, que provocó que su atacante se fuera de bruces impulsado por la inercia, lo que RR aprovechó para darle un certero golpe con la cacha de la pistola en la nuca. Noqueado, el sujeto dio un vuelco sobre el barandal y fue a estrellarse abajo en el piso. Pero el otro matón ya se sumaba al ataque, tirando una violenta patada que alcanzó a RR en las costillas, haciéndole recular y chocar contra el barandal. Aprovechando esa mínima ventaja, su atacante fue por él tratando de apoderarse de la Beretta, pero RR lo recibió con un rodillazo en la entrepierna haciendo que se doblara con un sordo quejido de dolor y bajando instintivamente sus manos hacia los testículos; RR le dio duro en la quijada con el canto de la pistola haciendo que se desplomara a sus pies, justo cuando Catherine descendía con el envoltorio en el saco de Reva. RR la siguió para reunirse abajo con Sam Somchai, quien ya sujetaba por un brazo a un casi desfalleciente Abraham Reva. Catherine le entregó el envoltorio y notó en la expresión del hombre una cierta tranquilidad y un leve asentimiento de conformidad.

—¡Vamos! —dijo Sam Somchai mientras entregaba a RR una de las AK 47. RR la recibió y se fajó a la cintura la Beretta, luego siguió al policía tailandés hacia la puerta, sin hacer caso de los aterrados viejos que no acertaban a moverse ni un centímetro. Atrás les siguió Abraham Reva apretando codicioso el envoltorio contra su pecho. Catherine iba a su lado, sin soltar el arma, lista para cualquier contingencia.

Afuera la lluvia seguía torrencial. Sospechosamente todo mundo había desaparecido del callejón. Sam Somchai se detuvo a un lado del marco de la puerta y echó una rápida mirada al exterior, advirtiendo tenso:

—No veo a nadie y eso no me gusta. Creo que nos están esperando ahí afuera.

—Déjame averiguarlo —dijo RR, y tomando a Abraham Reva lo jaló con él hacia la puerta, llevándolo como parapeto. Reva inició una asustada protesta, pero RR se mantuvo firme, llevándolo por la nuca hacia el exterior. Apenas cruzaron, una andanada de balas rompió el silencio por encima del agua desde todas direcciones, picando contra el piso y los muros de la fachada.

Se escucharon gritos de alerta y cesó el fuego. Abraham Reva emitió un corto aullido de terror, mientras RR lo jalaba de nuevo hacia el interior de la casa, para cubrirse a un lado de la puerta.

—¡¿Está usted loco?! —chilló Abraham Reva—. ¡Pudieron matarnos!

—A usted no. Lo quieren vivo —replicó RR con sangre fría—. Las balas que dispararon fueron de advertencia.

—Nos están diciendo que si entregamos al hombre con lo que trae, podremos irnos —acotó Sam Somchai. Ante esta posibilidad, Abraham Reva los miró con pánico, exclamando.

—¡Maldita sea, no! ¡Ustedes no serían capaces…!

—¡Cállese de una vez! —le advirtió tensa Catherine—. No vinimos hasta aquí para entregarlo. ¡Serénese, haga lo que le digamos y ruegue para que salgamos con bien de ésta!

Abraham Reva guardó silencio, paseando su mirada aterrada y expectante en ellos. Catherine se movió para colocarse junto a una ventana cuyos vidrios reventaron por los disparos. Sam atisbaba tenso y con mirada alerta el exterior.

—¡Estamos sitiados! —tronó el policía con la adrenalina al cien—. ¡Esos desgraciados salen de todas partes como una tropa de cucarachas!

Sam se movió rápidamente para encarar a los viejos a quienes les habló con dureza, mientras RR subió con rapidez al segundo piso. Al llegar ahí corrió para asomarse con cuidado por la ventana, desde donde se veía el callejón bajo la incesante caída de agua provocada por el aguacero. Sabía que estaban ahí, asechando, escondidos bajo los toldos sobrepuestos en larga hilera a ambos lados del estrecho sendero de piedra, anegado y húmedo por donde corrían incontenible hilos de agua. Asomó la AK 47 y mandó una ráfaga en abanico, barriendo todo el frente de la calle. Se oyeron maldiciones y un grito de dolor. De uno de los puestos apareció uno de los matones mortalmente herido, girando como una marioneta descompuesta, en una danza de muerte, tratando de aferrarse a uno de los palos que sostenían el techo; en su caída jaló la vieja lona y dejó un espacio al descubierto, donde corrían siluetas bajo la lluvia para guarecerse mientras disparaban contra el edificio para proteger sus movimientos.

Desde debajo de los tenderetes surgieron ráfagas de balas en dirección a RR, quien ante lo tupido de la granizada de plomo se replegó contra la pared, entre dos ventanas hechas añicos, mientras más balas pasaban silbando por la habitación con un ruido infernal, estrellándose contra los muros y llevándose a su paso, entre otras cosas, las viejas aspas del ventilador del techo. Agazapado, RR alcanzó a escuchar gritos histéricos y empavorecidos de la anciana desde la planta baja y el tabletear de las subametralladoras de los sicarios, cuya lluvia de plomo arrasaba la fachada y destrozaba el interior. También se percibía la respuesta de las armas de Sam Somchai y los secos y repetidos disparos de la automática de Catherine.

CAPÍTULO XXIII

En la trampa

En la vivienda de los viejos, Pattaya.
Madrugada.

Agazapado, atrapado en medio de los disparos de los sicarios, RR rodó por el piso hasta ganar las escaleras y descendió a brincos hacia la planta baja. Estaba por llegar ahí cuando Sam Somchai le indicó con ademanes que volviera a subir, en tanto él y Catherine, jaloneando a Abraham Reva, corrían para ganar el primer tramo de escalones, dejando en el recibidor a los ancianos que se habían replegado a un rincón donde permanecían aterrados y hechos un ovillo en uno de los rincones de la pieza.

—¡Por arriba! ¡Una zotehuela, me dijeron los viejos! ¡Vayan, yo los cubro! —gritó plantando cara contra la entrada del edificio y permitiendo que Catherine pasara con un casi desfalleciente Abraham Reva.

Apenas RR, Catherine y el judío desaparecieron allá arriba, los sicarios intentaron el asalto a la vivienda. Sam los recibió con una andanada de balas, manteniéndolos a raya y obligándolos a retroceder; luego corrió escalera arriba, hasta alcanzar a los demás que, enfrentando de nuevo la lluvia, ya se colaban por una puerta hacia una zotehuela de unos tres metros cuadrados, rodeada por una pequeña barda de cincuenta centímetros de altura. Cruzaron hasta el borde, asomándose para descubrir la azotea de otra construcción, metro y medio hacia abajo. Sin otra alternativa y sin darle tiempo de reaccionar a Abraham Reva, saltaron justo al momento en que uno de los matones asomaba por la puerta de la zotehuela. Sam, adiestrado por años de entrenamiento, ante la aparición sorpresiva de un enemigo disparó al pecho al sicario, quien reculó desarticulado por la fuerza de los impactos y chocó y se escurrió hasta el suelo contra la puerta metálica que volvió a cerrarse, bloqueada con el cuerpo.

Sam Somchai saltó para reunirse con los demás. Tuvieron que repetir otro salto para alcanzar un techo achaparrado y de ahí a una nueva azotea, donde se colaron por una puerta que daba al oscuro cubo de unas viejas escaleras, en un edificio abandonado. Bajaron como alma que lleva el diablo, con la sensación de tener al enemigo a sus espaldas, pues a cierta distancia los sicarios ya habían logrado mover el cadáver que obstruía la puerta y corrían tras ellos.

No había nada que permitiera trancar por dentro aquella desvencijada puerta que cerraba mal al estar descuadrada con el marco. Sólo restaba darse prisa y rogar porque no fueran alcanzados por los matones de Pai Chan Hu. Bajaron atropelladamente por el oscuro cubo, hasta que llegaron a la planta baja y de ahí cruzaron hasta salir a una calle transversal donde confluían tres callejuelas. Sam Somchai indicó una a la izquierda y el grupo huyó por ahí, mientras arriba, en la azotea, los sicarios llegaban al oscuro hueco de las escaleras.

*　*　*

La lluvia seguía cayendo inclemente formando una cortina de agua que opacaba la visibilidad entre una bruma densa y el vapor que se levantaba del piso recalentado. La calle era estrecha, solitaria. El grupo corría al límite de sus fuerzas. El miedo adherido como una garra en todas las fibras de sus cuerpos, los impulsaba. Eran la presa de un grupo de asesinos que les venían detrás para acabarlos. La sensación de peligro estaba presente, angustiosa, combinándose con la pavorosa incertidumbre de qué o a quiénes podían encontrar adelante, de vivir o morir intentándolo. El sudor bañaba sus cuerpos, confundiéndose con la lluvia inclemente que los empapaba y calaba hasta los huesos. De vez en vez volteaban para calcular la distancia; para intentar descubrir la presencia mortífera de sus perseguidores, pero nada permitía ver la cantidad de agua que caía constante.

Finalmente, guiados por Sam Somchai a través del laberíntico recorrido por aquella barriada, desembocaron al sitio donde habían dejado el auto. Al fin parecía que se daban un respiro, que la salvación estaba a un paso, pero fue entonces cuando escucharon a su espalda un grito marcándoles el alto con una carga de angustia e inseguridad. Junto con la voz escucharon el cortar cartucho de un arma.

Sam Somchai, Catherine y RR se volvieron para encarar al hombre joven que les apuntaba con una pistola y que sorpresivamente había surgido de entre la lluvia. Su rostro empapado se descomponía en una expresión crispada y el temblor se notaba en la mano armada que apenas controlaba. Tras ellos, Abraham Reva, débil y a punto de desfallecer lo reconoció; instintivamente se replegó contra el costado del auto que había estado a punto de abordar.

CAPÍTULO XXIV

Juego de vida o muerte

Callejuelas en Pattaya.
Madrugada.

—¿Qué quieres? —fue la serena pregunta de RR al adelantar, con
sangre fría, un paso hacia el joven, atrayendo así su atención para
permitir que Catherine se desplazara lentamente hacia un lado
para salir del ángulo de tiro, al tiempo que Sam Somchai se mantenía quieto a un lado de la portezuela del chofer, sin posibilidad
de usar el arma pues él y el joven aquel se interponía RR.

—¡No se mueva! —advirtió nervioso el hombre joven.

RR se detuvo y levantó un poco sus manos, mostrándole las
palmas en un gesto tranquilizador.

—Te pregunté qué es lo que quieres.

—Lo que el hombre de Bangkok tiene y que me pertenece
—respondió roncamente el joven señalando a Abraham Reva,
quien instintivamente apretó contra su pecho el bulto que formaba su saco empapado.

Catherine captó el movimiento de una silueta entre la brumosa
lluvia a unos metros atrás del hombre joven. Era el sicario de la
motocicleta, armado con un rifle de asalto muy similar al AK 47.
Apenas moviendo los labios ella advirtió:

—¡RR...!

Él simplemente movió la cabeza en un corto sentido afirmativo para indicarle que también había descubierto al sujeto. Sin embargo, su mirada permaneció atenta sobre el hombre joven, respondiendo con tranquilidad a su demanda:

—Esa pieza que buscas está requisada —al notar una leve turbación en el muchacho, RR inquirió—. ¿Sabes lo que eso significa?

—¡No me importa! —espetó nervioso en un arrebato de ira y demandando apremiante con la mano armada:

—¡Vamos! ¡Entréguenmela!

—Ahora está en custodia de Interpol —habló Sam Somchai con intenciones de captar su atención y distraerlo.

RR notó que, atrás, el sicario de la moto adelantaba un paso, con el rifle de asalto dispuesto a disparar. Delante de éste, el muchacho volvió a repelar:

—¿Interpol? ¿Qué demonios es eso?

Ya no había más que decir. Catherine y RR presintieron que era el momento de actuar. El criminalista calculó distancia y se decidió, gritando.

—¡Ahora! —y se abalanzó sobre el hombre joven, tomándolo de la cintura por sorpresa para llevarlo al suelo, justo al momento en que Catherine y Sam Somchai acciónban sus armas en una rápida sucesión de disparos, abatiendo al sicario que salió proyectado hacia atrás, sacudido como un muñeco, mientras en un último reflejo apretaba el gatillo de su arma disparando hacia arriba antes de caer muerto.

RR forcejeó unos momentos con el hombre joven, hasta lograr desarmarlo. Le apuntó con la pistola, bramando con los dientes apretados:

—¡Quieto!

El muchacho se quedó paralizado, mirando incrédulo el arma que ahora en poder del criminalista le apuntaba directo a la cara. Tragó saliva con dificultad y finalmente pudo articular, mostrando las manos en señal de rendición.

—¡No me mate!

—No voy a hacerlo —fue la serena respuesta de RR mientras se incorporaba, sin dejar de apuntarle y demandándole en el mismo tono—. Levántate.

El hombre joven obedeció dócilmente. Suplicó débil, mostrando el pavor que lo consumía.

—No me dejen aquí. Ellos me matarán.

—¡Sube al auto! —ordenó RR.

El hombre joven titubeó, mientras Catherine abría la portezuela trasera y esperaba. RR comprendía su temor.

—Nadie matará a nadie. Ahora vas a estar bajo la protección de Interpol, es una organización internacional de policía —explicó en la forma más sencilla que encontró para que aquel muchacho lo entendiera.

—¿Y qué de mi pieza? ¿La que tiene ese hombre? —indicó señalando hacia Abraham Reva que ya subía a la parte trasera del auto, ayudado por Catherine.

—Yo y mi pareja la encontramos en un templo abandonado como a dos días de aquí. Le digo que es nuestra, no la robamos ni nada de eso —insistió, obligando a RR a armarse de paciencia para responder. Estaban perdiendo un tiempo precioso manteniéndose en ese lugar, sobre todo después del tiroteo que seguramente podría alertar a quienes andaban tras su rastro.

—Ahora es ahora, así que sube a ese auto de una vez por todas. Y en lo que se refierea esa pieza, olvídala, porque te ha traído puras desgracias —lo tomó del brazo y lo condujo hacia el auto, para rematar—: No será lo que esperabas, pero digamos que la diferencia entre lo que pudiste obtener y su precio real, es el valor que podrías darle a tu propia vida, muchacho.

No hubo más qué discutir. El hombre joven subió al auto junto a Catherine. RR trepó en el asiento del copiloto. El auto salió disparado calle adelante. Sam condujo con el pie hundido a fondo en el acelerador, tratando de poner la mayor distancia posible de ese lugar donde imperaba el crimen y la muerte.

Sin embargo el peligro aún no terminaba. Repentinamente, más adelante, de una bocacalle surgieron dos motocicletas tripuladas por gente armada. Dos sicarios en cada una de ellas.

Sam Somchai escupió una maldición de contrariedad, apretó los dientes, aferró con fuerza el volante y aceleró aún más. El auto dio un respingo y salió impulsado como un proyectil directo hacia los motociclistas que venían hacia él disparando sus armas. Algunos proyectiles dieron contra la carrocería y uno de ellos perforó el parabrisas sin alcanzar a ninguno de los tripulantes.

Los matones, al ver la acometida del vehículo, maniobraron tratando de esquivarlo. Una de las motos derrapó y sus ocupantes salieron despedidos rodando aparatosamente por el piso húmedo, mientras que la otra, sin control, se estrelló contra un contenedor metálico de basura.

CAPÍTULO XXV

Escapando

Calles de Pattaya.
Madrugada.

La cuestión ahora era llegar a Walking Street y romper de esa manera el cerco que los matarifes de Pai Chan Hu habían establecido en toda la zona aledaña a la vivienda de los viejos. Todos dentro del auto iban tensos y vigilantes, las armas dispuestas. De pronto la alerta y el latigazo del miedo aparecieron al ver surgir entre la lluvia allá, a unos cien metros atrás, un auto que se aproximaba a toda velocidad. Por las ventanillas laterales asomaban hombres armados. Sam Somchai viró en la siguiente esquina y aceleró a fondo, descubriendo al final las luces multicolores que adornaban Walking Street. En segundos irrumpieron en la avenida de manera brusca e imprevista, lo que hizo correr a un grupo de personas y frenar de manera escandalosa a varios vehículos. Se escuchó una orquesta de cláxones de protesta. Al frenar, el auto de Sam Somchai derrapó y de inmediato quedó rodeado por gente que golpeaba furiosa la carrocería mientras otros observaban desde el abrigo de los establecimientos. Un par de policías turísticos, alertados por el incidente, ya corrían hacia el coche de Sam Somchai, quien trataba de maniobrar y tocaba el claxon para abrirse paso, al tiempo que echaba rápidas miradas por el retrovisor para no perder de vista a los policías que se acercaban con prontitud.

Más atrás, una patrulla encendió su torreta y lanzó roncos sonidos de advertencia a través de su sirena.

RR vigilaba la calle por la que irrumpieron, esperando al auto de los sicarios, y Catherine no quitaba la vista del hombre joven, a quien tenía amedrentado, clavándole la punta de la Glock en las costillas.

—¡Tu placa, Catherine! —gritó Sam Somchai— ¡Saca tu placa y muéstrasela a los policías!

Catherine lo hizo, estampándola contra el cristal del auto, a la vista de los hombres de la ley que en este momento los abordaban. Sam Somchailes hablaba aprisa, en tailandés, sacando a su vez la placa que lo identificaba como policía internacional.

—¡Somos de Interpol! —les dijo— Llevamos prisioneros. ¡Nos siguen! ¡Paso franco, ahora!

Las placas, la seguridad y firmeza con la que Sam Somchai hablaba y la actitud decidida de aquella gente armada, provocaron el efecto deseado y los policías turísticos actuaron de inmediato gritando órdenes a los curiosos para que despejaran el campo.

Sam Somchai pudo al fin maniobrar. RR observó que allá, en la calle transversal, el auto de los sicarios de Pai Chan Hu metía reversa y enderezaba para enfilar por la calle lateral a Walking Street.

La patrulla se aproximaba. La sirena volvió a sonar en un perentorio aviso de alto. Uno de los policías turísticos corrió hasta ella y cruzó rápidas palabras con el conductor, un oficial de mayor rango. El auto policiaco adelantó hasta emparejarse con el de Sam Somchai. Quien iba en el lugar del copiloto intercambió un corto diálogo con Sam. El patrullero asintió después de escuchar la explicación del tailandés y adelantó.

—Nos escoltarán hasta la salida de la ciudad, justo a la autopista que nos llevará a Bangkok. Creo que por esta vez la libramos, amigos —por primera vez Sam sonrió con alivio.

—De acuerdo contigo, Sam —respondió RR—. Ahora llévanos al consulado canadiense.

—¡Será un placer! —Sam aceleró para seguir a la patrulla que a sirena abierta les abría paso, alejándolos de Pattaya y del peligro.

CAPÍTULO XXVI

De nuevo Bangkok

Bangkok.
9:00 a.m.

Estaban por entrar a la ciudad. Sam Somchai dejó la autopista y reaccionó a una petición de RR para que detuviera el auto en cuanto pudiera. Así lo hizo unas cuadras adelante, bajo uno de los puentes. RR descendió y abrió la portezuela trasera ordenándole secamente al hombre joven que bajara. Éste lo miró con desconfianza y un espanto repentino, temiendo que ahí, finalmente sus días terminarían a manos de aquellas personas. RR adivinó ese sentimiento en la expresión del hombre joven y lo animó con tranquilidad:

—Baja. No temas.

Aún así el otro se resistía. RR le mostró las palmas de las manos, en señal de no tener arma alguna y con el afán de inspirarle confianza al hombre joven quien finalmente descendió con cautela. Sorprendida, Catherine empezó a hilar la demanda de una explicación:

—Pero ¿qué dem…?

—Sé lo que hago —fue todo lo que respondió, sin quitar la vista del hombre joven.

Catherine guardó sus reservas y mantuvo une expectante silencio. Vio a RR llevar al hombre joven a unos veinte metros del auto, donde no pudieran ser escuchados. Notó que el criminalista le hablaba con seriedad al muchacho y que éste simplemente asentía de vez en cuando, sin despegar la mirada de quien le dirigía la palabra. Para sorpresa de Catherine, vio que RR sacaba unos billetes y los ponía en manos del muchacho, para después empujarlo suavemente, indicándole con un ademán que se marchara. Aún sin creerlo del todo, el hombre joven fue retrocedió poco a poco, hasta que giró y echó a correr cruzando una amplia calle bastante transitada, escurriéndose entre los vehículos hasta desaparecer del todo.

Tranquilo, RR volvió al auto. Ocupó su lugar al lado de Sam Somchai, quien al igual que Catherine lo observaba sin entender bien a bien qué era lo que había ocurrido.

—Ya podemos irnos, Sam —dijo simplemente RR y fijó la mirada al frente, sin hacer mayor comentario.

*   *   *

Bangkok.
Medio día.

Finalmente habían dejado a Abraham Reva a salvo en el consulado. Dos cosas habló Reva con Catherine y RR cuando se despidieron. Una fue con respecto a la cobra de oro.

—¿Qué pasará con ella? —quiso saber, pues estaba consciente de que bajo ninguna circunstancia podía reclamarla como suya o para su cliente, pues jamás pagó su precio.

—Difícil aventurar una respuesta clara sobre eso, señor Reva— advirtió Catherine—. Tomando en cuenta que ha estado involucrada en hechos violentos y posiblemente delictivos, la Interpol la tendrá bajo su custodia, mientras se llevan a cabo los trámites para entregarla al gobierno de Tailandia, pues por su antigüedad posiblemente forma parte del acervo cultural de este país.

—Encuanto a usted, señor Reva, no considero que tenga responsabilidad alguna en todo esto —intervino RR—. Ha sido víctima de las circunstancias. Vino a Bangkok contratado por un cliente para cerrar una compraventa sobre un objeto valioso, que finamente no pudo llevarse a cabo. Y eso nos lleva al segundo punto.

—Lo que ustedes digan.

—Antes de venir a buscarlo estuvimos con su esposa. Cuando quisimos indagar sobre la persona que lo contrató, nos dijo que nos revelaría su identidad cuando usted estuviera a salvo. Así que la condición se ha dado, ahora queremos saber el nombre.

Abraham Reva asintió, para a continuación revelar:

—Verónica Guízar.

El nombre no dejó de asombrar al criminalista y abrió otra puerta en aquella extraña investigación llena de aristas y recovecos. Para RR de alguna manera llegaba a ser lógico que aquella mujer se inmiscuyera en el asunto, pues bien pudo suponer que la cobra de Bangkok era la que le fue robada finalmente a Olegario Ángeles Buendía, el hombre de Santa Fe, vinculado a Adrián Covarrubias por varios negocios, de quien se tenían fuertes sospechas de que manejaba uno de los cárteles de la droga más fuertes en el país. Precisamente Verónica Guízar, antigua reina de belleza en uno de los estados norteños, era la esposa de Covarrubias.

* * *

Catherine y RR se despidieron de Sam Somchai en el aeropuerto. Mientras esperaban la salida del vuelo a Nueva York, en una de las salas VIP donde el criminalista disfrutaba el martini seco a base de ginebra Bombay Sapphire con aceitunas y cebollitas de cambray, y Catherine de una copa de vino blanco, ella externó algo que la inquietaba:

—Dentro de todo lo ocurrido, hay algo que aún me brinca, RR.

—¿Y eso es…?

—¿Por qué el prestamista no vendió la cobra a los chinos?

RR dio un nuevo sorbo al martini, lo paladeó unos instantes y mordió una cebollita, para después responder:

—Para una buena pregunta, una respuesta lógica —hizo una pausa para luego concluir —. Por ambición.

—¿Ambición?

—Me explico. Puedo asegurarte que el prestamista sabía del valor de esa pieza. Como tailandés tenía seguramente conocimiento de la leyenda, la cual estaba comprobando que es real. No perdamos de vista que el sujeto se dedicaba a prestar dinero, pero también al comercio ilícito de bienes robados. Un hombre así tiene las antenas bien dispuestas. Cuando esos muchachos le llevaron la cobra, fácilmente recordó lo del robo de una pieza similar en el museo chino. O tal vez se preguntó si sería la misma. El caso es que supo que tenía en sus manos algo de mucho valor y quiso timar a la pareja, ofreciéndoles una cantidad anzuelo, es decir, la suficiente para que se fueran tranquilos. Sin embargo, la lujuria entró para hacerle una mala pasada y eso le costó la vida.

—¿Y la conexión con Abraham Reva?

—De nuevo a través del prestamista. No es difícil aceptar que éste supiera del hallazgo de una cobra similar en Belice y del hombre que ganó la subasta: alguien relacionado con el crimen organizado en México. Así que se puso en contacto con ellos. De ahí viene la conexión y el que Abraham Reva fuera contratado para cerrar el trato. Cuando murió el prestamista los datos de Reva se encontraban en la computadora y los muchachos se percataron de tal circunstancia, así que simplemente siguieron la negociación con el experto en arte asiático, al que hemos podido rescatar.

—Si el muchacho confesó el asesinato del prestamista, ¿por qué lo dejaste ir?

RR sonrió con malicia. Dio un nuevo trago al martini para después responder vagamente:

—Digamos que por «justicia divina», advirtiéndote que no acabo de aceptar bien a bien la teoría romana del ojo-por-ojo. Pero en este caso fue una muerte por legítima defensa, además, no intencional. El muchacho quiso simplemente noquear al sujeto en una pelea por salvar a su pareja y se le pasó la mano, como es claro. Y todo fue por defender la honra de la muchacha.

Catherine lo miró divertida y soltó una corta risa:

—Eres un romántico, RR.

—Soy realista y práctico, Catherine —repuso encogiéndose de hombros, desviando lamirada para tratar de no revelar esa debilidad ante su perspicaz compañera.

—Un romántico —insistió Catherine—. Dime la verdad, ¿por qué lo dejaste ir?

RR suspiró. Meditó unos instantes y finalmente lo hizo:

—No lo sé con exactitud, pero creo que ahora tiene una segunda oportunidad y espero que la aproveche para cambiar el rumbo, buscar a su pareja e iniciar una nueva vida.

—¡Me sorprendes, y lo reafirmo, eres un romántico! ¿De dónde te salió esa vena?

RR esbozó una sonrisa y respondió, sin que la otra pudiera acertar a decir si aquella revelación era cierta o no.

—Creo que de mi bisabuela. Dicen que escribía novela rosa.

—¡Mentiroso! —reprochó divertida Catherine.

—No tienes forma de demostrarlo, Catherine. Así que dejémoslo ahí y pasemos a otro asunto.

—¿Y ese es…? —quiso saber la guapa rubia.

—La cobra de oro. Creo Interpol puede tener en el chino mafioso una buena pista para llegar a la que fue robada del museo. Sólo así me puedo explicar la obsesión de ese hombre por conseguir la pieza y acabar con nosotros.

—Seguiremos tu consejo, RR.

—Una cosa más —señaló el criminalista con seriedad.

—Lo que quieras.

—Haz correr la voz de que yo me he quedado con esa cobra.

Catherine lo miró intrigada. Un velo de preocupación cruzó por su mirada.

—¿Y eso para qué? Es demasiado peligroso, RR.

—Lo sé —concedió escuetamente el criminalista, justo cuando una de las meseras se acercó para informarles que ya era hora de abordar y debían de dirigirse a la puerta asignada.

* * *

RR y Catherine volaron juntos hasta Nueva York. Ella se quedaría ahí y él volvería a México. Había aún mucho qué hacer en aquel asunto. La cobra de Bangkok no era la de Belice. Al parecer tampoco la robada del museo chino tiempo atrás. Así que existían tres cobras. En esa tercera Interpol enfocaría sus baterías a través de Catherine, por lo que aquel famoso robo significaba para la agente internacional reabrir un caso que ya se tenía por perdido.

Se despidieron en el aeropuerto. RR ya tenía la conexión a la ciudad de México. Acordaron que nada se diría sobre la cobra de Bangkok. Con ese acuerdo RR tuvo plena conciencia de que al correrse la voz de que él era el poseedor, sería el cebo para atrapar a gente peligrosa que codiciaba aquellas piezas y el fabuloso tesoro que juntas podrían revelar. Entre todas esas personas, la más letal de todas, la asesina responsable de las muertes que acompañaron a aquellas piezas que parecían malditas: La llamada «Cobra Real», o simplemente «La Cobra».

CUARTA PARTE

CAPÍTULO I

Emboscados

Una carretera al sur de México.
12:00 p.m.

El sol apretaba. Las moscas zumbaban refocilándose en los cuerpos muertos y en los charcos de sangre coagulada, confundiendo su sonido con el de los pasos sobre la gravilla de la carretera. Al fondo de la recta el asfalto reverberaba por las ondas de calor. Todo estaba rodeado de soledad y silencio. Ahí adelante un puente de concreto cruzaba la cinta asfáltica de lado a lado, prolongando el camino vecinal por donde nadie cruzaba a esa hora.

Desde luego no había testigos de lo ocurrido en ese paraje. Sólo estaban ahí los que investigaban, los que llegaron a ese sitio gracias a un pitazo telefónico anónimo, que les advertía de lo ocurrido, dando santo y seña del lugar exacto donde debían de acudir.

La Suburban estaba inclinada sobre la cuneta, con la trompa apuntando hacia el fondo empantanado donde había caído uno de los cuerpos. La carrocería presentaba una gran cantidad de impactos de bala y los vidrios astillados, lo que hacía deducir que las armas del ataque podían traspasar el blindaje de la carrocería. Las puertas delanteras y traseras estaban abiertas. Uno de los cuerpos, el del chofer, yacía contra el volante, mientras que el del copiloto colgaba dramáticamente hacia afuera, con cara al cielo. Otros estaban tumbados en la carretera, cerca del vehículo.

Agentes federales, auxiliados por miembros de las fuerzas armadas, deambulaban como hormigas por toda el área, en busca de indicios no sólo en el asfalto, sino más allá de las cunetas, entre los altos pastizales amarillentos y resecos. Se habían encontrado más de un centenar de cartuchos percutidos de diversos calibres y algunas armas de alto poder abandonadas o en las manos crispadas de los muertos. Sobre el asfalto manchado de sangre de la carretera, se marcaban los lugares donde quedaran los casquillos.

El ruido del motor de una Hummer rompió el ominoso silencio e hizo voltear a varios de los agentes y soldados, para observar expectantes cómo se detenía junto a las patrullas de la policía federal y los camiones militares. Un sujeto grande, robusto, con el pelo cortado a cepillo y con los galones de su rango en las hombreras de su chaqueta, venía en el vehículo blindado. Su sola presencia despertó una actitud de subordinación y respeto. Era el coronel de la zona, Maclovio Saldaña, quien descendió con aplomo y gesto enérgico. Su mirada dura se paseó lentamente por toda la escena del crimen. Crispó las mandíbulas. Era evidente su disgusto. Si bien aquello era un hecho más de sangre en aquella región, no dejaba de ser preocupante. El avispero volvía a alborotarse en su área de control y eso no le agradaba, sobre todo cuando advertía que los medios locales se le echarían encima demandándole respuestas, máxime cuando el Presidente había asegurado apenas hacía unos días, a nivel nacional e internacional, que la violencia iba en claro descenso en todo el país. Resoplando de calor, limpiándose con un paliacate el sudor que le escurría por la nuca y el cuello, avanzó con paso firme en busca de la gente a cargo de la investigación, fueran militares o civiles. Cualquiera debía darle los pormenores de lo que a todas luces eran el resultado de una emboscada. Cualquiera que, dadas las circunstancias, pudiera señalar a un chivo expiatorio llegado el caso, para echarle encima la responsabilidad de la falta de seguridad en aquellas carreteras, y por ende la culpa de lo ocurrido.

A cierta distancia, cerca de la Suburban, el capitán Arnulfo Godínez, hasta ese momento el oficial al mando que supervisaba las acciones, dejó de mirar el arribo de su superior al escuchar a sus espaldas un leve movimiento que lo hizo voltear con prontitud, para descubrir al otro lado de la depresión de la cuneta a uno de los baleados boca abajo, sangrante y acribillado por las balas. Prestó atención y captó de pronto, con un leve sobresalto, que el sujeto intentaba trabajosamente, con movimientos apenas perceptibles, ir hacia los matorrales para luego quedarse quieto. Descendió por la cuneta y se acercó al herido, para constatar que con agonizante lentitud hacía un nuevo intento para finalmente quedar inmóvil, exangüe, agotado por el esfuerzo. Lo hizo girar por un hombro. Estaba vivo. Por unos instantes se mantuvo ahí, observándolo, sin preocuparse en espantar a las moscas que lo atosigaban. Pensaba con rapidez cuál era la decisión correcta a tomar. Finalmente se decidió. Regresó sobre sus pasos hasta la carretera y a paso rápido fue al encuentro de su superior:

—¡Mi coronel!

Maclovio Saldaña, quien cambiaba impresiones con uno de los agentes, detuvo el diálogo y giró la cabeza. Sus ojos oscuros se achicaron al ver venir al oficial a paso rápido. El capitán Godínez se cuadró saludando según el protocolo militar, mientras repetía el rango de su superior:

—¡Mi coronel!

—¡¿Dígame, Capitán…?—respondió el otro, seco, con un dejo de impaciencia en la voz.

Godínez echó una rápida mirada al agente con el que su superior hablaba y, tratando de que éste no lo escuchara, se aproximó a un más al coronel para decirle casi en un susurro:

—Uno de los acribillados… Está vivo todavía.

El coronel sopesó por segundos la noticia. Su mirada brilló con inteligencia. Su gesto adquirió una expresión alerta. Se apartó del federal, haciendo que su subalterno lo acompañara y le respondió en tono bajo:

—¿Cuántos más saben de esto…?

—Hasta ahora, sólo yo, mi Coronel.

El militar inspiró hondo y echó una rápida mirada en torno. Al parecer nadie más estaba al tanto. Cada quien se encontraba en lo suyo. Su tono, aunque tranquilo y bajo, marcó una orden irrefutable.

—Hágase cargo. Manténgame a ese hombre con vida y auxíliese de los de confianza. Fuera de ellos, que no se entere nadie, ¿estamos?

—Sí, señor. Permiso para retirarme.

—Permiso concedido… ¡Y muévase rápido!

—¡Sí, señor! —respondió presto el oficial, girando para volver con rapidez a la camioneta.

El coronel vio desde lejos cómo jalaba a un par de soldados, con quienes, luego de un rápido intercambio de palabras, descendió por la cuneta hacia donde se encontraba el moribundo.

Maclovio Saldaña consideró que ya era suficiente su presencia en el lugar. Giró y volvió a su camioneta, ignorando a la gente del servicio forense que se ocupaba en la recolección de evidencia. Las cámaras fotográficas se disparaban desde diversos ángulos para captar todos los pormenores de aquella escena macabra que lamentablemente cada vez era más común en el territorio mexicano.

Los cadáveres estaban siendo levantados y colocados en una camioneta cerrada. Eran siete, todos de nacionalidad china.

CAPÍTULO II

Un e-mail

En algún lugar en la costa Nayarita, México.
2:00 p.m.

Al comenzar la tarde, Verónica Guízar se encontraba sola sobre el edredón de plumas de ganso y las sábanas de lino egipcio de su cama; revisaba en la tableta de última generación los chats que había estado cursando con sus amigas durante toda la mañana. Sólo el suave zumbar de las aspas del ventilador en el techo rompía el silencio. La enorme televisión de plasma, empotrada en el enorme mueble de madera palo de rosa que ocupaba el muro a cuatro metros del pie de cama, se encontraba encendida en el modo de silencio, dejando sin sonido la transmisión final del programa anterior a la telenovela sobre narcotraficantes que le interesaba ver. Estaba a punto de dejar la tableta a un lado cuando se percató de que tenía un nuevo correo. Decidió atenderlo de una vez para descubrir, con sorpresa, quién lo enviaba: Abraham Reva, el hombre que contrató para ir a Bangkok en su representación y cerrar la compra de la cobra de oro, que ella suponía era la que le robaron a Olegario Ángeles Buendía, y del que no sabía nada desde hacía tiempo. El solo nombre le provocó una reacción de ansioso interés. Por instantes observó la pantalla y se dijo para sí misma: «¡Por fin!».

Durante días estuvo esperando que llegara la noticia de que la compra se había llevado a cabo con éxito y que aquel codiciado objeto de oro llegaría a sus manos, con lo cual le daría una lección a su odioso marido, Adrián Covarrubias que andaba con sus cosas atendiendo sus asuntos en aquel rancho perdido, lejos de la casa, en la sierra, donde controlaba su negocio, los sembradíos de droga y los laboratorios donde la procesaba, con lo cual llegaban carretadas de dinero que la mujer disfrutaba sin ningún pudor o cargo de conciencia. Abrió el documento y, a medida que leía, sus ilusiones se fueron al traste. El hombre comenzaba disculpándose por la demora en escribirle. A continuación explicaba el porqué de su retraso y la causa de su silencio durante todo aquel tiempo. Se disculpaba igualmente por el fracaso del trabajo, haciéndole una reseña de los problemas con los sicarios chinos de quienes pudo escapar milagrosamente.

Verónica Guízar mascó una maldición y dejó a un lado la tableta. La ira y la frustración se iban apoderando de ella. No le importaban los motivos y las excusas que aquel tipo le daba. Muy recomendado, sí, que era la gran maravilla como experto en arte oriental, también, pero el caso es que para ella era un estúpido fracasado. ¿Cómo pudo suceder, cuando le había dado santo y seña para que pudiera llegar a aquella ciudad y cerrar un trato sin problemas? El miserable aquel tendría que devolverle hasta el último centavo invertido. Le respondería a aquel mensaje con toda su furia y energía. ¿Con quién pensaba ese infeliz que estaba tratando? Ella era la esposa de un hombre poderoso, y no sólo eso, un hombre peligroso y con muchos contactos. Que no intentara verle la cara…

Interrumpió sus pensamientos.

Volvió a su tableta y estaba por responder a aquel correo, cuando reparó en que no había terminado de leer, así que pasó su vista por el resto del texto y de pronto las cosas empezaron a tomar otro cariz. La mujer encontró en aquella información adicional una nueva esperanza. El texto decía:

Salvé mi vida gracias a la intervención de agentes de Interpol y al apoyo de un investigador mexicano, con un nombre extraño, RR, el cual, según he sabido se quedó con la pieza que usted deseaba, alegando una serie de cuestiones legales que no entendí bien a bien.

El nombre se le hizo conocido. RR. ¿De dónde le sonaba? Se forzó en hacer memoria. Recordó entonces aquella violenta discusión con su marido, cuando le recriminó la estupidez de Olegario Ángeles Buendía que le costóla vida. Recordó que cuando el energúmeno de su marido se largó ese día, ella volvió al periódico que anunciaba la muerte de Oloegario ¡Por supuesto! ¡RR! Era el hombre comisionado por el Procurador para encargarse de la investigación del crimen. Ese era entonces quien ahora tenía la cobra, «su cobra».

Verónica Guízar se arrellanó entre los cojines de la cama y, dejando a un lado la tableta, desactivó el silencio, devolviendo el sonido a la televisión justo cuando arrancaban los primeros créditos del esperado capítulo de la telenovela. No prestó mucha atención a la trama; su mente estaba en otro lado. El nombre de aquel investigador seguía golpeando en su cabeza. Repentinamente llegó a la conclusión de que tendría que poner a su marido al tanto de aquella noticia.

«¡Sí, y entonces Adrián Covarrubias se encargará!»

CAPÍTULO III

Bajo secreto

Una carretera solitaria al sur de México.
2:00 p.m.

La caravana de vehículos de policías federales y militares avanzaba en fila india, a toda velocidad, por la desierta carretera que llevaba al pueblo donde se encontraba la zona militar de aquella región. Custodiaban la camioneta cerrada donde se trasladaban los cadáveres recogidos en el lugar de la masacre.

El capitán Arnulfo Godínez viajaba con los cadáveres. Lo acompañaba uno de los médicos militares que había participado en el operativo y que ahora trataba de mantener vivo al hombre acribillado que en sus ojos rasgados reflejaba el miedo y la agonía al sentirse próximo a la muerte. Su respiración era entrecortada, silbante, con ronquidos espasmódicos. El doctor terminó de preparar la inyección y decidido la clavó en el flaco pecho del baleado, impulsando con el émbolo, en un movimiento rápido, el líquido ambarino directo al corazón que ya latía irregularmente. Hecho esto, levantó los ojos para encontrar la aprehensiva e interrogante mirada del oficial. Ambos sudaban copiosamente. Sus ropas estaban empapadas. El calor que había en aquel cajón cerrado de la camioneta, sin ventanas, rebotaba en la lámina recalentada por el implacable sol de las dos de la tarde. Por momentos sólo escucharon el débil respirar del hombre que yacía entre cadáveres, apenas distinguible ahora por encima del ronroneo del motor, revolucionado al máximo. Ninguno se atrevió a decir palabra. Sólo quedaba esperar.

* * *

Comandancia de la zona militar al sur de México. *4:00 p.m.*

La camioneta se encontraba detenida en el solitario patio interior del edificio de hormigón. Un grupo de soldados se daba a la tarea de sacar los cadáveres para depositarlos en sendas camillas portátiles de lona. Una más se encontraba un poco aparte y, ante ella, el doctor y el capitán Godínez observaban a quien la ocupaba. Su respiración parecía más regular, aunque persistía aquel silbido y ronroneo amenazante que presagiaba el último estertor antes de la muerte. El doctor lo cubrió con una sábana y asintió, diciéndoles a los dos soldados que esperaban:

—Al hospital. Último piso, la habitación del fondo. Ya lo están esperando. Que le suministren suero, morfina y cinco mil unidades de antibióticos. ¡Dense prisa!¡Y quiero un análisis de sangre pero ya, para saber cuál es su tipo! —advirtió, pensando en que sería del todo imposible ordenar una transfusión mientras no se tuviera ese dato; finalmente remató—. ¡Yo voy enseguida!

El capitán y el doctor los vieron desaparecer rápidamente en el edificio. El militar habló despacio, preocupado, en voz baja, como para él, pero básicamente para el médico.

—Que no se nos muera ese hijo de la fregada. Que no se nos muera, por dios vivo.

El doctor asintió comprensivo, pero su expresión seria no aventuraba un desenlace optimista. Volvió a mirar almilitar mientras los otros soldados terminaban de colocar los cadáveres en las camillas:

—Haremos lo que esté en nuestras manos, mi capitán. Es un hombre mayor. Está muy grave y ha perdido mucha sangre. Mientras no lo examine con calma, no podré decirle con seguridad qué probabilidades tiene de vivir.

Sin decir palabra se apartó unos pasos para ordenar a los soldados que aguardaban con los muertos:

—Llévense esos cuerpos al sótano del ala norte.

Los soldados se aprestaban a cumplir la orden, pero la voz autoritaria, firme del capitán los hizo mantenerse en su sitio y clavar la mirada expectante en él, que acercándose a ellos advirtió en un tono severo e intimidatorio:

—¡Óiganme bien todos ustedes! Ni una palabra a nadie. ¡Ni una! Discreción absoluta en este asunto, es la orden que ha dado mi coronel Saldaña. Así que lo que acá vean, hayan visto u oído, ni vieron ni oyeron nada, ¿está claro?

Un «¡Sí, señor» brotó de todas las gargantas.

—¡Advertidos están! Una sola palabra que salga de sus bocas, o la más mínima indiscreción, y yo personalmente me ocuparé de que sean pasados por las armas. ¿Estamos claros?

Un nuevo «¡Sí, señor» se escuchó rebotando como eco en las paredes de los edificios que rodeaban el patio.

No todo iba a ser tan fácil. La noticia de que alguien había quedado con vida en aquella masacre, pronto se filtró. El poder del dinero era mucho. La corrupción llegaba hasta los mismos huesos del sistema. No se trataba ya del anacrónico «cañonazo de los cincuenta mil pesos», del que hablara en sus tiempos el general Álvaro Obregón. Ahora la suma tenía varios ceros en billetes verdes, acompañada de una sugerencia sutil pero terrorífica: o se recibía el dinero y se hacía lo que se pedía, o el costo por negarse sería el repiquetear de una AK 47, en el mejor de los casos, y en el peor, que aquel regalo de muerte fuera directo a su familia. Así que no había para dónde hacerse, como se decía por aquellos lugares. El miedo o la extorsión eran las cartas que se jugaban, y el elegido tenía que optar entre entrarle o volverse un número más dentro de la estadística macabra de los asesinatos sin resolver.

Así fue como Adrián Covarrubias, el temido y brutal narcotraficante, llegó a enterarse.

Hombre furioso, hombre peligroso

Rancho Covarrubias en la sierra sur de México.
6:00 p.m.

Miguel «el Sapo» Morones, apodo con el que se conocía a aquel hombre de enorme cara lampiña marcada por la viruela que tenía fama de garañón, violento, agresivo y enamoradizo, trataba de contener el temblor que acometía su cuerpo, y no era para menos, pues tenía contra la sien la boca de una .45 amartillada.

Quien empuñaba el arma contra la cabeza de su lugarteniente y hombre de confianza, era Adrián Covarrubias. Ambos estaban a solas, a mitad de la oficina del narcotraficante.

—¡Dame una buena razón para no matarte, Sapo! —demandó Adrián con los dientes apretados por el coraje. Le decía así, Sapo, y no compadre Morones, cuando estaba realmente molesto con él, como ahora—. ¿Cómo carajos se te fue a pasar esa?

Los ojos del Sapo bailaban con preocupación. Aquel asesino implacable estaba a punto de soltar el llanto de mortificación y miedo, ante el hombre que respetaba y temía más que a nadie. Transpiraba y su cara de luna brillaba por el sudor. Tragó grueso y comenzó a hablar, intentando controlar su tartamudeo.

—¡Está bien, lo que mandes, compadre! —dijo con voz suplicante—. Pero guárdate la pistola, no se te vaya a ir un tiro.

Tras un momento tenso, Adrián Covarrubias respiró hondo, casi un bufido, conteniendo su furia. Lentamente regresó el gatillo a su lugar y para alivio del Sapo, terminó por bajar el arma, pero aún así su voz helada y temible advertía que la amenaza de muerte aún se mantenía latente, si lo que llegara a escuchar no lo satisfacía.

—Explícate, pues.

El Sapo se aclaró la garganta. Las palabras se le atoraban. Pidió roncamente:

—Regálame un poco de agua.

—¡Pero rápido! —concedió Covarrubias y se recargó en la pesada mesa labrada que usaba como escritorio, viendo cómo el Sapo se movía para servirse un vaso con agua con mano temblorosa. Pasó el líquido a grandes tragos, provocando que por su precipitación y nerviosismo parte se le resbalara por el mentón y le mojara el pecho. Regresó el vaso a su lugar e inspiró aire con fuerza, para controlarse. Luego encaró mansamente a su jefe. Luego de limpiarse la boca con el dorso de la mano, explicó:

—Reconozco que posiblemente actué con precipitación al cargarme a esos chales —intuyendo la intervención de una protesta en Adrián, levantó las manos demandando se detuviera, y se apresuró a aceptar—. Sí, ya sé que los querías vivos compadre, pero no me quedó de otra —hizo una leve pausa y, al ver que el otro no decía palabra y sólo le observaba fijamente, prosiguió—. La cosa es que teníamos planeado primero marcarles el alto, levantarlos y luego traértelos para acá para interrogarlos y sacarles toda la sopa del porqué pensaban que tú tenías ese objeto que su jefe te había pedido con malos modos y con amenazas —sacó un paliacate del bolsillo trasero de su pantalón y lo pasó por su rostro para limpiarse el sudor que seguía escurriéndole—. Te juro Adrián que todo estaba planeado como reloj. Yo ya tenía bien ubicados sus movimientos. Nos habían dado el pitazo de cuándo y por dónde andarían transitando. Preparamos todo para que por ahí, por Puente Roto, nadie pasara. No queríamos interrupciones. Así que ahí nos apostamos para esperarlos. Y así se puso a explicar lo ocurrido:

«Para cuando los chales aparecieron por allá en aquella Suburban, las dos *pick ups* donde esperaba la gente armada del Sapo brincaron de entre los matorrales hacia la cinta asfáltica para cerrarle el paso a la camioneta, mientras otra más salía tras de ellos para cortarles cualquier intento de escape. Cuando los sicarios descendieron con sus armas, de la Suburban partieron repentinamente los disparos, quebrándose de inmediato al Rito y al José, que ni tiempo tuvieron de disparar, lo que provocó la desbandada de los demás para cubrirse a punta de tiros. Ahí quedaron tendidos sus cuerpos en medio de la carretera, como muñecos desarticulados, nadando en el charco que se formaba su propia sangre.

Y entonces sí, una cortina roja cruzó por los ojos del Sapo, que no era nada bueno para eso de controlar el carácter. Mentando madres ordenó a todos que acabaran con aquellos «cabrones». Y así fue como se desató el infierno. Tronaron las armas, poderosas, las necesarias para un asalto de aquellos: las efectivas para violar el blindaje.

La Suburban quiso avanzar, pero los disparos en ráfaga hicieron añicos el parabrisas y cosieron al chofer, dejándole pecho y cara como un amasijo rojo de sangre y carne destrozada. Sin mando, el vehículo torció, saliendo del camino y frenando de trompa hacia la cuneta, donde quedó atascada y semivolcada.

Adentro, los hombres salieron a jugársela, disparando sus armas, sólo para ser alcanzados por el fuego cruzado, violento, de los sicarios. Pese a todos, los hombres del Sapo Morones no salieron del todo bien librados. Hubo heridos. Tal vez por la precipitación de salvarlos, de recoger los cuerpos del Rito y del José, y de lo violento e inesperado de los acontecimientos, fue que no esperaron para ver si quedaban vivos. ¡Tenían que largarse de ahí sin dejar huella! Los chales habían quedado como coladeras, diseminados sus cuerpos por todo lado».

—No. Para mí entonces era imposible que alguno de esos malparidos sobreviviera, compadre —terminó el Sapo y respingó con susto cuando Covarrubias le gritó en feroz reproche.

—¡Pero hubo uno que se salvó, Sapo! ¡Uno, y lo tienen los militares y nada más que salga de su gravedad, nos va a poner en apuros!

—Tú sólo dime qué hacemos. Si quieres monto un comando y voy tras ese tipo para rematarlo como sea —propuso el Sapo, desesperado por congraciarse.

—¡No digas estupideces! —tronó exasperado Covarrubias—. Y no se te ocurra tomar iniciativas por tu cuenta, porque entonces sí, te voy a llenar de plomo. Aquí quien decide qué y cómo se hacen las cosas soy yo, por si se te ha olvidado. ¿Estamos?

El narcotraficante sabía lo que decía y lo que ordenaba. Hombre práctico y ladino conocía el valor de la espera. Aceptar la propuesta de su compadre Morones sería en esos momentos una estupidez. El chino aquel estaría más vigilado que la virginidad de una santa. Cierto que podían acabar con él mandando un ejército de hombres armados a donde lo tuvieran escondido, sin importar el baño de sangre y el número de muertes que se produjeran en el intento. Pero eso sólo sería alborotar el avispero y hacer que «los verdes» —como llamaba a los militares— se pusieran encabronados y fueran por él con todo. No. Ese no era el camino por ahora. No es que le desagradara la violencia, prueba de ello eran los otros fiambres que se habían cargado en la emboscada. Sin embargo, el asunto es que Adrián Covarrubias sabía cómo y cuándo usarla. Esa era una de las razones de su tremendo poder. Así que la orden que rugió, no admitía discusión, e hizo que su compadre se plegara sumiso, aceptando sin chistar:

—Estamos.

—¡Ahora, fuera de aquí! —espetó con frialdad Adrián Covarrubias haciendo que el Sapo se sintiera como perro apaleado—. Quiero pensar a solas cómo arreglar el desmadre que hiciste.

Sin chistar, Morones dejó la habitación cerrando con cuidado tras de sí la pesada puerta de roble labrado. Ya en la soledad, Adrián pensó: «Ya le llegará el momento de aquel chino que decidió no

morirse. Peor para él, cuando le ponga las manos encima y lo aga-
rre vivito. Sabré entonces a ciencia cierta lo que realmente pasa con
aquella cobra de oro que el prepotente chino mafioso, el tal Pai Chan
Hu, piensa que yo tengo. ¿De dónde sacaría esa idea? Tal vez aquel
chale custodiado en el hospital de los militares, podrá aclarármelo».

Su reflexión fue interrumpida por el sonar del teléfono. Contestó. Era Verónica Guízar, su esposa, y le urgía hablar con él.

CAPÍTULO V

La «Dama de Shanghái»

Colonia Condesa, ciudad de México.
11:40 p.m.

RR descendió del taxi que lo condujo desde el aeropuerto. La calle estaba tranquila a esa hora próxima a la media noche, en ese día de mediados de semana. Estaba cansado y deseaba llegar a su departamento, darse una ducha caliente y dormir unas buenas ocho horas. No reparó en un auto oscuro, lujoso, entre aquellos estacionados en la acera a unos veinte metros de distancia de su edificio.

Dentro del auto, tras el volante, un hombre grande lo observaba atento a través de unos binoculares. Hacía unos cuarenta minutos, lo habían llamado advirtiéndole de la llegada del investigador desde la terminal 2 del puerto aéreo. Ahora, viéndolo entrar al inmueble, marcó un número preasignado en el celular. Con eso era suficiente para avisar a quien tenía que hacerlo.

Apenas entró a su departamento, RR tuvo la sensación de que algo no andaba bien. Por un momento se mantuvo un paso adelante del dintel de la puerta una vez que la cerró a sus espaldas, mirando atento hacia la penumbra. La pálida luz del alumbrado público se filtraba por el ventanal que daba justo hacia la calle, y ante el cual tenía colocado su escritorio. Todo parecía estar intacto y en orden, hasta que justo ahí, lentamente, el sillón de piel de alto respaldo giró lentamente hacia él para descubrir a una mujer que lo ocupaba. Ahora era sólo su silueta, a contraluz con la iluminación de la calle. RR acusó tensión. Maldijo para sí el hecho de que la Beretta viniera en el compartimiento secreto de su maleta. Antes de que pudiera llegar con su mano al interruptor de luz en la pared, la mujer se anticipó y prendió la lámpara del escritorio, permitiendo que por primera vez RR la mirara. Era realmente hermosa. Con una hermosura apacible. Totalmente oriental. Tendría a lo mucho cuarenta años de edad. Su vestimenta era de fina seda negra que se amoldaba a su delgada pero bien formada figura. Ahora simplemente lo miraba con esos ojos rasgados, negros, profundos, bajo unas cejas perfectamente delineadas. Su voz se escuchó suave, pausada, casi sin inflexiones cuando preguntó con un tinte de cortesía muy oriental, que brotaba de sus labios sensualmente pintados con *lipstick* rojo:

—¿Qué tal su viaje desde Nueva York?

La pregunta no dejó de sorprender e intrigar a RR.

—¿Quién es usted?

No hubo respuesta. Por el contrario, la mujer empleó el mismo tono de antes para comentar, aumentando más la curiosidad en el criminalista:

—Me alegro que haya salido con vida de Bangkok, rescatando algo que me pertenece.

RR se puso alerta. ¿Quién era esa misteriosa mujer que tan bien conocía sus pasos? No quiso preguntárselo. Pasó por alto la referencia al objeto que ella reclamaba como suyo y simplemente demandó en un tono seco:

—Le hice una pregunta.

Ella apenas marcó un leve movimiento afirmativo de cabeza. Su gesto escasamente se suavizó al responder:

—Desde luego. Tendrá todas las respuestas que usted quiera, pero antes dígame dónde está la cobra de oro que recuperó en Tailandia.

—¡La «Dama de Shanghái»! —exclamó RR cayendo en cuenta y sacando apenas una leve reacción de asombro en el rostro de la oriental, haciéndola indagar con desconcierto.

—¿Cómo dice?

Era el nombre que Fabián Alexandre le dio en Vancouver. La que andaba igual que otros, tras aquellas piezas. Sin embargo, surgió una inquietud en RR que lo hizo acusar una nueva tensión. ¿Cómo no lo había visto venir? Repentinamente tuvo la sensación de que aquella intrusa podía ser «La Cobra», la temida asesina que reclamaba el papel protagónico en ese asunto. Bien podía ser esa dama oriental, seductora, hermosa y enigmática como la que ahora le miraba apaciblemente. ¿Era ella entonces, la misteriosa asesina que causaba terror entre las mafias y los propios sicarios? Decidió no mostrar su juego. Tenía plena conciencia de que esa mujer no era ninguna improvisada. Contaba con la información adecuada. Por otra parte, estaba la cuestión de cómo había podido meterse a su departamento sin ser detectada. Todo eso quedaba en aquellos momentos en el terreno de la especulación. Lo importante ahora era conocer, identificar sin duda alguna a aquella mujer, para saber a qué atenerse. Con ello sabría entonces bien a bien con quién se enfrentaba.

De pronto un suave movimiento de ella lo puso en mayor alerta. No le quitó la mirada de encima y la vio levantarse lentamente del sillón. RR notó que no estaba armada y nada indicaba que estuviera dispuesta a la violencia. Manos limpias. No dagas, no jeringas como las que se presumía usaba «La Cobra». ¿Cómo entonces ella se presentaba así ante él? ¿Dónde estaba su fuerza, su poder o su habilidad por si a él se le ocurría intentar someterla?

—No soy quien piensa —advirtió ella con suavidad, como adivinando todo lo que pasaba por la mente del investigador—. No soy esa asesina que ha aparecido en todo este asunto, dejando su firma de muerte. No se equivoque, RR. Si le ha pasado por la mente matarme o deshacerse de mí en alguna forma, le aseguro que estaría cometiendo un gran error.

«Si no era «La Cobra», ¿entonces quién demonios es y qué quiere?», se preguntó RR, limitándose a mirarla sin pronunciar palabra. Entonces decidió llevar a cabo su siguiente jugada. Simplemente se dio la vuelta encaminándose a la recámara, arriesgándose al darle la espalda. Se exponía, pero estaría alerta a cualquier intento de ataque. Sin embargo, la mujer no se movió de donde estaba. La voz de ella al llamarlo suavemente por su nombre lo hizo detenerse y girar para encararla de nuevo.

—Uno de los motivos de mi visita esta noche es advertirle.

—¿Advertirme qué…? —inquirió RR. El mal humor empezaba a hacer presa de él. Aquel juego ya le estaba cansando y lo único que deseaba era estar a solas, deshacerse de aquella extraña mujer y descansar.

—Se ha metido en aguas profundas, donde hay tiburones muy peligrosos.

El mal humor crecía por segundos. Se controló:

—Hoy no estoy para metáforas, señora. Sólo quiero darme un baño y dormir —en tono cáustico, y poco amistoso añadió—. Gracias por la advertencia. Pero puedo esperar hasta mañana para ocuparme de cualquier peligro. No creo que esta madrugada con lluvia y frío alguien sea tan estúpido…

Ella sonrío y le interrumpió con suavidad, completando aquella idea:

—¿De venir a matarlo? —y advirtió con un gesto de obviedad—. Yo estoy aquí RR. Si hubiera querido ya lo hubiera hecho.

Hubo un instante de silencio. RR sopesaba aquella extraña situación. Efectivamente podía haberlo emboscado, recibirlo con un disparo certero o tal vez con alguna otra arma, peronada de eso había sucedido. La voz de ella era un sedante. Sonaba convincente, ¿o hechizante?

—Vaya y tome ese baño que lo relaje. Yo lo esperaré. Sé que le gusta el martini seco, con un ligero toque a Gibson —insistió con la misma suavidad, en un tono que tranquilizaba en alguna forma—. Relájese. Jamás cometería el sacrilegio de poner veneno en su bebida. A mí también me gusta el martini.

RR trataba de encontrar algún viso de falsedad en aquellas palabras o en la actitud de la mujer. Aunque no podía confiar en ella, decidió jugarse el albur. Era parte de la adrenalina que le hacía disfrutar su oficio. Torció el gesto en una leve sonrisa sarcástica.

—Queda usted en su casa —y añadió endureciendo el tono, indicándole que ya no estaba para bromas o acertijos—. Para cuando vuelva quiero respuestas o la sacaré tan rápido de aquí, que no tendrá tiempo de asimilarlo.

* * *

RR se metió a la regadera dejándose envolver por la nube de cálido vapor que llenaba el espacio de cristal templado que rodeaba la ducha. Disfrutó el agua caliente corriendo por su cuerpo y quiso por instantes olvidarse de que, a unos cuantos metros, una mujer enigmática y desconocidaquizás se estaba preparando para aniquilarlo y sacarlo de aquel juego de una vez por todas. «Cuestión de adrenalina», se dijo con una actitud de cínica despreocupación, apartando de sí aquella inquietante idea. Finalmente dejó el baño y, luego de secarse vigorosamente, se enfundó en una bata de paño blanco. Camino de la estancia se detuvo un instante junto al buró de la cama, para sacar de la gaveta una .38 de cañón corto. El cilindro estaba completo con balas expansivas. Guardó el arma en la bolsa de la bata y salió de nuevo a encarar a su misteriosa visita.

Ella aguardaba tras la barra de la cocina. Tenía frente a sí la botella de ginebra Bombay Sapphire, la de vermut Noilly Prat, las cebollitas de cambray y las aceitunas ensartadas en largos palillos colocados dentro de las copas convenientemente enfriadas, en donde ahora vertía de la martinera el líquido mezclado. Apenas sonrió cuando le ofreció uno de los tragos con un gesto femenino.

RR se acercó y tomó la copa. Ella hizo lo propio con la suya y bebió un pequeño trago, sin quitarle la mirada. RR tuvo que reconocer que esa mujer sabía preparar un buen martini. Dejó la copa a un lado para decirle en un tono que no admitía réplica ni más demoras o evasivas:

—Ahora quiero respuestas.

La mujer concedió con un leve movimiento de cabeza afirmativo y se retiró unos pasos hasta la suave área de luz que despedía la lámpara de escritorio con su pantalla verde de cristal. Desde ahí loconfrontó. Sin decir una palabra, simplemente con una desinhibida dignidad se desabotonó el vestido y dejó que escurriera hasta sus pies, mostrando su bien formado cuerpo desnudo. Sólo su sexo estaba cubierto por una delicada y pequeña braga. Su voz repuso serena:

—No vine a acostarme con usted, o a seducirlo, como pudiera parecer. Aunque quisiera hacerlo, me está vedado. Noto que le causa sorpresa mi actitud y percibo la pregunta en sus ojos. La respuesta es simple aunque le parezca anacrónica: soy virgen.

RR no acertó a reaccionar. Toda aquella acción lo tomaba desprevenido. La mujer se dio vuelta lentamente sobre sus talones dándole la espalda para que él pudiera notar, en la parte baja de la columna, el delicado tatuaje de una cobra con su característica capucha expandida, que emergía de un racimo de flores de loto dispuestos en abanico. Ella giró la cabeza para mirarlo por encima del hombro, y dijo:

—Nada que ocultar; nada que esconder, RR. El tatuaje que usted ve, habla de mi linaje, soy la última descendiente de la Hermandad de la cobra, las custodias del templo consagrado a Shiva Ardha Narīshuaren las selvas de Bangkok.

—¿Qué quiere de mí? —preguntó el criminalista, aunque bien podía adivinar la respuesta. La vio recoger el vestido y colocárselo de nuevo. Giró hacia él y regresó a la barra. Le clavó la mirada. RR pudo captar un velo de temor y ansiedad en aquellos ojos, cuando le pidió:

—Necesito su ayuda.

Sin más, con un movimiento sensual se apretó a él, dejándole sentir bajo la delgada tela del vestido la esplendidez y firmeza de su cuerpo; le colocó la mano en la nuca para atraerlo y depositar en sus labios un corto y apasionado beso. Se apartó, apenas, dejando que el tibio aliento de su boca lo inundara y volvió a preguntar con un hilo de voz, mientras sus ojos lo examinaban con una mezcla de ansiedad y deseo contenido:

—¿Lo harás, RR?

Era el momento de decidirse y jugar su carta. RR sostuvo la mirada. Tras una pausa, simplemente asintió con la cabeza y a continuación pudo percibir alivio en ella, cuando se apartó de su lado. Ella lo miró con agradecimiento. Él remató, consciente ya de que estaba dentro del juego que aquella mujer le había planteado.

—Mañana por la mañana. Te espero.

Ella asintió. Se alejó hasta llegar a la puerta del departamento. La abrió y, antes de abandonarlo, se volvió para decirle:

—Mañana a las diez, aquí estaré —antes de partir, con extraño brillo en los ojos, remató con unas palabras que se podían prestar a varias interpretaciones sobre las promesas que ahí se adivinaban—. No te arrepentirás de hacerlo, RR.

Después desapareció.

CAPÍTULO VI

Estrategias

Comandancia militar, al sur de México.
Madrugada.

—La autopsia ha revelado un hecho singular, mi coronel —dijo el capitán Arnulfo Godínez ante el coronel Maclovio Saldaña quien se encontraba sentado tras su escritorio.

En los rostros pálidos de ambos, con el asomo de la barba sin rasurar y las profundas ojeras, se notaba el cansancio que la vigilia y la tensión les provocaran. El coronel había estado varias horas esperando el parte de sus subalternos para decidir el paso a seguir y dar un informe a sus superiores en la Secretaría de la Defensa. Aguantando su impaciencia, pues lo que realmente le importaba era si el sujeto al que rescataron vivo había podido librarla o no, preguntó:

—¿De qué hecho singular me habla, Capitán?

—Que todos los muertos, sin excepción, tienen un tatuaje en el omóplato derecho, para más señas, un dragón cruzado por dos dagas.

«El símbolo de una de las organizaciones más peligrosas de la Triada, la mafia china», pensó el coronel, quien tenía bien clara la información sobre ese tipo de grupos criminales, gracias a sus años en el área de inteligencia militar, formando parte del

Centro de Investigación y Seguridad Nacional, el CISEN, antes de que fuera transferido a las zonas controladas por los cárteles del narcotráfico. Asintió secamente, dándose por enterado y a continuación hizo la pregunta cuya respuesta esperaba desde hacía algunas horas:

—¿Qué pasa con el otro, el que estaba vivo?

—Salió hace poco de cirugía. Su estado es delicado, mi coronel. El doctor Antunes ha hecho un buen trabajo.

—¿Qué diagnóstico tenemos? ¿Sobrevivirá o no? —inquirió de nuevo con impaciencia el coronel.

—Según me han informado, pese a ser un hombre ya mayor, pudo resistir. Tiene balas alojadas en el cuerpo cerca de lugares críticos, pero han podido controlar la hemorragia interna y proporcionarle las transfusiones de sangre necesarias. Será cosa de esperar las siguientes cuarenta y ocho horas, señor, que según el parte médico son las más críticas. Mientras tanto el pronóstico es reservado.

El coronel volvió a asentir con gravedad. Estaba plenamente consciente de que se había hecho lo posible por mantener aquel sujeto con vida. Ahora, como le acaban de informar, todo se concretaba en esperar y, sobre todo, en tener muy, pero muy vigilado al chino, pues estaba seguro de que los sicarios que los emboscaron, estaban esperando la menor oportunidad para llegar hasta él y rematarlo.

—Bien, capitán. Téngame informado de cualquier cambio. Y redoble la vigilancia. Veinticuatro horas efectivas e ininterrumpidas, porque no quiero tener sorpresas.

—Pierda cuidado, coronel —respondió con firmeza el capitán, y atendiendo a un ademán de su superior que le indicaba retirarse, se cuadró y giró para dejar el despacho.

El coronel se estiró con cansancio. Habían sido horas de tensión. Incluso pudo sortear las llamadas de algún periodista que quién sabe cómo ya estaba enterado y quería una entrevista. Sus subalternos supieron parar el golpe con eficacia. Ahora ya tenía elementos para empezar; algo qué informar a la Secretaría de la Defensa. Aún así el militar elucubraba sobre aquel ataque. Podía decirse que era común en aquella parte del sur del país que se dieran ese tipo de emboscadas producto de ajustes de cuentas y de luchas sangrientas entre bandas rivales por dominar el territorio. Cosa de narcotraficantes o del crimen organizado, que a últimas fechas parecía ser lo mismo, pero,¿qué demonios hacían aquellos delincuentes chinos en esa región? ¿Los habían acribillado al ser confundidos por una banda local? ¿Y si no era así, si aquello no se trataba de una equivocación? Entonces la venadeada aquella había sido minuciosamente planeada, sólo que existía una falla en todo aquel sangriento plan urdido por alguien de mente fría y letal, y era el sobreviviente, el que ahora se debatía entre la vida y la muerte en un cuarto del hospital militar, el poseedor de las respuestas en todos aquellos acontecimientos.

*   *   *

El coronel Maclovio Saldaña trató de conciliar el sueño acostándose en el camastro de la habitación contigua a su oficina, luego de dar instrucciones precisas de que en cuanto dieran las ocho de la mañana, lo despertaran con una jarra de café bien cargado. Sin embargo, esas pocas horas no le dieron el sueño reparador que esperaba, pues constantemente se revolvió en el lecho, acometido por las preocupaciones y el insomnio que todo aquello traía. Así que ya clareando el día dejó el camastro y se metió a la ducha instalada en ese mismo cuarto, para recibir el latigazo del agua helada que acabó dedespertarlo. Poco después, luego de su primera taza de café, hizo contacto con la Secretaría de la Defensa en la capital del país.

*   *   *

Secretaría de la Defensa, ciudad de México.
8:00 a.m.

Los oficiales encargados que recibieron la llamada escucharon el parte del coronel con interés profesional. En la capital se presentaba un clima brumoso y frío a causa de un nuevo temporal que llegaba desde el Golfo de México. Enterados los militares, decidieron transferir la información a la Secretaría de Gobernación dada la nacionalidad de los hombres masacrados.

*   *   *

Secretaría de Gobernación, ciudad de México.
8:30 horas.

—¿Qué posibilidades hay de trasladar al sobreviviente para acá? —fue la pregunta que surgió del funcionario.

—Pocas —informó quien daba el parte a la gente específica en Gobernación. Una pausa. Luego otra propuesta—. Lo haríamos con el mayor cuidado y sigilo.

El que daba el parte respondió con seguridad:

—Me temo que eso no es posible en estos momentos. El estado de salud del sujeto no permite una movilización de ese tipo, a riesgo de que se nos muera en el intento.

—De acuerdo. Gracias. Ya recibirán instrucciones —fue la respuesta. La comunicación se cortó.

*   *   *

Avenida en la ciudad de México.
9:00 a.m.

El procurador recibió la información en el teléfono dentro del auto blindado en el que se trasladaba. La gente de Gobernación manifestaba, luego de transmitirle la información, que sería conveniente manejar las cosas de manera discreta y en bajo perfil, debido aque estaban involucrados ciudadanos chinos. Ellos, por su parte, harían las investigaciones del caso en las áreas correspondientes de migración. Tampoco podían correr el riesgo de mandar gente del gobierno para investigar, por temor a filtraciones a la prensa o a los noticiarios de televisión.

—Eso sería riesgoso y pondría en peligro toda la investigación —concedió el procurador, ajeno al embotellamiento de tránsito que ya se hacía sentir en las principales arterias de la ciudad a esa hora, y dejando el problema en su chofer, quien conducía sin prisa, con pericia—. Sin embargo, no es cosa de sentarnos a esperar —advirtió.

—Coincidimos con usted, señor. El asunto no admite demora. Debemos mandar gente allá para saber qué es lo que está pasando y hasta dónde este incidente puede plantearnos un problema internacional —fueron las palabras que llegaron por teléfono del funcionario a cargo en la Secretaría de Gobernación.

El procurador coincidió con aquel planteamiento. Para él no era tan relevante la preocupación del incidente internacional, y más tratándose de los tipos acribillados que se sospechaba eran delincuentes. Ese dato sí era lo que despertaba su interés y preocupación: la presencia de la mafia china en México, caracterizada por sus acciones violentas y mortales, de lo que ya en el país se tenía de sobra. Así que señaló:

—Sin embargo, a la o las personas que mandemos deben estar totalmente desvinculadas de nosotros. Necesitamos alguien que no pertenezca a ninguna de las dependencias competentes del gobierno, por donde pudiera existir una fuga de información y alertar a los asesinos.

Repentinamente le vino una idea y el nombre de la persona que podría ayudarles. No sabía por qué, pero en alguna forma ligó el asesinato de aquellos orientales con los incidentes ocurridos en Bangkok, donde Interpol había enfrentado a la mafia china para recuperar una cobra de oro que bien podía ser la que robaran al empresario mexicano, asesinado en Santa Fe; enfrentamiento en que había participado un investigador que de sobra conocía.

—¡Localíceme a RR! ¡Es urgente! —pidió al asistente que lo acompañaba en el automóvil.

CAPÍTULO VII

Especulaciones

Edificio en la Condesa, ciudad de México.
09:45 horas.

El lugar olía a café recién hecho, pero aún persistía en el ambiente el sutil aroma del perfume de la mujer, sobre todo ahí, en el sillón que ocupara la noche anterior, y en donde ahora RR se encontraba sentado. Su atención y su mente se abstraían del día nublado y frío que se adivinaba allá afuera en la calle y en el parque poco concurrido a esa hora. El investigador cavilaba y repasaba los acontecimientos que de manera súbita y sorpresiva le cayeron encima apenas había llegado de su viaje, para encontrarse con aquella hechicera intrusa que lo aguardaba en la oscuridad.

Sin ningún recato ni pudor, más bien desafiante y altiva, se había despojado de la ropa para mostrarle toda su espléndida desnudez. ¿Qué pretendía con aquel acto insólito, tan inesperado y sorpresivo; tan gratuito? ¿Cuál era la verdadera intención en todo aquello?: ¿Provocarlo? ¿Desafiar su libido? ¿Seducirlo con aquella lujuria que retaba e inquietaba, advirtiéndole ella misma que al ser virgen consagrada a una deidad, era fruto prohibido y por tanto objeto de codicia y deseo? ¿No era acaso su actuar calculado, dotado de una profunda carga erótica, para mostrarse ante él como en una metáfora viviente que aseguraba que al exhibir su desnudez no ocultaba ningún secreto? ¿Era así en realidad o mentía? Cuando le pidió ayuda haciéndolo sentir la morbidez de su cuerpo al juntarse con el suyo, para besarlo con intensidad, ¿no llevaba en aquella acción, de manera implícita, la promesa de una recompensa que bien podría ser la entrega de su propio cuerpo, si él accedía a lo que le pedía?

Eran aquellas las preguntas que daban vueltas en la mente del criminalista desde que la mujer dejó su apartamento en la madrugada. Bebió un corto sorbo de café expreso y centró distraídamente su mirada en los cristales empañados por el frío del exterior.

«Demasiadas cuestiones y muchas incógnitas por develar».

Eran muchos los que iban tras la presa. Aquella oriental enigmática y misteriosa era una de ellas, tal vez la movía la misma ambición, aunque pretendiera esgrimir otras razones. ¿Creerle? ¿Aceptar aquel discurso místico-religioso, apelando a una antigua tradición de la cual ella era la última de su especie? RR lo tomaba con reservas. No confiaba plenamente en ella. Ni siquiera apartaba de sí la posibilidad de que fuera «La Cobra», la temida asesina. Con un sentimiento de atracción fatal RR había decidido sumarse al juego de esa extraña mujer a quien simplemente identificaba como la «Dama de Shanghái», cayendo en cuenta entonces de que jamás le había dicho su nombre. Estaba claro ahora que mucho de su éxito dependía de cómo se moviera y que la menor distracción podría costarle la vida. Por eso no podía darse el lujo de bajar la guardia, y menos con aquella mujer sensual y seductora.

Regresó al escritorio, justo ahí en donde estaba la copa en la que ella bebió el martini. Observó la huella de sus labios marcada por el *lipstick* en el borde del cristal. Indudablemente también sus impresiones digitales deberían estar ahí. Con cuidado tomó la copa por el tallo valiéndose de un trapo y la colocó dentro de un sobre de papel manila, donde previamente garrapateara el nombre del director de los Servicios Periciales de la Procuraduría. Lo cerró y selló con cinta adhesiva, con la intención de hacérselo llegar a la brevedad posible. Desde luego que le serviría de mucho saber a través del análisis de esos rastros, quién era realmente esa mujer.

El teléfono sonó, sacándolo de su abstracción. Contestó al segundo timbrazo. Era el Procurador, quien sin preámbulos le dijo que le necesitaba para un asunto muy delicado. Por experiencia RR sabía que cuando el abogado de la nación iniciaba con aquel planteo, no existía posibilidad alguna de rechazarlo. Así que, dando un nuevo trago a su café, se dispuso a escuchar el motivo de aquella petición. Asesinatos. Mafia china. Un estado sureño del país, nada que ver con un ajuste de cuentas entre bandas rivales y, sobre todo, la identidad de los hombres acribillados. El informe fue rápido y conciso.

—Necesitamos saber, RR. Eso de la mafia china no es cosa de tomarse a la ligera. Hay un sobreviviente severamente custodiado. Ya podrás comprender el sigilo con el que debe manejarse en este asunto. Por eso apelo a ti. Regresaste de Bangkok siguiendo el rastro del asesino de Olegario Ángeles Buendía y de la cobra que le robaron. No lo sé, pero algo me dice que tal vez esta matanza, poco usual por quienes fueron las víctimas, puede tener una conexión con todo esto. Necesitamos saber qué demonios se traían esos tipos que entraron fuertemente armados a México. Ya Gobernación está haciendo su parte tratando de obtener datos a través de la Dirección de Migración para localizar el punto de ingreso al país de esos sujetos. Ahora el balón está en mi campo, RR. Necesitamos que vayas allá y trates de entrevistarte con el superviviente. Te advierto que su estado es delicado, muy delicado —una leve pausa y luego la pregunta que más que eso parecía resultar una orden—: ¿Puedes partir de inmediato?

—Tengo sólo un pendiente que atender —señaló RR—. Algo relacionado con todo ese asunto de la cobra, señor. Pero puedo tomar un avión hacia el final de la tarde.

—De acuerdo. Agradezco tu ayuda en todo lo que vale. Gente de mi oficina pasará por tu departamento para dejarte los datos del vuelo y los viáticos, así como los datos que te permitan identificar a la persona que se contactará contigo.

—Muy bien, señor —dijo RR, para agregar—. Si por alguna circunstancia su gente no me encuentra cuando venga, puede dejar todo con Agustín, el portero del edificio. Es gente de toda mi confianza —viendo el sobre que contenía la copa, le vino rápidamente una idea—. Ah, un pequeño favor. Voy a dejarle un sobre con una copa. Hay ahí unas huellas… —no necesitó decir más.

—No hay problema. Investigaremos y, gracias otra vez RR.

RR se quedó unos instantes pensativo mientras apuraba el resto del café. ¿Cómo podían mezclarse los acontecimientos? Esos eran los vericuetos inescrutables de la vida. De nuevo sonó el teléfono. Descolgó para escuchar la sedosa voz de la mujer oriental que le anunciaba con suavidad:

—Ya estoy aquí abajo. Lo espero en mi auto.

—Voy enseguida —respondió RR. Colgó. Suspiró y remató sus pensamientos con resignada filosofía—: Al tiempo las cosas. Por lo pronto, ¡dejar que los dados corran!

Luego salió del departamento dispuesto a enfrentar una nueva cita con el destino.

CAPÍTULO VIII

Ira asesina

Yaowarat, Barrio Chino de Bangkok.
10:00 a.m.

La mano barrió con rabia todo lo que estaba encima del escritorio. Pai Chan Hu estaba iracundo, incontenible, lleno de un profundo dolor que se le encajaba en las entrañas. Aquella reacción era un gesto de impotencia ante la fatalidad de la noticia que le llegó a través de aquella llamada telefónica intercontinental. Luego todo fue silencio. La lluvia golpeaba incesante contra los vidrios empañados del ventanal. Su respiración se escuchaba como un jadeo. Sentía que la furia lo ahogaba. No podía creer lo que sus oídos acababan de escuchar.

«Todos muertos. Los cazaron como animales».

Se sentía traicionado y estaba furioso. Nunca debió confiar en esos mexicanos, pero todo fue por causa de su tío, el hermano de su padre, el hombre sabio que siempre lo aconsejaba. Él le había dicho que Adrián Covarrubias se sintió intimidado por la amenaza que le hizo, y que todo indicaba que entregaría la cobra de oro sin oponer resistencia. Pero los engañó. Ladinamente los llevó a una trampa de muerte y, como los cobardes, emboscó a su gente en un camino solitario para matarlos. Hasta ahora no tenía noticias de que hubiera sobrevivientes de aquel ataque tan artero y ventajoso.

Su tío estaba muerto —pensaba equivocadamente, con un dolor profundo, pues ignoraba que se debatía entre la vida y la muerte en un cuarto de hospital— y todo era culpa de aquel infeliz narco, el tal Covarrubias. Pero ya le enseñaría a no burlarse de él. Su venganza no tendría límites.

Analizando todo aquel asunto empezó a descorrerse ante él telón de la lógica. Había participado años atrás en el robo de aquella cobra de oro que se exhibía en un museo chino. Sabía desde entonces que existían otras dos. Ese conocimiento se lo transmitió en su tío, quien le inculcó que era el heredero de aquellas piezas y que, al obtenerlas tendría poder y riqueza jamás imaginados, con lo cual acabaría por vencer a sus odiadas rivales, las sacerdotisas de la Hermandad de la cobra, que condenaron a su familia siglos atrás a la vergüenza y la ignominia. Su antepasado pudo sobrevivir milagrosamente en aquella selva donde lo abandonaron recién nacido, como abandonaban a su suerte y a la muerte a todos aquellos varones que nacían en aquella secta de mujeres custodias de Shiva Ardha Narīshuar, el dios de la destrucción y del renacimiento. Aquel milagro de supervivencia fue indudablemente una señal. Que alguien pudiera encontrar aquel bebé y llevárselo, y que ese alguien fuera parte de una organización poderosa que sentaba sus reales en el continente asiático a base de terror y muerte, era una evidente señal del destino. De aquel sobreviviente surgió su descendencia.

Sí, Pai Chan Hu sabía de las tres cobras. De dos tenía clara su procedencia: Una la que robó del museo. Otra, la que quiso vender el prestamista en Pattaya asesinado por la pareja de jóvenes y por el extranjero rescatado por Interpol y el misterioso sujeto mexicano. La tercera, se encontró en Belice y fue robada al socio del narcotraficante Covarrubias. El líder criminal chino estaba plenamente convencido de que éste lo había traicionado para quedarse con ella.

Pai Chan Hu creyó que todo resultaría muy fácil. Que doblaría al narcotraficante. Pero se dejó llevar por la soberbia y no calculó la fuerza de su enemigo en aquel país exótico y violento tan lejano del suyo. Se juró que Covarrubias pagaría muy caro aquel engaño.Existía alguien que cobraría por él aquella sangre derramada. Tenía contactos para llegar a ella, la terrible asesina que trabajaba por contrato, «La Cobra». Le pagaría lo que le pidiera por una doble misión: vengar la muerte de sus hombres y recuperar las cobras, una en manos del narcotraficante y la otra, según estaba informado, la que estaba en poder de aquel mexicano asociado a Interpol.

CAPÍTULO IX

Una antigua bitácora

Librería de viejo, centro de la ciudad. México.
11:00 a.m.

El hombre chino parecía tener todos los años encima. Su piel apergaminada mantenía el pálido color de su raza. Los observaba con sus ojillos rasgados tras los anteojos de grueso cristales de miope. A RR con cierta suspicacia. A ella con mayor apertura y confianza. Estaba sentado en un viejo y vencido butacón de gruesos brazos, forrado de terciopelo ya raído, en donde se veía más pequeño de lo que era. Vestía en la forma tradicional, con un kimono de algodón oscuro. Al lado de él una joven china que no pasaría de los veinticinco años, de mirada inteligente y expectante, lucía más occidentalizada en su vestimenta de jeans, blusa y tenis de lona. Estaban al fondo del negocio, un estrecho y profundo espacio con anaqueles atiborrados de libros viejos que ocupaban las paredes de piso a techo, dejando angostos pasadizos entre ellos. Una lámpara con pantalla de metal pendía del techo e iluminaba el área con un foco de setenta y cinco watts. La mujer que estaba frente al anciano, oriental como él, le hablaba en su idioma y él la escuchaba con atención, sin que su arrugado rostro mostrara emoción alguna.

RR había llegado al centro de la ciudad con la «Dama de Shanghái» en el coche oscuro de la mujer, manejado por su gigantesco guardián. En el trayecto el investigador la puso en antecedentes sobre aquel vendedor de libros viejos, y le dijo que posiblemente fuera el poseedor de un volumen que podía tener conexión con la leyenda de las tres cobras de oro.

El chino respondía con calma, apoyando sus palabras con ademanes pausados pero firmes. RR de pie, recargado en el borde de un librero de madera, observaba, en aquel ambiente de olor a polvo, papel viejo y cuero. Trataba de descubrir en el rostro del vendedor algún indicio de lo que estaba diciendo. Ahora la conversación entre la mujer y él parecía derivar hacia una discusión. RR quiso saber y preguntó a la muchacha.

—¿Me puedes decir qué está pasando?

La chica respondió con naturalidad en un tono bajo y suave, luego de asentir levemente:

—Regatean el precio. Mi abuelo quiere una cantidad importante por lo que la señora desea. Ella intenta una suma menor.

RR hizo un gesto que era tanto de asentimiento como de gratitud y se inclinó a la espalda de la Dama para susurrarle al oído que aceptara las condiciones del viejo, pero ella, sin mirarlo, pues su vista estaba en el anciano, respondió casi en un susurro.

—No corre prisa. El regatear es parte de una buena discusión de negocios, RR.

RR optó por callar y se limitó a esperar. Aquella discusión entre la mujer oriental y el viejo chino se prolongó durante un cuarto de hora más, hasta que finalmente éste asintió conforme y se volvió hacia la chica, indicándole con un ademán un lugar determinado en todo aquel hacinamiento de volúmenes. Ella se movió con rapidez desapareciendo por uno de los recovecos; a los pocos minutos regresó con un paquete envuelto en yute y amarrado con delgado mecate. El anciano le dio una nueva indicación y la chica se apresuró a abrirlo para mostrar a la Dama y a RR lo que contenía: Era una libreta de veinte por quince centímetros, empastada en

piel ya muy desgastada y quebradiza, con unos herrajes oxidados que la mantenían cerrada. El viejo tomó la libreta y la abrió
para mostrar sus páginas amarillentas y apergaminadas, cubiertas por una apretada cantidad de caracteres muy similares a los
pictogramas chinos, que estaban sorprendentemente conserva-
dos pese al paso del tiempo. La «Dama de Shanghái» se adelantó para observar el texto. Después volvió el rostro hacia RR
para informarle:

—Esto es lo que buscamos.

* * *

Departamento en Polanco, ciudad de México.
2:00 p.m.

—Parece ser una bitácora escrita por un viejo monje tailandés —advirtió la «Dama de Shanghái», sentada ante una mesa y frente a aquel
volumen abierto en las primeras páginas, bajo la luz de una lámpara
de escritorio. Sentado junto a ella RR la observaba, sintiendo el suave
aroma que la joven piel de la mujer despedía de manera inquietante.
Se encontraban en un pequeño salón amueblado al estilo oriental
que contrastaba con la arquitectura de los años cincuenta del edificio en el centro de Polanco.

Cuando llegaron él le preguntó si ahí vivía, a lo que ella respondió en una forma vaga que sólo temporalmente. Miró al criminalista y prosiguió:

—Conozco bien esta caligrafía; es escritura abugida, característica del sudeste asiático; puedo traducir el texto sin mayores com-
plicaciones. Son caracteres antiguos pero totalmente conocidos para
mí, soy tailandesa, RR, por eso no entiendo por qué me llamas la
«Dama de Shanghái». ¿De dónde sacaste esa idea?

RR se encogió levemente de hombros, en un ademán de restarle
importancia y repuso:

—Es una larga historia que no tiene sentido. Tu presencia en esta trama ya estaba detectada y alguien te bautizó con ese nombre. ¿Quién? No importa.

—Gracias por aclarármelo —dijo ella con un retintín de sorna y volvió a mirar a través de la lupa los apretados signos de aquella escritura.

—¿Entonces… tu nombre real es…? —quiso saber RR, pero ella respondió esquiva, aparentemente concentrada en la lectura del texto.

—¿Qué importa un nombre?

RR entendió la evasiva y la aceptó, afirmando con un suave movimiento de cabeza.

—De acuerdo. Tus razones tendrás para ocultármelo —consultó su reloj y advirtió—. Tengo que tomar un vuelo. ¿Cuánto te llevará traducir esa bitácora?

Ella dejó de leer para mirarlo de nuevo.

—No mucho. Unos dos días si me aplico todo el tiempo en ello.

—De acuerdo. Dos días. Volveré para entonces. ¿Cómo te localizo si quiero ponerme en contacto contigo?

—Por eso no habrá problema. Te estaré esperando.

Lo miró con profundidad por unos momentos, e intuyendo el riesgo que llevaba el viaje que RR tendría que emprender, señaló:

—A donde vayas ahora, desearte suerte me resulta muy trillado, RR. Así que adelante en ese juego peligroso. Regresa con bien, que aún tienes que cumplirme una promesa y yo de recompensarte si lo logras.

Por unos instantes ambos se miraron con intensidad. El asintió:

—Lo tengo presente. Tú cuídate también —dejó su gesto serio y remató con una torcida sonrisa—: Hasta pronto mi «Dama de Shanghái» —y se acercó para depositarle un suave beso en los labios, que ella no rehusó.

CAPÍTULO X

A la espera

Hotel en la costa del Pacífico mexicano.
6:30 p.m.

El vuelo había sido corto, no más de cincuenta minutos. Tomó un taxi que lo condujo al lujoso hotel en forma de pirámide maya frente a las costas del mar Pacífico. Hacía calor en ese mes de mayo, el más fuerte de todos al decir de los lugareños. Cuando RR llegó a registrarse traía empapada la camisa de lino. Subió a su cuarto, reguló el aire acondicionado para que no estuviera frío como congelador, como le gustaba a los norteamericanos. Se deshizo de la ropa y se metió a bañar con agua fría. Bajó al bar, a un lado de los elevadores, en el amplio *lobby* desde donde tenía una panorámica general de toda la escena, observando disimuladamente a la gente que deambulaba por ahí; la que llegaba, la que salía de los elevadores para ir hacia la playa con intenciones de disfrutar el atardecer y aquella otra que deambulaba por la recepción sin nada aparente que hacer, o simplemente para tomar un trago o enfrascarse en una charla trivial con los amigos o la pareja.

RR pidió un martini seco con aceitunas y cebollitas de cambray. Siguió observando muy al descuido, mientras paladeaba su bebida. En la barra dejó su celular al lado del estuche de piel donde llevaba sus dos puros Davidoff. Lo más lógico era esperar una llamada. Consideraba que ésta no llegaría a su cuarto. La gente que le había encomendado aquella misión no quería correr riesgos. Poderosos sí, con recursos también. Pudieron ponerlo en un avión privado pero no. La consigna era clara: el bajo perfil en este asunto era lo importante. Estaba ahí para desenmarañar algo que inquietaba al gobierno: el porqué de la presencia de la mafia china en el lugar.

El investigador no esperaba que el contacto llegara a través de un mesero o del barman, quien diligentemente le había servido y agradeció sonriente la generosa propina. Eso lo daba por descartado sabiendo cómo se jugaban las bazas en aquellos lugares. El narco y el crimen organizado estaban metidos en todos lados. Los bares, antros y centros de diversión eran lugares apropiados para que se infiltraran a través del narcomenudeo o de la prostitución especializada que no tenía discriminación en sexo o edad. No. Aquel *bellboy*, la coqueta mesera o cualquiera podían ser ojos y oídos de los criminales. Todo era cuestión de paciencia. RR sabía que lo contactarían. Cómo, lo ignoraba hasta esos momentos, pero no iba a mover un dedo para precipitarse. Se conduciría con el ritmo normal de un turista que llegaba a aquellos lugares a pasarse unos buenos días de descanso, de alcohol, buena comida y, de ser posible de algún buen ligue que lo metiera en una aventura amorosa de pocos días, sin riesgo ni compromiso, con alguna hermosa europea o alguna prima del otro lado, ansiosa de explorar las leyendas sobre los *latinlovers*.

Así que esperaba. Y el contacto llegó con la puesta de sol, cuando una persona morena se le acercó sonriente diciéndole que la lancha para la pesca nocturna estaba lista. Esa era la clave. Momentos después RR abordó un automóvil nada ostentoso, dentro del cual se encontró con un hombre menudo, de rasgos orientales y vestido de guayabera quien lo saludó en perfecto español. El hombre sonriente —ahora ya no tanto, serio y formal— que se puso tras el volante se lo presentó como un perito traductor de la Defensa, que fungiría como intérprete en aquel encuentro y él, como un teniente del ejército asignado a servicios de inteligencia.

Dejaron el puerto y tomaron por una larga carretera. Atrás ellos quedó el mar y el atardecer. El sol desapareció en el horizonte, dejando como rastro un celaje de fuego que poco a poco se fue oscureciendo. Media hora más tarde el auto llegó al edificio de la zona militar. Ahí lo esperaba ya el coronel Maclovio Saldaña con el capitán Arnulfo Godínez. Sin más trámite RR y el intérprete fueron conducidos al hospital. Subieron por unas escaleras y tomaron por un largo pasillo al llegar al tercer piso, justo al final, donde dos militares fuertemente armados, montaban guardia.

Entraron al cuarto. Era amplio y acondicionado con todo lo necesario para atender al paciente en estado crítico, que se veía disminuido en la cama de sábanas blancas donde yacía boca arriba, totalmente quieto, con oxígeno conectado por un tubo directo a sus fosas nasales y el suero intravenoso goteando por la tripa que iba desde la botella colocada en el tripié hasta su brazo, más los catéteres aplicados a su pecho para monitorear el ritmo cardiaco, que se reproducía en el monitor del aparato correspondiente emitiendo un suave y acompasado ruido confundido con el sisear del oxígeno. Una enfermera militar custodiaba al hombre. Había una sola ventana condenada por una recia reja. Las cortinas estaban corridas, cerrando el paso a la luz exterior. El médico militar, doctor Antunes, ya los esperaba. Se saludó con el coronel de acuerdo al protocolo militar y advirtió en voz baja:

—Su estado sigue siendo crítico y me permito aconsejarle, en bien de su precaria salud, que la entrevista sea lo más corta posible.

—Perdone, doctor, pero esto ha de durar lo que deba de durar. Las instrucciones son precisas, sacarle lo más posible a este desgraciado, ¿está claro? —replicó sin ningún asomo de piedad.

El doctor hizo un gesto afirmativo. Luego, mirando a RR y al intérprete, les dijo:

—Cuando gusten. Está despierto, aunque muy débil.

El intérprete se colocó a un lado de la cabecera y RR cerca de él, pero encarando directamente al herido. Constató que estuviera despierto. Así soltó en un tono bajo la primera pregunta:

—¿Quién eres?

El chino mantuvo la mirada en el techo, sin responder pese a que el intérprete había traducido la pregunta. RR aguardó un momento. Se aproximó más a él, buscándole el rostro con la mirada:

—¿Qué vinieron a hacer a México tú y tus compatriotas?

El intérprete hizo la pregunta. Nueva pausa esperando la reacción del chino, quien pronunció una sola palabra que de inmediato fue traducida al español:

—Negocios.

RR no se la tragó. Preguntó a continuación, mientras al pie de la cama el coronel Saldaña y el capitán observaban expectantes:

—¿Quiénes los atacaron?

El chino siguió mirando al techo. Pese al oxígeno respiraba con dificultad. Su corta respuesta fue traducida:

—No sé.

RR no perdió la calma. Insistió con suavidad, sin quitarle la vista de encima.

—Tu gente estaba armada. Todos están muertos.

Un leve parpadeo del viejo chino. La noticia lo había sacudido por más que tratara de disimularlo. No dijo nada y RR insistió.

—Será mejor que hables —ante el obstinado silencio del herido, RR prosiguió con el interrogatorio—. Te pregunto de nuevo, ¿sabes quiénes los atacaron?

Un movimiento negativo de cabeza fue la respuesta.

—¿Eres parte de la Triada? —silencio. Movido por una corazonada RR preguntó—: ¿Conoces a un hombre llamado Pai Chan Hu?

Un débil parpadeo y luego el ostracismo. RR supo que había dado en el blanco, pero pese a ello el chino respondió:

—No sé quién es.

Teniendo ya los datos que el coronel le había confiado en camino al cuarto, RR le dijo:

—Es el hombre que encabeza una organización criminal identificada por el tatuaje del dragón cruzado por dos dagas.

—No sé —mintió el chino, sacando un gesto de exasperado malestar en el coronel quien, sin embargo, se mantuvo callado.

—Tu gente, la que venía contigo, tenía ese tatuaje —RR adelantó de pronto la mano para aferrar la bata del herido, jalándola para dejar al descubierto el mismo tatuaje. Con tono duro pero sin levantar la voz, el criminalista le advirtió—: Déjate de mentiras y habla de una vez. Te estás muriendo y queremos saber qué hacías en nuestro país con gente armada, ¿a quién buscaban?

Las palabras traducidas al chino se escucharon casi simultáneamente a la indagatoria de RR y la respuesta fue la misma, un cerrado silencio. Ante eso surgió en el investigador una nueva corazonada.

—¿Qué sabes de una cobra de oro?

Los ojillos del chino se movieron esquivos. RR supo que su presentimiento era correcto. Inquirió de nuevo.

—¿Vinieron por ella?

El chino se notaba fatigado, exangüe. Simplemente desvió el rostro hacia la ventana, indicando de esa manera que ya no iba a dar mayores respuestas. El aparato empezó a mostrar un cuadro de arritmia y un aumento en la presión sanguínea, lo que hizo al médico intervenir.

—Por ahora es suficiente, señores.

La advertencia no admitía réplica. El coronel se mostraba contrariado pero también comprendía al médico militar. Asintió y, mirando a RR, propuso:

—Sigamos en mi oficina, si le parece.

* * *

—¿Qué demonios es eso de la cobra de oro? —quiso saber el coronel mientras le alargaba a RR una taza con café humeante. La recibió y la acunó entre ambas manos, pensando que tal vez hubiera sido mejor una buena cerveza helada, pero se abstuvo de comentarlo. Simplemente agradeció con un gesto y acto seguido explicó.

—Una larga historia, coronel —respondió RR sin dar mayores detalles, para luego continuar—. Lo que sí puedo asegurarle es que este sujeto y sus hombres vinieron a México por algo relacionado con ese objeto. Quien los atacó es gente del crimen organizado o relacionada fuertemente con las drogas.

El coronel hizo un gesto de comprensión y acotó, siguiendo el hilo conductor que le planteaba el criminalista:

—Puedo pensar en quién, pero es esquivo y se mueve con cautela. Contra él hay sólo sospechas. Nada concreto con lo que le pudiéramos caer.

RR supo a quién se refería el militar. Aún así afirmó más que preguntó esperando confirmación.

—¿Adrián Covarrubias?

El coronel asintió y RR prosiguió conectando de esa manera los hechos.

—Está relacionado con un hombre que fue asesinado hace un tiempo en la capital, precisamente para robarle una cobra de oro. Así que si sumamos dos más dos, coronel, puedo anticipar sin temor a equivocarme que estos chinos llegaron a México con la intención de confrontar a quienes ellos suponían podía tener ese objeto, y en ese enfrentamiento se han llevado la peor parte.

El coronel respiró con cierto alivio:

—Me quita un gran peso de encima, RR. Esto cuando menos nos aleja de cualquier especulación con respecto a una intromisión de la mafia china en nuestro país, que podría tener otras derivaciones. Así se lo comunicaré a mis superiores y a la gente de Gobernación.

Concluyó la entrevista. RR se puso en pie y estrechó la mano del militar, para despedirse.

—Fue un placer, señor —estaba realmente cansado. Deseaba regresar al hotel con la intención de recoger sus cosas y tomar el último vuelo de regreso, que saldría sobre la media noche.

Su decisión traería una consecuencia inesperada.

CAPÍTULO XI

Levantado

Ciudad de México.

1:30 a.m.

A la llegada a la Terminal 2 del aeropuerto, RR se encontró prácticamente con el lugar vacío. Sin problemas tomó uno de los taxis oficiales y dio su dirección mientras se reclinaba exhausto en el asiento trasero y cerraba los ojos, tratando de descansar un poco, ansiando ya llegar a su departamento.

Había llovido y las calles húmedas y encharcadas mostraban las huellas de la tormenta que cayera como una tromba esa tarde sobre la ciudad. Ahora, ya de madrugada, lucían prácticamente vacías. El taxi dejó el Viaducto para enfilar por una avenida rumbo a la Condesa.

Fue cuando las cosas ocurrieron.

El violento frenazo del taxi despertó a RR, quien se incorporó un tanto aturdido. Apenas pudo distinguir adelante, por el parabrisas, una camioneta cruzada cerrando el paso y hombres que bajaban y corrían rápidamente hacia el auto. Las portezuelas se abrieron. Escuchó maldiciones; el taxista, temblando, las manos en alto, fue sacado con violencia y tirado al asfalto húmedo, mientras la puerta trasera se abría y un sujeto prieto, con cara de luna picada de viruela, le apuntaba ominoso con una .45. Sintió al otro lado del vehículo que también la portezuela se abría y un sujeto más se metía y le clavaba decidido la aguja de una inyección en el cuello. De inmediato comenzó el mareo y el sabor amargo del sedante le inundó la boca. Lo sacaron rápidamente del taxi y lo llevaron casi a rastras a la camioneta donde lo metieron con una violencia precisa, quedando de bruces con la cara contra el piso, inmovilizada la cabeza por una pesada mano en su cráneo mientras una voz, la única que escuchó en toda esa pesadilla, le advirtió con un seco «¡quieto!», que se quedara así, inmóvil, apoyando la palabra con el amartillado de la pavorosa escuadra cuya fría boca del cañón se apoyó contra su sien. La bruma lo envolvía y una gran pesadez cayó sobre su cuerpo.

Después perdió el sentido.

CAPÍTULO XII

Al final del camino

Un lugar en la sierra sur de México.
2:30 p.m.

Había perdido la noción del tiempo, desde que fuera levantado. Le parecía un sueño atormentado y angustiante. Más bien, una pesadilla de la que no lograba despertar. Estaba confuso y mareado. A ciegas, con la cabeza metida en aquella funda negra que apestaba a rancia humanidad. El cuello le dolía, producto de la tremenda tensión de... ¿horas ya? Y también las manos, atadas fuertemente en las muñecas con delgados listones de plástico rígido, lacerándole la piel, cortándole la circulación. Le escocía la garganta. Tenía una sed incontenible y abrasadora que se agudizaba con el sabor salobre de su propio sudor que le resbalaba por la cara, mojándole los labios resecos, para escurrirse hacia su cuello y unirse al que producían sus axilas para mojarle prácticamente toda la ajada camisa.

Inútil hablar con aquella gente. Ni una palabra. Pocas se habían cruzado con él desde que lo levantaran. Concluyó con cansancio, en medio de aquellos hombres hoscos y brutales, que lo habían secuestrado, sin duda asesinos por consigna, que lo llevaban a un lugar que ignoraba a través de un terreno irregular y polvoriento, lo que adivinaba por el traqueteo del vehículo y por el polvo que, a querer o no, se filtraba al interior. Trató de serenarse. Esperaba que, pasara lo que pasara, a fin de cuentas no terminara siendo un cadáver más. De pronto sintió que el vehículo aminoraba velocidad hasta detenerse y escuchó el sonar el claxon en una rápida sucesión de tres llamadas. Unos momentos después la camioneta arrancó despacio y se deslizó por un terreno llano, no como el que había venido sorteando desde hacía rato, cuando avanzaba a toda velocidad. Finalmente una nueva detención. Escuchó que el motor se apagaba, y supo que había llegado al fin, a donde fuera que fuere.

*   *   *

Rancho Covarrubias, en la sierra sur de México.
3:00 p.m.

En su despacho Adrián Covarrubias esperaba. Recordaba la conversación telefónica con su mujer que lo había llevado a tomar la decisión cuyo resultado estaba esperando en esos momentos.

La voz de ella sonaba excitada, animosa:

—El hombre al que le encargué que me comprara la cobra en Bangkok ha vuelto a su casa, allá en Vancouver.

—¿Y qué con eso…?

—Que al fin dio señales de vida. Me mandó un correo disculpándose por haber fracasado en el encargo que le di. Me dijo que había tenido muchos problemas allá, que incluso su vida corrió peligro, de no ser por la Interpol que lo salvó de todo eso.

—¿Interpol? ¿Con quién demonios te andas metiendo? ¿Sabes que esa es una policía internacional? —recriminó Adrián Covarrubias con un dejo de preocupación.

—Antes de que me montes una bronca, escúchame, Adrián. Aquí lo importante no es esa policía internacional, que por otro lado nada tiene que ver contigo. Tú preocúpate de la DEA que igual da lo mismo, pues según me presumes ahí tienes todo controlado con los americanos.

—¡Ya, ya! —cortó el narco, impaciente y malhumorado—. Déjate de tanto parloteo y dime de una vez lo que me quieras decir.

—Que la cosa de lo de Bangkok, no es tanto lo de la Interpol, sino de quién participó en el rescate del comprador. Sé que fue un mexicano, que dicen se quedó con la cobra de oro que yo quería, esa, la que le robaron al estúpido de Ángeles Buendía.

En ese momento Adrián Covarrubias recordó al chino aquel que hablaba un inglés cortado, de lengua afilada, que tuvo los arrestos de amenazarlo a él en su propio territorio, pidiéndole precisamente la entrega de esa cobra.

—Explícate, y hazlo pronto que no tengo tanto tiempo para escucharte —demandó impaciente, molesto, pero también picado por la curiosidad.

—Se trata del mexicano ese, que da la casualidad que es el mismo que el Procurador nombró para investigar lo del asesinato de Olegario. Creo que ese es el hombre que necesitamos, ¿no crees, mi amor?

Y ahora su gente se lo había traído según pudo constatar a través de las pantallas de televisión del circuito cerrado que abarcaba el patio y donde se veía a su compadre Morones trayendo hacia la casa a aquel hombre, maniatado y con la cabeza cubierta. Esperó pues a recibirlo. Unos minutos más tarde, luego de unos toquidos en la puerta de roble y la orden de pasar, la doble hoja se abrió dando entrada a RR amarrado y custodiado por Morones.

—Acá lo tienes, como lo pediste. Y traía esto con él —dijo, entregándole la Beretta que Adrián recibió y se fajó en la cintura, para después ordenar:

—¡Descúbrelo!

El Sapo Morones le quitó la capucha. RR parpadeó por unos instantes, enfocando su mirada hasta descubrir, a unos tres pasos frente a él, a Adrián Covarrubias quien lo observaba con aire seguro y prepotente, para espetarle:

—No sé si me conozca.

RR hervía de furia, pero dadas las circunstancias en las que se encontraba, lo mejor era controlarse. Trató de encauzar su pensamiento. Estaba ante gente peligrosa, quisquillosa e impredecible que en un tris pasaba de la alegría a la ira ciega y violenta, por lo que lejos estaba en su ánimo el querer balas en su cuerpo. Respondió imprimiéndole a sus palabras un tono frío.

—No creo —desde luego mentía. Sabía bien a bien ante quién estaba—. Aunque me parece haberlo visto en periódicos, en donde lo mencionan digamos que de manera no muy conveniente.

Covarrubias emitió una helada sonrisa. Se encogió de hombros como no dándole importancia a aquella cuestión, e ironizó:

—Ya sabe cómo es la prensa. Se dejan llevar por rumores, y en mi caso todos sin fundamentos. Soy un empresario exitoso, nada más. Y eso despierta envidias, ¿no cree?

RR apenas pudo soportar el descarado cinismo del narcotraficante. Aunque tenía la boca seca y una sed incontrolable, decidió aguantar. No les iba a dar el lujo de mostrar debilidad o de solicitarles ni siquiera ese vaso de agua tan ansiado. Así que fue directo al grano:

—¿Por qué estoy aquí?

Por la ventana abierta se escuchaba el insistente chirriar de las chicharras producido por el frotar de sus alas, y que al decir de la gente de por esos rumbos, pedían agua en aquel lugar serrano, agobiado en los últimos tiempos por la sequía. Era lo único que rompía el silencio en esos momentos después de la pregunta de RR. Covarrubias parecía sádicamente divertido por aquella situación. Finalmente habló y empezó a decir, socarrón:

—Ha hecho un largo viaje…

Pero RR lo interrumpió con un tono demandante que lo hizo enrojecer de furia:

—¡Respóndame! He venido hasta acá traído por sus gorilas en contra de mi voluntad. Así que de una vez, dígame cuál es su juego.

El compadre Morones cambió el peso de su cuerpo de un pie al otro, incómodo y asombrado por la forma en que el sujeto aquel se atrevía a hablarle a su jefe. Éste adelantó un paso para plantarle cara a RR. Su voz salió fría y estremecedora, en un susurro lleno de ferocidad:

—Bueno, si así lo quiere, ahí le va. Escúcheme bien, infeliz, a mí nadie me habla con ese tono que está empleando y que me cae en la punta del hígado. Dese de santos que no lo mato porque tengo otros planes para usted, así que vaya cambiando de actitud.

RR no se amilanó. Le mantuvo la mirada, esperando. El otro prosiguió:

—Un hijo de mala madre se quebró a mi socio, un buen hombre. Seguro ha oído hablar de él, Olegario Ángeles Buendía, porque, según me cuentan, anda usted metido hasta las orejas en la investigación, por órdenes del Procurador.

Ni una palabra en RR. Ni un movimiento ni un parpadeo. Seguía mirando de fijo a Adrián Covarrubias, quien igual, sin quitarle la vista de encima, continuó, tragándose la furia que lo embargaba y parecía crecer dentro de él como un volcán en erupción que a duras penas contenía:

—El desgraciado asesino se quedó con algo que es mío. Dicen que mata con veneno de víbora, pero para mí es igual, ¡es un miserable matón!

Le picó con el dedo en el pecho, y agregó, acercándole aún más el rostro. RR se mantenía en silencio. Se daba cuenta hacia dónde iban las cosas.

—Lo voy a soltar, mi amigo. Pero no se haga muchas ilusiones. Tengo buenas referencias de que es un fregón investigador. Encuéntreme al que mató a mi amigo y tráigame lo que se robó, o usted me la paga con su vida si fracasa. Si el Procurador le ha aguantado las tardanzas en la investigación, yo no. De modo que le doy quince días, ni uno más, que quede claro, para que cumpla lo que le estoy pidiendo —le dio un empellón más que hizo recular unos pasos a RR, quien escuchó las siguientes palabras amenazantes y definitivas:

—¡Quince días! Y el tiempo le corre a partir de ahora —se volvió a Morones entregándole la Beretta—. Llévatelo de vuelta y cuando lo suelten devuélvele su arma.

RR no pronunció una sola palabra. Sabía que con esa clase de gente se iba en serio. No había forma de discutir ni razones que valieran. El tiempo que le daba aquel criminal era perentorio y difícil de cumplir lo que le demandaba, pero no había alternativa: o cumplía o moría.

Así pensó mientras lo conducían de nueva cuenta a la camioneta y le colocaban la maloliente capucha en la cabeza. Cuando la camioneta arrancó de regreso, por alguna razón sintió alivio. «Al menos por ahora me he escapado del infierno».

CAPÍTULO XIII

Una visita desagradable

Un lugar en la costa nayarita.
Por la noche.

Verónica Guízar tenía el sueño ligero. La repentina luminosidad
bañándole de lleno su rostro la hizo parpadear y luego despertarse.
Al abrir los ojos quedó encandilada por el haz de luz de una linterna
que alguien le apuntaba al sentarse a su lado en la cama. Sobresal-
tada se medio incorporó, pero una mano enguantada en fina piel
de cabritilla se depositó con firmeza sobre su boca; ella escuchó en
la penumbra la susurrante y suave voz que le advertía con una amabilidad que producía escalofríos por la amenaza implícita:

—No grites, cariño, o tendré que lastimarte.

Verónica Guízar se repegó contra la cabecera. Trataba de distinguir a la persona. El pánico se le iba incrustando como una enre-
dadera en todo el cuerpo. Sólo acertó a asentir, mientras su mente
era un remolino de confusión donde se agolpaban una cantidad de
dudas. ¿Quién era ese individuo? ¿Venía a robarle? La voz volvió a
escucharse. La mano seguía sobre su boca:

—Voy a retirar mi mano, cariño. No grites, porque de todos
modos nadie te oirá, y menos a través de esos cristales de tu ventanal. ¿Están blindados, verdad? —una suave risilla divertida

—377—

que a Verónica se le hizo el terrorífico graznido de un ave de rapiña, se escuchó de aquella persona, quien agregó con cierto sarcasmo—: Bien hecho. La seguridad no está por demás en estos tiempos.

«¡Desgraciada infeliz! Ahora se burla. ¿Cómo demonios se coló hasta mi recámara?», se cuestionaba Verónica, confundida y aterrada. Jamás imaginó que alguien, ¡cualquiera!, se atreviera a meterse a su propiedad, sobre todo si sabían quién era el dueño. Por eso no había bardas altas y la vigilancia en la noche era relajada, sin perros ni muchos hombres armados. Si acaso un velador. Se juró que si salía bien de ésta, levantaría unas bardas enormes, porque lo que estaba ocurriendo no debía de pasarle de nuevo, jamás. Verónica no externó nada de aquello, simplemente asintió de nuevo. La mano se apartó lentamente, permitiéndole abrir la boca y respirar con ansiedad. Sus ojos se acostumbraban a la penumbra. La luz ya no le daba directo, dejando de encandilarla. Entonces pudo verla. Vestía una chamarra cazadora y pantalones de piel de víbora. Era una mujer alta y esbelta. Una gran bolsa de piel del mismo material reposaba a su lado sobre la cama. Le desconcertaba que a plena noche llevara puestos unos grandes anteojos que ocultaban su rostro y que usara un sombrero de ala ancha que escondía su pelo. «Es un ser estrafalario y extraño», pensó con resquemor y un escalofrío de repulsión le recorrió el cuerpo.

—¿Qué quiere? —pudo al fin articular con voz enronquecida, lo que la obligó a aclarársela con un débil carraspeo.

«¿Viene por mis joyas o por los dólares y euros que en grandes fajos guardo en la caja fuerte?», se cuestionó con aprehensión, pero en lugar de eso guardó silencio, esperando a que la otra le contestara. La respuesta vino natural, con una jovialidad que a Verónica se le hizo falsa:

—Simplemente hablar contigo, cariño. Hacerte algunas preguntas.

Verónica estaba desconcertada. Si no estaba ahí para robarle, ¿entonces…? ¿O tal vez las preguntas se referían al lugar donde escondía la caja fuerte? La esposa de Adrián Covarrubias intentaba cuadrar todo aquel absurdo encuentro.

—¿Quién eres? —preguntóy la respuesta la desconcertó.

—Alguien que tiene intereses comunes contigo, cariño.

Extrañamente Verónica Guízar comenzaba a serenarse. Por lo pronto aquella intrusa no pretendía agredirla ni veía arma alguna que la amenazara. Sólo la linterna para mantenerla en una especie de semipenumbra tras el haz lumínico. Por eso y por costumbre de trato con toda la gente, había empezado a tutearla.

—¿A qué te refieres?

La respuesta en principio se le hizo ambigua, pero poco a poco fue dándole una asombrosa claridad:

—Cosas, dinero. Algo que tú has buscado con empeño. Santa Fe. Bangkok —los labios de la intrusa se distendieron en una sonrisa cuando agregó la pregunta—. ¿Te dicen algo esos lugares?

«¡La cobra de oro!». ¿Pero quién demonios es esta mujer?». Verónica se consumía entre la perplejidad y la curiosidad. Volvió a insistir.

—¿Quién eres?

La respuesta fue esquiva, mientras sentía la mano enguantada contra sus piernas que la palmeaba sobre el edredón con amabilidad.

—Tú no eres la del dinero, cariño. Me interesa hablar con tu marido, que es quien lo gana.

—Él no está —Verónica se apresuró a contestar de manera defensiva y mintió—: No sé dónde anda ahora. De seguro en viaje de negocios.

La mujer chasqueó la lengua con desaprobación y movió la cabeza negativamente. Su tono no varió, pero parecía que ahora regañaba cariñosamente a un niño:

—No me gustan las mentiras. Eso es de mal gusto, cariño. La gente mentirosa puede resultar lastimada.

«¿Dónde están los guardaespaldas y el maldito velador?», se preguntaba nerviosa Verónica Guízar. Se sentía totalmente vulnerable ante aquella mujer. La vio abrir su enorme bolso y con horror miró lo que extrajo del mismo: un frasco de acrílico transparente dentro del cual se movía inquieta una delgada serpiente de anillos rojos, negros y amarillos.

—¿Conoces a esta pequeña? —preguntó con helada sonrisa la mujer. Los ojos de Verónica se abrieron con terror. Tenía una fobia incontrolable a las serpientes. La mujer le explicó, aterrándola aún más—. Es una coralillo. Todavía no tiene un año, así que es inquieta y no administra su veneno como las adultas. Cuando llega a morder suelta todo de golpe, y eso cariño, puede matarte en menos de un parpadeo—. Le acercó el frasco a la cara para asustarla aún más, preguntándole—. ¿Entiendes lo que te digo?

Verónica Guízar asintió. Los ojos se le llenaron de lágrimas. Esa desgraciada le iba a soltar encima aquella espantosa víbora. Se estremeció de repulsión y miedo. Rogó porque no lo hiciera.

—Entonces… ¿Dónde está tu esposo?

Y Verónica Guízar, queriendo acabar con aquella pesadilla, soltó todo lo que la mujer quería saber: el lugar donde se encontraba el rancho y cómo llegar a él. Ahí estaba ahora Adrián Covarrubias, metido en sus negocios. Al terminar, agitada y nerviosa, vio que la mujer le sonreía complacida.

—¡Eres un encanto, cariño! —para alivio de Verónica la vio guardar el frasco en el bolso, y así como si nada, la escuchó decirle en ese tono aterradoramente amable—. Y hazte un favor: mantén esa boquita cerrada, que como dicen por estos rumbos «calladita te verás más bonita». ¿De acuerdo?

Verónica Guízar afirmó nerviosa. Le devoraban las ansias porque aquella mujer extraña y peligrosa se fuera de ahí y la dejara en paz. Vio que hacía un mohín de advertencia y luego la encaraba, observándola fijamente tras aquellos anteojos oscuros.

—Una cosa más, cariño. Si hablas o cuentas a alguien que estuve aquí, si intentas en un tonto acto de lealtad comunicarte con tu esposo para advertirle de mí, te aconsejo que no lo hagas, porque a partir de entonces mi amiguita te hará una visita cuando menos te lo esperes y tu graciosa e inútil vida se acabaría, y con ella el seguir gozando de todo lo que tienes. ¿Qué me dices?

Verónica apenas y pudo asentir, pero estaba convencida de no hacer ninguna estupidez que pudiera llevarla a la muerte. Reaccionó con un leve respingo cuando la otra le pidió serenamente:

—Ahora vuélvete.

Débil para oponer resistencia, Verónica obedeció dándole la espalda. Empezó a llorar. Unos instantes después sintió un pinchazo en el cuello, sin darle tiempo a llenarse de pavor mientras perdía el sentido y se iba de bruces contra las almohadas, donde quedó respirando en un sueño profundo, sin percatarse de cómo o en qué forma su misteriosa visitante dejaba la propiedad.

CAPÍTULO XIV

De regreso

Descampado junto a carretera, ciudad de México.
10:00 a.m.

RR despertó con un tremendo dolor de cabeza. El día estaba nublado y gris por lo que no podía determinar la hora. Se buscó instintivamente en la muñeca. Ahí estaba su reloj. Trató de enfocar la mirada. Aún no daba el medio día. Notó en la muñeca la huella rojiza del plástico con el que lo maniataron. A lo lejos escuchó el ruido de automóviles que transitaban. Estaba boca arriba. Con esfuerzo se incorporó. Sentía elcuerpo adolorido y entumido. Estaba empapado por el rocío de la madrugada. Tenía frío como si experimentara la cruda de una desvelada. Por un momento se mareó y permaneció quieto en el mismo sitio. Descubrió a su lado la maleta de viaje. Poco a poco su mente comenzó a registrar lo ocurrido; como en un rompecabezas las piezas fueron encajando. Recordó el momento en que lo levantaron, el sabor desagradable del anestésico que le aplicaron y ese interminable viaje en una camioneta hasta llegar a entrevistarse con Adrián Covarrubias. Turbiamente en su cabeza se entrecruzaban los recuerdos. No tenía plena conciencia del regreso. Alguien le proporcionó agua que le hicieron beber bajo la capucha. Estaba caliente, pero no le importó pues la sed lo abrasaba. «Quince días». El dato surgió repentinamente en su memoria. ¡Quince días, el plazo fatal que le daba el narcotraficante para hallar la cobra de oro y al asesino de Olegario Ángeles Buendía. No era mucho, desde luego, pero ya encontraría la forma. Contaba con bastantes datos ahora. Era cosa de reflexionar de manera profunda. Necesitaba de todas formas el dato que podría surgir de la bitácora que adquiriera con el vendedor de libros de viejo. «La Dama de Shanghái», otro pequeño retazo que encajaba disipando la confusión de su mente.Recordó que tenía que reunirse con ella. Pero por ahora lo importante era ubicar en dónde se encontraba; en dónde aquellos hijos de mala madre lo habían abandonado. Rebuscó entre sus ropas el teléfono celular pero no lo encontró. Maldijo por lo bajo. Aquellos desgraciados se habían quedado con él. Abrió la maleta y, dentro, entre su ropa revuelta encontró la Beretta, pero sin cargador. La volvió a cerrar dejando ahí el arma. Se puso en pie y caminó vacilante entre altos matojos hasta que llegó a la carretera. Era una autopista. Creyó reconocer la México-Cuernavaca. Tuvo la sensación de no estar muy lejos de la sucesión de curvas que terminaban en la recta que llegaba a las casetas de cobro.

Siguió caminando por la orilla de la cuneta, arrastrando su maleta con ruedas. De vez en vez volteaba al sentir la aproximación de un vehículo. Hizo el intento de pedirles aventón. Iban demasiado aprisa y no se detenían. Finalmente, luego de un rato, un destartalado automóvil que llevaba pintada en una puerta la palabra «Mecánico» se detuvo. El hombre que iba tras el volante, se inclinó para mirarloa través de la ventanilla abierta del lugar del pasajero. RR notó que la cara del sujeto estaba manchada de aceite.

Fue él quien le llevó hasta la caseta. Ahí se entrevistó con patrulleros de la Federal y a través de ellos pudo tener contacto con la oficina del Procurador, de donde partieron las órdenes de atenderlo. Una hora después estaba en su casa, disfrutando una larga ducha caliente. Ya refrescado regresó a la cocina. Se preparó un omelet con jocoque y una ensalada a base de queso, rebanadas de jitomate y lechuga regadas con aceite de oliva, salsa de soya y limón.

Tenía un hambre atroz. Junto con aquel desayuno apuró tres tazas de café. Estaba en eso cuando sonó el teléfono. Era el Procurador en persona que se mostraba preocupado. No había tenido noticias suyas desde que le reportaron que había salido del hospital militar luego de entrevistar al chino.

—El hombre murió finalmente —dijo el Procurador. RR no hizo comentario. El otro prosiguió—. Lo que me preocupa es lo que pasó contigo—. RR lo puso rápidamente en antecedentes. El secuestro y el ultimátum del narcotraficante. No. No podía identificar el lugar donde lollevaron. Pero sí, con quien habló efectivamente era Adrián Covarrubias, y lo que le había pedido.

—¿Cómo vas con la investigación? —quiso saber el Procurador.

—Sigo en eso, señor. Espero tenerle noticias pronto. Hay todavía algunos cabos sueltos.

—Cuídate, con esa gente no se juega —advirtió el Procurador refiriéndose al narcotraficante y su amenaza. Si necesitas protección es cosa de que me lo pidas.

—No será necesario, pero gracias —respondió RR. No hubo más comentario al respecto y finalmente el Procurador concluyó:

—Tenme al tanto, y encuanto a lo otro, agradezco tu ayuda.

Colgaron. RR fue a vestirse. Tenía una cita pendiente con la «Dama de Shanghái».

CAPÍTULO XV

Un encuentro y seducción

Un antro en la capital del Estado.
Hacia el medio día.

Miguel «el Sapo» Morones estaba en la cabecera del estado. Había cumplido la orden de tirar lo más cerca posible de la ciudad al entrometido aquel que levantaran sin problemas y ahora luego de cumplir con unos encargos de su jefe, decidió ir a echarse unos tragos antes de volver. Quería llegar a tiempo para el rumboso festejo que se daba en ocasión de la boda de uno de los sobrinos del narcotraficante con aquella muchacha que no rebasa los veinte años, guapa, firme de carnes, de ojos grandes y vivaces, que había ganado un concurso de belleza en la reciente feria ganadera de la región.

Fue en ese lugar fresco y penumbroso, regenteado por «el Rarito», que así le decían a Onésimo Domínguez, pequeño de estatura, de ademanes afeminados, que bien podrían confundir a sus enemigos, pero que escondía a un sujeto sádico, salvaje y altamente peligroso, amo de los burdeles y metido hasta el cuello en la trata de personas, principalmente mujeres para adoctrinarlas y hacerlas entrar, a las buenas o a las malas, a la profesión más antigua el mundo, donde el Sapo tuvo aquel inesperado encuentro que vino a inflar aún más su ego de garañón conquistador.

El lugar estaba casi vacío a esa hora. Poca clientela y en la barra, ante la pasarela, hacían el tubo un trío de chamacas semidesnudas, para darles gusto a los idiotizados parroquianos que bebían cerveza y las miraban hambrientos y lujuriosos, apretando los billetes que de vez en vez colocaban en las bragas de las bailarinas para seguir disfrutando de sus lascivos contoneos.

La hembra se plantó repentinamente junto a Morones que disfrutaba su primer ron con cola y mucho hielo, en vaso largo. Se presentó diciendo en un tono suave, encantador, con aquella voz un tanto ronca y seductora:

—¿Miguel Morones?

Él ladeó el rostro con indolencia pero de golpe su actitud cambió al ver a aquella mujer. Era alta, esbelta. Lucía botas, pantalones y una casaca de piel de víbora que le llegaba hasta las rodillas. Grandes anteojos oscuros y un sombrero de ala ancha. Le sonreía. A leguas se veía que tenía clase y al sicario le desconcertó aquello, pues no estaba acostumbrado a esa clase de hembras. Dejando a un lado la desconfianza, recorriéndola grosera y lúbricamente con la miradale preguntó:

—¿De dónde me conoces, muñeca?

Ella le respondió aduladora, diciéndole que quién no conocía al «señor Morones», el hombre de confianza de Adrián Covarrubias. Halagado, el Sapo le invitó una copa. La mujer aceptó y propuso seguir la plática en uno de los reservados. Ahí comenzaron a confraternizar para, entre trago y trago, ir entrando en confianza. Así pasó un buen tiempo hasta que Morones cayó en cuenta que ya se estaba tardando. Un tanto mareado y muy a su pesar, pues más era el miedo reverencial que tenía a su jefe, le dijo a la mujer que tenía que irse.

—¿Por qué Miguel, si la estamos pasando muy bien, y esto apenas empieza? —replicó ella con un mohín de reproche.

Él la miró, parpadeando, luchando contra el deseo. Pero se contuvo y negó nuevamente.

—Quisiera, pero no. Tal vez en otra ocasión, muñeca. Sólo dime dónde te busco.

—¿De verdad tienes que irte? —inquirió la mujer, observándolo a través de aquellos lentes oscuros que la hacían más enigmática y tentadora.

—Un compromiso al que no puedo faltar —intentó explicar Morones.

—¿Negocios? —preguntó cándidamente la hembra, a lo que el otro repuso:

—No. Un festejo en grande —los tragos le habían soltado la lengua—. Allá en el rancho para pura gente importante —quiso presumir. Se detuvo de pronto, sorprendido, al sentir la mano de la mujer en su entrepierna, apretando un poco, llenándolo de promesas y de deseo.

—Pues si es una fiesta llévame contigo.

El Sapo Morones no creía lo que oía. Sonrió ancho y, sin pensarlo dos veces, respondió:

—¡Pues cómo diablos no! —eso era un sí. Lleno de ego, pues ya se imaginaba las caras de asombro y de envidia cuando llegara presumiendo aquel pedazo de mujerona. Sintió un cosquilleo de placer imaginando la noche que tendría con ella, cuando abandonó el antro en su compañía y la hizo subir a la camioneta, custodiada por los sicarios que lo acompañaban y que lo vieron llegar, boquiabiertos y asombrados, haciendo crecer en ellos la admiración que por él sentían, reafirmando de esa manera su fama de garañón y mujeriego.

CAPÍTULO XVI

La historia en la bitácora

Departamento en Polanco, México, DF.
12:00 p.m.

—Llegaste antes de lo previsto —dijo la mujer al verlo en el quicio de la puerta que instantes antes abriera el gigante guardaespaldas. RR avanzó y simplemente, sin entrar en mayores explicaciones, le dijo:

—Así fue.

Ella le escrutó el rostro y un asomo de preocupación apareció en sus ojos al verlo demacrado y con profundas ojeras:

—¿Todo está bien, RR?

—Lo está —respondió RR y suavizó el gesto para darle tranquilidad, advirtiendo—. No pasé muy buena noche, es todo —y cambiando el tema, mirando la pantalla de la *lap top* donde ella trabajaba en la traducción del texto, preguntó:

—¿Cómo vas con la transcripción?

—Bastante bien. Como te anticipé, en esta bitácora se narran una serie de cosas del pasado. No he llegado aún al final pero escucha esto —dijo, y manipulando el teclado de la computadora volvió al inicio, para leer.

Yo, FangYi, a salvo ahora, después de tanta peripecia, me veo en la obligación de narrar estos acontecimientos para beneficio de que a alguien en un futuro, que espero no sea lejano, puedan llegarle estas líneas con el objeto de que se cumplan designios importantes para honrar la memoria de Shiva Ardha Narīshuar, nuestra venerada deidad. Pareciera que han transcurrido un centenar de años, pero en mi ánimo atormentado creo que todo ocurrió apenas hace muy poco tiempo y sigo temiendo por la suerte de mis compañeros, a quienes nunca volví a ver, pero con quienes compartí todos esos aciagos días cuando el miedo y el peligro eran nuestro diario vivir, desde que se tomó la decisión de abandonar nuestros amados lugares para proteger a la suma sacerdotisa y la sagrada efigie, que durante siglos estuvo en el altar principal de nuestro templo. Todo fue entonces una eterna pesadilla. Una pesadilla real de la que por ventura o designio de nuestros dioses, pude salir con vida y seguramente para cumplir con la misión desesperada que brotó de un juramento de almas atemorizadas que se vieron al borde del infierno…

Ella detuvo la lectura. Miró a RR y comentó:

—Estoy casi segura que el hombre que escribió estas palabras se refiere a sucesos ocurridos en el siglo XVIII en mi país, y específicamente a la desolación y la barbarie que trajo consigo la invasión birmana, a lo que entonces se conocía como el reino de Siam, y en especial a su ciudad más importante, Ayutthaya, la cual sufrió un prolongado sitio que llevó fatalmente a su rendición. Los invasores no tuvieron piedad y la arrasaron, incendiándola y destruyendo el maravilloso acervo cultural que ahí se atesoraba. Lo grave fue que aquella violencia y destrucción se extendió como una plaga por todo el territorio, creando divisiones, terror y anarquía. Por lo que he llegado a saber de mis antepasados, nuestro templo no podía mantenerse al margen de aquella situación y ante el temor que privaba en la hermandad de ser invadido, se decidió escapar, llevandola venerada figura de Shiva Ardha Narīshuar, representada en una hermosa figura de marfil.

—La narrativa que me has leído parece coincidente con eso —repuso RR, quien había escuchado atento—. A dónde fueron y su relación con las tres cobras es lo que resulta importante, y más cuando esa persona, el autor de la bitácora, se refiere a una misión desesperada que surgió de un juramento —clavó la vista en la pantalla de la *lap top* y leyó la parte final—. Y te cito textual: «...de almas aterrorizadas que se veían al borde del infierno».

Se echó para atrás en la silla y señaló la bitácora que la mujer tenía abierta, para agregar:

—¡Claves! Eso es lo que ese libro nos dará. ¿Cuál fue el juramento ese, en qué momento se llevó a cabo y entre quiénes? Tal vez en la respuesta a esa pregunta se encuentre la verdadera razón de las tres cobras.

La «Dama de Shanghái» asintió:

—Tu razonamiento me parece correcto, RR. Aunque tengo una vaga referencia de lo que ocurrió, y te digo por la tradición oral que llegó hasta mí de la narración de aquella huida, creo que en la bitácora encontraremos lo que ando buscando.

—Eso espero —manifestó RR y se puso en pie—. Me voy ahora y te dejo trabajando. Creo que por el momento mi presencia aquí no es de mucha utilidad. ¿Cuándo crees que podrás concluir?

Ella pensó unos instantes antes de responder, calculando los tiempos. Observó el grosor de aquella bitácora en donde incluso quedaban al final muchas páginas en blanco, y finalmente dijo:

—Para mañana por la tarde creo tener todo.

RR asintió. Ella se puso depie para despedirle—.

—Nos vemos entonces —le dijo. Le tocó suavemente la cara para concluir—. Y para ti un pequeño consejo. No me gusta tu aspecto. Creo que necesitas descanso y reponerte de esa aventura en la que te fuiste a meter.

RR reconoció la suspicacia de aquella hermosa oriental. Le sonrió concediendo, mientras pensaba que tal vez ella no tuviera una exacta dimensión del problema en que estaba metido. Se encontraba en una lucha contra el tiempo y debía avanzar con rapidez. Para evitar mayores discusiones, concedió:

—Lo haré. Haré lo que me pides; hasta mañana entonces.

* * *

Luego de dejar el departamento recogió su automóvil, que había dejado aparcado a una cuadra de ahí, ya sin mirar el parquímetro al que previsoramente había alimentado con una buena serie de monedas. Se enfiló entonces a un importante centro comercial para comprar un nuevo teléfono celular, maldiciendo de nuevo a aquellos matarifes que lo secuestraran de haberse quedado con el suyo. Por momentos le entró el temor de que toda la información que ahí guardaba pudiera ser conocida por aquellos; sin embargo, estaba lo suficientemente protegida con una clave que haría difícil el acceso. Un *hacker* de la división policial contra delitos cibernéticos se lo había colocado de tal forma que al desactivarlo sin la clave apropiada, todo lo que contenía se borraría de inmediato. Encuanto al respaldo, lo tenía en su computadora y estaba planeando dedicar parte del día para poner su nuevo aparato al corriente; después, a ordenar todo lo que sobre el caso había reunido, desde expedientes, fotografías y notas tomadas para explorar diversas líneas de investigación. Como buen investigador, RR tenía la sensación de que ya no quedaba mucho por hacer y que todos los elementos para llegar a la solución final de aquel tortuoso y peligroso asunto, ya se encontraban a su disposición.

«Tiempo». Tiempo es lo que necesitaba. Quince días podían irse muy rápido. Y era un plazo fatal en donde no habría prórroga posible.

CAPÍTULO XVII

Cumpliendo un contrato

Rancho Covarrubias, en la sierra sur de México.
7:00 p.m.

La camioneta del Sapo Morones cruzó el recio portón abierto del rancho justo al pardear el día. Dentro, la explanada ante la gran casa que dominaba ampulosamente el escenario, lucía pletórica de autos y camionetas de todo tipo y de las mejores marcas, muchas extranjeras con precios en dólares; todas blindadas e impresionantes. Choferes y guaruras formaban pequeños grupos, fumando, tomándose una cerveza o comiendo una variedad de tacos bañados con diversas salsas, o simplemente platicando. De más allá, desde la parte interior de la enorme construcción tipo californiano de dos pisos, se escuchaba a todo volumen, música de los mejores corridos, muchos de los cuales cantaban las glorias o aventuras de connotados narcotraficantes.

La camioneta se detuvo justo a la entrada de la casa y Morones bajó ufano y presumido, ayudando a descender a la mujer que lo acompañaba, despertando, como él lo esperaba, miradas apreciativas entre los hombres que estaban cerca. Tomándola del brazo, como si aquella hembra fuera de su propiedad, traspuso el amplio arco y se dirigió hacia el patio central donde se desarrollaba la fiesta. Profusión de luces en serie cruzaban de lado a lado junto con banderines de papel picado que pintaban el ambiente con su colorido. Grandes bocinas se situaban en lugares estratégicos por donde brotaba la música que en vivo, diversos conjuntos norteños, de fama muchos de ellos, se iban combinando para que el espectáculo no decayera. Una gran cantidad de mesas para doce comensales, suficientes para albergar a los más de seiscientos invitados, llenaban gran parte del espacio rodeado de jardines donde deambulaban plácidamente pavorreales, garzas y venados. Una larga barra habilitada a un lado tenía cualquier clase de bebidas que atareados cantineros servían sin cesar, tanto a los hombres que se apiñaban ante ella como para dar servicio a las mesas atendidas por un ejército de meseros y meseras impecablemente uniformados. En la pista varias parejas bailaban animadamente. En otro templete, protegido por una pérgola de flores blancas y orquídeas, se situaba la mesa de honor para los novios, quienes no cesaban de recibir a invitados que se aproximaban a felicitarles. Cerca de ellos, discretos, hombres armados los custodiaban.

Entre la concurrencia se encontraba gente entejanada junto a hombres ataviados con finos trajes y corbatas caras, políticos o funcionarios, seguramente, amén de empresarios y gente de la farándula. Cerca de una impresionante torre de bocinas, y al amparo de un árbol que resplandecía por infinidad de focos con los que había sido decorado, se encontraban Adrián Covarrubias y dos personas más que hablaban con las cabezas muy juntas. Mientras avanzaba tomada del brazo del Sapo Morones, quien ancho y presumido saludaba por aquí y por allá con amplios ademanes y repartiendo sonrisas, la mujer que lo acompañaba no perdía detalle de todo aquello. Si alguien hubiera preguntado por qué el narcotraficante mayor hablaba muy al sigilo justo al lado de un sitio donde las bocinas retumbaban, ella con una divertida sonrisa, les habría respondido que eso era usual entre aquella gente. Ahí se estaba cerrando un negocio. Y para estar a salvo de oídos indiscretos o de micrófonos plantados no había mejor sitio que éste, donde la música a todo volumen sonaba con estridencia como una barrera protectora a lo que ahí se acordara.

Adrián Covarrubias vio venir a Morones, quien parecía partir plaza con la hermosa hembra que lo acompañaba. Se disculpó un momento con la gente con la que hablaba, chasqueó los dedos a un mesero que estaba cerca y con un enérgico y corto ademán le indicó que no descuidara los tragos y los bocadillos para aquellas personas.

—¡Vaya con el compadre! ¡Cacho de hembra que te echaste encima! —exclamó con amplia sonrisa Adrián Covarrubias al reunirse con Morones y abiertamente mostrando su admiración por la mujer que lo acompañaba.

—¡Qué! ¿No nos vas a presentar, o te la quieres quedar para ti solito? —preguntó, provocando que el Sapo Morones soltara una estentórea carcajada que ocultaba su nerviosismo, al sentir el repentino interés de su jefe por su acompañante. Así que forzado por las circunstancias, disimulando, exclamó:

—¡Cómo crees, compadre! —y señalándolo a él le dijo a la mujer—. Aquí tienes ni más ni menos que al dueño de todo esto y mi mero jefe y compadre muy querido.

—¡Adrián Covarrubias! —dijo éste y tomó la mano enguantada en fina y delgada cabritilla de la mujer, para apretarla suavemente entre las suyas. Ella lo miró a través de sus caros anteojos oscuros y le sonrió con coquetería, reponiendo aduladora.

—¡Es un placer! He oído mucho de usted y créame que soy su muy profunda admiradora!

—¿Cómo te llamas, hermosa? —quiso saber el narcotraficante. Ella se le aproximó para hablarle al oído, susurrándole:

—Ponme el nombre que tú quieras —y separándose un poco agregó—. Y ya que estoy por acá, gracias a la amabilidad de su compadre —le sonrió al Sapo, quien torció el gesto disimulando una sonrisa, pero ocultando que en nada le gustaba que la mujer que presumía y que se había traído desde la capital del estado, mostrara ese interés por Adrián Covarrubias—. Quisiera hablarle de algo que puede interesarle.

—¡Pues tú dirás! —exclamó Covarrubias en voz alta, todo sonrisas, y abriendo los brazos en amplio ademán, invitándola a hablar.

Ella le sonrió nuevamente, agradeciendo y sin quitarle la vista de encima. Movió apenas la cabeza, cubierta por aquel sombrero de ala ancha, en un gesto débilmente negativo, para proponer:

—Pero no aquí. No sé si podamos hablar en algún lugar más privado, y libre de interrupciones. Le juro que no le quitaré mucho tiempo —la insinuación sexual estaba clara en las palabras y la actitud. Adrián Covarrubias la miró apreciativo. Las copas que traía encima y las líneas de coca que se había metido, le hacían receptivo a la libido. Sin importarle realmente lo que el Sapo opinara, respondió dispuesto.

—¡Pues tus deseos son órdenes! —y tomándola del brazo le indicó con un ademán hacia la casa, en tanto le decía a Morones que ya veía frustrarse su conquista—. Échate unos tragos, compadre, y diviértete por ahí, que al ratito te la devuelvo.

—Como digas —aceptó servil y resignado el gatillero y miró a la pareja que se alejaba hacia la casa.

* * *

Entraron al despacho. Adrián Covarrubias luego de cerrar la puerta tras de sí, fue directo al carrito de bebidas mientras ella se acercaba a la ventana embarrotada y cerraba las cortinas.

—¿Qué quieres tomar?

—Lo que estés tomando para mí está bien —respondió ella, sentándose sobre el borde del escritorio, y dejando a un lado su bolsa de piel de víbora.

Él sirvió dos copas a rebosar de un fino tequila y se acercó a ella.

—¡Por el gusto de conocerte! —le dijo luego de entregarle su copa y chocar la de él.

—¡Salud! —respondió ella y bebió, y sin prever el siguiente movimiento de Covarrubias que adelantando la mano le quitó los anteojos, al tiempo que la obsequiaba con una sonrisa para decirle:

—Me gusta ver los ojos de las personas con las que hablo.

Ella no se inmutó. Le devolvió la sonrisa y repuso tranquilamente:

—Me parece bien.

—¿De qué se trata, pues? —preguntó Covarrubias plantándose de pie muy cerca de ella y abriendo las piernas para apresar entre las suyas las de ella, acercándole el rostro y su vaho alcoholizado al inquirir intencionado—. ¿O nada más andabas buscando pretexto para estar a solas conmigo?

La mujer no pareció molestarse por la invasión de su espacio. Con un dedo de la mano enguantada le recorrió suavemente el perfil del rostro, sonriéndole sugestiva y respondiéndole:

—Por las dos cosas. Pero primero negocios, cariño. Te traigo una que puede interesarte.

—¿De qué se trata? —preguntó, adelantando con intenciones de besarla en el cuello. Ella apartó apenas la cabeza y lo contuvo suavemente por el pecho, para decirle, buscándole la mirada.

—De algo que han andado buscando, sobre todo tu mujer, a la que según parece le ha interesado mucho cierta joya.

Covarrubias achicó la mirada y le recorrió el rostro, buscando una segunda intención.

—¿De qué joya estás hablando? No me vayas a venir ahora con que esta conversación a solas era para venderme algo —repuso, y ella notó en el tono un dejo de molestia.

—Nada de eso —negó y llevó su mano a la bolsa. Él de inmediato se anticipó aferrándola por la muñeca y mirándola con desconfianza. La mujer no se amilanó. Mantuvo la serenidad y volvió a mostrarle una encantadora sonrisa:

—Simplemente voy a mostrártela —le dijo y él, sin dejar de verla aflojó la presión, permitiendo que ella extrajera del bolso una fotografía de la cobra de oro.

Al narcotraficante le brillaron los ojos con codicia. Pero parco y desconfiado, preguntó:

—No me digas que tú tienes esa joya —y recordando el asesinato de Olegario Ángeles Buendía, sin saber que precisamente estaba ante su asesina, advirtió—. Y si es así más vale que me vayas dando una buena razón por la que tienes esa cobra de oro, para que no te mande matar.

—¡Tranquilo! —repuso ella sin amedrentarse por la amenaza. Lo miró de hito en hito y replicó—. La obtuve de un buen vendedor, pero me precio de ser precavida y entenderás que no voy a andarla cargando de un lado para otro. Te aseguro que está en un buen lugar. Y si llegamos a un acuerdo, simplemente podrás decirle a tu compadre o a quien quieras que me acompañe al banco en donde está en custodia dentro de una caja de seguridad para que la tengas; luego tú me pagas y así todos contentos.

Él la miró durante varios segundos con fijeza, serio, tratando de pescarle la mentira. Ella le sostuvo la mirada y esperó tranquila. Finalmente él soltó una sonora carcajada y le liberó la mano, exclamando:

—¡Pedazo de hembra! ¡Ya lo dije! ¡Aparte de estar como quieres, no eres nada bruta! —y volvió a reír, descuidándose ahora. La mujer actuó rápido, metió la mano a la bolsa de la casaca y sacó una pequeña jeringa con un líquido lechoso. Sin aguardar un segundo lo clavó en la garganta del hombre. Éste reaccionó con repentino estupor, cortando la carcajada. Empezó a murmurar una maldición y trató de irse sobre ella, pero ésta la empujó con violencia y, tomando el bolso lo blandió, estrellándoselo en la cara. Adrián Covarrubias trastabilló. Empezó a sentir las piernas de goma y todo comenzó a darle vueltas. Instintivamente se llevó la mano al sitio en que había sido inyectado. Tropezó con una silla y cayó ahí, pesadamente sentado. Intentó levantarse pero no pudo hacerlo. Entre brumas, desenfocada, vio a la mujer que se adelantaba hacia él. Traía algo más en la mano. Muy lejana escuchó su voz, como en un eco que le decía en un tono frío, insensible:

—Te traigo un saludo de Pai Chan Hu y de su gente a la que asesinaste.

Ella se acercó veloz y Adrián Covarrubias sintió un nuevo pinchazo en la yugular, donde ingresó en un violento chisguete el coctel de veneno de serpiente. No pudo hacer nada para impedirlo. La somnolencia lo embargaba. Ni pudo tampoco acertar a decir palabra o a intentar gritar en demanda de auxilio. Y así entró en el último profundo sueño del que jamás volvería a despertar.

*   *   *

Afuera, la fiesta seguía en su apogeo. Ella avanzó tranquila, sin prisas. Los anteojos de nuevo puestos en su sitio. Buscó con la mirada a Morones. Lo vio por allá, bailoteando con una jovencita piernuda y de falda muy corta, a la que tenía bien abrazada. Se abrió paso hasta llegar a él. El Sapo la miró y dejó de bailar. Ella le sonrió y acercándose le murmuró:

—¿Nos vamos?

—¿Por qué tan pronto? —inquirió el gatillero, desconcertado. Ella lo tomó del brazo y se le repegó, murmurándole:

—Estos calores y tanta gente no son lo mío, cariño.

El Sapo Morones buscó con la mirada y quiso saber:

—¿Y mi compadre? ¿Qué va a decir? Es su sobrino el que se casa, no puedo desairarlo.

Ella respondió y lo empezó a separar del grupo:

—Yo creo que traía copas de más. Allá se quedó durmiendo un rato. Te prometo que no le importará que te vayas.

Morones la miró. Dudaba entre irse o no, pero las siguientes palabras de la mujer, llenas de promesas lo convencieron:

—Llévame de aquí, cariño —agregó sugestiva—. Prefiero gozarte a ti, pero lejos de tanto ruido —y rubricó, dándole un pequeño mordisco en la oreja que hizo estremecer a Morones y obligándolo a no dudar más.

Rápidamente abandonaron el lugar.

*   *   *

Dos acontecimientos se descubrirían varias horas después, ya al otro día: El primero, encontrar tirado a la orilla de la carretera el cadáver del Sapo Morones, a quien ya empezaban a rondar los zopilotes. El segundo, el descubrimiento en el despacho del líder de aquel peligroso cártel de las drogas, muerto. De entrada el diagnóstico del médico es que había fallecido de un infarto, tal vez por el exceso de cocaína, hecho que desde luego se ocultó a las autoridades. Mejor así. Mejor para todos. Influencias que se movieron impidieron la autopsia, no así del Sapo Morones a quien se le practicó, diagnosticándosele muerte por veneno de víbora. De la camioneta que traía no se supo nada más hasta que una patrulla de policía la encontró abandonada en una calle cercana a la terminal aérea en el puerto. Encuanto a Adrián Covarrubias, su cuerpo fue trasladado en avión privado para ser velado en la más importante agencia funeraria en Nayarit, donde a la desconsolada y joven viuda mucha gente, empresarios y hombres de negocios, irían a darle el pésame.

Todo aquello llegó a conocimiento de Pai Chan Hu, quien satisfecho con la venganza, ordenó la transferencia de una importante cantidad, de seis ceros en euros, a una cuenta especial en un banco en las Islas Caimán.

CAPÍTULO XVIII

Descubriendo la clave

Departamento en Polanco, México DF.
5:00 p.m.

Estaba de nuevo sentado frente a ella, después de rechazar cortésmente una taza de té, y sostenía ahora entre sus manos una taza de un café fuerte y humeante que el gigante guardaespaldas le preparara en la cocina. La mujer había terminado la transcripción, y ahora hacía una síntesis de toda aquella narrativa extraída de las añosas páginas apergaminadas de la bitácora escrita en el siglo XVIII:

—En esos tiempos convulsos y violentos, pese a la secrecía que aquella hermandad y sus más cercanos adeptos habían intentado mantener con respecto a la ubicación del templo escondido en lo más profundo de la selva, junto con las riquezas que atesoraba, y en especial aquella efigie sagrada de Shiva Ardha Narīshuar, tallada delicadamente en marfil, que lucía como tercer ojo un diamante de un valor incalculable, la información ya se había filtrado, despertando la ambición y la codicia de mercenarios, aventureros y ladrones. Revelado el secreto del lugar en que se encontraba, no resultaba difícil aventurar que aquellas turbas ávidas de riquezas llegaran finalmente hasta el templo para saquearlo sin medida alguna. Por eso se tomó la decisión de huir cuando aún era tiempo. No todos lo hicieron, pues muchos se quedaron ahí para defender el lugar, los que finalmente resultaron brutalmente masacrados cuando llegaron los invasores y el templo fue objeto de un pillaje despiadado. Entre todos aquellos bárbaros destacaba un grupo comandado por un sujeto despiadado, que tenía conocimiento de la efigie de Shiva Ardha Narīshuar y del tesoro que ella ocultaba. Mediante torturas supo del escape del pequeño grupo que la custodiaba junto con la sacerdotisa suprema y dos o tres mujeres de las más cercanas a ella. Sin dudarlo se lanzó a su persecución avanzando aprisa con sus huestes. Los que escapaban estuvieron a punto de ser alcanzados, pero llegaron a puerto donde se embarcaron y cruzaron el Golfo de Tailandia para internarse por el mar de China hasta alcanzar las costas filipinas. Pero los perseguidores les venían peligrosamente a la zaga. Eran también gente de mar, piratas que infectaban aquellas aguas. La suerte quiso que llegaran a Manila justo cuando estaba por partir aquel gran navío sin remos, de tres mástiles y velas cuadradas, al mando del capitán español Ramón de Arellano, a quien pidieron ayuda. El hombre observó a ese pequeño grupo formado por tres monjes eunucos, dos muy jóvenes y un tercero ya próximo a la tercera edad, que custodiaban a una hermosa mujer y sus tres acompañantes femeninas, quienes apenas traían equipaje, a no ser por aquel arcón de fuertes herrajes dentro del cual, desde luego el marino español lo ignoraba, iba la efigie de Shiva Ardha Narīshuar. La mujer le informó que corrían peligro y que eran perseguidos por un grupo de facinerosos, y él les aseguró que estando bajo su cuidado nada les pasaría. De esta forma se embarcaron y partieron rumbo a un lejano continente.

Ella hizo una pausa. Sonrío apenas para advertir:

—Por si no lo has adivinado, ese galeón español era la famosa Nao China que hacía su viaje desde Filipinas hasta las costas de Acapulco.

Él asintió, comprensivo. La mujer bebió delicadamente de su taza de té. Consultó sus notas en la pantalla, y luego prosiguió:

—Dice la crónica que, sobreviviendo a las vicisitudes de aquel largo viaje, en donde las acompañantes murieron por las fiebres o debido al escorbuto, finalmente llegaron a salvo a ese puerto del Pacífico mexicano. La sacerdotisa traía un adelantado embarazo de seis meses. Apenas podía notársele por las ropas que usaba. Llegó débil y enferma de aquella travesía. El capitán español se había enamorado de ella y prometió cuidarla. De aquel puerto cruzaron el país haciendo una escala en la ciudad de México para llegar hasta Veracruz, en donde tenían planeado embarcarse rumbo a España. Allá entonces, a salvo de cualquier peligro, esperarían que el tiempo pasara y volviera la calma en el reino de Siam para poder regresar. El parto prematuro de la sacerdotisa frustró los planes. En realidad su debilidad era grave y preocupante. Dio a luz a una niña, la futura sacerdotisa. Ella les pidió a los monjes seguir con el viaje. Los alcanzaría en cuanto repusiera fuerzas, acompañada del capitán Arellano. Los monjes no tuvieron más remedio que aceptar y abordaron un navío que iba cargado de oro y plata hacia el viejo Continente. Justo en el Caribe la nave fue atacada por corsarios ingleses. Armada de una serie de catorce cañones por banda, intentó repeler el ataque y avanzó sin detenerse, buscando la costa en un intento de escapar y evitar el abordaje. Pero el navío inglés era más rápido y finalmente vino el brutal encuentro. Los piratas ingleses irrumpieron en el navío español y la lucha se generalizó. Aprovechando aquella confusión, los monjes tomaron una lancha y, llevándose el arcón, se alejaron de la refriega, pero al parecer fueron descubiertos, pues, según se dice en la bitácora —apuntó la mujer— ellos así lo supusieron, pues horas después del abordaje, divisaron a lo lejos una pequeña embarcación a vela que venía hacia ellos. Fue entonces cuando decidieron una acción desesperada para salvar del saqueo a la figura sagrada de Shiva Ardha Narīshuar. Quitaron de sus brazos las tres cobras y el más anciano, conocedor de navegación, grabó en cada una de ellas una parte de las coordenadas de donde en ese momento se encontraban. Luego tiraron el arcón con la sagrada figura en su interior, el cual rápidamente se hundió en el mar.

La mujer hizo una nueva pausa. RR la escuchaba en silencio. Ella aventuró levantando su vista de las notas:

—La narración a partir de ese momento no es muy precisa. No dice exactamente cómo pudieron llegar a la costa. Ahí decidieron separarse, cada quien llevándose una cobra. Según se dice, uno volvería por Veracruz para encontrarse con la sacerdotisa e ir con ella hacia Europa. El otro volvería a Acapulco para tomar el viaje de regreso a Filipinas en la Nao de China, de allá hasta Siam y de ahí al templo sagrado en donde escondería la cobra en su poder. Finalmente quien ha escrito esta bitácora manifiesta que temía ser atrapado por los piratas que habían mandado en su persecución. Ignoro si esto era realmente lo que ocurría, o producto de la paranoia de aquel hombre, el caso es que éste decidió deshacerse de la cobra que traía consigo y la echó en el fondo de un cenote. Lo último que se dice es que entre esos monjes, juraron solemnemente que en un año volverían a encontrarse para, uniendo las tres cobras, volver a las coordenadas en el mar e intentar rescatar a la deidad sagrada para devolverla al templo, que era su morada desde muchos siglos atrás —suspiró profundamente y concluyó—. Eso es todo lo que hay, RR.

—Luego entonces las tres cobras guardan el secreto de la ubicación exacta de la figura de Shiva Ardha Narīshuar y su tercer ojo, lo que no podrá lograrse si no es con la unión de las tres —concluyó RR—. Y como no hay más datos en esa bitácora, tomando en cuenta que esas tres figuras se han ubicado en diversos lugares: una en el cenote, otra en el museo de China y una más en Bangkok, cabe concluir que jamás los monjes volvieron a juntarse.

La mujer asintió, para después, depositando su mirada en RR dijo con seriedad:

—¿Ahora te das cuenta por qué son tan importantes para mí esas cobras?

—El tener esas piezas es peligroso —le advirtió RR—. Según he sabido, la leyenda dice que están protegidas por un conjuro o maleficio, que advierte que quien las posea tendrá una muerte terrible en pago a su avaricia —notó el escepticismo en ella, y preguntó—. ¿Tú no temes a esa maldición?

—No, porque a mí no me mueve la ambición —respondió con segura dignidad—. Soy suficientemente rica para ello. Me conformo con lo que tengo y lo que me resta de vida no alcanzaría para acabármelo. Como te he dicho, soy la última sacerdotisa de ese templo. Mi misión es recuperar a Shiva Ardha Narīshuar para regresarla al lugar de donde nunca debió salir.

—Disculpa, pero todo ese planteamiento podría tener validez hace siglos, pero no hoy en día.

Ella movió negativamente la cabeza y repuso con convicción:

—No, RR. Tendrías que tener en tus venas la sangre que corre por las mías, que es la de mis antepasadas y su sagrada vocación, para que lo entendieras a cabalidad.

—Hay una cuestión que me intriga en todo este asunto —observó el criminalista, despertando una expectante curiosidad en la mujer, que quiso saber:

—¿Y qué es…?

—Si esa hermandad a la que perteneces estaba formada por puras mujeres, ¿cómo eran elegidas?

—Todas nacieron en el templo —respondió con naturalidad.

—¿Y los hombres? —repuso RR—. No creo que ustedes vinieran al mundo por generación espontánea.

Ella tomó aquellas palabras con apertura y contestó con cierta condescendencia:

—Es complicado entenderlo para mentes como las de ustedes, RR. El hombre era elegido y, después de consumar el acto y depositar su semilla, era sacrificado a Shiva Ardha Narīshuar. De esa forma se completaba el ciclo: Se destruía para surgir a una nueva vida.

A RR le costaba aceptar aquella solución y no pudo menos que comentar, con un dejo de ironía:

—¡Vaya con ustedes! Una mantis religiosa o una viuda negra palidecerían de envidia!

Ella tomó en serio el comentario y replicó, ofendida:

—La situación no es para burlarse.

—No es mi intención —aclaró sincero RR—. Simplemente son los hechos.

—Ya te dije, es complicado —advirtió la mujer.

—Dijiste que eras virgen.

—Y lo soy.

—¿Te has enamorado alguna vez?

Ella titubeó un instante, luego respondió tajante:

—No he tenido tiempo para eso.

—¿Te gustan las mujeres? —la pregunta era aventurada y RR temió que con ella pudiera ofender una vez más a la mujer.

La «Dama de Shanghái» lo miró directamente a los ojos y contestó naturalmente, sin ningún dejo de coquetería:

—Me gustas tú, RR.

El esbozó una sonrisa y señaló:

—No tengo intenciones de ser sacrificado por un simple apareamiento.

—La conversación se me está haciendo incómoda —advirtió ella con severidad, moviéndose inquieta en la silla. Y él rebatió con gravedad, pues la seguridad de aquella hermosa mujer le preocupaba.

—Eres joven y creo que debes dejar este asunto que te obsesiona —al ver que ella iniciaba una empecinada negativa, le advirtió—. No estás participando en un juego ni en una cruzada idealista. Aquí es la realidad. Te encuentras en una situación sumamente peligrosa y dudo que el gigante que te acompaña pueda salvarte de un verdadero peligro. Gente cruel y despiadada anda tras lo mismo que tú quieres.

La mujer asintió y dijo aceptando el fatalismo:

—Sé lo que me estoy jugando, RR. Conozco los riesgos. Pero debo cumplir mi misión.

RR comprendió que era inútil insistir más. Respiró profundo y expresó, dándose por vencido:

—Te deseo suerte.

Ella lo miró con intensidad. En sus ojos había una sombra de desilusión y tristeza.

—¿No vas a ayudarme entonces?

RR le sostuvo la mirada. Tenía que ser sincero con ella. El futuro aún era incierto y peligroso, y el rescate de las tres cobras parecía una tarea menos que imposible. No quiso negar. Simplemente le dijo:

—He hecho lo posible. Más no puedo. ¿O qué es lo que pretendes?

La mujer se mantuvo en sus trece.

—Que recuperes las cobras para mí, empezando por entregarme la que tienes en tu poder.

«La cobra de Bangkok. La mentira urdida con Catherine Bancroft».

Se decidió a ser sincero:

—¿Si te dijera que no la tengo?

—¿Por qué razón habría de creerte, si me estás aconsejando que deje todo esto?

—Porque es la verdad —repuso RR gravemente.

Hubo una pausa. La expresión de la oriental se hizo impenetrable. Se puso de pie lentamente indicando con ello que aquella conversación concluía. Así, simplemente le dijo en un tono neutro que en realidad no mostraba lo que realmente pudiera estar sintiendo en esos momentos:

—Márchate, RR.

—No puedo prometer imposibles —rebatió él poniéndose de pie también. Frente a él la mujer hizo un leve gesto, como si concediera para después señalar:

—Una persona sabia dijo una vez: «No todo es fácil, pero no hay nada imposible». Ten eso presente, RR. Tienes un compromiso conmigo y yo una promesa que cumplirte —el tono se volvió un tanto duro—. No me traiciones. Lamentaría que lo hicieras, y tú lo lamentarías más.

RR la miró de hito en hito. Fríamente preguntó:

—¿Una amenaza?

La mujer le mantuvo la mirada. Altiva levantó la barbilla y advirtió:

—No. Yo nunca amenazo, RR, pero has caso de mis palabras.

Y toma esto como una advertencia.

RR solamente se dio la vuelta y dejó el departamento. Ella lo miró marcharse. En su expresión había dureza y frialdad. Evidentemente no le había gustado la actitud del criminalista.

CAPÍTULO XIX

Noticias, buenas noticias

Ciudad de México, en el tráfico.
Atardecer.

Ya pasaban de las siete de la tarde. El clima era agradable y el frente frío que llegara desde el Golfo, con su buena ración, de lluvia se había ido. Pero la aglomeración de vehículos seguía igual. RR manejaba el Mini Cooper con la resignación de cualquier habitante de la mega metrópolis. Dejaba atrás el incidente de la «Dama de Shanghái» lamentando que ella se hubiera tomado las cosas en aquella forma. Quería entenderla y tal vez tuviera razón cuando le dijo que esa obsesión estaba lejos de su comprensión. Venía escuchando el noticiario vespertino en la radio cuando escuchó el informe de la muerte de Adrián Covarrubias. No era muy extenso, apenas un poco más que un boletín que daba cuenta de que el controvertido empresario vinculado al narcotráfico, había fallecido víctima al parecer de un infarto fulminante. Y nada más. Seguramente los rotativos y noticiarios del día siguiente darían cuenta con mayor detalle de aquel deceso. Pero para RR aquello era suficiente. Para él era una buena noticia que le quitaba la presión que le pesaba como una laja, al no pender sobre él la amenaza de muerte si no cumplía con el plazo fatal que le diera el narcotraficante. Por cuanto a sus subalternos o a la jauría de sicarios a su servicio, RR dudaba que ahora se fueran a ocupar de él, pues seguramente en los días o semanas venideras aquel monolítico cartel se resquebrajaría en pedazos por la ambición de quienes aspiraban a ocupar el lugar de Adrián Covarrubias. Y eso dispararía la sangrienta lucha por el poder, bañando una vez más de sangre a aquel estado sureño.

El teléfono sonó sacándolo de sus cavilaciones. Activó desde el volante el sistema del auto que le permitía contestar en «manos libres». Era Cassandra Gastélum, la investigadora de la casa de subastas Saint Persons & Sons, que loconvocaba a una reunión con los directivos de su cliente así como los de la compañía de seguros para quienes RR trabajaba. Éste le explicó a la espectacular mujer que era poco probable asistir a aquella junta, pero que lo pusiera al tanto. Cassandra le informó que el pleito con Videgaray por el pago de una prima elevada del seguro se le estaba complicando al sujeto, pues las autoridades de Belice denunciaron que la obtención y salida de su país de aquella cobra era ilegal, y por tanto nula cualquier acción de un particular para alegar su propiedad. Y si esto no fuera suficiente, el gobierno de Tailandia había enviado una nota diplomática a su par en Belice, informándole que aquella pieza hallada en el cenote pertenecía a la cultura tailandesa, en virtud de lo cual ellos tenían preferencia sobre cualquier otro tipo de reclamo. Ante ese panorama el pronóstico era claro: El tal Videgaray se quedaría con un palmo de narices y seguramente sus demandas serían desestimadas para beneficio tanto de la casa de subastas como de la aseguradora. Y Cassandra concluía:

—La cuestión ahora, RR, es localizar esa pieza de oro para cerrar el capítulo de una vez por todas.

—Estoy en eso —señaló cautamente el criminalista, quien aunque tenía ya trazado el camino para concluir con la investigación, no quiso en ese momento abrir mayores esperanzas—. Puedes comunicarles a nuestros clientes que vamos por buen camino y que en poco tiempo les tendré los resultados.

—Así lo haré, RR —una pausa y luego una pregunta sutil que llevaba una intención oculta y una velada promesa—. ¿Cuándo nos vemos?

—Pronto, Cassandra, pronto —respondió RR sin comprometerse y cortó la comunicación. Se arrellanó en el asiento y condujo sin mayores apuros.

«¡Fuera presiones por el momento!», pensó ya llegando a la pensión donde dejaba su automóvil. Entregó las llaves e inició camino hacia su departamento disfrutando de aquella tarde que estaba llegando a su fin. ¡Todo parecía fluir en la tranquilidad!

Pero RR se equivocaba.

CAPÍTULO XX

Una advertencia

Departamento de RR. Edificio la Condesa, ciudad de México.
8:00 p.m.

El departamento estaba en penumbra, solitario y silencioso cuando
RR llegó. Se sentía aliviado. Cruzó y dejó encima de la mesa la
Beretta y las llaves. Luego fue a la cocina separada de la estancia
por la barra, con intenciones de prepararse un buen martini.

Fue cuando estaba preparando la bebida que alcanzó a ver algo
a través de la puerta abierta del dormitorio.

«Algo se mueve por el piso».

RR acusó un leve sobresalto. Fijó la atención, aguzando la
mirada. La sombra aquella, o lo que fuera, había cruzado de lado
a lado tras el marco de la puerta. «¿Una rata?», pensó. Se decidió a
investigar. Al lado de la cocina estaba el closet de trebejos e imple-
mentos de limpieza. Tomó de ahí el tubo metálico de un trapeador
y fue decidido al dormitorio.

Se detuvo atento en el marco de la puerta, atisbando de nuevo
con atención. Recorrió con la mirada el lugar, fijándose sobre todo
en los rincones. La habitación, como el resto del departamento, se
encontraba en penumbra. Sin quitar los ojos de lo que abarcaba su
mirada, extendió el brazo, buscó en la pared el interruptor de la

luz y de inmediato el lugar se iluminó. Dio un paso adelante y con cuidado cerró la puerta tras de sí. No quería que la rata o lo que fuera pudiera escapar por ahí. Aferró con fuerza el tubo, dispuesto a usarlo como un bate de béisbol. Analizó el sitio donde podía ocultarse. En realidad no había mucho lugar. El pesado ropero que le servía de closet se asentaba en el suelo y contra la pared sin permitir resquicio alguno. El secreter en una esquina, con sus patas altas, tampoco. Sólo quedaba debajo de la cama, el único espacio lógico donde pudiera estar oculto.

Se agachó para atisbar por debajo. Estaba oscuro. Metió el palo metálico abanicándolo de un lado a otro con intención de espantar al animal y obligarlo a salir. Escuchó un siseo airado que provenía de ahí. No un chillido.

«Un siseo».

RR se incorporó rápido, desconcertado, profiriendo entre dientes una maldición y sintiendo un escalofrío que le recorrió la columna. «¿Qué rayos es esto que no chilla como una rata?». Sin pensarlo aferró con una mano el borde al pie de cama y la levantó un poco para desplazarla hacia un lado.

Fue cuando la descubrió y se le heló la sangre.

Era una serpiente que se pegaba a la pared, irguiéndose sobre sí misma, al tiempo que en su cabeza la capucha se expandía y los ojillos muertos y malignos se clavaban en RR; la lengua bífida se agitaba nerviosa, detectándolo por el calor corporal.

¡Era una cobra de anteojos!

RR calculó que no llegaría a los dos metros de largo. Consideró que era un ejemplar joven, pero no por eso menos venenoso y por lo tanto tremendamente peligroso.

El criminalista adelantó el palo metálico hacia ella. Un nuevo siseo de advertencia. Más tensión en el ofidio que de pronto, tras una finta de ataque que hizo que RR retrocediera, decidió escapar alejándose del hombre y reptando por el filo del zoclo. Él la miró moverse. Se mantuvo quieto, tenso, pensado en su siguiente movimiento. No podía confiarse. Aquella serpiente en cualquier momento podría volver contra él y atacarlo. Empezó a transpirar por la tensión y el corazón a bombear más aprisa a causa de la adrenalina. Empuñó con fuerza el palo metálico, teniéndolo frente a él, apuntando hacia donde se movía la cobra.

Despacio RR se desplazó hacia su izquierda, en sentido contrario al que se movía la serpiente. Dio dos pasos hacia atrás de ella. La cobra sólo deseaba escapar y se metió al baño. Con rapidez el criminalista adelantó y apresó la manija de la puerta para cerrarla de golpe y dejarla allá dentro. Respiró con profundidad, liberando la tensión y el miedo instintivo. Retrocedió hasta caer sentado al borde de la cama. Dejó a un lado el tubo y se mesó los cabellos, pensando. ¿Qué hacer ahora? No era cuestión de ir a buscar la Beretta que estaba en su escritorio y venir a acabar a tiros al animal. Ahora que estaba prácticamente fuera de peligro al tenerla encerrada en el baño, se le hacía excesivo tomar una medida de esa naturaleza.

Entonces recordó a una persona. Rápidamente volvió a la estancia y tomó su teléfono celular. Buscó el nombre y el número y lo llamó.

* * *

Cuarenta y cinco minutos más tarde llegó al departamento. Lo acompañaba una mujer baja de estatura pero bien formada, de pelo crespo y alborotado con un mechón teñido de azul, que usaba unos grandes lentes para combatir la miopía y el astigmatismo. No tendría más de veinticinco años. Lucía una camiseta ajustada y unos pantalones holgados de campaña con unas botas militares. Traía consigo un saco de yute. Él era el muchacho alto y desgarbado que RR recordaba cuando fue a entrevistarlo al serpentario del zoológico de Chapultepec. Traía una de esas pértigas rematadas en un gancho, usadas por los viboreros para controlar a las serpientes. Simplemente preguntó, desparramando su mirada por toda la estancia:

—¿Dónde está?

RR los condujo al baño. Después de ahí, no tardaron más de un cuarto de hora en someter a la serpiente. El viborero regresó con ella sujetándola firmemente por detrás de la cabeza, y se la acercó a RR, quien se puso tenso, pero el hombre le advirtió con serenidad:

—Tranquilo. Puede acercarse con confianza. Es una cobra joven e inofensiva.

RR lo miró incrédulo. «¿Cómo puede decir eso de una cobra?»

—¿Inofensiva dice usted? —inquirió.

El viborero asintió seguro y, oprimiéndole los flancos de la mandíbula para obligarla a abrir la boca, se la mostró a RR para decirle:

—Vea usted. No tiene colmillos —ante el pasmo de RR, agregó con un cierto dejo de reproche en la voz—. Se los arrancaron.

El criminalista se limitó a observar sin entender, mientras escuchaba distraídamente al hombre de las serpientes que continuaba diciendo:

—Esto la imposibilita para morder, lo que por ahora la hace inofensiva. Quitarle los colmillos es un procedimiento reprobable pero usual entre los encantadores de serpientes en India o en otros lugares como Tailandia para montar sus espectáculos sin riesgo de ser mordidos.

RR no hizo mayor comentario. Observó cómo el joven metía cuidadosamente la serpiente dentro del saco de yute que su asistente sostenía. Mientras tanto acabó de explicar a RR esbozando una sonrisa:

—Sin embargo eso es temporal. Los colmillos les vuelven a crecer.

—Entiendo —se limitó a decir RR y enfrentó una nueva pregunta del viborero ya cuando él y su pareja se disponían a abandonar el departamento.

—No me ha dicho cómo llegó la cobra hasta acá. ¿Usted la compró o algo parecido?

RR negó con la cabeza.

—No, para nada. ¿Para qué querría tener en mi casa una víbora así?

El otro se encogió de hombros y replicó con naturalidad:

—Simplemente para tenerla como mascota.

—Pues ese no ha sido el caso. Y sinceramente ignoro cómo llegó a meterse aquí —remató ocultando lo que para él era evidente: que tenía la plena sospecha de lo ocurrido. La presencia de aquella serpiente venenosa en su departamento, no podía ser otra cosa que un aviso de «La Cobra».

Una vez que el viborero y su compañera se marcharon contentos porque RR les dijo que podían conservar aquella serpiente, regresó al dormitorio para reacomodar la cama. Fue cuando en el buró, junto a la lámpara de noche, descubrió la tarjeta.

CAPÍTULO XXI

Tenía que saber

De la Condesa a Polanco.
9:00 p.m.

RR revisó la puerta del departamento. Notó unas leves raspaduras en las chapas que bien pudieron ser hechas por la «Dama de Shanghái» o por quien dejara esa peligrosa advertencia. La pregunta que surgía es si ellas eran la misma persona. El criminalista bajó para encontrarse con Agustín, el conserje, que nada pudo aportarle. Estuvo fuera esa tarde haciendo algunas diligencias, y no podía dar razón de si en ese tiempo muerto de su ausencia hubo alguna persona que fuera al departamento de RR. Éste lo tranquilizó ante la repentina congoja del hombre diciéndole que el asunto no era grave, pues simplemente quería saber si le habían buscado en ese lapso.

RR regresó a su departamento. La tarjeta estaba ahora al lado de su computadora. Ya se ocuparía de ella y de lo que decía, por lo pronto tenía que regresar al departamento de Polanco. Necesitaba saber; despejar dudas. Debía verla de nuevo. Confrontarla y estudiar su rostro, buscando en él la mentira que se denunciaba en un leve parpadeo, en un gesto sutil o en cualquier cosa que la denunciara.

«¿Eres tú La Cobra?», era la pregunta que quería hacerle frente a frente, mirándola a los ojos. El criminalista tenía muy claro que la primera vez en su departamento, aquella noche en que ella lo aguardaba, no pudo concretar aquella sospecha. La mujer simple y sencillamente se fue por la tangente diciéndole que si hubiera querido matarlo lo habría hecho. Tal vez no lo asesinó en esos momentos porque pensaba que él tenía la cobra de Bangkok. Y ahora aquella advertencia con esa cobra que volvieron cruelmente inofensiva al extraerle los colmillos, y con ello la posibilidad de evitar que transmitiera su veneno, junto con aquella tarjeta.

* * *

Llegó al departamento de Polanco. Nadie respondió al timbre, al que llamó insistentemente. Pudo colarse al interior del edificio aprovechando la salida de uno de los inquilinos. Subió por las escaleras y enfrentó la puerta cerrada. Volvió a llamar golpeando con los nudillos. Nada. Ni un indicio de que alguien estuviera ahí dentro. Sacó su juego de ganzúas y trabajó en la cerradura durante poco menos de un minuto hasta que logró abrir la puerta. Entró para toparse con la oscuridad y el vacío. Las cortinas estaban cerradas. Encendió la luz despreocupándose de que pudieran notarlo desde el exterior, y aunque así fuera, pensaba que aquello a nadie le importaba.

No encontró rastro de la presencia de nadie en el departamento. Estaba abandonado. Al ver la mesa donde estuvo la *lap top* donde la mujer trabajara en la transcripción, descubrió un teléfono celular. RR estaba seguro de que aquello no era un olvido involuntario. Existía pues un motivo para que el aparato se encontrara ahí. Guiándose por su intuición lo tomó. Buscó y sólo encontró un número de enlace a otro celular. Pulsó la tecla y se activó la llamada. Escuchó el rápido marcar y después el sonido de una, dos, tres llamadas. A la cuarta finalmente alguien contestó. Oyó al otro lado la voz del guardaespaldas gigante que preguntaba con voz neutra:

—¿Sí?

—Soy RR.

No hubo respuesta. Unos instantes de silencio. RR aguardó. Luego le llegó la voz de ella que simplemente le dijo:

—Tuve que marcharme. Me alegro de que atendieras el teléfono.

RR no hizo mayor comentario. Únicamente le respondió:

—Quiero insistirte en algo.

No hubo respuesta de la mujer. Esperaba a que él se explicara. Y RR lo hizo con palabras claras y precisas:

—Yo no tengo la cobra de Bangkok. Todo ha sido un engaño urdido con las autoridades internacionales para ponerme como señuelo y atraer al asesino que tiene en su poder la cobra de Olegario Ángeles Buendía.

Nuevo silencio. Parecía que su interlocutora aquilataba aquella revelación. RR sólo escuchó por momentos la suave respiración de la mujer. Luego su voz que sonó como la ratificación de una advertencia:

—Juego peligroso.

—Ya me lo dijiste una vez —recalcó RR recordando cuando ella le advirtió en su departamento que se estaba metiendo en aguas profundas donde había tiburones peligrosos. Ahora él notó en el tono de la mujer un leve dejo de contrariedad.

—No me creo esa mentira. Tú tienes la cobra —afirmó ella con seguridad y luego demandó—. Necesito que me la entregues. Ya sabes mis motivos.

—Lo siento. Eso no será posible —refutó calmosamente el criminalista.

—¿Por qué no? —el tono era de contrariedad e impaciencia.

—Porque no te estoy mintiendo —insistió con firmeza RR. Esperó la réplica pero en vez de eso sólo hubo silencio. Supo que ella aún seguía ahí al notar su respiración que contenía una especie de furia—. La tiene Interpol y se están haciendo los trámites para entregarla a tu país —agregó.

Una nueva pausa y la voz que protestó insistente:

—¡Pero es mía!

—Eso será cuestión que deberás arreglar con tu gobierno —refutó RR, para luego agregar—. Y yo te recomendaría que no lo hicieras.

Un «¿por qué no?» hubiera sido una respuesta lógica. En vez de eso la mujer advirtió empecinada, molesta por aquella negativa:

—No descansaré hasta conseguirlas.

RR se limitó a responderle, sin que realmente le importara lo que aquella mujer fuera a hacer:

—Es tu decisión. Por lo pronto vuelve a tu lugar. En México ya nada tienes que hacer. Tienes la bitácora. Y eso es suficiente.

—Prometiste ayudarme —la voz sonaba a reproche.

—Y lo haré —repuso sincero RR—. Pero no en la forma que tú quieres. Te buscaré en Tailandia cuando tenga las respuestas.

—Vivo en Hong Kong, RR.

—En Hong Kong entonces —y RR colgó, llevándose el celular.

CAPÍTULO XXII

No te metas

Departamento de RR. Edificio en la Condesa, México DF. *23:15 horas.*

«No te metas».

Eso decía simplemente la frase manuscrita en la tarjeta que ahora RR sostenía en sus manos.

«No te metas. No te metas. No te metas».

Una y otra vez el criminalista repasaba las palabras, seguro de que ahí estaba la clave. ¿Era una advertencia? ¿Una amenaza? Tenía pleno convencimiento de quién provenía. Y brotaba una pregunta lógica:

«¿Por qué no me mató?».

No encontraba una respuesta que lo dejara satisfecho. No encajaba con el *modus operandi* de aquella asesina. La misma cobra inofensiva, junto con lo que decía aquella pequeña cuadrícula de cartón, reafirmaban en RR la idea de que le había dejado una advertencia: «No te metas». Y eso quería decirle: «Puedo llegar hasta ti en donde te encuentres y hagas lo que hagas de nada servirá el que quieras prevenirte contra mí». ¡Era cierto!, discurrió RR. Con aquella criminal no existía lugar en el mundo dónde esconderse. De ella desearlo lo atraparía sin problema. Por eso era tan temida y efectiva, pues se movía con una habilidad inaudita, sin dejar rastro de su presencia.

Pero…

¿Era realmente así? ¿«La Cobra», la asesina profesional, minuciosa y temeraria, no había dejado ningún rastro? Para averiguarlo, el criminalista tenía que volver atrás, al principio de todo. A revisar cada parte y encontrar las fisuras; las pequeñas fallas posibles e inadvertidas; lo que pudo pasar desapercibido. Con los años y a lo largo de todo su ejercicio profesional, RR había aprendido a ser minucioso y no dejar nada al azar. Siempre recordaba a aquel viejo abogado que fuera maestro suyo; una verdadera luminaria en los juicios constitucionales cuando se violaban los derechos humanos de una persona. Conocía la Ley al derecho y al revés. Sin embargo, en su larga carrera como litigante, cuando iniciaba algún caso invariablemente consultaba esa Ley, y cuando se le cuestionaba al respecto simplemente respondía que no importaba cuantas veces enfrentara el texto legal, siempre podría esconderse algo en él que pudiera haber pasado inadvertido.

«Minuciosidad».

Era la palabra. El elemento de identificación. Y era la tarea a la que ahora RR se avocaba. Todas las pruebas estaban ahí, diseminadas ocupando la totalidad de su mesa de trabajo, encima de la barra y en el pizarrón de corcho donde se apretaban las notas prendidas con alfileres, junto con las diversas fotografías que se tomaran durante toda la investigación de los crímenes tanto en Santa Fe como en Cozumel.

Y desde luego ahora aquella tarjeta con el mensaje: «No te metas», que RR entendía como un ultimátum para que abandonara toda aquella investigación. «Estoy cerca», pensó. «De no ser así, La Cobra no hubiera dejado ese texto».

«No te metas».

Tenía que ignorarlo. Así que paso a paso volvió al principio y así estuvo embebido durante horas, sin importarle el paso del tiempo, ni que la noche se consumiera y el día transcurriera. En el ínterin recibió el sobre de los Servicios Forenses de la Procuraduría, conteniendo los resultados sobre la copa que mandara analizar. Curiosamente las huellas dactilares en el cristal eran simples borrones, con lo cual se presumía que su dueña deliberadamente las hizo desaparecer de sus dedos, borrándolas mediante un procedimiento quirúrgico especial, de tal manera que su identidad quedara a salvo y oculta en el misterio. Así pues la «Dama de Shanghái» seguía siendo un enigma.

RR dejó al lado el informe y volvió a concentrarse en el asunto que absorbía todo su tiempo. Tomó nuevas notas. Volvió a las ya escritas. No dejó de consultar la computadora donde almacenaba una gran cantidad de información. Revisó las fotografías una y otra vez. Finalmente, en la enésima ocasión topó con una foto.

Contuvo el aliento. Aquello parecía comprobar todas sus conjeturas e hipótesis. La observó con más cuidado. La tenía capturada en su computadora. Ahí la amplió. Checó todos los detalles. ¡Ahí estaba la fisura! ¡El inicio de la hebra que desenredaría finalmente la madeja en aquella trama macabra! Y a partir de ahí las piezas se fueron acomodando, hasta que se hizo la luz en la aguda mente del criminalista.

Necesitaba dar un paso más. Necesitaba de una persona para ello. Tomó su teléfono celular y marcó.

CAPÍTULO XXIII

Hacia la solución final

Hong Kong.
24 horas más tarde.

«Tailandia no. Hong Kong», le había dicho la «Dama de Shanghái». Estuvo tentado de avisarle, pero requería del factor sorpresa. El taxi lo condujo a aquel lujoso edificio desde el que se dominaba la conocida y espectacular bahía. El departamento estaba ubicado en el único *penthouse* del inmueble, exclusivo para gente rica que tenía lo suficiente para vivir holgadamente el resto de sus días. Era otra de las afirmaciones de aquella mujer oriental, que ahora RR tenía muy presente.

Llamó al intercomunicador. Escuchó la voz un tanto metalizada que respondió preguntando sobre quién llamaba.

—Soy yo —dijo simplemente RR y de inmediato sonó la chicharra de la puerta eléctrica al abrirse. El criminalista entró a un espacioso *lobby* de piso de mármol y con una enorme mesa central de ébano, con un gigantesco tibor chino adornado con un gran ramo de flores frescas. No había nadie en la pequeña recepción. Avanzó hasta los elevadores. Pulsó el botón con la flecha que apuntaba hacia lo alto. La puerta se descorrió en un suave siseo, dejándolo pasar. Vidrio y caoba decoraban las paredes, y toda una sección en cristal panorámico. El tablero era digital. Puso el dedo en las letras PH. La puerta se cerró. El elevador comenzó su ascenso. RR iba finalmente al encuentro de su destino.

CAPÍTULO XXIV

Finalmente frente a frente

Penthouse, Hong Kong.
Ya en la noche.

El ascensor ascendía por fuera del edificio, permitiendo observar desde su cristalera una panorámica profusa en iluminación de los edificios que se levantaban en las orillas de la bahía de Hong Kong. Para RR es eespectáculo no significaba nada en aquellos momentos. La tensión lo embargaba. Estaba concentrado. No tenía bien a bien previsto cómo iba a manejar aquella situación ni cuáles serían las reacciones que desencadenarían un final que bien podría ser el suyo.

El elevador continuó su ascenso, suavemente, hasta que llegó al tope. Se detuvo. RR se plantó frente a la puerta, aguardando. Ésta se descorrió para franquearle el paso.

* * *

La «Dama de Shanghái» se encontraba en medio de la oscuridad de la amplia estancia, de cara al enorme ventanal desde el que se apreciaba la iluminada bahía de Hong Kong. Pensaba en los últimos acontecimientos, y sobre todo en aquella última conversación telefónica con RR, justo cuando ella estaba en la sala VIP del aeropuerto esperando abordar el avión con el que dejaba la ciudad de México.

Ella perdió su mirada en alguna parte de aquella extensión de noche, luces, edificios y mar que ahora era una mancha oscura y extensa por la que transitaban infinidad de embarcaciones. Dejó que su mente discurriera. Llevaba años en busca de las cobras que adornaban la estatua de Shiva Ardha Narīshuar como brazaletes en sus brazos. Ahora contaba con la bitácora que había obtenido con la ayuda de RR y sabía que en aquellas piezas de oro estaba la clave para llegar al sitio donde Shiva había caído al mar. Y con ella aquel fabuloso diamante, el tercer ojo, que representaba una fortuna incalculable. ¡Tenía que poseerlas! ¡Por destino y herencia le correspondían! RR estaba equivocado. No eran del gobierno. De obtenerlas irían a parar, en el mejor de los casos, a un museo, sin poder cumplir con el fin para el que fueron destinadas. No. No estaba de acuerdo con RR. Tenía que rescatar la efigie sagrada del fondo del océano. ¿O debía dejarla ahí para siempre, con el mar y sus secretos?

Se debatía en esas dudas. Y se enojaba con RR por ponerla en aquel dilema que era una encrucijada. ¿Debía odiarlo por eso? Se lo había advertido. Sólo esperaba que lo entendiera. Y si no, lo lamentaba por él.

Escuchó a su espalda que la puerta del departamento se abría. Salió de sus cavilaciones para confrontar al recién llegado.

*   *   *

RR avanzó en aquella enorme estancia amueblada con exquisito buen gusto. Pinturas de firma adornaban las paredes y finas esculturas con temas griegos y romanos se mantenían en sus pedestales de mármol, iluminadas por pequeños haces de luces cenitales. De frente, el enorme y panorámico ventanal.

Al escucharlo la figura que estaba en la penumbra junto a los cristales se volvió lentamente. RR pudo observarla a contraluz. Era una mujer que lucía la cabellera suelta hasta la altura de los hombros.

*   *   *

La «Dama de Shanghái» miró al gigante guardaespaldas que venía a informarle que, de acuerdo con sus vaticinios, el criminalista estaba en Hong Kong.

CAPÍTULO XXV

Desenlace mortal

Penthouse, Hong Kong.
En la noche.

—¿Cómo llegaste hasta aquí?

RR escuchó la voz y de inmediato reconoció a quién le pertenecía. En realidad no le sorprendió. Ya lo esperaba. Le respondió serenamente, sin avanzar un paso más de donde se encontraba.

—Fue un largo camino.

—Al recibir tu llamada lo supe —le respondió aquella figura en la penumbra, que comenzaba a moverse en lateral hacia los cristales del ventanal—. En un principio tuve la tentación de creer la noticia que corrió por todos los sectores a donde debía de llegar, de que la cobra rescatada de Bangkok estaba en tu poder. Pero luego discurrí que no era lógico ni posible. Con aquel engaño me llamabas; me provocabas para que te buscara. ¡Una jugada muy arriesgada, RR, y de suyo peligrosa, y yo diría que con consecuencias mortales!

—Dio resultado —respondió neutralmente RR, sin perder de vista los movimientos de aquella persona que se desplazaba hasta entrar en un pequeño círculo de luz. Vestía con una bata de piel de víbora. No llevaba lentes y usaba una peluca. Sin afeite alguno en su cara ella seguía siendo bella y delicada, digna de un adonis griego. ¿O de Afrodita tal vez?

—Quiero saber. Dime —insistió con extraño afán ya que la curiosidad le carcomía—. ¿Cómo me descubriste?

—Por el cine —fue la corta respuesta de RR.

—¡¿El cine?! —la pregunta sonaba divertida, desconcertada.

—Entre otras cosas —advirtió secamente RR, agregando sin poder ocultar el desprecio que sentía por aquel asesino—. Criminales perturbados como tú siempre desean ser atrapados, en un macabro juego de adrenalina de «atrápame si puedes». La clave estaba en las películas que me pusiste de ejemplo. Básicamente *Psicosis*, *El silencio de los inocentes* y *Vestida para matar*.

—¡Fantástico! —exclamó el asesino con una risa divertida y admirada, mientras aplaudía con aprobación—. ¡Explícate, cariño! Es apasionante ver cómo discurres y enlazas tus ideas.

—Los ejemplos que pusiste fueron claros. Pistas que dejaste regadas en el camino, esperando que fueran recogidas e interpretadas. Esas películas me revelaron tu yo interno. En *Psicosis* el asesino adquiere una doble personalidad, la del hijo y la de la madre. Un masculino y un femenino predominante. En *El silencio de los inocentes*, el asesino serial quiere transformarse cosiéndose una nueva personalidad con la piel de sus víctimas y, finalmente, al citar a De Palma no mencionaste ninguna de sus películas, pero seguramente te referías a *Vestida para matar*, donde el asesino es un travesti.

—¡Inteligente! —advirtió Fabián Alexandre, deshaciéndose de la peluca para mostrar su tersa cabellera peinada hacia atrás, relamida contra el cráneo por el gel. Luego reprochó con un retintín sarcástico rubricado con una carcajada—: ¡Y dijiste que no te gustaba el cine!

—Te mentí —repuso RR con naturalidad—. Ese fue uno de los avisos. Otro incluso. La clave me la dio mi compañera en Vancouver.

—La hermosa rubia. La recuerdo. ¿La de Interpol, verdad?

—Dijo que eras un hombre guapo. Y en realidad lo eres. Esmerado en tu cuidado. Un metrosexual del que también me llamó la atención Cassandra, mi acompañante en Nassau.

—Que fue donde nos conocimos —admitió Alexandre—. Y fue cuando cometí la locura de enamorarme de ti. Te deseo y te he llegado a admirar, RR. He seguido de cerca tus pasos. Esa es la razón por la que estás vivo. Te juro que ansiaba este momento. He soñado una y mil veces con él.

RR guardó silencio. Alexandre prosiguió:

—¿Te sorprende? Aún más a mí, te lo confieso. A lo largo de mi vida he tenido varios amantes, discretos unos, apasionados y exigentes otros. Vividores hermosos que quisieron chantajearme. ¡Grave error! Porque fueron víctimas de mi veneno. Pero tú eres distinto. Por primera vez alguien me ha interesado de verdad.

RR observaba sin moverse a aquel hombre hermoso luciendo aquel abrigo de mujer de piel de víbora. Lo escuchaba con una mezcla de repulsión e ira contenida. Pero no podía sustraerse de sus palabras, que hablaban en un tono roto y trágico.

—Es absurdo el amor, ¿no crees? —preguntó y luego soltó una pequeña risa que era una burla contra sí mismo—. Uno comete estupideces al enamorarse. Y eso me ha pasado contigo. Desde ese primer encuentro en las Bahamas, proyectando tu masculinidad y esa sensualidad tan especial que hace que las mujeres hermosas como con las que te he visto y envidiado, se sientan atraídas por ti y te deseen. Absurdo, ¿no? Quisiera ser una de ellas y despertar ese deseo en ti.

RR no pudo resistir más. Aquel diálogo comenzaba a asquearle. Le interrumpió con dureza.

—Se acabó el juego, Fabián. No me halaga lo que dices. Me da repulsión y no puedo tener compasión por tus inclinaciones. Tengo amigos homosexuales a quienes respeto. Gente de bien, que no tiene que ocultar su preferencia sexual. Pero tú eres distinto. Eres perverso. Eres un sádico criminal que actúa en el anonimato bajo el nombre de «La Cobra». Pero todo tiene su fin. Y este es el tuyo.

Sé que en tu poder está la cobra de oro que le robaste a Olegario Ángeles Buendía. Las pistas que dejaste a tu paso fueron claras.

—¡Yo no dejé ninguna ahí! —protestó con altivez el asesino.

—Yo no apostaría por eso. Una foto, en especial una de ellas me dio la clave. Fue aquella que te tomaron en la caseta de vigilancia cuando ingresaste al complejo habitacional para asesinar a Ángeles Buendía. Ahí estaba claro el detalle que me indicaba que, contrario a lo que veníamos haciendo, el asesino no era una mujer, sino un hombre disfrazado de mujer. Un travesti. ¿Y cómo? Por el sencillo detalle de la nuez de Adán, algo totalmente masculino. Y de ahí fui hilando todo lo demás. Tus apariciones aparentemente coincidentes en Vancouver, tus mentiras sobre el festival de cine en esta ciudad para justificar tu estancia ahí. La verdad es que me seguías.

—La verdad es que quería seguirte —corrigió sin pudor Alexandre—. Me apasionaba verte actuar —y luego agregó provocando en RR una sensación de asco y rechazo—. ¿Qué quieres? El amor a veces te hace hacer cosas locas.

RR hizo un esfuerzo para pasar por alto el comentario, y prosiguió:

—Quisiste desviar mi atención sobre la que llamaste la «Dama de Shanghái», otra referencia cinematográfica, como tú mismo lo admitiste. Y ya que hablamos de esas películas, una más te traicionó, cuando dijiste que jamás querrías ser Indiana Jones. Por supuesto, él odiaba las serpientes, pero tú no. Y con ello quisiste desviar la atención pero el pretendido engaño se volvió contra ti, traicionándote.

Ahora fue Fabián Alexandre quien lomiró con ira, los puños apretados a los lados. Escuchando con una respiración agitada, casi incontenible donde empezaba a aparecer el despecho al comprender que aquel hombre jamás sería suyo, y descubrir en sus palabras el asco y el desprecio que sentía por él. Aun así se contuvo para seguir escuchándolo, movido por un absurdo y atormentado morbo de saber el cómo había podido ser descubierto:

—Y finalmente la tarjeta con tu advertencia. Ese papel cartulina especial, el mismo de tus tarjetas de visita como la que me diste en el restaurante en Vancouver y aquella cuando nos mandaste la botella de champaña a Casandra y a mí en Nassau. ¡Un error imperdonable para una mente tan sagaz y cuidadosa como la tuya, provocado por ese deseo inconsciente de mostrarte ante mí con la vana y estúpida esperanza de que yo fuera a ceder ante tus delirios amorosos! Pero no, tu juego se vino abajo Fabián, y ya es hora de entregarte a la justicia.

Una carcajada burlona rubricó las últimas palabras de RR. La sorda ira afloró en Fabián Alexandre, quien rebatió con un tono sórdido y bajo:

—¿Entregarme a la justicia? ¿Eso es lo que pretendes? —volvió a soltar una risotada burlona, herida—. ¡Qué absurdo! ¿Piensas en esa justicia ensuciada por jueces corruptos y abogados miserables, simples mercenarios capaces de vender sus conciencias por dinero? Prefiero la muerte RR, antes que enfrentarme a esa ignominia —emitió de nuevo una corta carcajada—. ¿Te sorprende mi risa? Me río del destino y del futuro. Porque yo lo adivino, yo lo fabrico —espetó soberbio y retador—. He decidido sobre vidas y muertes, ¿por qué no hacerlo ahora? No me mires con repulsión, querido. Tú y yo a fin de cuentas somos iguales, estando lejos del juicio de los llamados justos. Bajo la perspectiva que quieras darle, los dos somos asesinos. Y cada uno tiene sus propias justificaciones para matar. Pero lo que nos iguala RR, es que hemos despachado de este mundo a varios indeseables. Por eso ahora, tú y yo, querido, podemos emprender ese viaje juntos o enfrentarnos juntos también a la muerte. ¡Tú lo decides! ¡Conmigo o contra mí!

—Sabes muy bien la respuesta —espetó resuelto y duro RR, en una actitud abiertamente retadora.

Fabián se movió sorpresivamente aprisa y desapareció hacia la oscuridad, exclamando, desafiante:

—¡Ven por mí, entonces!

RR pudo distinguir una puerta pintada de negro. Sacó la Beretta y corrió hacia allá. Estaba dispuesto a que aquel despiadado asesino no se le escapara. Cruzó con rapidez, irrumpiendo en un cuarto amplio y alargado sumido bajo una penumbrosa luz verdosa, donde olía a humedad. Pudo distinguir contra las paredes varios recipientes enormes de cristal y dentro, entre vegetación o piedras ahí colocadas, cuerpos que se movían. No hubo tiempo para entrar en detalles. La precipitación del criminalista lo llevó a caer en un error. Fabián Alexandre le estaba esperando con una jeringa en la mano. Intentó clavársela. RR pudo impedirlo en el último instante aferrándole la muñeca. Fabián era fuerte, muy fuerte, y su fortaleza se incrementaba por su desesperación. Chilló como una mujer al hacer el esfuerzo. RR lo empujó, apartándolo de sí. Alexandre trastabilló y fue a chocar contra uno de los depósitos de vidrio.

En este momento RR cobró conciencia de dónde se encontraba, cuando el recipiente, al impulso del choque del cuerpo de Alexandre, se vino abajo, rompiéndose y dejando escapar de su interior a una serpiente. Con unos reflejos admirables, el asesino se irguió y, lanzando un grito se vino sobre RR con la jeringa en alto. RR disparó directo al cuerpo, pero los impactos no lograron detener la embestida feroz.

Algunas de las balas siguieron de frente e impactaron otros recipientes de vidrio haciéndolos estallar. Su mortífera carga salió reptando entre los vidrios rotos. Todas aquellas serpientes eran una colección de las más temibles y venenosas. El encuentro de unas con otras provocó enfrentamientos. Se escuchó el siseo escalofriante, furioso de los ofidios al enfrentarse. Otras más reptaban zigzagueantes, yendo hacia donde los dos hombres forcejeaban. Una de ellas era enorme, una cobra real de más de cinco metros.

Al mismo tiempo Alexandre se le vino encima tratando de encajarle la aguja. Estaba herido en el pecho, pero la rabia ciega que lo movía lo impulsaba. Casi podría decirse que estaba actuando por instinto y que la furia aún lo mantenía con vida. Por más que RR intentó evitarlo, con horror y repulsión vio como Alexandre, en un nuevo y feroz grito que brotaba de entre sus dientes apretados, le clavaba la aguja en un hombro. Con horror se percató de cómo el viscoso líquido amarillo entraba en su cuerpo. Lo apartó con violencia, disparándole a quemarropa. Fabián lanzó un grito ahogado, agónico y reculó cayendo entre las serpientes. La cobra real se abalanzó sobre su cuello en una mordida letal.

RR empezó a sentir los efectos del coctel ponzoñoso. Trastabillando dejó el lugar y dando traspiés fue buscando la salida. El sudor frío le brotó en el cuerpo. La mirada comenzó a nublársele. Sintió la agonía de la muerte inminente. Desesperado llegó hasta la puerta del elevador. Golpeó insistentemente el botón para llamarlo. Tras segundos angustiosos la puerta se abrió y él se abalanzó al interior. Casi a tientas, obnubilado, alcanzó el tablero digital y pudo acertar a tocar la planta baja.

Al llegar abajo la puerta se abrió. Las piernas ya no le respondían. Le faltaba el aire. Se le cerraba la garganta. Una figura enorme ante él se interpuso a su paso. Luego vino la oscuridad.

CAPÍTULO XXVI

Despertar

Hospital en Hong Kong.
Día siguiente en la tarde.

Primero fueron ruidos ininteligibles. Luego más claros. Escuchó el acompasado ritmo del monitor cardiaco y el sisear del oxígeno. Después voces que hablan en susurro. Tenía los ojos cerrados. Pesadamente comenzó a abrirlos. Y su mirada enfocó a las personas que lo rodeaban. Distinguió a una enfermera que le tomaba la presión y a un hombre de bata, un doctor que checaba la tableta al pie de la cama.

Pero hubo alguien más que se acercó a él tomándole la mano y hablándole con suavidad y afecto:

—¡Has vuelto, RR! ¡Por poco y no lo cuentas!

Era la «Dama de Shanghái». Hermosa como siempre. Su rostro se iluminaba con una sonrisa. Él quiso hablar. Ansiaba preguntar cómo había llegado hasta ahí, cómo pudo salvarse. Eso lo sabría más adelante. Ella se ocupó de que su guardaespaldas, aquel hombre sobrio y gigantesco, le siguiera los pasos. Fue así como lo encontró a la entrada del elevador, cuando iba decidido a subir al escuchar desde la calle los disparos allá en el *penthouse*. Fue él quien lo recibió en brazos cuando cayó desvanecido y lo trasladó al hospital justo a tiempo para que le proporcionaran el antídoto.

—No hables. Ya habrá tiempo. Ahora descansa, RR. Descansa —hizo una leve pausa, se acercó aún más y le depositó un beso en la comisura de los labios. Y ahí mismo le susurró—: Por cierto, mi nombre es MeiLing.

Las últimas palabras las escuchó lejanas, cuando de nuevo le envolvió el sopor. Cerró los ojos y se sumió en un sueño profundo y restaurador, sabiendo ahora que su vida estaba a salvo.

Epílogo

I

Luego de unos días RR fue dado de alta en el hospital. Quiso saber sobre la «Dama de Shanghái», pero nadie le pudo dar razón de su paradero. La cuenta estaba saldada. Había llevado hasta Hong Kong el teléfono celular que encontró en el departamento vacío de Polanco.

Marcó. Una voz grabada le advirtió que tal número no estaba asignado.

Antes de abordar el avión de regreso a México, RR dejó aquel teléfono en un cesto de basura y se dijo que la hermosa «Dama de Shanghái» seguía siendo un misterio.

II

La policía encontró el cadáver de Fabián Alexandre rodeado de serpientes venenosas. Era un cuadro macabro donde el hombre, semidesnudo, apenas cubierto con un abrigo de mujer de piel de víbora, presentaba las huellas de infinidad de mordidas, y en aquellas, las zonas que las circundaban aparecían rosetones violáceos o rojizos, donde se clavaran los letales colmillos. Alrededor de éstos, se detectaban signos inequívocos de la necrosis de tejidos.

Al revisar el lujoso departamento, dieron con un gran ropero repleto de vestidos de mujer: chamarras y abrigos de piel de víbora; bolsas, zapatos y botas del mismo material, así como una colección de pelucas y sombreros de ala ancha, sin descontar la serie de anteojos para protegerse del sol de las más caras marcas existentes en el mercado. En un nicho especial y oculto en el dormitorio rodeado de espejos, la policía dio con la cobra de oro que el asesino robara del que llamaban el «Hombre de Santa Fe»: Olegario Ángeles Buendía.

III

No mucho tiempo después se llevó a cabo una acción combinada y efectiva en los dominios de Pai Chan Hu. Interpol, interactuando con la policía local, dio un golpe mortal a los negocios del mafioso, acabando con su fábrica de artículos piratas, incluyendo el negocio de distribución de droga. Muchos sicarios fueron detenidos en aquellos operativos. Pero lo más relevante fue la acción encabezada por Catherine Bancroft, del departamento especial que comandaba, que atrapó al jefe de aquella organización criminal para fincarle cargos internacionales, rescatar y asegurar la cobra de oro que años atrás robara de un museo de Shanghái.

IV

Finalmente las tres cobras de oro pudieron reunirse al ser reivindicadas como objetos culturales pertenecientes al pueblo de Tailandia, para ser posteriormente exhibidas con orgullo en una sala especial del museo más importante de la ciudad.

MeiLing, la «Dama de Shanghái», gracias a su riqueza e influencias, y a una generosa donación para el patronato del museo, pudo acceder finalmente a aquellas codiciadas piezas y obtener de esa forma las coordenadas que señalaban el lugar preciso en donde estaba hundida la deidad de Shiva Ardha Narīshuaren el mar Caribe.

Fue entonces cuando la última descendiente de las sacerdotisas que formaban la Hermandad de la Cobra, terminó reconociendo que RR tenía razón. El criminalista estaba ahora lejos para podérselo decir personalmente. Aquella lucha obsesiva por las cobras de oro había sido un empeño desbocado motivado por las místicas ideas que le inculcaran desde su niñez, y que marcaran su vida.

Era cierto, se dijo evocando todos esos años de entrega a la causa de la custodia de Shiva Ardha Narīshuar. Todo aquello pertenecía al pasado. La deidad estaba bien en el fondo del mar. ¿Qué mejor lugar para mantenerla a salvo, lejos de la avaricia que había llevado a varias personas a la muerte?

RR también tenía razón en otra cosa, reconoció la hermosa oriental. Aquellas actitudes y tradiciones que la obligaban a llevar una existencia de recato podían justificarse para siglos atrás, y no en la época actual. Pensó en su virginidad. Estaba iniciando sus cuarentas y ya era tiempo de convertirse en mujer.

Mirándose al espejo, en la intimidad de su cuarto, después de discurrir sobre todo aquello, llegó a la conclusión de que debía darle a aquel hombre la recompensa prometida. A fin de cuentas había cumplido con su promesa de ayudarla. Gracias a su esfuerzo, ella pudo tener en sus manos aquellas cobras de oro que la remontaban al pasado del templo glorioso en medio de la selva, del cual ahora sólo quedaban ruinas.

Decidió que debía honrar su palabra. Y no sólo por eso, sino por una genuina atracción por aquel hombre que había arriesgado su vida en aquella peligrosa empresa. Tomaría un avión hacia México. No le anunciaría su arribo. Llegaría de sorpresa a su departamento. Al fin que no existía cerradura que se le resistiera. Lo esperaría en la noche. Se desnudaría ante él, esta vez para entregarle su cuerpo, siendo entonces ella misma, la recompensa ofrecida.

Woodlands, Texas/Jardines en la Montaña.
México, DF. Inicios de julio, 2015.

Agradecimientos

Siempre mi agradecimiento para aquellos que han estado junto a mí, animándote a escribir, atentos a las páginas que les doy a leer para recibir sus atinadas observaciones y sus críticas cuando ha sido necesario. Desde luego a Pilar y Guadalupe, a quienes ahora dedico esta novela. A ese increíble equipo de Ediciones B México, formado por su capitán, Carlos Graef y su inteligente y dotada de gran sentido del humor, Yeana González y su grupo de diligentes editores, entre los que se encuentra Alfonso Franco Aguilar, quien me acompañó en esta aventura editorial. Muy especialmente a Doris Camarena, una querida amiga y exalumna, no sólo talentosa escritora sino excelente médico, quien mucho me orientó en el tema toxicológico de las serpientes y en los trabajos forenses al respecto. Y como siempre, a mi querida Tere por estar siempre a mi lado, con su talento, entusiasmo y profundo sentido crítico que muchas veces me hizo enderezar el barco de esta narrativa que ahora tienes en tus manos y espero disfruten como yo al escribirla.

Índice

Primera parte

Segunda parte

Tercera parte

Cuarta parte

Los crímenes de La Cobra, de Ramón Obón
se terminó de imprimir y encuadernar en septiembre de 2015
en Programas Educativos, s. a. de c. v.
Calzada Chabacano 65 a,
Asturias DF-06850, México

12|16 ∅